琼瑶作品
06
光影辑

华语世界
深具影响力作家

琼瑶

著

几度夕阳红

湖南文艺出版社
HUNAN LITERATURE AND ART PUBLISHING HOUSE

博集天卷
CS-BOOKY

我為愛而生，我為愛而寫
文字裡度過多少春夏秋冬
文字裡寫下多少青春浪漫
人世間雖然沒有天長地久
故事裡火花燃燒熱情依舊

瓊瑤

浴火重生的新全集

我生于战乱，长于忧患。我了解人事时，正是抗战尾期，我和两个弟弟，跟着父母，从湖南家乡，一路"逃难"到四川。六岁时，别的孩子可能正在捉迷藏，玩游戏。我却赤着伤痕累累的双脚，走在湘桂铁路上。眼见路边受伤的军人，被抛弃在那儿流血至死。也目睹难民争先恐后，要从挤满了人的难民火车外，从车窗爬进车内。车内的人，为了防止有人拥入，竟然拔刀砍在车窗外的难民手臂上。我们也曾遭遇日军，差点把母亲抢走。还曾骨肉分离，导致父母带着我投河自尽……这些惨痛的经历，有的我写在《我的故事》里，有的深藏在我的内心里。在那兵荒马乱的时代，我已经尝尽颠沛流离之苦，也看尽人性的善良面和丑陋面。这使我早熟而敏感，坚强也脆弱。

抗战胜利后，我又跟着父母，住过重庆、上海，最后因内战，又回到湖南衡阳，然后到广州，一九四九年，到了台湾。那年我十一岁，童年结束。父亲在师范大学教书，收入微薄。我和弟妹们，开始了另一段艰苦的生活。我也在这时，疯狂地吞咽着让我着迷的"文字"。《西游记》《三国演义》《水浒传》……都是这时看的。同时，也迷上了唐诗宋词，母亲在家务忙完后，会教我唐诗，我在抗战时期，就陆续跟着母亲学了唐诗，这时，成为十一二岁时的主要嗜好。

十四岁，我读初二时，又迷上了翻译小说。那年暑假，在父亲安排下，我整天待在师大图书馆，带着便当去，从早上图书馆开门，看到图书馆下班。看遍所有翻译小说，直到图书馆长对我说："我没有书可以借给你看了！这些远远超过你年龄的书，你通通看完了！"

爱看书的我，爱文字的我，也很早就开始写作。早期的作品是幼稚的，模仿意味也很重。但是，我投稿的运气还不错，十四岁就陆续有作品在报章杂志上发表，成为家里唯一有"收入"的孩子。这鼓励了我，尤其，那小小稿费，对我有大大的用处，我买书，看书，还迷上了电影。电影和写作也是密不可分的，很早，我就知道，我这一生可能什么事业都没有，但是，我会成为一个"作者"！

这个愿望，在我的成长过程里，逐渐实现。我的成长，一直是坎坷的，我的心灵，经常是破碎的，我的遭遇，几乎都是戏剧化的。我的初恋，后来成为我第一部小说《窗外》。发表在当时的《皇冠杂志》，那时，我帮《皇冠杂志》已经写了两年的短篇和中篇小说，和发行人平鑫涛也通过两年信。我完全没有料到，我这部《窗外》会改变我一生的命运，我和这位出版人，也会结下不解的渊源。我会在以后的人生里，陆续帮他写出六十五本书，而且和他结为夫妻。

这世界上有千千万万的人，每个人都有自己的一本小说，或是好几本小说。我的人生也一样。帮皇冠写稿在一九六一年，《窗外》出版在一九六三年。也在那年，我第一次见到鑫涛，后来，他告诉我，他一生贫苦，立志要成功，所以工作得像一头牛，"牛"不知道什么诗情画意，更不知道人生里有"轰轰烈烈的爱情"。直到他见到我，这头"牛"突然发现了他的"织女"，颠覆了他的生命。至于我这"织女"，从此也在他的安排下，用文字纺织出一部又一部的小说。

很少有人能在有生之年，写出六十五本书，十五部电影剧本，二十五部电视剧本（共有一千多集。每集剧本大概是一万三千字，虽有助理帮助，仍然大部分出自我手。算算我写了多少字？）。我却做到了！对我而言，写作从来不容易，只是我没有到处敲锣打鼓，告诉大家我写作时的痛苦和艰难。"投入"是我最重要的事，我早期的作品，因为受到童年、少年、青年时期的影响，大多是悲剧。**写一部小说，我没有自我，工作的时候，只有小说里的人物。我化为女主角，化为男主角，化为各种配角。写到悲伤处，也把自**

已写得"春蚕到死丝方尽"。

写作，就没有时间见人，没有时间应酬和玩乐。我也不喜欢接受采访和宣传。于是，我发现大家对我的认识，是："被平鑫涛呵护备至的，温室里的花朵。一个不食人间烟火的女子！"我听了，笑笑而已。如何告诉别人，假若你不一直坐在书桌前写作，你就不可能写出那么多作品！当你日夜写作时，确实常常"不食人间烟火"，因为写到不能停，会忘了吃饭！**我一直不是"温室里的花朵"，我是"书房里的痴人"！因为我坚信人间有爱，我为情而写，为爱而写，写尽各种人生悲欢，也写到"蜡炬成灰泪始干"。**

当两岸交流之后，我才发现大陆早已有了我的小说，因为没有授权，出版得十分混乱。一九八九年，我开始整理我的"全集"，分别授权给大陆的出版社。台湾方面，仍然是鑫涛主导着我的全部作品。爱不需要签约，不需要授权，我和他之间也从没签约和授权。从那年开始，我的小说，分别有繁体字版（台湾）和简体字版（大陆）之分。因为大陆有十三亿人口，我的读者甚多，这更加鼓励了我的写作兴趣，我继续写作，继续做一个"文字的织女"。

时光匆匆，我从少女时期，一直写到老年。鑫涛晚年多病，出版社也很早就移交给他的儿女。我照顾鑫涛，变成生活的重心，尽管如此，我也没有停止写作。我的书一部一部地增加，直到出版了六十五部书，还有许多散落在外的随笔和作品，不曾收入全集。当鑫涛失智失能又大中风后，我的心情跌落谷底。鑫涛靠插管延长生命之后，我几乎崩溃。然后，我又发现，我的六十五部繁体字版小说，早已不知何时开始，已经陆续绝版了！简体字版，也不尽如人意，盗版猖獗，网络上更是凌乱。

我的笔下，充满了青春、浪漫、离奇、真情……各种故事，这些故事曾经绞尽我的脑汁，费尽我的时间，写得我心力交瘁。我的六十五部书，每一部都有如我亲生的儿女，从孕育到生产到长大，是多少朝朝暮暮和岁岁年年！到了此时，我才恍然大悟，我可以为了爱，牺牲一切，受尽委屈，奉献所有，无须授权……却不能让我这些儿女，凭空消失！我必须振作起来，让这六十几部书获得重生！这是我的使命。

　　所以，在我已进入晚年的时候，我的全集，再度重新整理出版。在各大出版社争取之下，最后繁体版花落"城邦"，交由春光出版，简体版是"博集天卷"胜出。两家出版社所出的书，都非常精致和考究，深得我心。这套新的经典全集，非常浩大，经过讨论，我们决定分批出版，第一批是"影剧精华版"，两家出版社选的书略有不同，都是被电影、电视剧一再拍摄，脍炙人口的作品。然后，我们会陆续把六十多本出全。看小说和戏剧不同，文字有文字的魅力，有读者的想象力。希望我的读者们，能够阅读、收藏、珍惜我这套好不容易"浴火重生"的书，它们都是经过千锤百炼、呕心沥血而生的精华！那样，我这一生，才没有遗憾！

写于可园

二〇一七年十一月十日

真正的爱情中一定有痛苦，

而从痛苦中提炼出来的爱情才更真挚而永恒！

目 录
Contents

几
度
夕
阳
红

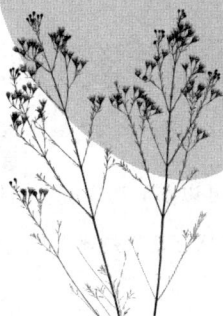

第一部

因甚斜阳留不住？翻作一天丝雨！

第二部

风中柳絮水中萍，聚散两无情！

第三部

一场愁梦酒醒时，斜阳却照深深院。

第一部

时间：一九六二年夏

地点：台北

因甚斜阳留不住？翻作一天丝雨！

几
度
夕
阳
红

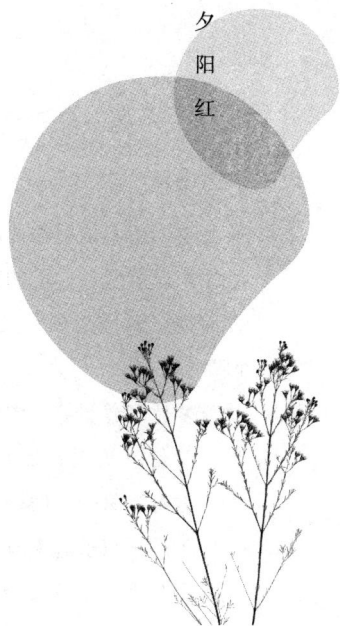

壹

ONE

"命运是个奇怪的东西！"

黄昏。

夕阳斜斜地射在那油漆斑驳的窗棂上，霞光透过了玻璃不全的窗子，染红了那已洗成灰白色的蓝布窗帘。树影在窗帘上来来回回地摆动、摇曳。时而朦胧，时而清晰，又时而疏落，时而浓密，像一张张活动而变幻的图案画片。

梦竹咬着铅笔上的橡皮头，无意识地凝视着窗帘上摇摇晃晃的黑影。然后，又低下头望着桌上摊开的家用账本：伙食、燃料、调味品、水电、零用、教育、医药、娱乐……预算中的项目似乎没有一样可以减少，而这些零零碎碎的项目加起来竟变成了那么庞大的一个数字，收支的差额仿佛一个月比一个月大。紧咬着铅笔，她呆呆地瞪着账簿出神，如何能使收支平衡？这似乎是一项最难的学问，做了将近二十年的主妇，她仍然无法让支出不超过预算。呆坐了半天，她毅然地握着铅笔，下决心似的把娱乐那一项钩掉，钩掉的同时，她眼前仿佛立刻浮起晓白向她睁得大大的眼睛和伸开的手。

"妈，哈林篮球队！"

晓彤呢？那个永不会提过分要求的孩子，也偶尔会怯怯地来一句："妈，顾德美约我去看电影！"

这些，能够都不管吗？可是，又如何管呢？就算没有娱乐这项，也还是不能平衡。她考虑了一下，把零用那项的数字重写了一个，再看看，实在是省无可省。除非再降低伙食的标准，她更明白，伙食已不能再降低了。晓彤有贫血的趋向，明远的身体也不好，晓白又正是发育的年龄，每半年要冲高五厘米，正需要营养。反正，算来算去，只是一句话，家用不够，随你怎么改怎么算，还是不够。

窗帘上的树影变淡了，暮色却逐渐加浓。梦竹猛然跳了起来，看看桌上那个破旧的闹钟。已经五点多了，怎么一晃眼就五点多了呢？明远和孩子们马上就要回来了，晓白一定蹿进家门就闹要吃饭，她匆匆忙忙地把账本收进抽屉，转身走进厨房。

厨房，狭小得不能再狭小，煤气弥漫全室，使人一进去就要呛得咳嗽不止。这间厨房是就着原有的屋檐搭出来的，公家配给明远的这间宿舍，本来只有两个六席的房间，后面是厨房和厕所。晓彤和晓白小的时候还无所谓，明远夫妇住着前面一间，让一对小儿女住后面一间。但是，孩子逐渐长大，总不能让十八岁的女儿和十七岁的儿子挤在一间房里。于是，迫不得已，他们花了一点钱，把原来的厨房和厕所打通，改成一间房子给晓白住，又在后面搭出一间厨房和一间厕所，因而，这厨房就小得简直转不开身子。

刚刚把米淘好，放在煤球炉上，梦竹就听到大门响，为了免得一趟趟开门的麻烦，全家四个人都各有开门的钥匙。梦竹侧耳倾听，她喜欢这一刻，她喜欢凭脚步和行动的声音，来判断是谁回来了。这是她一个秘密的享受，她的生命就建筑在那三个人的身上，无论是哪一个的脚步，都能引起她一阵朦胧而模糊的喜悦。

进来的人的举动柔和而细致，她听到轻轻拉开纸门的声音和搁置书包的声音。然后，一串徐缓而轻悄的脚步声向厨房门口走来，接着，一张女性的秀秀气气、文文静静的脸庞就伸进了厨房，白皙的脸上嵌着对乌黑的眼睛，对梦竹展开了一个安静而恬然的笑。

"妈，我有事跟你说。"

"进来吧，帮我把空心菜择一择。"梦竹说着温柔地扫了晓彤一眼。她很高兴晓彤是第一个回来的，近来，她常常渴望能有和女儿单独相处的时间。哪怕不谈什么，只是看看她，看她那日渐成熟的身段和越来越秀丽的面庞。有一个漂亮的女儿是母亲的骄傲。虽然她也知道晓彤并不是真的"很"美，晓彤太纤瘦，又太安静，不够活泼，不够"出众"。但是，在一个母亲的眼睛里，她已经是够美了。

晓彤走了进来，端着菜篮子坐到厨房门口的小凳子上去择，因为厨房的狭小程度是无法容纳两个人的。梦竹又看了女儿一眼，晓彤的眉毛微锁着，薄薄的嘴唇抿得紧紧的，梦竹熟悉这个表情，这表示有什么难以启口的事情了。

"晓彤，你说有什么事要跟我说？"

晓彤抬起头来看看梦竹，又俯下头去，兜着圈子说："妈妈，你知道顾德美？"

"当然了，她不是你最要好的同学吗？"

"妈，就是她，这个星期六她过十八岁的生日，晚上有个小庆祝晚会，她一定要我参加。"

梦竹看看晓彤，她知道晓彤没有说出来的话。好朋友的生日晚会，当然要参加，十八岁的女孩子，早就该有社交经验了，但是……她沉吟了一会儿说："你是担心没有衣服穿，是吗？"

"还不止这个，我总得表示一点意思，送一个蛋糕或者什么的。"

梦竹想起了刚刚还在紧缩开支的预算，一下子心就乱了起来。她不忍泼晓彤的冷水，晓彤向来不是个爱虚荣的孩子，她能体会家里的困难，从不敢正面要求东西，每次需要什么，都绕着弯试探着说出来，如果真不给她，她也不会说什么。不过，这次的事不同，这关系到孩子的自尊心，女儿已经不是个小娃娃了，应该让她在朋友面前有面子。可是，面子，这两个字就太贵重了！要多少的钱才能够让儿女在人前都体体面面的？想着，她不自禁地就叹了口气。

"妈妈。"这声叹气显然使晓彤不安了，她嗫嚅着说，"我想，就穿制服去也没什么关系，只是，好像总应该送点东西。"

"顾德美……"梦竹困难地说，"家里不是很有钱吗？"

"是呀，阔极了！"晓彤不假思索地说，"她家的布置才豪华呢，好漂亮的洋房，落地电唱收音机、地毯、钢琴，讲究得不得了！她爸爸是泰安纺织公司的总经理！"

"嗯。"梦竹哼了一声，切菜刀忙碌地在砧板上移动，"所以，和生活环境相差太悬殊的人交朋友，是一大负担。"

"妈，你在说什么？"

"哦，没什么。"饭开锅了，梦竹把饭锅架高了，关小了炉门，再沉思地望着晓彤。晓彤正低着头择菜，短短的头发拂在额前，从正面看过去，只能看到她微翘的小鼻子和好长好长的两排睫毛。她心中感到一阵激荡，对女儿的一种深切的喜爱强烈地抓住了她。她停止了切菜，说："晓彤，让我来想想办法，不过……"她迟疑了一下："关于这件事，最好别告诉你爸爸！"

晓彤抬起头来注视着母亲，笑了。这笑容像拨开云层的青天，那样清朗愉快。她站起来，把择好的空心菜拿到水龙头底下去洗，她深深明白，母亲说"想办法"，就是答应她的要求了，而且，一定会真的想出办法来的。梦竹望着晓彤含笑地立在水槽旁边，心里却乱得厉害，想办法，她又能想什么办法呢？如果有一个童话中的聚宝盆就好了，可以把一角钱变成许许多多……

大门又响了，一声巨大的关门声之后，是奔过两间屋子的重重的脚步声，书包抛在地上的重物坠地声和篮球击在墙上的砰然之声。然后，晓白蹿进了厨房里，满头满脸的汗，一件白色的运动衫湿透了贴在身上，连黄色卡其布裤子的腰部也湿了一大截，一面跑进来，一面嚷着："哎呀，热死了！给我一点水！"

说着，他从梦竹的背后挤过去，一直冲到水龙头前面，把头往水龙头下面一伸，哗哗地淋着水，又仰过头来，用嘴衔住水龙头，咕嘟咕嘟地把自来水咽进肚子里，晓彤被他挤到厨房门外去了。梦竹嚷着说："跟你说过多少次了，别喝自来水！屋子里的冷开水瓶里灌得满满的一大瓶，你不喝！就认定了喝自来水，多不卫生呀！"

晓白抬起满是水的脸来，晒成红褐色的皮肤闪闪发光，睫毛上全挂着水珠，眼睛都睁不开了，他带笑地拍了拍自己的胸口说："全家就我的身体最棒，你猜为什么？就因为我喝的是自来水！"

"什么谬论！"梦竹说，一面望着那已经比她高出一个头来的儿子，"你又是怎么弄的？这样一身一头的汗！"

"打球嘛！下学期我一定可以被选进校队！"

"打球?"梦竹不满地说,"只知道打球,书也不念!"

晓彤站在厨房门口,丢给晓白一条毛巾说:"你擦干了赶快走开吧,我洗了半天的空心菜,被你这样一淋水,又弄脏了!"

晓白接过了毛巾,站在厨房通卧室的门口,用毛巾在头发上一阵乱擦,梦竹皱着眉叫:"你还不走远点,头发里的水全掉到我菜锅里来了,怎么你一举一动都要惹人嫌呢!"

晓白靠在厨房门上,伸头望着洗菜盆说:"怎么,又吃空心菜呀,天天都是空心菜!"

"你想吃什么菜?"梦竹没好气地说,"假如你争气一点,考得上省中联考,不读这个贵得吓死人的私立中学,我们又怎么会穷得天天吃空心菜?所有的钱都拿去给你缴学费,三天两头还要这个捐那个捐的……空心菜!别人都不说话,你还要来挑眼!"

"晓白,你就走开点吧。"晓彤插进来说,对晓白挤了挤眼睛,"站在这儿碍别人的事,我听到门响,是不是爸爸回来了?"

"好好,我走开!"晓白满不在乎地说,悄悄地对晓彤做了个鬼脸,交换了会意的一笑,"反正都嫌我,我还是去看人魔和丐仙的大战去!"后面一句说得非常轻。

"他说去做什么?"梦竹没听清楚,问晓彤。

"大概是说去做大代数吧。"晓彤说,暗暗地皱皱眉。

"哼!大代数,他会那么用功?明年高三了,接着就要考大学,看他拿什么考去!"梦竹生气地说,一面忙着把菜下锅,炒着菜,又说,"如果晓白能和你一样懂得自己用功就好了,长了这么大的个子,就晓得吃和玩,你爸爸从不管他,只会惯他。"

晓彤不说话,默默地把洗好的菜盛进盘子里,放在炉台边的桌上。然后整理碗筷做吃饭的准备。她心中对母亲有些微微的不满,总是这样,晓白每次回来都要挨骂,其实晓白只是比较爱玩一点而已,这也没有什么太不得了的地方,考不上省中联考,骂一次就够了,一年前的事了,还要天天骂,幸好晓白对什么都不在乎,要是她的话,绝受不了。

厨房里的温度极高，冒着蓝色火苗的炉子把这间小厨房烤得如同蒸笼，油烟弥漫全室。只一会儿，母女二人都汗流浃背，梦竹看了晓彤一眼，说："你到屋里去吧，这儿的事我来弄，你先把爸爸的茶泡好。"

屋子里，晓白正赤裸着上身，仰躺在榻榻米上，手里拿着一本武侠小说，看得津津有味，晓彤低声警告："当心妈妈看到，又要挨骂！"

"嘘！保密！"晓白轻声说，"姐，你试试看，这小说真棒极了，比你那些什么《傲慢与偏见》，什么《小妇人》《茶花女》的不知道好看多少倍！包管你一拿上手连饭都不想吃！你看，百毒人魔碰上了铁心公主，这一下有戏可看了！我非看看他们这一战鹿死谁手！"

"百毒人魔？什么公主？"晓彤不解地问，"又是妖怪，又是公主，这不是和格林童话差不多？"

"什么？胡说八道！"晓白轻蔑地扫了他姐姐一眼，对于晓彤的无知大感惊异，"告诉你，百毒人魔最惯于用毒药，他还会驱蛇驯兽，有一种叫一线香的蛇，毒极了，他整天把这种蛇藏在袖子里，不知不觉地下手谋害他的仇人，有一次，他碰到了邋遢书生……"

"什么书生？"晓彤没听清楚。

"邋遢书生。邋遢书生有一身邪门武功，天赋异禀，他能在两三丈之外，飞痰伤人……"

"飞什么东西？"晓彤越听越离奇了。

"痰。他对敌人吐一口痰，痰就会贯穿对方的五脏，一直嵌进敌人的骨头里去，被他吐了痰的人非死不可，碰着了他一点吐沫星子的人，不死也要受重伤……"

"哦？有这样的人让他去打仗倒不错，也不用发明什么火箭飞弹的，只要他去飞飞痰就行了！"晓彤笑着说，"我可不懂这又是毒蛇又是痰的书，恶心兮兮的有什么好看的。"

"哼，你是没看，你一看就知道它的好处了！"晓白颇为不悦地说。

门又响了，这次是明远回来了。晓白一翻身坐起来，把武侠小说往书包里一塞，顺手抽出一本英文课本来翻弄。晓彤也赶快走过去给父亲泡那杯永不可缺的茶。明远走进屋来，上了榻榻米，漫不经心地走过晓白身边，微蹙着眉，若有所思地靠进藤椅里。晓白跳起来，报告新闻似的嚷着说："爸，我们体育老师说，要选我参加篮球校队！"

"嗯。"明远随意地哼了一声，看了晓白一眼。晓彤捧着那杯茶走过去，一看到父亲这副神态，就知道父亲一定有什么心事，默默地把茶放在茶几上，她轻轻地说了声："爸爸，茶。"

"嗯。"明远又哼了一声，抬起头来，望着晓白运动衫上的图案出神，接着，就突然想起什么似的问："晓白，你妈呢？"

"在厨房里。"

"饭还没有好吗？"

"就好了。"晓彤说，"我帮妈摆饭去！"

晓彤钻进厨房，梦竹已经把菜都炒好了，晓彤一面帮着摆饭，一面低低地说："爸爸回来了，样子有点特别。"

"哦？怎么？"梦竹问。

"好像有什么心事似的。"

"是高兴呢？还是不高兴呢？"梦竹问，把筷子放到饭桌上去。

"又像是高兴，又像是不高兴。"

梦竹沉思地看看晓彤，放好碗筷，叫晓彤去请明远来吃饭。明远端起饭碗来，却怔怔地望着梦竹，好半天也没有吃一粒饭。梦竹期待地看着明远，她知道明远是藏不住话的，一定有事情要告诉她，但明远迟迟不语，清癯的脸上，那对深沉的眸子里流动着清光，有什么事使他兴奋了？升级了？加薪了？都不可能！就是可能，也不会让他流露出这副神态。

"怎么了？有什么事吗？"终于，梦竹忍不住地问。

"有一件你想也想不到的事。"明远开口了，凝视着梦竹，"我今天在车站碰到一个人。"

"谁？"梦竹本能地有些紧张，明远神秘的态度使她困惑。

"王孝城。"

"什么？"梦竹吃惊地说，"王孝城他也在台湾？真的是他？"

"怎么不是他，他还是老样子，只是比以前起码重了十公斤。我简直想不到会碰到他，站在车站谈了一会儿，他是一九五二年从香港到台湾的。而且，还有件你更想不到的事！"

"什么事？"

"你听说过墨非的名字吗？"

"墨非？"梦竹困惑地说，"好像是个画家嘛！"

"不错。"明远点点头，"是个画家，很有名的画家，也就是王孝城。"

"什么？"梦竹不信任地问，"王孝城？"

"对了。"明远说，"你想不到吧？你记得在重庆的时候，我们那股狂劲，放歌纵酒，豪情满腹。那时，我总说要做个大艺术家，他呢，每次都耸耸肩潇潇洒洒地说一句：'艺术家，吃不饱饿不死，还是做个大企业家好，画画，只能学来消遣消遣而已！'结果，他却成了个大画家，我呢——"他注视着菜碟子，桌上，唯一的一盘荤菜，肉丝炒豆腐干，已经被晓白整个包办了。咬了咬嘴唇，他怅然若失地，惘然地笑了笑："命运是个奇怪的东西！"

梦竹知道明远这句"命运是个奇怪的东西"的言外之意，她默然地望望明远，心里却有份乱糟糟的感觉。王孝城，她还记得他那股什么都不在乎的洒脱劲，整天嘻嘻哈哈的，无忧无虑地拉着明远和她游山玩水。而今，他还是老样子吗？记得他的恋爱哲学是："娶尽天下美女，要不然终身不娶！"她看看明远，就这么一会儿时间，明远的情绪显然已经低落下去了，微蹙的眉头和沉郁的眼睛显示他那习惯性的忧郁症又犯了。她小心翼翼地问："王孝城，他结婚了吗？"

"是的。"明远说，突然萧索和落寞起来，"结婚了。刚结婚不久，一位本省小姐，孝城还是个聪明人，事业有了基础再结婚，现在是什么都好了。今天在车站碰到，大家匆匆忙忙的，因为他还有应酬，没法和他多谈，我已经请他和太太这个星期六到我们家来吃便饭！"

"噢！"梦竹轻轻地叫了一声，在这一声之后，却是一种惶恐，她本能地打量了一下屋里，破旧的纸门东一扇、西一扇地挂着，露出了里面的木头架子，榻榻米早已泛黄，紫红的布边全已破损，墙上水渍和油烟遍布，屋角蛛网密结，再加上那些堆在榻榻米上无处安放的孩子们的书籍，这一切加起来，给人的印象是凌乱、寒苦和窘迫。多年以来，他们家里没有招待过客人吃饭，王孝城固然是洒脱不羁的老朋友，但是，他已经是个成功的大画家，只怕他们招待不起！何况他还有个刚结婚不久的太太。

"嗯，真没想到……"明远丝毫没有察觉到梦竹的心情，只陷在自己的思想中，"快二十年的朋友了！真要好好地谈谈，以前，我和他都那样爱玩，你记得？唉，假如我不放弃绘画，或者……"他的话半中央刹住了，尾音和余味却苍凉地遗留在饭桌上。梦竹很快地扫了他一眼，心情却逐渐地沉重了起来，她能体会他那份失意，当年的朋友已经成功，而他手中依然空无所有！明远的这份失意像一副千钧重担，对她压迫过来，面对着饭碗，她一点食欲都没有了。

"星期六，约的是晚饭，你随便准备点什么吧！"明远用一句现实的话结束了那份感慨。

"我觉得……"梦竹犹疑地说，"请吃饭，我们……好像……你知道这个月的家用，请一次客，起码也要一两百块，恐怕……"

"你想想办法，把别的项目上的用度省一省吧！"

想办法，又要想办法！假如有一个聚宝盆就好了。除掉聚宝盆，还有什么办法好想呢？一个钱永远不能当两个钱用，巧妇也难为无米之炊。

饭后，明远回到了屋里，往藤椅上一躺，拿起报纸，和往常一样地看了起来。但，梦竹从他定定的眼神和那永不翻面的报纸上，断定他根本就不在看报纸。为了王孝城吗？一个旧日的好友而已——可是，这好友的身上系了过多杂乱无章的回忆，梦竹还记得他那爽朗的大叫声："怎么，你们决定要结婚了？我是个反婚姻者，婚姻是枷锁！但是，假若你们要结婚，我当证婚人吧！"

真的，他当了证婚人，不止证婚人，婚礼的一切，几乎由他包办了——是个最热心的朋友！反婚姻者，现在也结婚了。是的，婚姻是枷锁，但，每个人迟早都要把这个枷锁套在自己的脖子上。

晓彤静悄悄地绕到梦竹的身边来，在梦竹耳边轻声说："妈妈，别忘了你答应我想办法的哦？"

梦竹一愣，从冥想中回了过来。想办法！是的，女儿要参加社交场合了，必须想办法，丈夫要招待老朋友吃饭，也必须想办法！她站直身子，顿时感到满心烦躁。晓彤从父亲面前走过，拉开后面的纸门，回到她自己的屋里去了，临关上纸门的一刹那，还对梦竹投过来一个信赖而会心的微笑。明远放下报纸，皱着眉说："晓彤做什么？鬼鬼祟祟的！"

"没！没有什么。"梦竹掩饰地说。凝视着那合拢的两扇纸门发呆。一件比较漂亮的衣服要多少钱？无法计算，许久没有进过绸缎庄了。如果能给晓彤做一件白纱的晚礼服，纯白的，镶着小花边——突然间，她跳了起来，白纱的晚礼服，镶着小花边！记忆中有这么一件！兴奋使她振作，抛开了正预备熨的晓白的制服，她走到壁橱旁边。拉开壁橱，打开一个笨重而陈旧的皮箱。明远诧异地瞪着她："你要干什么？"

"没，没有什么。"梦竹偷偷地看了明远一眼，低声说，"只是——要找一点东西。"

说着，她在衣箱中一阵翻搅，拉出好几件衣服，又塞了回去。最后，她终于找到了要找的东西，一件白纱的洋装，上面缀着亮亮的小银片。取出这件衣服，她锁好箱子，关上橱门，想不被注意地把这件衣服拿到晓彤屋里去。可是，一抬头，她就发现明远正紧紧地盯着她，看着她手里的衣服，又看看她的脸，似乎要在她身上搜索什么。她不由自主地不安起来，期期艾艾地，解释地说："我想……给晓彤改了穿。"

"嗯。"明远哼了一声，眼光仍然在她脸上搜索，她的不安加深了，为了掩饰这不安，她只得装作不介意地喊："晓彤！"

晓彤应声而入，梦竹把手里的衣服递给她说："你去试试看，看能不能改了给你穿，假若大致能穿的话，我就给你改一改。"晓彤接过了那件衣服，一下子打开来，白色的轻纱如瀑布般泻开，缀着的亮片映着灯光闪烁。晓彤抬起头来，黑眼珠也映着灯光闪烁，喜悦的红晕正在面颊上扩散。她凝视着母亲，深吸了一口气说："妈妈，这是你以前的衣服吗？怎么我从来没有看到过？我还以为你以前只穿旗袍呢！哦，妈妈，还是新的呢，给我穿不是太讲究了吗？"

"去穿上让我看看吧！"

晓彤抱着衣服，带着份难以抑制的兴奋，转身走进了自己的屋里。梦竹望着她走开，回过头来，立即又接触到明远的眼光，现在，这对眼睛是凝肃而幽冷的。

"晓彤没有衣服穿。"梦竹急促地说，语气中带着几分祈求的味道，"她需要一件衣服，我想不出别的办法来！"

"当然咯。"明远酸溜溜地说，"难为你去收藏这么多年等着她长大了来穿。"

"别这样说好不好？"梦竹的声调已不太稳定，"晓彤已经十八岁了，同学的生日晚会，总不能让她穿制服去！"

"谁叫她命不好，做了我的女儿，父亲穷，养不起这么高贵的孩子！"明远的脸色阴沉了下去。

"明远！"梦竹叫，"为什么要说这种话？你这样说，算……算什么意思呢？"

晓彤及时地进来，打断了夫妻二人的争吵，她已经换上了那件白纱的衣服，娉婷的脚步，匀称的身段，缓缓走来，恍如一个下凡仙子！脸上绽开的是个朦朦胧胧的微笑，静静地望着母亲。

"妈，可以吗？"晓彤仰着脸，微笑地问。

梦竹望着这被烟雾般的软纱所包围的女儿，眼睛前面顿时一片模糊。衣服衬着晓彤那俏丽的脸庞，显得那样雅致脱俗！在这一刻，她才领会到晓彤那份洁净单纯的美，白色对她是这样地合适！亭亭然地立在那儿，宛如一只白鹤！是的，一个长成的女儿，一个美丽的女儿！她勉强压制着内心的激动，走过去用手握了握衣服的腰，晓彤的腰肢纤细，衣服大了一些。

"你比我以前瘦些。"她轻轻地说，"这里要收一点。"然后，她看了看那镶着花边的衣领："领子已经过时了，可以改成大领口。"

"哦，不要！"晓彤喊，"我喜欢这种小圆领，我也喜欢这碎碎的小花边。哦，妈妈，这衣服真漂亮。"她转过身子，站在明远的面前，喜悦使她忘了一向对父亲的敬畏，她微笑着拉开裙子的下摆，轻轻地旋了一圈，站定说：
"爸爸，我好看吗？"

明远蹙紧了眉头，不耐地望着晓彤，正想说什么，却在一抬头间，看到
梦竹对他投过来的哀恳的眼光。于是，他咽了口口水，艰涩地说："嗯，好
看，很好看。"

"去脱下来吧！"梦竹把晓彤推出室外，"脱下来让我改。"

"妈妈，你真好。"晓彤抱住母亲，把头在梦竹胸前紧紧地挤了一下，就
回房去脱衣服了。

这儿的梦竹和明远相对注视，两个人都呆呆地站着，一层尴尬的情绪在
两人之间移动。站了好久，明远才掩饰什么似的咳了一声，无奈地笑笑说：
"好吧，反正这件衣服就应该属于她的。"

"明远。"梦竹轻声说，声调里含着歉意和祈求，"你知道，我是不得已，
孩子需要衣服。"

"当然。"明远似笑非笑地说，"我只是不知道你把这件衣服保留了这么
多年。"

"料子很好，扔掉了可惜。"

"属于料子以外的东西，大概也扔不掉吧！"明远幽幽地说，仍然带着
那似笑非笑的表情。

"明远，你是怎么回事？"

"没什么。"明远坐回到椅子里，又拾起报纸，遮住了脸，声音从报纸后
面透过来，"是你的女儿，当然随你怎么打扮。"

梦竹怔然地立着，愣愣地看着遮在她和明远之间的那一张报纸。忽然，
她打了一个寒战，她觉得那张报纸正逐渐加厚、加厚……厚成了一堵墙，坚
固地竖在她与他之间。

几度夕阳红

贰

TWO

那含羞的微笑，怯怯的眼光，都像个超脱出这世界的小幽灵，别有一股说不出的韵致。

　　早上，魏如峰醒了过来，看看手表，已经八点三十分，昨夜，为了那份增产计划，忙到深更半夜，又被霜霜冲进屋来瞎闹一场，弄得太晚才睡，难怪醒得迟了。他伸了个懒腰，从床上坐起来，才坐起身，就看到枕头边放着一张折叠成四四方方的信笺，他打开一看，上面潦草地写着：

　　表哥：

　　　　你睡得太香，不忍心闹醒你，我去上课了。今天是顾德美的生日，请帮我选购一件新奇的生日礼物（可别把自己厂里的产品带去）。晚上，她家里要开个生日舞会，你务必要陪我去，不许赖皮！生日礼物选得不好当心我找你算账！

　　　　　　　　　　　　　　　　　　　　　　　　　　　霜霜

　　魏如峰笑了笑，把纸条丢在床上，起身去梳洗，梳洗之后，换了衣服，他走下那宽敞的楼梯，到了楼下的饭厅里。才走进饭厅，就看到他的姨夫何慕天正坐在饭桌上，抽着香烟看报纸，从桌上的杯碟看起来，何慕天显然已吃过早餐。魏如峰招呼着说："早，姨夫。"

　　何慕天放下报纸来，对魏如峰笑笑。

　　"你今天迟了。"

　　"昨夜在赶那份增产计划，睡晚了。"

　　"赶出来没有？"

　　"已经好了，我去拿来给你看！"魏如峰说着，转身就向门外走。

　　"别忙，如峰！"何慕天喊，"你先吃饭，吃完饭再看。"

　　魏如峰又回到桌前坐下。下女阿金已经捧了一个托盘进来，里面是魏如峰的早餐。这个家庭里一家三口，对早餐的要求却完全是三个样子，每天早上各吃各的，谁也不等谁。何慕天是纯中式的早餐，稀饭、小菜。菜是每天换花样的，香肠、皮蛋、花生米、酱菜、咸鱼等，一天四小碟。何慕天的女儿霜霜却正相反，是纯西式的：一杯牛奶、一个鸡蛋、一片牛油烤面包，每天如此，看起来倒挺简单，实际上却极麻烦，因为霜霜要求苛刻，面包要烤得恰到好处，不能焦一点，也不能有任何地方没烤透。鸡蛋煮得老了不吃，嫩了也不吃。牛奶要温的，要不浓不淡。全家就属她的早餐最难侍候。魏如峰中西合并，一杯牛奶，两根油条，四个小包子，或者四个蟹壳黄的小烧饼，倒是最简单的一份，只要派人到巷口去买就行了。而魏如峰对吃也不太讲究，冷一点热一点都不在乎。

早餐送了来，魏如峰一面吃着，一面对何慕天说："我仔细地想过了，现在外销的情况很好，我们应该在香港也设一个门市部……"

"如峰。"何慕天打断了他，静静地凝视着他说，"吃饭吧，饭桌上别谈公事，否则，容易消化不良。"

魏如峰看了看何慕天，只得把说了一半的话暂时咽了回去。对于何慕天，魏如峰有份奇异的感情，倒并不因为他是何慕天从大陆上带出来的，而是因为何慕天本人的个性。他总觉得何慕天不像个生意人，反而像个学者，那份儒雅的气质，从容不迫的风度和待人处世的那股诚挚，都不是一个生意人所能做到的。有时，魏如峰觉得何慕天在商业上的成功简直是运气。因为，他既不够"狠"，也不够"准"。但是，他却一帆风顺地成功了。纺织业在台湾是颇受欢迎的，而私人企业能做到这样大，也实在不容易。

"如峰。"何慕天吸了口烟说，"昨晚霜霜又去闹你了，是不是？"

"噢。"魏如峰笑了笑，"她的英文文法根基太差，题目答不出来瞎发脾气。"

"你有时间就多教教她吧！这孩子太野，不是块读书的料，我对她很了解，高中毕业后，我看她大学是进不去的，为她的前途，我也仔细想过，最好……"

"嫁人！"魏如峰冲口而出地说。

"嗯。"何慕天哼了一声，深深地望了魏如峰一眼，"嫁人？谁能驾驭得了她？问题大着呢！"

这倒是真的，魏如峰想起霜霜那种任性和倔强的脾气，还真有点代她未来的丈夫吃不消。但是追究起责任来，霜霜的坏脾气也全是何慕天惯出来的，如果以前多管管，多教训教训，现在不是可以少操一点心吗？不过，如果霜霜有个母亲，或者就会好多了。他注视着何慕天，奇怪像何慕天这样有钱有身份的男人，为什么一直不续娶一个妻子？何况，何慕天又是个相当漂亮的男人！年龄和养尊处优的生活都没有使他发胖，依然颀长挺拔，眉目之间，怎么都看不出已超过四十五岁，那份沉着雅致，更具有种成年人的吸引力。魏如峰知道公司里许多女职员，都对这位"老板"感兴趣，但何慕天居然无动于衷。

当魏如峰正沉思着他姨夫的事时，何慕天也正默默地打量着前面这个年轻人。魏如峰并不算是个非常漂亮的青年，但，何慕天欣赏他的稳重沉着，更欣赏他做起事来那股不顾一切的干劲。他这个内侄，跟着他从大陆出来时，才只有十二三岁。但，一转眼间，长大了，成人了，不但大学毕了业，竟然还成了他事业上的一条臂膀。如果他的想法不太自私，他一直有个秘密的希望，希望一件恋爱能够发生。虽然，他也自知霜霜有些配不上魏如峰，霜霜太任性、太野、太放纵，可是，霜霜到底是他唯一的女儿。霜霜的缺点固然多，也有两个极大的优点，一是美丽，二是在那倔强的外表下，还有一颗善良的心。这些再加上何家的财富，对魏如峰来说也不算太委屈了吧？

早餐吃完了，魏如峰照例要喝一杯茶。何慕天站起身来说："如峰，晚上那个会议，你最好参加一下。"

"好，不过……"魏如峰迟疑了一会儿。

"怎么，有事吗？"

"没什么，只有一件小事，霜霜要我陪她到顾正家去参加他女儿的生日舞会！"

"顾正的女儿过生日吗？帮我也备一份礼吧！"何慕天说，又沉默了一下，笑笑说，"那么，我看你还是陪霜霜去参加舞会吧，否则，我真有点拿她的脾气吃不消。"

魏如峰一笑，他很了解何慕天对霜霜的宠爱和无可奈何。站起身来，正想上楼去拿那份增产计划，电话铃响了，接着，阿金在客厅里喊："表少爷，电话。"

魏如峰走进客厅，握起了听筒，对方有个女性做作的、娇媚的声音："如峰吗？猜猜我是谁？"

魏如峰皱皱眉，不用猜了，准是她。

"杜妮，对不对？"

"嗯哼，还好，你没忘记我！怎么了？你？忙些什么？今天晚上来，怎么样？"

"今晚不行，有事！"

"那么，明晚，不许告诉我你又有事！"

魏如峰望着电话机，内心迅速地在做着一番交战，去？不去？终于，他爽快地说："好，我明晚去！"

挂断了电话，他转过身子，一眼看到何慕天正靠在一张沙发上，抽着烟，安闲地望着他。他微微地有点不自在，何慕天的神情是研究性的、深思的。他走过去，掩饰什么似的说："该到公司去了吧，姨夫？"

"走吧！"何慕天站起身子来把烟蒂在烟灰缸里揉灭，眼睛仍然研究地望着魏如峰。

走出客厅，司机老刘把汽车开了过来，老刘是个山东人，跟随何慕天已经多年，为人十分憨直，爽快忠耿，深得何慕天喜爱。他们一同上了车，何慕天仍然沉默地深思着，魏如峰也默然不语。何慕天在想着杜妮的事，他知道杜妮是何许人，冷静地打量着魏如峰，他可以看出后者那份坚定和理智——这不是一个容易动心的男人。他明白他不必对杜妮的事说什么，魏如峰是绝不会在欢乐场中沉溺太久的。

魏如峰注视着车窗外的台北街道，他心中在想同一个问题——杜妮。他不喜欢明晚那个约会，但他会去。"人生几何？逢场作戏！"他也不喜欢自己给自己找的这个借口，那个女人有什么？三六、二四、三六！他对自己轻蔑地微笑起来。

顾德美家的客厅布置得十分漂亮，显然大人们有意要让年轻的一辈痛痛快快地玩玩，都避了出去。于是，客厅里布满了年轻的孩子们，地毯撤开了，打蜡的地板光可鉴人，落地电唱机中播放着一张保罗·安卡的唱片，茶几上放着大瓶大瓶的冷饮。顾德美是个略嫌矮胖的女孩子，扁脸，圆眼睛，细细的眉毛和睫毛，长得不怎么漂亮，但有一股少女的甜劲，还是逗人喜欢。今晚，她穿着件翠绿色的大领口的洋装，被尼龙硬衬裙撑撑得鼓鼓的大圆裙子，显得她更加胖了。周旋在客人之间，她对每一个人笑，小圆脸红通通的，看起来比她实际的年龄仿佛还小了一两岁。她的三个哥哥顾德中、顾德华、顾德民帮她招待着客人，室内拥挤嘈杂，笑语喧哗。

魏如峰和何霜霜的出现，掀起了一片欢呼。何霜霜穿着件大红的缎裙，衣襟上面缀着一枝黑纱做的玫瑰花，头发虽然也是短短的，却蓬松而鬈曲。鬓边也戴了朵玫瑰，一朵真的红玫瑰。袒露着细长而白皙的脖子和肩膀，颈上戴着一串黑宝石的项链，打扮得极尽华丽之能事。论相貌，何霜霜确实相当美，浓黑的眉毛像奥黛丽·赫本，大眼睛既黑且亮，两排浓密而微鬈的睫毛如同人工装上去的。唯一美中不足，是嘴太大，使她不够秀气，而且牙齿不太整齐。但是，就这样，她的美也足以使她出尽风头了。

走进客厅，在大家的叫嚷，还有男孩子的口哨声中，何霜霜像一团火似的在人群中转了一圈，和每一个她认得的人打招呼，顾德美飞快地赶了过来，何霜霜大叫着："生日快乐！"

一面把生日礼物交给她。顾德美的三个哥哥都抢了过来，把何霜霜拥在中间，有人播大了电唱机，有几对已经开始跳起舞来，何霜霜在男孩子群中高谈阔论，旁若无人，魏如峰反而被冷落了。

魏如峰看了看周遭混乱的情况，找了一个不受人注意的角落中的沙发上坐了下来。偌大的客厅中，只亮着一盏吊灯，而且被红色玻璃纸包着，光线幽暗极了。靠在沙发里，他冷静地打量着这些十八九岁的孩子，自觉比他们成熟得太多了，看他们那样子叫嚷笑闹，他感到丝毫都提不起兴趣。假如不是为了陪霜霜，他才不愿意来参加这种娃娃舞会呢！

霜霜开始跳舞了，拥着她的是个瘦高条的男孩子，他们跳得十分野，霜霜在转着圈子，红色的裙子飞舞成水平状态，一面跳着，还一面笑着。看的人在拍手，在狂喊狂笑。电唱机响得人头发昏。

一个舞曲结束，另一个开始。居然是《蓝色多瑙河》，优美的音乐一泻出来，魏如峰就觉得头脑一清，闭上眼睛，他想好好地欣赏一下音乐，但是，有人卷到他的身边，猛烈地摇着他，叫着说："表哥！表哥！来来来，我们表演一手华尔兹。"

魏如峰皱皱眉，怎么就不能让他安静呢？正想说什么，霜霜已不由分说地把他拉了起来，看到众目所瞩，拉拉扯扯的也不好看，他只得无可奈何地站起身，带着霜霜翩然起舞。魏如峰的舞步很绅士派，霜霜跳舞更是内行，身轻如燕，带起来十分舒服。因此，他们这"快华尔兹"，倒是名副其实的"表演"，大家都不跳，围成一圈，看他们跳。霜霜轻声说："跳花步，表哥，带花步！"

魏如峰再皱了一下眉，只得跳花步，各种旧式的花步，由于现在跳的人少，反而变得新奇了，魏如峰不喜欢最新流行的扭扭、恰恰这些，他认为舞步中还是华尔兹和探戈最优美，旋律也来得最自然。

一曲既终，大家鼓掌叫好，他乘机退了下来，顾德中已经抢上前去，拉着霜霜又跳了起来，唱片换成了一张"吉特巴"。他感到有些气闷，屋子里虽装了冷气，却被大家闹得热烘烘的。现在许多人都跳起舞来了，衣香、人影和那快节拍的旋转看得他眼花缭乱。他向窗口走去，却看到窗前正亭亭玉立着一个纤细苗条的白色人影，像颗遗世独立的小星星。他略微迟疑，就向那银白色的小亮光走去。可是，还没有等他走近，那女孩就抬起一对大而不安的眸子，对他很快地扫了一眼，然后，白色的裙子微微摆动，只一瞬间，就像条小银鱼般地溜开了。

他走到刚才那女孩子站过的窗口去站着，莫名其妙地有几分惋惜。下意识地，他在人群中搜索那颗小星星，但，就这么短短的时间内，这女孩仿佛已经隐没到地底下去了，偌大一个房间，竟然再找不到她的影子。他斜倚在窗口，望望窗外的夜，夜很美好，很柔和，是个适宜编织梦想的夜。朦胧中，他陷进一种虚虚幻幻、空空灵灵的思想中。商业，不是他的兴趣，只是一种需要，他真正的兴趣是文学，可是，人就往往不能向自己的兴趣走，他不明白他为什么要投身在商业界？只单纯为了对姨夫的爱？怕他被大鱼吞噬？还是本能地对利欲有份下意识的追求？夜色里，研究分析一下自我是好的。他突然觉得自己比霜霜好不了多少，也是浑浑噩噩地在混日子。这思想使他不安，转过身子来，他又被那些大鼓小鼓喇叭笛子的声浪包围了。霜霜正在客厅的中央和一个男孩子表演跳扭扭舞。

在这热闹的空气里，他越来越觉得寥落起来，用手指轻轻地敲着窗棂，他百无聊赖地望着那疯似的一群。不知怎么，他的情绪一经低落下去，就很难再提起来，而他每次分析自我都会引起一阵困惑和迷茫。扭扭舞曲告终，不知他们闹些什么，有个男孩子高歌了一曲英文歌词的《青春偶像》，这显然刺激了霜霜的表演欲，居然也高歌了一曲。魏如峰听她唱的是什么：

> 自从相思河畔见了你，
> 就像那春风吹进心窝里，
> 我要轻轻地告诉你，
> 不要把我忘记……

俗不可耐！魏如峰耸耸肩，看看手表，才九点半，看样子，他们不玩到十一二点不会散。何慕天曾交代要他务必陪霜霜一起回来，那么，他还得在这儿受上两小时的罪。四面张望了一下，他忽然想起顾正家里有一间做样子的书房，里面藏着些永远无人翻弄的书籍。记起这书房就在客厅的旁边，有一扇门相通。他找了一下，找到了那扇门，于是，他不受人注意地走了过去，推开门，闪身进内，再关上房门。

一瞬间，他愣了愣，那颗失踪的小星星正拿着本书，站在书房的中央，受惊而窘迫地望着他，仿佛她是个犯了过失而被捉到的孩子。

他定了定神，对她笑笑。

"嘿！"他竭力使自己显得温和，因为她看起来已经受惊不小。

她的嘴唇轻轻地蠕动了一下，却并没有发出声音来。魏如峰打量着她，那小小的脸庞清秀雅致，小小的腰肢楚楚可人，清亮的眼睛里盈盈地盛满了不属于这个时代的寂寞和惶惑，和她那件过时的衣服一样只属于她而不属于目前这年轻的一代。他感到心中掠过一阵奇怪的激荡，不由自主地走近她，问："你姓什么？"

"杨。"

"能告诉我你的名字吗？"

"晓彤。"大眼睛轻轻地看了看他，自动地又加了一句解释，"早上的红颜色。"

他凝视她，她不像早上绚丽的红颜色，只像暗夜里一颗寂寥的小星星。

他微笑着说："我叫魏如峰。"

"我知道。"她轻声说。

"你知道？"他有些疑惑。

"顾德美告诉我的。"她羞涩地笑笑，"你是泰安纺织公司董事长的内侄，那位红衣服的小姐是董事长的女儿，是吗？"

"不错。"他也笑笑，这就是他的烦恼，别人介绍他总要说他是谁的内侄，好像他就不是他自己似的，"你是顾德美的同学？"

"是的。"

"为什么不到外面去玩？去跳舞？"

"噢！"轻轻的一声感慨，夹带着微微的不安，"我不会跳舞。"顿了顿，她抬头注视着他，逐渐摆脱了那份羞涩和拘束："我事先不知道是这样的场合，顾德美告诉我'晚会'，而没有说'舞会'，我不喜欢人太多的地方，那些人我都不认识，很——别扭。"

"顾德美这主人当得真糟，她应该给你介绍一下。"

"噢。"又是那样一声轻微的感慨，"还是不介绍的好，我——很怕见生人。"

"是吗？"她引起魏如峰强烈的兴趣，"你不常见生人的吧？"

"嗯。"她再笑笑，"事实上，这是我第一次参加这种晚会。"

"很用功？大部分的时间都躲在书房里？是吗？"他调侃地说。

"噢！"她的脸红了，红得很可爱，有几分像早上的红颜色了，"那音乐使我心慌。"

"刚刚我走近你，为什么你一下子就溜开了？"

"我以为——"她嗫嚅着，脸更红了，"你要来请我跳舞。"

他心中一动。

"你真的不会跳舞？"

"真的。"她认真地说，"那么多人，如果你请我，我简直不知道该怎么办。"

"现在没有人，你愿不愿意试一试？"

"噢！"她惊慌地看看他。

"我教你，跳舞并不难，普通的三步四步，跳起来都很优雅和舒服的。来，试试看，你总有一天要参加正式的舞会，要被人请去跳舞的！"

"我——"她犹豫着。

"来吧，跳跳看！"他不容她有时间抗议，就轻轻地拉她过来，很绅士地拥住她，开始教她三步的基本步伐，她跟着他的指示，生硬地移动着脚步。可是，跳舞天生对女孩子不会是一件难事，只一会儿，她已经跳得很好了。魏如峰揽着她，那纤细的身子在他怀中轻巧地移动，那细致的脸上漾着红晕，看起来柔弱动人。

"你是家里兄弟姐妹中最小的一个吗？"他一面带她滑着步子，一面问，看她那份娇柔，应该是最小的一个。

"不！最大。"

"是吗？兄弟姐妹几个？"

"我还有一个弟弟。"她说，因为分了心，脚步错了，一脚踩在魏如峰的鞋子上，她停下来，涨红了脸。

"没关系，再来过。"魏如峰低头看着她的脚，一双不大的脚，穿着的却是一双平底旧式的学生皮鞋。他重新带她跳，一面打量她那件缀着亮片的衣服，一眼断定不是台湾出的料子，在纺织工厂里打滚了这么几年，对于衣料他是内行极了。那镶着小花边的衣领，那有着绉绸的袖口……这件衣服应该是有很长远的历史了。那么，看样子，家境不会很好，带着种微妙的怜惜的心情，他注视着那利落的齐耳短发和低俯的眼睛上那两排细长的睫毛。

透过书房的厚实的桧木门，客厅里喧嚣的音乐仍清晰可闻，笑闹的声音也不断传来。他们在书房中怡然自得地跳着华尔兹，这气氛却是非常奇异地宁静和雅致。没一会儿，魏如峰就发现晓彤的本身就是宁静气氛的发源处，那含羞的微笑，怯怯的眼光，都像个超脱出这世界的小幽灵，别有一股说不出的韵致。

室外有一阵喧嚣，他们都没有怎么注意。但是，接着，书室的门突然被推开了，放进一道红色的光线，他们同时吃了一惊，不约而同地停下脚步，于是，他们看到门口站着好一些人，最前面的是把嘴张成一个 O 形的顾德美和睁大了眼睛的何霜霜。

"哦，我正在教杨小姐跳舞呢！"魏如峰笑着说，好像必须解释什么，同时放开了晓彤。

"表哥。"霜霜扬了扬眉，笑了起来，"我以为你开溜了呢，原来你躲在这儿。"说着，她用那对明亮的眼睛对晓彤直视过来，肆无忌惮地打量着她。晓彤显然十分发窘，有点紧张和失措，只怔怔地站着，一语不发地望着门口的人。

魏如峰看出情况有几分尴尬，就干脆一拉晓彤说："杨小姐，来吧，我们来正式跳跳！"说着，他把晓彤拉出房门，回到客厅里，亲自走到电唱机旁边，换上一张《田纳西圆舞曲》，然后过来请晓彤跳。晓彤看起来十分不自在，尤其霜霜那对眼睛只管在她身上上上下下地溜，使她更显不安。他们跳了起来，顾德美和另一个男孩子也跳了起来，霜霜却靠在沙发上看他们跳。晓彤错了好几次脚步，跳得非常糟糕，舞曲一结束，她就匆匆忙忙地说："我该回家了。"然后，她找到顾德美，不顾对方的挽留，坚决要回家。魏如峰望着她，很想用汽车送她回去，可是，一转眼间，他看到霜霜正看着他，抿着嘴角，对他很含蓄地微笑着，好像看透了他的心事，他就有些讪讪的，不好意思开口了。结果，是顾德美的三哥负责送晓彤回去。

这天深夜，魏如峰自己开车，和霜霜一起回家。霜霜坐在魏如峰的身边，打了个哈欠，微笑地说："表哥，今天晚上玩得痛快吧？"

听出她话中有话，魏如峰就干脆不予置答。

"如果你真有兴趣哦，我可以打听出那位杨小姐的地址来，只是先说说，你用什么来谢我？"

魏如峰转了一个弯，加快了速度，头也不回地说："一场电影。"

霜霜眯起眼睛来，仔细地审视了魏如峰一会儿，但魏如峰脸上一无表情。

"一场电影，太少了吧？"

"那么，两场。"

"哼！"霜霜哼了一声，"小儿科！"

"开出你的价钱来吧！"魏如峰不动声色地说。

"只要你答应我一件事。"

"什么事？"

"下次你陪我参加舞会的时候，不要把我丢在一边做电灯泡，自己去陪别的小姐，让我面子上下不了台。"

"哦？"魏如峰看了霜霜一眼，霜霜脸上已没有笑容了，看样子还是真的生了气，"怎么？你还会缺少人陪吗？我看你早已应接不暇了！"

"但是，你是我的 partner 呀！"

魏如峰猛地把车刹住，寂静的街道阒无一人，他把手腕支在方向盘上，扭过头来带笑地盯着霜霜看，看得霜霜直瞪眼睛，叫着说："你看什么？"

"我看——"魏如峰慢条斯理地说，"你是不是爱上了我？"

霜霜浓眉一掀，大眼睛一瞪，大嚷着说："活见你的大头鬼！"

魏如峰扑哧一笑，踩动油门，把车子向坐落在中山北路的大厦中驶去。

几度夕阳红

叁

THREE

"有个人也在台湾——"

　　在巷子口，晓彤就吩咐车夫停车，然后跨下了计程车，对顾德美的三哥——顾德民摆了摆手，说了声再见。目送那计程车扬长而去，她才整整衣服，四面望了望，慢慢地向巷子里走去。今晚的经历，对她来说是完全崭新的一页。当她缓缓地向家中走去时，顾家客厅中的人影灯光，书室内的初试舞步，以及那喧嚣的音乐，杂沓的笑话……种种种种，都还在脑中纷纷乱乱地充塞着。低着头，她心不在焉地向前走，才走了几步，蓦然间，一个黑影从巷子的暗处直蹿了出来，同时爆出一声低吼："站住！不要走！"

　　晓彤大吃一惊，吓得心脏往口腔里跳，她停住步子，定睛一看，才看出原来是晓白在开她的玩笑。她用手摸摸胸口，抱怨地说："你做什么嘛？这样装神弄鬼地吓唬人！"

　　晓白不说话，先在路灯下对晓彤上上下下地打量了一番，才笑嘻嘻地说："你这么晚回家，还有男朋友送回来，我可发现你的秘密了！"

　　"别胡说八道，那是顾德美的三哥！"

　　"那还不是一样！"晓白耸耸肩，把手插在裤子口袋里，无聊地踢着地上的石子，"反正是个男的！"

　　"胡扯！"

　　"胡扯？"晓白抬起了眉毛，"他不是男的是女的呀？"

　　"你乱说些什么嘛。"晓彤跺跺脚，"我是说，他才不是我的男朋友呢！"说着，她奇怪地看着晓白，"你为什么待在巷子里？"

　　"哼！"晓白哼了一声，再耸耸肩，"家里！你去看看，那个王伯伯和他的石膏美人坐在房子里就是不走，高谈阔论地也不知说些什么，看他们那股谈劲，恐怕再谈三小时也谈不完。可是，妈妈把你的房间和通外面爸爸妈妈的房间中的纸门取下来，两间打通成一间，为了招待这对贵宾。我的房间就成了堆积仓库，床啦，书啦，破椅子啦，竹书架啦，全堆在我房子里，连一寸的空地都没有，你想，我能待在哪里？"

"王伯伯是个怎么样的人？"晓彤问，她今天晚上出去得很早，没有见到那个王孝城。

"你去看吧，人蛮和气的，很会说话，喝酒跟喝水一样方便，我们准备的清酒就给他一个人喝光，酒喝得越多，话就越多。他那个太太呀，和他正相反，三拳打不出一个闷屁来，问一句，答一句，别别扭扭的，不过很漂亮。"

晓彤走到家门口，门虚掩着，她推开门，和晓白走进去，大门内有一小块空地，然后就是正房的门。走进玄关，还没有上榻榻米，就听到一个男性沙哑的声音，正在长篇大论地谈着什么。她的出现使房内的人突然停了口，她望着室内，今天，房子里布置得很漂亮，两间六席的房间打通后就显得很宽敞了，小茶几上铺着她在学校里家事课上的作业——一条雅致的十字绣的桌布，茶几上还有一瓶名贵的玫瑰花。玻璃窗都抹拭过了，洁净明亮，使那蓝布窗帘也不太难看了。她的目光落在室内的客人身上——一个中年男人和一个年轻的女人。那男人穿着身米色的西装，打着条深红的领带，微胖的身材和奕奕有神的眼睛，给人一种亲切感。并不像晓彤预料中的艺术家的样子，他没有蓬乱的头发和满脸的胡子，看起来是干净清爽的。至于他的妻子，正像晓白所形容的，是个石膏美人，大眼睛，高鼻子，却给人一种凛然不可侵犯的感觉。

"晓彤，来，见见王伯伯和王伯母。"梦竹一眼看到晓彤的出现，就招呼着说。

晓彤走进了房里，银色的衣衫裹着袅娜的小身子，盈盈地立在室内，腼腆地对王孝城点了个头，轻轻喊了声"王伯伯"和"王伯母"。王孝城显然是愣住了，他一动也不动地盯着晓彤看，从她的脸看到她小巧的脚。半天才"哦"了一声说："哦，这就是晓彤？记得我们分手那年，她才只有两三岁，晓白还抱在手里，时间多快，一转眼间，她已经长成个小妇人了！"他调开眼光，注视着梦竹，潇洒地一笑说："记得以前吗？在黄桷树茶馆里比赛吃担担面，我，明远，还有小罗，一口气吃掉了二十碗担担面，你急得拼命叫：'何苦何苦，这样吃法非撑死不可！'哈，多快！那时你不过比晓彤现在大一两岁罢了，最喜欢穿白颜色的洋装，我还记得大家给你取的外号——小粉蝶儿。"

梦竹"嗯"了一声，脸上浮起一个无奈的、惘然的微笑。晓彤走到母亲身边，坐在梦竹的椅子扶手上。王孝城依然注视着梦竹，又看看依偎着梦竹的晓彤，似乎想衡量一下母女二人的相似之处，接着，就高兴地说："又是一只小粉蝶儿！清秀雅丽，一如你当年。不过，她这对眼睛，长得可真——"他突然愣了一下，把话咽了回去，呆呆地注视着晓彤。晓彤被他看得有些不好意思，只得避开眼光，去看茶几上那瓶玫瑰花。室内有短暂的几秒钟的沉寂，空气仿佛有点莫名其妙的滞重。晓彤感到情况似乎很特别，就诧异地抬起眼睛来，正好和坐在王孝城不远处的明远的眼光接个正着。立即，她不知所以地打了个寒噤，父亲的眼光深沉幽冷，正阴郁地盯着她，好像她是个陌生的、突然撞进来的人物似的。

"哈。"说话的又是王孝城，似乎在竭力提起大家的兴致，又像在掩饰什么，"看到孩子成长，真是大乐事！"接着，他就把眼光从晓彤身上挪开，注视着明远，大概想转换室内由于晓彤出现而造成的一种奇妙的不安，他又热心地换了一个谈话题目："明远，我总觉得你不应该放弃绘画，我记得当年你在同学里面，是最有天分的一个，在国立艺专的时候，教授也说你将来的成就会最大，为什么你要放弃艺术呢？公务员这一行，不是你当初最不愿意干的吗？"

明远往后一靠，靠进椅子里，像从梦中醒来一般，抬起眼睛来，对王孝城看看，苦笑了一下。

"不愿意干，也干了十三四年了。"他振作了一下，却依然有些寥落，"你想，刚到台湾的时候，人地生疏，又拖儿带女的，能混口饭吃就好了，管他什么工作呢。办公厅一坐，等因奉此，公文上磨光了当年的豪情壮志。孩子们日渐成长，衣食住行外带教育费，处处都需要钱，再也无法抛下稳定的工作去冒险从事绘画了，一年年下来，年纪也大了，画笔也生锈了，还谈什么艺术呢！所以，还是你行，先立了业，再成家，现在是功成名就……"

"算了，算了。"王孝城打断了明远的话，"谈什么功成名就，现在艺术界也是一团糟，学了三天半画的人都可以开画展，只要你关系够，人事上处得好，有来头，你就能成画家！还有人拿老师的画来开画展，只要给老师钱就行了，你想，艺术还有什么价值呢？有时，我还真想改行，你记得我以前一直要做商人的……"

"你们这叫吃哪一行，怨哪一行。"梦竹笑着说，竭力想调和室内的低气压，"像你，孝城，可真不该抱怨了，做个名画家，弟子满天下，还有那么多牢骚！"

"你别谈弟子还好些，谈了弟子更气人。"王孝城笑着说，"我有个学生，为了要出国而找我学国画，学了三天半就出去了，画的是其糟无比，结果居然在国外大开起画展，用的全是我的画稿，一张画的标价有高到五百美金的，比我的画还高出好几倍！你想，这不就明摆着欺侮外国人吗？怪的是居然有人向他买！"

"外国人怎能懂中国的艺术！"明远说。

"那又不然了。"王孝城说，"我有个外国学生，比中国人画得还好，他还读中国历史，学中国诗呢！这些我们自己的青年不屑于学的，外国人还重视得不得了呢！"说着，他突然沉吟了一下，对明远说："明远，我倒是有个意见，你重拾画笔如何？"

"怎么——"明远迟疑地问。

"我告诉你。"王孝城坐正了身子说，"现在，一些画得乱七八糟的人都穷开画展，学了三天半画的人也有勇气开画展，你这个正规艺专出来的怎么反而埋没在公文里面？以你的程度，开个画展一定可以轰动！至于人事宣传方面，我可以全力帮你忙，你何不试试看，画出六七十幅画来，就足够开次画展了。只要画展成功，你就出头了，你拿手的工笔人物，现在非常吃香，你知不知道？"

"可是——"明远凝视着王孝城，不由自主地有些兴奋起来，他俯向王孝城，犹豫地说，"可是，我已经太久没有碰画笔了。"

"那有什么关系，你那份天分绝不会使你下不了笔，你要是多参观人家的画展，你就会有勇气了。明远，你试试看，画出几十幅来，让我帮你开个画展，包你成功！"

"只怕丢得太久了！"明远说，脸上的兴奋却在逐渐加深，"而且，这么久没画，恐怕已经没有画画的情绪……"

"情绪……"王孝城叫着说，"培养呀！"

明远沉默了。在沉默中，却显然对王孝城的话十分感兴趣，因而情绪有些激动。梦竹也默默地沉思着。王孝城看了看表，这才惊觉地跳了起来："哎呀，十一点多了，一谈就谈了这么久，好了，告辞，告辞。改天再详谈。明远，你好好地考虑一下吧！"

石膏美人站起来了，明远和梦竹也站起身来送客，他们向玄关走去，王孝城又竭力邀请明远夫妇到他们家去玩。走到玄关，晓白正坐在穿鞋的地方，捧着一本小册子看得津津有味，一看到他们出来，就慌忙跳起身来，把书藏在身后。梦竹眼尖，已经看到是一本什么《剑气珠光》，她无暇来责备晓白，只瞪了他一眼说："晓白，去叫一辆三轮车来！"

"哎呀，不用了，不用了。"王孝城说，"我们自己散步到巷口去叫！"

"不不。"明远说，"让晓白去叫。"

晓白跑出去叫车了，明远想到晓白身上没有钱，就溜进房里去取钱，王孝城一看明远走开了，就抓住这个空隙，对梦竹说："梦竹，说实话，你们的生活情况如何？"

梦竹勉强地笑笑说："混日子而已，明远那份脾气你是知道的，对上不买账，对下又不拉拢，混了十几年，还只是个小职员。"

王孝城点点头，望着梦竹，似乎想说什么，又迟疑着。梦竹看着他说："有什么事？"

"你——知不知道——"王孝城欲言又止。

"什么东西知不知道？"梦竹诧异地问。

"有个人也在台湾——"

王孝城的话说了一半，明远出来了。王孝城立即住了口。梦竹狐疑地看着王孝城。有个人也在台湾——谁？为什么他要说得这样神秘兮兮的？猛然间，她的心狂跳了起来，有个人也在台湾，难道是——她像挨了一棍，顿时愣愣地发起呆来。

车子来了，梦竹惊醒过来，和明远把王孝城夫妇送上车子，站在门口，看着三轮车走远，才慢慢地转身回房。

回到房里，还有一大堆的善后工作要做，装纸门，把家具搬回原位，铺床，整理弄乱的原有秩序。梦竹忙碌地清理着，命令晓白和晓彤搬这搬那。她竭力用忙碌来禁止自己思想。可是，王孝城最后的那句话使她心情大乱。一面铺着床，一面又禁不住停下来发呆，这是不可能的！但是，现在还是不要去想吧，她宁可不想！当一切恢复了原状，她就急急地叫两个孩子去睡觉。晓彤诧异地望着母亲，不知道有什么事让母亲如此不安？她正有许多话想和母亲说，她要告诉她今晚的经过，告诉她那个顾家的舞会，和那个奇妙的遭遇。但是，她才开口喊了一声："妈妈！"

梦竹就不耐地对她挥挥手说："去吧，这么晚了，快些去睡觉，有话明天再说。"

晓彤满腹猜疑地回到自己屋里，奇怪母亲何以与往日大不相同。可是，她有太多事情要思想，她没有时间去想母亲的事了。梦竹看到孩子们都回房了，才深深地吐出一口气，在梳妆台前坐下来。面对着镜子里的自己，又愣愣地陷入了沉思之中。

"有个人也在台湾！"会是谁？她拿着发刷，有心没心地刷着头发。这世界会这么小吗？不，一定不会，不知道王孝城说的是谁？绝不是——她甩甩头，似乎想甩走一个可怕的阴影。

明远走到她身后来了，把一只手按在她的肩膀上，她猛然吃了一惊，发刷从手上落到地上去了。明远俯身拾起发刷，从镜子里凝视她，怀疑地问："你在想什么？"

"没，没什么。"梦竹有点口吃地说，她觉得明远已经洞烛了她的思想，而且，她猜测明远或者已经听到了王孝城最后那句话，这样一想，她的脸色就变白了。而明远站在她身后，握着那发刷，也闷不开腔。从镜子里，她可以看到他那凝肃而深沉的脸色，她更加不安了。好半天，两人都默然不语，梦竹了解明远的个性，她知道在他心中的一个角落里，始终对一件事耿耿于怀，连一件衣服尚且会引起他的不快，何况是——

"梦竹！"

明远一开口，梦竹就又吃惊地一跳，明远瞪着她问："你怎么了？"

"哦，没，没什么。你要说什么话？"梦竹醒觉地问。

"对于王孝城的话，你有什么意见？"明远问。

王孝城的话？梦竹脑中纷乱成一团，到底，他是听到那句话了，他一定也猜出王孝城所说的人是谁了。她瞠目结舌地望着明远在镜子里的脸，对于明远那份沉着的脸色，突然冒出一股怒火。总是这样，有什么话他从不直截了当地说出来，而要做出那股阴阳怪气的脸色给她看，他是在折磨她，还是在窥探她？他希望知道什么？他想要她告诉他什么？突来的不满使她勇敢地扬扬头，用一种近乎生气的声音，冷冰冰地说："我没有什么意见！"

"怎么？"明远的眼睛掠过一抹困惑，"你不赞成我重拾画笔吗？"

"哦，哦……"梦竹如梦初醒，突然明白过来，才知道明远指的是画画的事，不禁感到一阵像解放似的轻松。在轻松之后，又为自己的失态感到一些微微狼狈和类似歉疚的情绪。为了弥补自己胡思乱想所造成的错误，她给了明远一个嫣然的微笑，用几乎是高兴的口吻说："当然，我完全赞成，他的话很对，你不该放弃你的本行。"

明远诧异地看着梦竹，他不了解她为什么忽悲忽喜的？她的神态看起来那么奇怪。

"你今天晚上怎么了？"他问。

"没有怎么呀！"梦竹微笑着说，"只是有点累，而且，见着了多年没见的朋友，总有点兴奋。"

这倒是真的，明远释然了。他拿起发刷，下意识地在梦竹头发上刷了一下。这举动使梦竹心底掠过一阵痉挛的柔情，她一把握住了他的手，把头靠在他身上，突然渴望能够被人保护，被人怜惜，带着一份莫名其妙的激动，她说："明远，从今天起，做一切你所爱做的事吧，哪怕辞了职去画画。我已经拖累得你够了。"

明远愣了愣，他低头注视着梦竹说："怎么了？你？为什么要这样说？我从没有嫌你拖累了我！"

"事实上是我拖累了你，如果我们不那么早结婚……"

"可是，是我要求你结婚的，是不？"明远打断了她的话，"你怎么会讲起这些？"

"因为我对你抱歉，假如你不结婚，你现在可能比王孝城更有名，本来你的画就比他画得好，可惜你放弃了，否则，你一定已经成功了，都因为……"

"梦竹！"明远低低地喊，抚摩着她的头发，"你今天是太累了，太兴奋了，早些睡吧！"

"我常想，或者你后悔娶了我……"梦竹继续说，在自己的思潮中挣扎。

"梦竹！你真的是怎么了？"

梦竹猛地缩了口，镜子里的她有种奇异的激动的表情。她用手摸摸面颊，惘然地笑了笑，说："真的，我是太累了。"

同一时间，晓彤正独自呆坐在她的房内，面对着书桌上的台灯，双手托着下巴，怔怔地凝思着。父母谈话的声浪隔着一扇纸门，隐隐约约地飘了进来。可是，她并没有去听，她正陷在自己的思想中。在她身上，依然穿着那件银白色的衣服，她懒得去脱，也懒得移动。今晚的舞会，使她自觉成了一个大人，尤其，她已经和一个男人共舞过，一想起那男人，她就禁不住有点脸红心跳。可是，奇怪，如今她回想起来，魏如峰的脸竟像飘在雾里，她怎么也想不起他长的是个什么样子，甚至记不起他穿的是什么颜色的衣服，只模糊地记得他有对似关怀一切，又似对一切都不关怀的眼睛，这感觉多么抽象而不具体，她甚至记不得他的眼睛是大还是小，他是漂亮还是丑陋！

她不知道自己呆坐了多久，直到看见父母房里的灯光灭了，才惊觉地坐正身子，从抽屉里拿出日记本，打开钢笔的笔套。但，面对着日记本的空白纸页，她竟无法写下一个字，这一天的感觉是混乱的，是茫无头绪的，好久好久之后，她才写下一句话：

我度过了一个奇妙的晚上，邂逅了一个奇异的男孩子。

她的脸红了红，把"邂逅"两个字涂掉了，改成"遇到"，可是，接着，她又把整句都涂掉了，在日记本上歪歪斜斜，胡乱地涂着：

但愿今夜无梦，一觉睡到明朝，醒来重拾书本，把今宵诸事都抛掉！

写完，觉得诗不像诗，词不像词，不禁自嘲地微微一笑，又提起笔来，全体涂掉了。不想再记下去，她把日记本丢进抽屉里，解衣预备就寝。刚刚换上睡衣，就听到晓白房里有一阵奇怪的声音，她拉开门，看到晓白房里还透着灯光，她走过去，把晓白的房门拉开一条缝，一眼看到晓白躬着背匍匐在床上，手脚乱动，仿佛得了羊痫风，不禁吃惊得低叫了起来，晓白一翻身坐起来，对晓彤"嘘"了一声说："别叫！"

"你在做什么？"晓彤低低地问。

"蛤蟆功。"晓白说。

"什么玩意儿？"晓彤没听懂。

"蛤蟆功。"晓白有点讪讪地说，"我只是要试试看蛤蟆功到底有没有用，这是书上写的武功的一种。"

"蛤蟆功？"晓彤歪歪头问，"有没有泥鳅功？"

"胡闹！"晓白说，接着又突然想起来说，"泥鳅功虽然没有，可是有壁虎功。"

"大概还有蜗牛功呢！"

晓彤笑着说，摇摇头，悄悄地走回了自己的房间。关了灯，她躺在床上，对着黑暗的窗子沉思，多奇妙的一天！顾德美家的舞会，教她跳舞的男人，家里的客人和晓白的蛤蟆功！她微笑了起来，很快地入了梦乡。

肆

FOUR

有什么事使这个不知忧愁的女孩烦恼了？爱情吗？

　　夜深了，何霜霜缓缓地驾驶着车子，向中山北路的家中驶去。深夜的街道上是一片寂静，连十字路口的警察岗亭里都已空无一人，红绿灯无人操纵，冷冰冰地孤立在街头。现在，空旷的街道上没有车辆和她争前抢后了，可是，她反而不想开快车，只轻缓地让车子在夜色里向前滑行。风从开得大大的窗子里灌进来，撩起了她的短发。在车灯照射下的街道，寂寞得连小猫小狗的影子都没有。

　　一个星期天，又过去了。何霜霜疲倦地扶着方向盘，倦意正在她体内和四肢中流窜。想想看，一清早和顾氏三兄弟开车上阳明山，三兄弟，一个赛一个的宝气。顾德中，外表活像只大狗熊，说起话来，舌头在口腔里绕半天的圈子，才吐得出一声清楚的话："我……我……我从小有音乐天分，学小提琴，才……才三星期，就能拉莫扎特的小步舞曲。"见他的鬼！莫扎特的小步舞曲！她就想象不出狗熊拉小提琴是副什么样子。顾德华，油头粉面，整天头发梳得光光的，衣服上还要喷点他母亲的夜巴黎香水。"我哦，我的名字是顾德华，你猜什么意思？就是照顾得了花，你就是花，哈哈！"哈哈，下你的地狱去，恶心够受！顾德民，三兄弟中唯一看得过去的，论外表，文质彬彬、秀秀气气，鼻梁上架副近视眼镜，似乎勉强能算美男子。但是，说上一句话就要脸红，哼哼唧唧半天，也听不清他哼些什么，大概上辈子是蚊子转世来的。和这三个宝气游阳明山，就别说有多气人了，三个大男人，围在你身边，碍手碍脚，一转身，不是碰着这个的鼻子，就是挨着了那个的肩膀……到中午回台北吃午餐，吃完了午饭，趁早把三兄弟打发回去。然后又去找了小赵，小赵别无所长，猴了巴唧的，就是会说笑话，做鬼脸，标准的小丑典型。和小赵去跳了场舞，赶了一场六点钟的电影，电影散场时碰到小陆那一群男男女女，又去跳舞，舞厅打烊，出来再吃点夜宵，然后赶走小赵，自己开车回家。一天，就是这样，疯狂地，尽兴地，玩玩玩！"春天的花，是多么地香，秋天的月，是多么明亮，少年的我，是多么快乐……"快乐吗？无论如何，总是在追寻着快乐。舞厅里那些人，绿的酒，红的灯，疯狂的旋律！那个歌女唱的歌："舞步轻燕，舞态如天仙，青春少年，欢乐无限……"欢乐无限，是吗？欢乐无限！……她猛然刹住车，有点眼花缭乱，车子仿佛碰到了什么，她向前面看看，揿揿喇叭，什么东西都没有。她甩了甩头，用手揉揉眼睛，头里昏昏然，眼睛发涩，疲倦仍然在四肢中流窜。她闭了闭眼睛，重新发动了车子。

车子停在家门口，她揿揿喇叭，没有人来应门，她再揿揿喇叭，依然没人应门，老刘一定已经睡成只死猪了。她不知道何慕天和魏如峰为什么都喜欢老刘，粗里粗气的。她把头扑在方向盘上，干脆压在喇叭上，震耳欲聋的喇叭声在夜空里播送，尖锐的声音划破了寂静的夜，附近的人家有人推开窗子诅咒，但喇叭声仍然清越地传送着。

大门开了，霜霜抬起头来，一面懒懒散散地跨下车子，一面睡意蒙眬地说："把车子开到车房里去！"

"嗯，夜游的女神终于回来了！"

霜霜抬起眼睛，这才看清面前的人，她耸耸肩说："原来是你！表哥，你还没睡？"

"就是睡了也被你吵醒了，你什么时候能学会不打扰别人？"

"不要说教！表哥，我今天玩了一整天，累极了。"霜霜说着，向房子走去，一面对魏如峰摆摆手，"麻烦你把车子送到车房里去！"

魏如峰皱皱眉头目送霜霜蹒跚地走进屋去，不禁深深地摇了摇头。

霜霜摇摇晃晃地走上了楼，回到自己的卧室，往床上一扑，弹簧床垫立即迎着她的身子，把她软软地包了起来。拖过一个枕头，她把脸埋在里面，浑浑噩噩地躺了一阵。然后，她站起身来，取了睡衣，到浴室里去。放上一缸冷水，她把自己泡在凉凉的水中，皮肤骤然接触到冷水，引起一阵痉挛和紧张，然后就松弛了下来。冷水使人清醒，她最喜欢冷水浴，每当她疲倦或烦恼的时候，她总以冷水浴来治疗自己。在水中浸了一个够，她拭干身子，穿上那件她最喜爱的鹅黄色绸睡衣，站在镜子前面，梳了梳头发，头脑清醒多了。她瞠目注视着镜子，奇怪地看着镜子里那对漂亮而困惑的眼睛，她用手指指自己的鼻子，对镜子里的人影傻傻地问了一句："这是我吗？这就是我吗？多无聊的我！"

无聊！对了，就是这个词，她找了许久的名词，无聊！生活中全是无聊，阳明山，跳舞，看电影，顾氏三兄弟，小赵，小陆，吃夜宵！全是无聊！她对着镜子皱眉，突然涌上心头的空虚和落寞感使她鼻中酸楚。生活，就是这样的吗？她并不想要这种生活！可是，她要什么生活呢？镜子里的眼睛更困惑了，她对镜子挑挑眉，噘噘嘴，发出一声微喟："我竟然不了解自己，多可怕！"

走出浴室，她沿着宽阔的走廊向自己的卧室走去。经过魏如峰门前的时候，她看到门缝里还透着灯光，她略微迟疑了一下，就推开门走了进去。

魏如峰穿着睡衣，半躺半坐地倚在床上，床头柜上亮着一盏台灯，他手中握着本英文小说，正看得出神。听到门响，他抬起头来，望着霜霜。霜霜顺手关上门，走到床边来，坐在床沿上。魏如峰默默地看了她一眼说："你知道几点了？"

霜霜噘噘嘴，眨眨眼睛，什么话都不说。

"你玩得还不累？为什么不去睡觉？"

"刚刚好像很累，现在又一点睡意都没有了。"霜霜说，倚着床栏，没来由地叹了口气。

魏如峰深深地打量着霜霜，那两道挺秀而浓密的眉毛微锁着，长睫毛半掩了那对平时充满野性，而现在充满困惑的眼睛。有什么事使这个不知忧愁的女孩烦恼了？爱情吗？他合上看了一半的英文小说，用手托着下巴，做出一副准备长谈的姿态来，说："怎么了？霜霜，和谁怄气了？"

霜霜沉默地摇摇头，一绺黑发从耳边垂了下来，拂在面颊上。她用牙齿轻咬着下唇，眉头锁得更紧了。魏如峰诧异地望着她，好半天，她才甩了甩头，把那绺不听话的头发甩到脑后去，直视着魏如峰说："表哥，你很快乐吗？"

魏如峰愣了一下，说："怎么想起问这样一个问题？难道你不快乐？"

"嗯……"霜霜垂下了眼睛，"疯狂地玩的时候，可以有短时间的快乐，但是玩过了，又什么都没有了。你懂吗？表哥？就像现在，想起来，好像什么都没意思，非常地……非常地……"她凝思着，想找出个适当的字眼来描述她的心情。

"空虚？"魏如峰试着代她接下去。

"对了！"霜霜高兴地拍拍床垫说，"就是这两个字！"

魏如峰坐正了身子，审视着霜霜，不由自主地微笑了起来。

"你笑什么？"霜霜瞪着眼睛说，"我和你谈正经的，有什么好笑？"

"我笑你觉得空虚。"魏如峰说，"大概是你生活太优越了，整天在外面疯呀闹呀玩呀，回到家里来还喊空虚，不是很有趣吗？"

"我一点也不觉得有趣！"霜霜没好气地说。

"不过……"魏如峰收住了笑，深思地说，"能感到空虚，总是一件好事。"

"好事？你是什么意思？"

"这证明你长大了，成熟了，懂得用思想了。"

霜霜困惑地望着魏如峰。

"你看。"魏如峰解释地说，"你最喜欢跳舞，和男孩子开车兜风，到小吃店大吃大闹，把人家的酱油倒到醋瓶子里，觉得很开心。现在呢，你感到空虚了，换言之，你也就是对于那种玩法不能满足了。这，充分表示你在进步。嗯……"他笑嘻嘻地看着霜霜，"看样子，大小姐快要改邪归正了，可喜可贺！"

"呸！"霜霜一忽地跳起身来，站在床前面，瞪大了眼睛说，"什么改邪归正？是谁邪谁正？你也不是好东西，不要以为我不知道……"

"好好好，你知道。"魏如峰打断了她，把她拉下来，让她仍然坐在床沿上。收起了嬉笑的态度，诚挚地说，"告诉我，霜霜，这次月考的成绩如何？"

"哼！"霜霜凝视着自己的手指甲，心不在焉地说，"谁知道！"

"准备明年不毕业了吗?"魏如峰问。

"表哥!"霜霜喊,"我不喜欢你这种冒充大人的味道!"

"冒充大人?"魏如峰失笑地说,"我已经二十七岁了,还不算大人吗?什么叫冒充大人的味道?"

"我是说,冒充长辈的态度!"

"长辈?"魏如峰笑笑,"我没有要冒充你的长辈呀,我是以一个哥哥的身份和妹妹谈话,你不是我的小妹妹吗?刚到台湾的时候,你才三四岁,话都说不清,把'哥哥'念成'多多',成天跟在我后面喊'多多',要我背你到街上去买棒棒糖。哼,现在呀,你长大了,'多多'只配给你送汽车进车房了。"

"哎哟!"霜霜叫,"别那么酸溜溜的,好不好?"

"那么,听我讲几句正经话。"魏如峰说,"霜霜,这种昏天黑地胡闹胡玩的生活该结束了吧?你是真不爱念书也好,假不爱念书也好,最起码,你总应该把高中混毕业!是不是?你刚刚说不快乐,我建议你收收心,安安静静在家里过几天日子,好好地用用思想,或者会帮你找到宁静和快乐。你现在仿佛一只找不着家的小兔子,迷失在这繁华时代的浓雾里,整天莽莽撞撞,东奔西窜,自己也不知道目的何在,这样,怎么会快乐呢……"

"我不听你讲这些!"霜霜再度跳了起来,把睡衣带子系好,向房门口走去,"你又不是我的训导主任,谁来找你训话的?还不如睡觉去!"她走出房门,又回过头来,对魏如峰笑了笑,抛下一声,"再见!"

房门带上了,魏如峰望着那砰然合拢的房门,发了一阵呆,才蹙着眉,摇了摇头。

重新拿起那本英文小说,他想继续看下去,可是,页数弄乱了,翻了半天,也找不到原来的那页,却从书里翻落出一张照片来,拾起照片,上面是个女子的半身照,画得很浓的眉毛,厚嘟嘟的嘴唇和一对大而充满魅力的眼睛。他又皱皱眉,翻过照片的背面,有几行女性的笔迹:

给如峰：

　　别忘了那些浓情蜜意的夜晚，

　　更别忘了那些共同迎接的清晨。

杜妮

　　他凝视着这两行字，眉头皱得更紧了。他记得这张照片是杜妮两星期前给他的，不知怎么夹到这本书里来了。望着这两行字，他感到非常地刺心。刚刚，他还义正词严地教训霜霜："这种昏天黑地胡闹胡玩的生活该结束了吧？"可是，自己呢？这儿就有堕落的证据！迷失，是霜霜在迷失，还是自己在迷失？把照片夹回书里，书丢在床头柜上，他关了灯，躺在床上，用手枕着头，眼睁睁地望着黑暗的空间，自言自语地低声说："或者，是该我来仔细地用用思想。"

　　瞪着天花板，他真的沉思了起来。

　　霜霜回到了自己的屋里，慢慢地走到床边，躺了下去，用手枕着头，她没有立即关灯。床头柜上是一盏浅蓝色的台灯，灯影下亭亭玉立着一座小小的维纳斯石膏像。这石膏像还是去年她过十七岁生日时魏如峰送她的，当时，魏如峰说："我发现这石膏像的侧影像极了你的侧影，所以买给你。"

　　结果，害她天天对着镜子研究自己的侧影，说真话，除了自己也有个较高的鼻子外，她可找不出自己与维纳斯有什么相像的地方。不过，无论如何，她很喜欢这座平凡的小石膏像，尤其因为，这石膏像有种沉静恬然的味道，这是霜霜一辈子也无法具有的。凝视着这石膏像，她是更加没有睡意了。

　　"我建议你收收心，安安静静在家里过几天日子，好好地用用思想，或者会帮你找到宁静和快乐。"

　　魏如峰的话在她耳边轻轻地回响，像一条小溪流般淋淋然地流过。她眩惑地瞪着石膏像，是的，昏天黑地胡闹胡玩的日子！即将来临的高中毕业和大专联考！该结束了，游荡的日子！该结束了，胡闹的岁月！魏如峰的"说教"也不是没有几分道理，只是，"改邪归正"可不是一件容易的事情。收收心，如何收法？大代数、解析几何、物理、化学……要命！生来与书本无缘，又怎么办呢？她一动也不动地望着灯光下石膏像的影子，时间一分一秒地流逝，她始终瞪着对大大的眼睛。终于，疲倦来临了，一日的纵情游乐使她筋肉酸痛，眼皮上的铅块向下拉扯，她懒洋洋地伸手去关灯，一面轻轻地，对自己许诺似的说："明天，一切从明天开始。"

灯灭了，她把头深深地倚在枕头里，合上了眼睛。

何慕天吃完了他的早餐，燃上一支烟，靠进椅子里。壁上的大钟已七点半，霜霜还没有下楼，看样子，她今天又要迟到了。深吸了一口烟，他望着烟雾扩散，心中在打着腹稿，怎样等霜霜一下楼就教训她一顿。近来，霜霜的任性、放浪形骸，已经一天比一天厉害。这样下去，这孩子非堕落不可。他只有这一个女儿，再也不能继续纵容下去了。他板了板脸，竭力使自己显得冷静和严肃。这一次，他一定要厉厉害害地骂她一顿，决不心软。虽然他从没骂过霜霜，可是，如今已经到了令人忍无可忍的地步。

霜霜下楼了，穿着得很整齐。白衬衫，黑裙子，头发梳得好好的，满脸带着股清新的朝气，看起来竟然一反平日的飞扬浮躁，而显得文静安详。她对父亲扬了扬眉毛，用近乎愉快的声调说："早，爸爸。"

何慕天咽了一口口水，尽力压制自己内心想原谅霜霜的情绪。吐出一大口烟雾，他坐正了身子，沉着脸，用自己都陌生的、冷冰冰的语气说："霜霜，昨晚几点钟回来的？"

霜霜愣了愣，今天父亲是怎么回事？情绪不好吗？她从阿金手上接过面包，好整以暇地抹上牛油，慢吞吞地说了一句："我没有看表。"

"你没有看表，我倒看了，午夜一点整。"何慕天说，口气是严厉的，责备性的。

霜霜咬了口面包，望了何慕天一眼，默默不语。看样子，今天是大不吉利，一清早就要触霉头！有谁给父亲吃了火药吗？从来也不管她的行动，怎么今天大管特管起来了？

"你看，你把车子开走，事先也不告诉我一声，等我要用车子的时候找不到，出去一整天，到深更半夜回来，还要死命揿喇叭，弄得四邻不安！霜霜，你未免太过分了，这样下去，你准备做太妹是不是？"

霜霜停止了吃面包，瞪着一对大大的眼睛，呆呆地望着何慕天。她不相信父亲会用这种口气对她说话，这似乎是不可能的。尤其在今天！今天，一清早，起来晚了，但她仍然振作精神，梳洗、穿衣，对着镜子发誓："从今天起，何霜霜要改头换面了。"然后跑下楼梯，以为接待自己的是光辉灿烂的、崭新的一天。但是，什么都不对劲了，没有阳光，没有朝气，没有活力，有的，是父亲冷冰冰的脸和无情的责备！

"你出去玩玩也罢了。"何慕天一鼓作气，把要说的话都趁自己没有心软的时候全部倾出来，"你小小年纪，就学会了泡舞厅！十八九岁的女孩子，别人都念书准备考大学，你呢？糊糊涂涂地过些什么日子！我问问你，你对未来有些什么打算？你这样混下去，就是要嫁人，都没有人敢娶你！你那群不三不四的男朋友，全是些不务正业的小太保，你呢——"

"是个太妹！是吧？"沉默已久的霜霜陡然爆发了，她愤然地接了下去，从餐桌上跳了起来，把吃了一半的一块面包扔在桌上。受伤的自尊心，与愿望相违的这个早晨，使她又伤心，又激怒。昂着头，她直视着何慕天，叫着说，"我的朋友都是太保，你骂他们好了，你看不起他们好了，但是他们会陪我玩，会照顾我，会爱我，崇拜我！除了他们，我还有什么？这个家，从楼上跑到楼下，经常连人影都抓不到一个！你有你的事业，表哥有他的这个妮，那个妮。我就有我的太保朋友！我要他们，我喜欢他们，怎么样？你一点都不懂我……"

何慕天愕然了，把烟从嘴里取了出来，他怔怔地望着霜霜，已经忘了要责备她的初衷，他瞠目结舌地说："可是，我——我并没有忽略你呀，我爱你，重视你，给你一切你需要的东西……"

"需要的东西。"霜霜垂下眼睛，突然涌上心头的伤心使她声音哽咽，"你根本不知道我需要些什么东西！"

"那么……"何慕天无助地说，霜霜泫然欲泣的样子使他心慌意乱，"你需要什么呢？"

霜霜瞪视着何慕天，冲口而出地说："母亲！"

　　像是挨了迎头一棒，何慕天的脸色顿时变得惨白，他呆呆地望着霜霜，一句话都说不出来了。霜霜喊出了这两个字之后，也猛地吃了一惊，却又无法收回，看着父亲的脸色转变，她心慌地低下了头。母亲，母亲在何方？这是她从小就有的疑惑。"妈妈在哪里？"小时候，攀着何慕天的脖子问。"死了！"何慕天垮下脸来，把她从膝上推下去，怫然地转身走开，但她知道母亲没有死。母亲，母亲在何方？她用手指划着桌子，低低地说："我希望我有妈妈，如果她已经死了，我希望知道她是什么样子，家里，连一张她的照片都没有！假若有她的照片，最起码，我可以把我心底里的话，对着她的照片诉说。"她的声音是哽塞的，她触及了自己真正的痛楚，眨了眨泪水迷蒙的眼睛，她继续说："有许多事情，是女儿需要对母亲说的，不是父亲！如果我有个妈妈，我一定很乖，很知道该怎么做，可是，我没有！"泪水流下了她的面颊，她用手背拭了拭眼睛。忽然间，千万种酸楚都齐涌心头，她控制不住，痛哭着转过身子，奔出了餐厅。

　　何慕天仍然一动也不动地坐着，他听到霜霜跑过回廊的脚步声和奔下台阶的声音，然后，是一阵汽车引擎的喧嚣和风驰电掣般开远的声音。他漠然地听着这一切。霜霜的话把他拖进了一圈逝去的洞旋中，他只感到思潮澎湃而情感激荡，那些久远的往事像浪潮般对他冲击翻滚过来，一个浪头又接一个浪头，打得他头脑昏沉而冷汗淋淋。他把烟塞进嘴里，吃力地从椅子里站起身，迈着不稳定的步子，走出餐厅，向楼上走去。在楼梯上，他和迎面下来的魏如峰碰个正着，魏如峰顿时一惊，他被何慕天的脸色吓住了。

　　"怎么？姨夫？你不舒服吗？"

　　"没有什么。"何慕天很疲倦似的说，"有点头晕，你给我带个信给顾总经理，我今天不去公司了。"

　　"哦，好的。"魏如峰说，"不过，要不要请个医生来？"

　　"不，不要，什么都不要！"何慕天挥挥手，径直向楼上走去，"叫人不要来打扰我，我要好好地躺一躺。"

　　魏如峰狐疑地望着何慕天的背影，不解地摇摇头。下了楼，他走进餐厅，阿金送上他的早餐，他吃着包子，阿金压低了声音，报告新闻般地说：

"老爷发了脾气。"

"为什么？"魏如峰问。阿金是个十七岁的小姑娘，长得还很白净，就可惜有两颗台湾少女特有的金门牙。

"他骂小姐，小姐哭了。"

"什么？"魏如峰吓了一跳，何慕天骂霜霜已属不平常，霜霜会哭就更属不平常。

"不知道为什么。"阿金吊胃口似的说，"我只听到小姐说想她妈妈。"

魏如峰怔了怔，问："小姐呢？上学去了？"

"没有。"阿金摇摇头，"她没有拿书包，开了汽车走了。"

"哦。"魏如峰皱着眉。试着去思想分析，却一点眉目也想不出来。匆匆地结束了早餐，他骑着他的摩托车到公司里去，平常，他和何慕天一起去公司就坐汽车，他自己去就骑摩托车，他有一辆非常漂亮的司各脱摩托车。

骑着摩托车，他向衡阳路驰去，这正是学生上学和公务员上班的时刻，街上十分拥挤，各种不同的车辆在街上争先恐后地驰着，喇叭声此起彼伏地长鸣不已。他经过火车站，在公共汽车总站上，每一路的站牌下都站满了等车的人和学生。他不经意地看了那些人一眼，摩托车从那长龙般的队伍向前滑过去。忽然，他觉得有种第六感牵制了自己一下，那队伍中有什么特别的东西吸引了他。他掉转车子，再骑回去，于是，他发现一对似曾相识的眼睛正悄悄地注视着他，一对迷蒙的黑眼睛，带着股超然世外的韵味。他捉住了这对眼睛，一面迅速地在记忆中搜寻，哪儿见过？猛然间，他脑中如电光一闪，他想起来了！那颗小星星！那颗已被他遗忘了的小星星！他顿时有种意外的惊喜，仿佛无意间拾到了一粒被自己失落的钻石。他径直向她骑过去，她站在一大排等车的女学生中间，纤细、瘦小而稚弱。那样沉静安详地站着，站在叽叽喳喳的学生群中，显得那么特别和卓尔不群。自从上次舞会中见过一次，已经一个多月了，他奇怪自己怎么会忘怀了这颗小星星？在她面前停下车子，他愉快地招呼："早，杨小姐！"

对方似乎有些局促和不自然，但，接着，她就还了他一个宁静的微笑，轻声地说："早。"

"我一直想去看你，但不知道你的地址。"他直截了当地说，因为他看到公共汽车已经来了，而他不想再放过这颗小星星，"你的地址是？"

晓彤有些犹豫，她不知道该不该把地址告诉这个男人，而队伍已向车门口移动，许多同校的同学又用好奇的眼光望着他们，使她情绪紧张。魏如峰不等她回答，就肯定地说："这样吧，下午你放学的时候我到你的校门口去接你！"说完，他跳上摩托车，对晓彤笑着挥挥手，说了声"下午见！"就发动车子，向马路上直驰而去。他没有管晓彤同意与否，在他说这句话时，他敏感地觉得晓彤百分之八十会拒绝他，像她这样的女孩，一定把约会看得十分严重，因而，他必须在她可能拒绝的话出口前先跑开去。

下午，魏如峰提前回到家里，他一直惦记着下午那个约会，却又记挂着何慕天和霜霜。家中一切静悄悄的，据阿金的报告，何慕天一天没有走出他的房间，而霜霜也一天没有回家。他有些不安了，这情况未免太不寻常。上了楼，他敲敲何慕天的房门，半天，才听到何慕天的一声："进来！"

他推开门走进去，室内的窗帘垂着，显得暗沉沉的，何慕天坐在书桌前的安乐椅中，桌上的烟灰碟里堆满了烟蒂，整个房间都烟雾腾腾。何慕天的脸色看来憔悴而寥落，他望望魏如峰，疲倦地问："霜霜呢？"

"阿金说还没有回来。"

何慕天不安地蹙着眉："她没有去上学？"

"我想是没有。"

何慕天更加不安了。他移动了一下身子，说："打电话到顾家去问问看！"

魏如峰正准备去打电话，何慕天又叫住了他。"如峰。"他沉吟地说，"我有点话想和你谈。"他指指椅子，示意魏如峰坐下。魏如峰不安地坐了下来，心中在与那颗小星星的约会而焦灼。何慕天喷了一口烟，吐了口长气，又沉思了好久，才说："今天，我想了一整天，关于霜霜。她是个失去母爱的孩子，我又不大会做父亲，我只注意到物质方面满足她，而忽略了她的精神生活。说起来，是我对不住她，我到今天才明白她内心的寂寞，而我又没有力量弥补她心底的空虚。如峰，坦白说，我一直有个愿望……"

何慕天的话没有说完，楼下的电话铃蓦地急响了起来，他们同时倾听着，接着，就听到阿金接电话和惊呼的声音："老爷，不好了，小姐出事了，警察局来了电话！"

何慕天和魏如峰同时跳了起来，魏如峰立即冲出房门，三步并作两步地跑下楼梯，从阿金手中接过电话，问清了是第×分局打来的，他听完了，才长长地吐出一口气，对苍白着脸站在楼梯上的何慕天说："没什么大事，姨夫。只是闯红灯、超速和没有驾驶执照，具个保就行了。"

"霜霜在哪里？"

"现在被扣在第×分局。"

"那么，你赶快去接她回来吧！"

"我现在就去！"魏如峰话才出口，就猛地想起和那颗小星星的约会，看看手表，四点整。他知道晓彤大约四点半放学，他希望把霜霜接回来后还赶得及去赴约。于是，他冲出去，跳上摩托车，风驰电掣地向第×分局赶去。

到了第×分局，一眼就看到门口那辆浅灰色的汽车，走进分局的大门，霜霜正坐在一条长椅子上，大眼睛失神地瞪着门口，头发凌乱，脸色苍白，平日的张狂跋扈已一扫而空，反而显得十分孤苦无依。看见了魏如峰，她就像个迷途的孩子突然找到了亲人一样，撇了撇嘴，红着眼圈，想哭又竭力忍住。魏如峰走过去，安慰地拍了拍她的肩膀，就和办案人员交涉具保的事。

谁知，那些手续竟非常麻烦，办案的警员又絮絮不停地述说霜霜怎样拒捕，连闯三次红灯，出动了他们的摩托车队才把她捉住。又怎样拒绝说出父亲的名字，不肯和警员合作……发了一大堆牢骚，最后，还愤愤地说："我知道何小姐是有钱人家的女儿，超速闯红灯都不在乎，反正有她父亲付罚款，我们也莫奈她何！只是，这样的年纪，整天开着汽车在街上横冲直撞，将来出了事，送到少年组去管训可不是好玩的！现在这些不良少年全是有钱人家的子弟，吃饱了没事干就在外面招摇生事，给我们找麻烦！我们费了大劲去抓，抓了来，家长一个电话，付了罚款，具个保就算了事，明天又要去抓了！我真不明白，家长为什么不好好教训一下他们呢！如果是我的孩子，我就狠揍一顿，关上三个月……"

魏如峰知道这警员说的也是实情，只得苦笑着不加以辩白，霜霜却气得脸上青一阵白一阵。好不容易，具了保，付了罚款，魏如峰才带着霜霜走出来。把摩托车放在汽车的后座，魏如峰坐在驾驶位上，霜霜坐在他的身边。他发动了汽车，霜霜一直不说话，魏如峰知道她也受了一肚子的委屈，平常谁要对她说了一句重话，她都受不了，今天警员那样的口气，怎么是她能忍受的？何况她一早和父亲怄了气出去，本来就有满腔心事，这一来，一定更加难过了。于是，他腾出右手来，揽住霜霜，轻轻地拍拍她说："好了，没事了，霜霜，都过去了，别放在心里。"

谁知，他这样一说，霜霜反而"哇"地一声哭了起来，她把头扑在魏如峰的肩上，哭得伤心透顶。魏如峰只得揽住她，拍她，劝她，一面想把车子快些开回家里。可是，霜霜哭着喊："我不要回家！我不要回家！"

魏如峰把车子停在路边，用手托起霜霜的脸来，霜霜一脸的泪痕，又一脸的倔强，长睫毛上挂着泪珠，黑眼睛浸在水雾里，反有一股平日所没有的楚楚动人的劲。他掏出手帕来，拭去了她脸上的眼泪，安慰地低低地说："霜霜，你爸爸在等你，不要让他伤心，好吗？你知道他多爱你，他难得说你几句，你就要生气？"

"我不是生气。"霜霜噘着嘴，慢吞吞地说，"是——为了妈妈的事，我不好回去，我不知道对爸爸说些什么。"

"姨夫绝不会怪你的，你知道。"

"可是……"霜霜抬起睫毛来，看了魏如峰一眼，"我说了许多乱七八糟的话，爸爸骂了我，我就想要他难过，他——"她咽住了说了一半的话，望着驾驶盘发呆。然后，又突然抬起头来问，"表哥，你见过我妈妈？"

"当然了。"

"她是什么样子的？"霜霜痴痴地问。

"很美，是当时著名的美女，你长得非常像她。"魏如峰说，接着就振作了一下说，"好了，这些事就别再去管它了，现在，你好些了吗？来，擤擤鼻涕，振作起来，像你平常那种样子，看你这样眼泪鼻涕哭哭啼啼的，使我都不认得你了。"

　　霜霜嫣然一笑，真的在魏如峰的大手帕里擤了擤鼻涕，擦擦眼睛，甩了甩头。魏如峰欣赏地看着她，他喜欢她这股洒脱劲。他们相对注视着，都微笑了起来。魏如峰踩动油门，把车子开到马路上。霜霜一直注视着他，大眼睛里逐渐升起一团朦胧的薄雾，她定定地望着魏如峰的侧影，用手拉住他的手腕，轻声说："我饿了，我们先到什么地方去吃点东西，好不好？"

　　魏如峰望着她那泪痕犹新的脸，不忍拒绝。偷偷地看了看手表，五点半！那颗小星星不会等他了。他又失去了一个机会，看样子，和这颗小星星是没有缘分的了。暗暗地叹了口气，他把车子向中华路开去，一面说："好吧！不过，我们应该先打一个电话给姨夫，免得他着急。"

几
度
夕
阳
红

伍

FIVE

"一个人怎样能弥补以前的错误呢？当你年轻时不慎做错一件事，你就必须用你这一生来做代价吗？"

夏日的午后，闷热，冗长而困倦。

教室里静悄悄的，五十几个学生竟没有一点声音，只有一只苍蝇在盲目地扑着窗玻璃，发出单调的、嗡嗡的轻响。除去这苍蝇的声音，就是那个戴眼镜的王老师催眠似的讲书声，那样平稳地、没有高低地、懒洋洋地在室内扩散开来。

"为要研究这些问题，我们将每单位时间内速度所生的改变，即速度改变的时间率，称为加速……"

晓彤换了一个坐的姿势，拿着一支铅笔，在笔记本上胡乱地涂着，纵的线条，横的线条，长的，短的，布满在一张纸上。老师的声音轻飘飘地从她耳边掠过去，她竟捉不住任何一个声浪。笔记本上被线条布满了，她又重叠着画上去，一条加一条，她脑中是昏昏沉沉的，视线迷离而模糊。都怪这窗外的阳光，那么强烈，刺激得人不舒服。她换了一支红铅笔，在原有的黑色线条上，又用红铅笔加上去，粗大的红色线条掩盖了黑色的，只一会儿，一页又被涂满了。再换一支蓝铅笔，继续画下去，她似乎沉迷于这些乱七八糟的线条中乐此不倦了。在那些杂乱的线条里，逐渐浮起一张男性的脸来！宽宽的前额，有着异样神采的眼睛，挺直的鼻子，和那略嫌方正的下巴。这张脸浮动在纸页的上面，那对眼睛似乎略带点嘲弄味道，正调侃地望着她。她心里一阵烦躁，用铅笔狠狠地、重重地画下几道，仿佛想把那浮动的人影也一齐画掉。"下午你放学时我到你校门口来接你！"结果呢，连鬼影子都没有一个！他大概就是以这种方式，来广交女友的，然后呢，随随便便一约，自己又弄忘了。他有多少女友？哼！管这个干什么？那只是一个舞会中见过一面的、不相干的人而已！他会跳华尔兹舞，会探戈花步，一定是个欢场中的浪子……可是，想这个做什么？她再狠狠地用铅笔画着纸页，"哧"

的一声轻响，那不胜负荷的纸被划破了，铅笔芯折断。同时，坐在她隔壁的顾德美不动声色地、偷偷地推了一张小纸条到她面前来，她看上面写的是："小心！老师已经注意了你好半天了，他正讲到等加速度，在三十五页上。"

她一惊，慌忙正襟危坐，把课本挪到面前，悄悄地翻到第三十五页，刚刚找到等加速度的字样，老师就叫出了她的名字："杨晓彤！"

她站了起来，老师果然问了一个问题："你说说看，何谓等加速度？"

好险！幸好已经看到了！她朗声说了一遍，老师点点头，她坐了下去，和顾德美交换了神秘而会心的一瞥。这才收住了心，真的听起讲来了。

下了课，顾德美用铅笔敲敲她的手背，笑着说："你呀，三魂少了两魂半，不知在想些什么鬼，给老师抓到才好呢！"

晓彤苦笑了一下，什么话都没有说。她的心绪又回到刚才的思想中去了，魏如峰，他是泰安纺织公司董事长的内侄！顾德美家里和他很熟吗？他是怎样的一个人？那对眼睛倒有点像一个电影明星，谁？对了，特洛伊·多纳胡！她拿起铅笔来，在练习簿的背面，无意识地写上"特洛伊·多纳胡"几个字。顾德美在她身边，一直叽叽咕咕，不知道讲些什么，她一个字也没听进去。直到顾德美推着她喊了声："喂！你怎么回事？"

她才惊觉过来，不解地望着顾德美说："你在说什么？"

"我问你，你对我三个哥哥的印象怎么样？"

"你哥哥？"晓彤愣愣地问，老实说，她对她三个哥哥分都分不清楚，至于印象，就更别提了。顾德美向晓彤坐近了一些，微微地噘着嘴说："我这三个哥哥呀，简直要命！追起女朋友来，总是一条阵线，你说笨不笨，一个女孩子又不能嫁给他们三个人！其实，我并不认为何霜霜有什么了不起，除了长得漂亮之外。我妈那天说，何霜霜配我大哥或二哥倒不错，至于三哥呀，嗯——"她鼓着圆圆的腮帮子，笑着说："德美的同学，叫杨晓彤的倒挺合适！"

"呸！"晓彤涨红了脸，死命地瞪了顾德美一眼，骂着说，"狗嘴里吐不出象牙来！"

"怎么？"顾德美天真地扬起头来，"我三哥有美男子之称呢！你做了我嫂嫂，我们不是就可以天天在一块了吗？"

"那么，你何不嫁给我弟弟呢？我弟弟才真漂亮呢！"

"胡说八道！"顾德美喊。

晓彤笑了。笑了一会儿，她想起来说："何霜霜就是泰安纺织公司董事长的女儿，是不是？"

"嗯，脾气坏得很，是独生女。"

"你哥哥追上了没有？"

顾德美耸耸肩，摇摇头。

"我看呀。"她慢吞吞地说，"希望渺茫！人家那个表哥和霜霜是青梅竹马，一块长大的，我的三个哥哥实在有点傻瓜兮兮的，不自量力！何况魏如峰又是台大外文系毕业的学生，我的哥哥们谁有这么好的资历？你看吧，我话讲在前面，霜霜百分之八十是嫁给魏如峰！"

"魏如峰？"晓彤怔怔地问。

"你的记忆力真好！"顾德美叽叽喳喳地叫着，像只多话的小麻雀，"你忘了？就是那天在我家书房里教你跳华尔兹的那个人，高个子，外表挺帅的，跳起舞来很有绅士派头，霜霜总说他长得像约翰·加文！"

约翰·加文？特洛伊·多纳胡？晓彤呆呆地瞪着笔记本，又下意识地在本子上乱画起来，纵横交错的线条越积越多，像一大堆理不清的苎麻。

"喂喂！"顾德美的声音似乎从好远的地方传来，"你今天怎么了，这样失魂落魄的？我和你讲话你听到没有？"

"嗯？"晓彤神志迷离地哼了一声，一把撕下了那页画得乱七八糟的纸，连同自己紊乱的情绪，揉成了一团，对着屋角的纸篓抛去。然后收回眼光来，静静地望着顾德美说，"上课钟响了，这节是地理课吧？"

放学了，晓彤背着书包，在校门口和顾德美说了再见，然后向公共汽车站走去。她每天上学和放学都要转两次车，先搭车到火车站，再转车回家。刚刚走了几步，她就听到身后一阵摩托车的响声，接着，一辆司各脱摩托车戛然地停在她身边，拦住了她的去路。车上，那个困扰了她一整天的男人正含笑地扶着车把，望着她。

"杨小姐。"他歉意地笑笑说，"昨天真对不起，临时发生了一件事，结果分不开身来。"

晓彤在一阵吃惊的心跳后冷静了下来，她望了魏如峰一眼，就是这个男人？约翰·加文、特洛伊·多纳胡，何霜霜理想丈夫的人选？他来做什么？他的目的何在？"昨天真对不起，临时发生了一件事，结果分不开身来。"怎样的口气！仿佛是她要求他来似的，他来不来与她何干？可是，这对含笑的眼睛有动人的力量，她也喜欢那薄薄的嘴。漂亮吗？未见得，只是有股——磁力。她的脸微微地发热了，自己在胡思乱想些什么？从纷乱的思想中回复过来，她发现魏如峰正默默地望着她。她闪动着睫毛，不知该说什么好，心里仍然乱糟糟的。魏如峰不等她表示意见，就拍了拍身后的坐垫，说："上来吧，杨小姐！"

"噢！"她有些迟疑。这算什么？邀请吗？他想带她到哪儿去？她不安地看看四周，已经有许多同学在好奇地注视着他们了。

"别怕。"魏如峰不知是真的误会她的意思还是假的误会她的意思，"我带得很稳，绝对不会摔了你。"

似乎不容她有反对的余地，他已发动了车子，喧嚣的马达声引起了更多目光的投视。在这种情况下，她几乎是无法思索地、慌忙跳上车子，她只想赶快离开学校门口，脱离那些同学的注视。魏如峰把她的手拉到自己的腰上，叫着说："抱牢一点！"

接着，车子跳了跳，向前疾行而去。由于车子颠簸得很厉害，晓彤不由自主地抱紧了魏如峰的腰，小小的身子紧贴在魏如峰的背上。心脏却和车子跳得同样厉害，这是怎么回事？自己居然会和一个仅见过两次面的男人共坐在一辆摩托车上！妈妈知道了会怎么说呢？那个向来最规矩、最安静的晓彤！也会交起男朋友来了！男朋友，这就叫作"交男朋友"吗？当然啦，他总不会是一个"女朋友"呀！她情绪纷乱到极点，直觉地感到自己正在做错事，而且有份模糊的罪恶感，因为学校里向来不许学生交男朋友的！或者，她在校门口跳上他的摩托车这一幕已经被老师们看见了，那么，明天训导处一定会传她去大骂特骂，同学们会交头接耳地窃窃私语：杨晓彤，最规矩的杨晓彤，最听话的杨晓彤，最胆小的杨晓彤……在校外交男朋友。品行不端……她更加心慌意乱了。

车子猛然刹住了，她一惊，这才发现车子正停在距火车站不远的一家咖啡馆前面，咖啡馆合着两扇玻璃门，里面垂着白纱的帘幔。玻璃门上画着一枝铃兰，旁边有很漂亮的几个艺术字："铃兰咖啡厅"。她错愕地张望着，魏如峰已下了车，把她也拉下车来，说："进去坐坐。"

她身不由己地跟着他走了进去，扑面而来的冷气和低柔的光线使她愣了愣，罪恶感仍然紧紧地压迫着她。这是什么地方？在她的道德观念里，一个正派的女孩子是不能和男人走进咖啡馆这种地方的，而她居然穿着学校制服，背着书包，和一个几乎是全然陌生的男人来到了咖啡厅，这事情实在太荒谬！但，她的不安并没有维持多久，新奇感就掩盖了罪恶感。壁上有玲珑剔透的小灯，全厅三分之一的位置是一个水池，里面栽着叫不出名字的阔叶植物，绿茵茵地覆盖在水池上，池中养着五彩斑斓的热带鱼，正活泼地在水草和石缝中来往穿梭。

他们找了一个靠着水池的位子坐下。晓彤不由自主地伸头去望着池中那些闪闪烁烁、五颜六色的小鱼和壁上那些十分艺术的图案，唱机里在播送着贝多芬的《命运交响曲》，乐声在室内轻缓地流动。整个厅内，充满了一份宁静幽雅的艺术气息。晓彤收回了四面浏览的眼光，和正凝视着她的魏如峰的眼光接了个正着，魏如峰立即对她微微一笑："还不错，是吗？"他轻轻地问："我认为这是全台北市最好的一家咖啡馆。"

晓彤微笑了，周围宁静的气氛使她心情放松，而面对那个男人柔和的眼光更引起她一层朦胧的喜悦。"全台北市最好的一家咖啡馆。"她微笑地思索着，那么，他一定跑过全台北每一家咖啡馆了？悄悄地从睫毛下凝视他，她感到这男人像一个谜，是她所不了解的那一类人，而正由于是她所不了解的那类人，所以，他身上具有一种强大的、耐人寻味的吸引力。

咖啡送来了，魏如峰帮晓彤放进了牛奶和方糖，又帮她用小匙搅着。很长久的一段时间，他们默默凝视，又都不发一语。晓彤仍然在微笑，她觉得魏如峰对她已不再是个陌生人，而变成一个很亲近，又很密切的朋友了。

"你今年几岁？"好半天，魏如峰才开口。

"十八。"晓彤静静地回答。

"你和我表妹同年。"

表妹？何霜霜？晓彤脑子里迅速地浮起霜霜穿着艳丽的红衣服，大跳扭扭舞的样子来，又联想起在学校里顾德美的话。她望着魏如峰，他也追求着霜霜吗？这样一想，她又脸红了，"也追求"这三个字，好像已肯定魏如峰是"在追求"她了。

"你在想什么？"

魏如峰的话打断了她的思想，同时，他的手忽然落在桌子上，盖在她的手上面。这"大胆"的动作使她一跳，接着就有股电流般的力量从她手上贯穿了全身。她惊惶地抬起眼睛来，注视着魏如峰。他太大胆了，太随便了，这还只是他们第三次见面！她想说什么，却又什么都说不出来。魏如峰的手悄悄地挪开了，他对她温和地笑笑，亲切而恳挚地说："没有人会伤害你，你仿佛有点怕我。"

她垂下眼睛，望着咖啡杯，又微微一笑。魏如峰的声调撼动着她，她感到心旌荡漾而情绪恍惚，这种奇异的感应，是她生平没有感到过的。她抬抬眼睛，看了魏如峰一眼，低低地说："我向来很胆小。"

"你父母一定十分宠你。"

"噢！"她笑了，感到四肢松散而兴趣盎然，"有一点。尤其是我妈妈，她总把我看成很小很小，这个也不放心，那个也不放心。她是个最好的妈妈，总想给我许多好东西，可是我们家环境不太好，她就想方法变出东西来给我，就像那次顾德美家的舞会……"她忽然住了口，觉得自己正傻傻地把家里的底牌揭给别人看，而这些谈话的题材，仿佛也有点不对劲，就不想再说下去了。可是，魏如峰正专心地倾听着，问："怎么不说了？"

她又摇摇头，笑笑。

"你不会感兴趣。"她说。

"可能我很感兴趣。"

但她已不想再说了。她看了看窗外,问:"你住在哪里?"

"中山北路×段×号。"他很快地说,从口袋里掏出笔和记事本,把地址写在上面,撕下来递给晓彤说,"欢迎你来玩,下面是我的电话号码,有事可以打电话给我。"

会有什么事呢?她看看他,接过纸条,收进制服的口袋里。他反问:"你的住址呢?不必保密了吧?"

她嫣然一笑,说出了地址,又有些犹疑地说:"不过,你最好——不要来找我。"

"怎么?"魏如峰望着她,"你父母反对你交朋友?"

"我——不知道。"她嗫嚅地说,"反正,你最好不要来,我爸爸很严肃。"

"是吗?那么,我到校门口找你!"

"噢!"她急急地说,"那更不行,同学看到了要说闲话的,给老师看到更糟。"

"那么,我怎样和你联络?"魏如峰无奈地问,"写信给你行吗?"

"也不好!"她又否决了,"我打电话给你好了。"

"嗯。"他端着杯子,啜了一口咖啡,凝视着她说,"如果你不打电话来呢?而且,整天守着电话机等电话也不是滋味。"

她又笑了,他的话使她感到心怀荡漾。

"我会打电话给你。"她允诺似的说。

"我觉得不保险。"他皱皱眉,"这样吧,星期六下午你们几点放学?"

"三点。"

"三点半我在这儿等你。"

"噢!"又是这样类似叹息的一个音符,"不行的,我回家晚了妈妈要担心。"

"还是事事依赖着妈妈吗?"他调侃地问,"你已经十八岁,应该有自己的天地了。"

"你怎么知道我没有自己的天地?"她突然反问,睫毛向上微翘,眼睛生动地盯着他,"我有一个自己的天地,在这儿和这儿。"她用手指指心和头："这是连妈妈都不知道的。"

"哦。"他颇感兴趣地望着她，"这里面藏些什么东西呢？"

"各种稀奇古怪的东西！"她笑着说，"不能说的，说出来你会笑。我很喜欢幻想，常常躺在床上，幻想自己成了另外一个人，幻想许多发生在这个人身上的故事，我就去分担她的苦与乐。这是一个很好的游戏，思想装在你的脑子里，别人看不见也感觉不到，不管你想得多荒诞无稽，也没有人会笑你。于是，你就可以去想各种各样的事情。"

"听起来很不错！"他点点头，凝视着晓彤，试着去领略她的境界。那一对眼睛明澈清莹，微微转动的眼珠流露着一层梦似的光彩。他无法把自己的眼光从她脸上收回，那微翘的小鼻子，那修长秀气的眉毛，那薄薄的，带着点儿稚气和天真的小嘴，以及那时时刻刻，笼罩在她整个脸庞上的一种宁静、悠然和纯洁的气质。这是怎样的一个女孩子！还只是朵被绿萼所包裹着的小蓓蕾！可是，她却那样地使人心动，使人情不自禁地要怜爱她。他为蠢动在自己胸中的那份热情而惊异，多年以来，他和好几个女人周旋过，来往过。说实话，那些女人都比晓彤女性化，比她成熟，比她够味。可是，当他凝视着晓彤的时候，他无法想象自己竟会喜欢过那种女人，这是颗高悬的小星星，那些是俯拾皆是的尘土！

"哎呀！"晓彤忽然惊呼了一声，跳了起来。

"怎么了？"魏如峰吓了一跳。

"天都黑了，我要回家了！"晓彤匆匆忙忙地拿起书包，"妈妈一定急坏了。"

"等一下！"魏如峰看了看表，"已经快六点了，干脆吃了饭再回去！"

"噢，不行，不行！"晓彤的头摇得像拨浪鼓，眼睛里的惊慌之色更加深了，不安地望着玻璃门，"已经六点了？真糟糕，爸爸要骂了！"

"好吧，我送你回去。"魏如峰站起身来，心中在暗暗地叹息，时间，溜得多快！

付了账，魏如峰和晓彤走出了"铃兰"，暮色正缓慢地在台北市的上空张开，几家大些的商店已亮起了霓虹灯，街道上，拥挤的车辆仍然争先恐后地飞驰，车声和喇叭声组成了喧嚣的音乐。晓彤坐上了摩托车的后座，用手勾着魏如峰的腰，现在，她已没有来时那份拘束和恐慌，一面指示路径，一面催促魏如峰加快速度。魏如峰巴不得这条路出奇地长，他喜欢晓彤的胳膊绕在他腰间的滋味，更喜欢她那温热的呼吸吹拂着自己后脑的味道。可是，只一会儿，已经到了目的地，晓彤在巷口下了车，指着巷子说："右面倒数第三家就是我的家，可是你千万不能来找我，记住！"

"好，我答应。"魏如峰说，"星期六怎么样？"

"不一定！"

魏如峰深深地望着她，说："来不来是你的事，反正我每个星期六的三点半都在那儿等你。"

"你等到几点钟？"晓彤迟疑地问。

"等到铃兰关门逐客的时候。"

晓彤咬咬嘴唇，不安地看看魏如峰，然后仓促地喊了一声"再见"，就跑进巷子里了。魏如峰没有马上离去，他目送着晓彤小小的身子被暮色苍茫的小巷所吞噬，才带着满怀异样的情绪跨上车子，缓缓地向街头驰去。

晓彤走进家门的时候，心脏在猛烈地跳动着，预计将有一场责备在等着自己，而在心里迅速地打着谎话的腹稿。可是，家中静悄悄的没有一点声音，她有些诧异，走进了母亲的房间，才看到室内只有梦竹一个人。梦竹正坐在梳妆台前面，面对着镜子，脸上有着隐约的泪痕，眼睛迟滞地望着前方。室内是一片混乱，地上全是打碎的颜色碟子和撕掉的画稿，许多泡好的颜料，像胭脂、藤黄、靛青都流了一地，窗玻璃也破了一块，画笔扔得到处都是，晓彤被吓住了，书包从她肩上滑到地上，她惊呼了一声："妈妈！"

梦竹如梦初觉地抬起眼睛来，在镜子里看到吃惊的晓彤，就缓缓地转过身子，用手拭拭眼睛，疲倦地问："怎么这么晚回来？"

晓彤已忘掉她编好的谎话了。但是，梦竹并没有追问下去，只乏力地说："你爸爸画不好画，发了脾气。来，晓彤，帮我把这房间收拾一下。"

晓彤走过去，一面俯身拾起榻榻米上的碎玻璃，一面担心地问："爸爸呢？"

"出去了。"

"到哪里去了？"

"我也不知道。"梦竹说，叹了口气，跪在榻榻米上，细心地把那些能用的颜料再装起来，为了购买这些颜料，他们整整吃了一个月的素！她用纸片把泡过的颜料兜起来，再倒进碟子里，晓彤插嘴说："妈妈，那些颜料已经脏了，还能用吗？"

梦竹呆了呆，看着地上的颜料，是的，脏了，已不能用了。她咬住嘴唇，突然用手蒙住了脸，失声地痛哭了起来。晓彤大吃一惊，立即扑了过去，抱住母亲，叫着说："妈妈！不不不！妈妈！不！"

梦竹支撑着站起来，走到床边去躺下，她仍然在哭，心底的郁结一旦得到宣泄，就一发而不可止。晓彤跪在母亲床前，不住地摇着母亲，惊惧地叫着："妈妈！不要！妈妈！不要！"她不大明白发生过了什么，不过，自从父亲重拾画笔，脾气就出奇地坏，他没画好过一张画，却发过无数次的脾气。她是深深了解母亲最近所受的折磨和委屈的，看到母亲伤心，她自己也鼻中酸楚而眼泪汪汪了。她哀求地说："妈妈，不要哭，哦，妈妈！"她把头扑在母亲身边，几乎也要哭了。

"晓彤。"梦竹止住了眼泪，从泪雾中凝视着逐渐长成的女儿，幽幽地说，"一个人怎样能弥补以前的错误呢？当你年轻时不慎做错一件事，你就必须用你这一生来做代价吗？"

晓彤愣住了，说："妈妈，你在说什么？"

"哦。"梦竹醒悟了过来，"没什么，晓彤，我太疲倦了，我想躺一躺，你把房子收拾一下，自己到厨房去弄点东西吃吧！"

晓彤点了点头，注视着母亲，梦竹已经闭上了眼睛，眼角还残余着眼泪。在梦竹的鬓边，晓彤发现了一根白发，这使她心中一阵酸楚，因为母亲还不到该有白发的年龄，她才只有三十八岁！

几
度
夕
阳
红

陆

SIX

早上的一朵小小的红云，早上的一颗小小的孤星！

魏如峰仰卧在床上，用手枕着头，呆呆地望着天花板上凹凸的图案出神。午后的阳光从玻璃窗中射进来，照在屋角上方的白墙上。光线所经之处，无数尘埃的小粒在阳光中闪熠。室内静悄悄的，只有魏如峰的呼吸沉缓而规律地起伏着，空气中似乎充塞了一份颇不寻常的孤寂和郁闷。魏如峰把眼光从天花板上调向阳光绚烂的窗子，过久的凝视使他的眼睛发涩，枕在头下的双臂也微感酸痛。把手从头下抽了出来，他翻了一个身，侧面而卧，顺手拿起床头柜上的一本小说，翻开来，想定下心来细看。可是，书上的字浮动着，扭曲着，每一个字都变幻成那清莹如水的眼睛，和一朵朵稚气的、雅致的、宁静的微笑。他抛下了书，近乎愤怒地自语了一句："不过是个小娃娃而已，我打赌她是什么都不懂的！"

但，这句话并无助于他烦躁的心情，反而使他更加郁闷，从床上坐起来，他看了看手表，三点钟整。去？还是不去？这么多个星期六，都是白等了，他实在不相信这个星期六她会去。每个星期六下午，孤坐在"铃兰"的老位子上，像个傻瓜般从午后等到天黑。这种傻气的行为简直不像他魏如峰会做出来的！那个女孩子有什么了不起？论容貌，比她漂亮得多的女人他不知道结交过多少，论吸引力，她根本还是个没有成熟的小女孩。一袭学生制服所裹着的瘦弱的身子，一对迷茫的、什么都不懂的眼睛！到底有什么地方值得他如此抛掷不下？值得他每个星期六一次又一次地去碰钉子？这么多年来，混迹于商业场中，在社会及商场的习俗下，他也有过许多不同的经验！可是，他总以自己的坚强和定力而自负，他永远那样洒脱不羁，从不被任何一个女性所折服！而现在，为了这样一个小女孩，竟弄得如此神魂不定，简直近乎不可解的滑稽！他为自己这份牵肠萦怀、抛掷不下的感情而生气，想想看，仅仅见过三次面而已，一个读中学的女学生！

在床沿上坐了半天，烦躁却越来越厉害了，到底为了什么，她居然不肯到"铃兰"去？有一份少女的矜持？还是看不起他？没想到他魏如峰，竟然追不上这个小女孩！咬了咬牙，他猛地跳了起来，他不能永远处在被动地位，株守着三点半"铃兰"之约！

"到她的学校门口等她去！"他下决心地说，从衣橱里拿出一件干净衬衫，"要不然，干脆闯到她家里去！"他解开衬衫纽扣，预备换上干净的。但，才解了两个纽扣，他又颓然地停下手来，把那件干净衬衫往床上一扔，叹了口气，重新落座在床沿上，自言自语地说，"魏如峰，魏如峰，你不是十八九岁，轻举妄动的年龄了，别再做些幼稚的傻事吧！"

用手托着下巴，他又怔怔地发起呆来。

"表少爷！电话！"

楼下阿金的一声叫喊，把他从沉思里唤醒过来，他从床沿上猛地跳起来，一种直觉的念头闪电般地来到他的脑中："是她！"冲出房门，带着反常的兴奋，他三级并作两级地冲下楼梯，蹿进客厅里。一跑进客厅，他就看到何慕天正坐在沙发里看刚刚送来的晚报，听到他急促的脚步声，何慕天抬起头来，诧异地望他。他有些为自己失常的态度感到不好意思，放慢了脚步，他故作从容地走到电话机旁，握起了听筒。

"喂？"他询问地喂了一声，竟不能抑制自己的心跳和微颤的声音。

"喂。"女性的声音，娇媚而带磁性，"如峰吗？猜猜我是谁？"

"哦。"他嘘出一口气，失望使他的心脏往地底下沉。又是她！该死！对着听筒，他没好气地说，"你的声音谁还听不出来？有事没有？"

"怎么，没事就不能打电话给你呀？"

"我最近忙得要死。"他厌烦地说，"到底有什么事？"

"别这样打官腔好不好？"对方在大撒其娇，"你忙些什么嘛，一个月都看不到人影！今天晚上……"

"我没空，对不起。"他打断了对方，"等我忙完这一阵再说！"不等对方再说话，他立即挂断了电话。回过头来，他看到何慕天正把审视着他的眼光调回到报纸上。他有些赧然，却有更多的失望。无精打采地扶着楼梯的扶手，走上了楼，回到自己的房中。

关上房门，他又和衣往床上一躺。今天绝不再去"铃兰"当傻瓜了，让别人看着都莫名其妙。杨晓彤，去她的吧！天下女人多着呢，她算得了什么？闭上眼睛，他试着去排除自己脑中纷杂的思想。

一声门响，有人推开了房门，来到床边，他睁开眼睛，霜霜正含笑地立在床前，低头望着他。

"哈！"霜霜叫着说，"真难得，大少爷这个星期六居然会在家里！"

"嗯。"魏如峰哼了一声，"同样难得，你居然也会在家里。"

"你每个星期六下午都跑出去，怎么知道我星期六下午不在家呢？"霜霜抢白地问，"其实，我近来最乖了，你问爸爸，我是不是很少跑出去了？"

"是吗？"魏如峰问，望着霜霜。真的，霜霜好像有些改变。穿着件浅绿的秋装，头发上系了根同色的发带，安安静静地站在那儿，竟有股温柔沉静的味道。"不错！"他赞美似的说，"很有进步。"

"别那么老气横秋的！"霜霜说。她在魏如峰床前蹲了下来，研究地审视着他说："气色不太好，生病了吗？"

"没有呀！"

"看你近来魂不守舍的，怎么回事？我会看相，知道你心情不好，为什么？"

"没有呀！"

"和谁生气了吗？"

"没有呀！"

"有心事吗？"

"没有呀！"

"没有呀，没有呀！"霜霜学着他说，"那么，为什么不高兴？可别再对我说没有呀，我看得出你不高兴。是为了公司里的事吗？爸爸昨天还在说，要把你的位置再提高呢！他说你对商业有天分。"

"商业！"魏如峰感慨地说，"我正准备改行呢！"

"改行？为什么？公司里有人得罪了你吗？"

"别胡思乱想了！"魏如峰坐起身来，"只是我对商业没兴趣，想去教书！"

"教书！好奇怪的想法！"霜霜站起来，走到魏如峰的书桌前面，桌上正有一张摊开的纸，上面潦草地写着字，她拿起来一看，字迹是魏如峰的，杂乱无章地写着些诗词中片断的句子，如：

> 问君能有几多愁，恰似一江春水向东流！
> 河畔青芜堤上柳，为问新愁，何事年年有？
> 缭乱春愁如柳絮，依依梦里无寻处！
> 明月楼高休独倚，酒入愁肠，化作相思泪！

除了这些句子以外，还有两个稀奇古怪的句子：

> 早上的一朵小小的红云，
> 早上的一颗小小的孤星！

霜霜举起这张纸，挑着眉毛说："表哥，这是一张什么玩意儿？你哪里跑出来这么多闲愁呀？"

魏如峰走过去，一把夺下那张纸来，揉成一团，往字纸篓一丢说："我愁我的，你别管闲事！"

"告诉我。"霜霜坐在书桌上，凝视着魏如峰说，"是不是想要个女朋友？爸爸那天在说，你该成家了！"

"哦？"魏如峰望了霜霜一眼，"你想给我介绍吗？"

"我试试看，把你的条件告诉我！"

"算了。"魏如峰说，"你那些朋友，一个赛一个的野，没兴趣！"

"怎么样的就有兴趣？"

魏如峰咧咧嘴，托起霜霜的下巴，开玩笑地说："像你！"

楼下电话铃又响了，何慕天在叫魏如峰听电话，魏如峰闪身出房，跑下楼梯，躲开了霜霜的掀眉瞪眼。电话机旁，何慕天正若有所思地望着听筒，微蹙着眉。这电话显然是何慕天接听的。魏如峰一看何慕天的神色，就猜到百分之八十又是杜妮打来的，握起听筒，他没好气地喊："喂！什么事？"

对方一阵沉默，他不耐地连喊了两声"喂喂"，对方才发出清脆而细嫩的声音，怯怯地问："是——是——魏——如峰吗？"

"我就是，你是哪一位？"魏如峰皱起了眉，惊异地问。

"我——等了你好半天了，你不是说三点半吗？"

"什么？"他的心狂跳了起来，握紧了听筒，他紧张地喊，"你是——"

"杨晓彤。"

"喂喂。"他嚷着说，"你在哪儿？"

"铃兰。"

魏如峰屏住了气，握着听筒的手竟有些发颤。霜霜已经下了楼，靠在茶几上看魏如峰接电话，一面玩着茶几上的一只玻璃小马。魏如峰还没有回过气来，对方又怯怯地开了口："这几个星期，我都不能出来，先是该我办壁报，后来又考月考……"

"喂！你听着！"魏如峰已恢复了精神，他对着听筒大叫着说，"我三分钟之内就赶到，你千万别离开！"

摔下了听筒，他顾不得再去换衣服，摸摸口袋，证件套里还有钱，就放心地向门口冲去。一面嚷了声："姨夫，别等我吃晚饭！"

霜霜一把拉住了魏如峰，急急地问："什么事？发生了什么事吗？"

魏如峰挣脱了霜霜的拉扯，笑着说："什么事都没有！只是要出去一会儿。"说着，他扬着眉毛，用手拧拧霜霜的面颊，带着难以抑制的兴奋说："再见！好妹妹，别为我的闲愁担心了，现在什么都好了。你要我晚上给你带什么回来吗？巧克力？怎样？好，再见！"挥挥手，他迫不及待地冲出房去，奔下台阶。楼下立即响起喧嚣的摩托车马达声，呼啸着走远了。

霜霜愣愣地站在客厅中央，一只手抚摩着被魏如峰拧痛了的面颊，眼睛呆呆地望着魏如峰跑出去的门口，心里布满了疑惑和不解。这是怎么回事？从来没有看到魏如峰如此失常和如此兴奋过。他碰到什么事了，刚刚还躺在床上无精打采的，现在一个电话就又精神大振，简直是发神经！好半天，她才回过神来，转过身子，她看到何慕天正坐在沙发里，默默地望着她，眼睛里有一抹深思而怅惘的神情。她耸耸肩，对何慕天说："你看表哥是怎么回事？大概是精神失常了，什么事值得他那么紧张？平常天塌下来他也爱管不管的。"

何慕天没有说话，仍然望着霜霜出神。他在想着他接电话时所听到的那个细细的、嫩嫩的声音，清脆娇柔，还带着点软软的童音。一个女孩子，一个少女，不会比霜霜更大，却有力量使魏如峰摆脱掉杜妮的纠缠？这事有点不可思议且耐人寻味了。但是，事实摆在这儿，何慕天自己是过来人，他知道什么事情发生在魏如峰的身上，这是不容人不相信的。

"爸爸，你在想什么？"

霜霜打断了他的思潮，他看看霜霜，俏丽的浓眉，神采奕奕的大眼睛，难道不够美，不够可爱吗？但是，人生的事情并不是件件都能预先安排好的，更不是件件都能如人意的。他轻轻地叹息了一声，说："我在想如峰的事。"

"他怎么了？"霜霜问，"近来他不是挺奇怪的吗？一会儿唉声叹气，一会儿兴高采烈，还写些怪里怪气的纸条，什么这个愁，那个愁的……"

"奇怪？"何慕天摇摇头，有些怅惘地笑笑，"一点也不奇怪，这是陷入情网的青年男女都会害的病。"

"爸爸，你说什么？"

"我说，如峰一定在恋爱。"

"恋爱？"霜霜瞪着何慕天，不信任地睁大了眼睛，"表哥在恋爱？和谁？"

"和刚刚打电话来的那个女孩子。"

"那是谁？"

"我怎么知道？"何慕天抬了抬眉毛，燃起一支烟，望着烟头上缭绕的青烟，沉思地说，"听声音，年纪一定很轻，大概只有十七八岁。"

霜霜蹙起眉头，怔怔地望着父亲，脑子中是纷纷乱乱的一团，好像有人在她头脑里塞进许多棉花似的，涨得很满而又全是空白。魏如峰恋爱了？和一个不知名的女孩子！她随手摸了一张椅子，慢慢地坐了下去。凭着茶几，用手托住下巴，她必须好好地想一想。想什么？她又抓不住任何具体的东西，脑中只有一个比较成形的思想：魏如峰恋爱了！这是可能的吗？魏如峰？不，这并不可能。他曾和许多女人玩过，却从不动真情！这只是父亲的臆测而已，魏如峰不会如此容易坠入情网！不，不，绝不会，反正她不信……

有一只手放在她的肩膀上，她一惊，抬起头来，发现何慕天正站在她的面前，深深地望着她。

"霜霜。"何慕天用一对了然一切的眼睛凝视她，低沉地说，"对付这种事情最好的办法，就是看淡一点，你是个洒脱的孩子，自会处理自己。你要知道，在人生的路上，你总会遇到一些打击的。"

"爸爸！"霜霜怔了一下，顿时带着一脸受伤的倔强喊了起来，"你说这些话是什么意思？你以为我爱上了表哥？我从来就没有爱过他，我的男朋友那么多，他算得了什么？而且——我也不相信他是在恋爱！"

何慕天默默地摇摇头，说："他是在恋爱，我可以肯定这一点。如峰这两天失魂落魄的，我早就怀疑了！"

霜霜咬咬嘴唇，突然想起了魏如峰桌上的那张纸条，有些什么句子？"酒入愁肠，化作相思泪！"这不是写明了吗？她瞪视着墙上的一幅画，手指发冷，心脏迅速地向地底下沉去。

"霜霜。"何慕天眼望着脸色越来越苍白的女儿，心中隐隐作痛，女儿的失意比他自己失意更让他难过。这么多年来，他一直期望着的事终成泡影，霜霜竟没有力量系住这个年轻人的心？面对着漂亮的霜霜，他为她不平！魏如峰太没有眼光了！又叹了口气，他无奈地说："别难过，霜霜，如峰并不是天下唯一可爱的男孩子，而且，事情也不见得就绝了望……"

显然，何慕天安慰的方式太笨拙了，霜霜猛地跳了起来，双手紧握着拳，暴跳着对何慕天狂叫了起来："爸爸！你说这些做什么？谁告诉你我爱上了表哥？我根本不爱他，一丝一毫都不爱他！他爱上谁与我一点关系都没有！我为什么要难过？为什么要绝望？他爱娶谁就娶谁，我一点都不关心！不关心！不关心！你知不知道？我根本不关心！"

喊着喊着，眼泪涌出了她的眼眶，她的脸色由白转红，呼吸急促，头发摇得凌乱地披散了下来。终于，喉头哽住了，再也喊不出声音。她发狂地踢翻了一张椅子，掉头向楼上跑去，奔进了自己的房里，"砰"地碰上房门，就扑进床里，把头埋在枕头中，气塞喉堵地痛哭了起来。

何慕天木立在客厅里，楼上，霜霜不可压抑的哭泣声透过了门，一直传到楼下。何慕天的心收紧了，绞痛了，他慢慢地扶起了那张被霜霜踢翻的椅子，呆呆地站了好一会儿。霜霜的哭声没有平定，反而越来越沉痛了，他无法忍受，慢慢地走上楼，走到霜霜的门口，推开了房门，他看到霜霜正发狂地撕咬着枕头，捶打床垫。他走过去，才把手放到霜霜的身上，就被她甩了开去，同时哭叫着说："你不要管我！你不要管我！你不要管我！"

何慕天默然地立在床边，无可奈何地望着痛哭的霜霜，然后，他叹了口气，走出霜霜的房间，带上了房门，疲乏地回到自己的房里，在安乐椅上坐了下来，他用手指揉了揉额角，喃喃地自语："如果她有个母亲就好了！"

母亲，一想起她的母亲，那些连锁着的回忆又一串串地浮到眼前，他闭上眼睛，仰靠在椅子里，脸上的肌肉全被痛苦的思潮所扭曲了。

他不知道坐了多久，然后，他听到霜霜有了动静，她的脚步穿过走廊，到楼下去了。他站起身，走到窗口去张望，只一会儿，他就看到他那辆灰色的小轿车如箭离弦般向街头狂驰而去。他叹息着坐回椅子里，他知道这以后会是什么：闯红灯、超速、没有驾驶执照。他又该为她准备罚款和具保了。

燃起一支烟，他按铃叫来了阿金，吩咐着说："魏少爷回来的时候，让他到我房里来一趟！"

无论如何，他要为霜霜做一番努力，他必须尽量挽回这件事，必要时，他不惜恩威并重，对如峰稍稍施一些压力，他深深了解，魏如峰对他这位姨夫，是十分敬爱和顺从的，为了霜霜，他顾不得其他了。

魏如峰回来的时候并不太晚，只有九点多钟，他吹着口哨走上楼梯，阿金叫住了他，转告了何慕天的话。

"OK！"他说。

回到卧室，他先取了睡衣，到浴室去洗了一个澡，一面洗，一面不停地吹着口哨。晓彤，多么惹人怜爱的孩子！那水盈盈的眼睛，那怯生生的表情，那一双柔若无骨的小手。

"噢，别碰我，记住，我们才是第四次见面！"

"第四次！"他迷糊地问，"我觉得，我们已经认识四十年了。"

她笑了。

"你一定有很多的女朋友！"

"不错。"他坦白承认，"我曾经有过很多的女朋友！"

"是你眼光太高吗？"

"或者是她们眼光太高。"

"包括何霜霜在内？"

"霜霜？"他一愣，盯着她问，"你听到些什么流言？"

她又笑了，黑眼珠生动而活泼。

"是'流言'吗？"她问。

"霜霜是我的小妹妹。"

就这样，好像已经解释清楚了什么，她不再把手从他手中抽出来，不再保持两人座位中那一尺宽的距离，当他用手揽住她的腰的时候，她也没有退缩，只抬起她那两排长长的睫毛，用那对黑蒙蒙的眼睛凝视他。这凝视使他那样心动，他竟想在众目昭彰的灯光下吻她，但他毕竟没有那样做。她的头倚在他的肩上，细细的发丝轻轻地拂着他的面颊，她低低诉说的声音像潺潺的流水般在他耳边轻响："我骗了妈妈，我告诉她我是到顾德美家里去做功课，妈妈相信我一切的话，因为她永远把我看成一个小女孩，一个单纯得一无所知的小女孩。我本不长于说谎话，可是，在我向她说谎的时候，我说得那么自然，就好像是真的一样，我不明白我怎么会如此？这使我对自己怀疑。"她停下来，把一只手放在他手腕上，仰头注视着他："你也曾对自己怀疑过吗？你觉不觉得每个人都有矛盾的性格？好的与坏的思想，坚强与懦弱的个性，常会集中在同一个人身上，于是你就没有办法清晰地分析你自己。"

他凝视她那跳动的睫毛下藏着的黑眼珠。

"你常常分析你自己吗？"

"有时，我试着去分析。"她又笑了，用两只手交叉着枕在脑后，靠在沙发椅里，那股慵散劲更令其动人，"可是，不分析还好，越分析就越糊涂。"

"每个人都是如此。"他说，"分析自己和了解自己都是一件难事。"他凝望她，"你是不必分析自己的，一切最单纯，最完美的事物都集中在你身上……"

"你错了。"她的黑眼睛深深地回望着他，"世界上没有一件单纯的东西！"

他沉默了，他们对望着，时间在双方恒久的注视下凝住了。半晌，他眩惑地托起她的下巴，迷茫地说："我奇怪，在你这小小的脑袋里，怎么容得下这么多的思想？而我一直都认为，女人是最现实的动物，你这小脑袋里的东西，好像还非常复杂和丰富哩。"

"你想发掘吗？"

"你让我发掘吗？"

"如果你是个好的发掘工人。"

"我自信是个好工人，只要你给我发掘的机会和时间。"

"你有发掘的工具吗？"

"有。"

"是什么？"

他捉住她的手，把那只手压在他激动而狂跳着的心脏上。

"在这儿。"他紧紧地望着她，"行吗？"

她的大眼珠在转动着，像电影上的特写镜头，慢慢地，将眼光在他的脸上来回逡巡，最后，那对转动的眼珠停住了，定定地直视着他的眼睛。小小的鼻翼微翕着，呼吸短而急促，温热地吹在他的脸上。他对她俯过头去，又中途停住了，他不敢碰她的唇，怕会是对她的亵渎。拿起了那只手，他把它贴在自己的面颊上，额头上，最后，紧贴在自己的嘴唇上。他无法再抬起眼睛来看她，因为，在自己充满幸福和激动的心怀里，他忽然觉得要流泪了。而当他终于能抬起眼睛看她的时候，他只看到一张苍白而凝肃的小脸，隐现在一层庄严而圣洁的光圈里。

怀着这些温馨如梦的回忆，他在浴盆中浸得已经太久了。洗过了澡，穿上睡衣，他走出浴室，直接来到何慕天的房间里。房里又是烟雾沉沉，何慕天正坐在他的安乐椅中，那神情看来又遭遇了问题。他对魏如峰仔细地审视了两眼，指指前面的椅子说："坐下来，如峰。"

魏如峰坐了下去，注视着何慕天，等着他开口。何慕天先燃上了一支烟，慢慢地抽了一口，然后从容地说："昨天公司里开了董事会议，关于你那份增产计划，大致是通过了，预备明年一月份实施。至于在香港成立门市部一事，也预备明年春天再考虑。最近，胡董事说业务部的施主任有纰漏，我想要你去注意一下，必要时，就把施主任调到别的部门去。"

"好，我尽量注意。"魏如峰说。其实，泰安纺织公司的股份百分之七十都在何慕天手中，其他的董事不过握着一些散股，所谓董事会议，也就是形式上的而已。事实上，只要何慕天有所决定，会议开不开都无所谓。

何慕天喷了一口烟，沉思了一下，微笑着说："公事交代清楚了，我们也该谈谈私事了。"

"私事？"魏如峰愣了愣。

"嗯。"何慕天点点头，亲切地说："如峰，有没有出国的计划？"

"怎么？"魏如峰有些困惑，"公司里想派人出去吗？我并不合适，我学的不是纺织，又不是商业。"

"我知道，我只是问你对未来的计划。你已经二十——六？还是二十七？"

"二十七。"

"对了，二十七岁，我像你这个年龄，已经有霜霜了。"

"姨夫是在问我的终身大事？"

"也有一点是，我听说你和一个交际花过从甚密，有这回事吗？"

"哦。"魏如峰笑了笑，这并不是他的秘密，"那大概指的是杜妮。她死缠住我，我可没对她动感情。"

"虽然没有动真情，一定也有来往吧？"何慕天锐利地盯住魏如峰问。

魏如峰点点头，笑着说："假如我说和她没有关系，就未免太虚伪了，是吗？姨夫，你一定了解，和这种欢场女人来往，如同交易，谁都不会动真情的。而且，对于送上门来的女人，只要她长得不错，我也不会像柳下惠一样坐怀不乱。"

"嗯。"何慕天把烟从嘴里拿出来，"我喜欢你这股坦率劲。那么，告诉我，为什么最近一个月以来，你把这些女人全断绝了？"

魏如峰一怔，接着就涨红了脸，他不安地在椅上蠕动了一下身子，伸了伸腿，说："姨夫，你对我的事好像清楚得很呢！"

"当然清楚。"何慕天微笑着，深思地说，"你想，你将来会继承泰安，这么大的一个公司即将落在你的肩上，对你的事，我怎能不关心？"

"什么？"魏如峰吃了一惊，"我？继承泰安？为什么？"

"你是我的亲人，又有商业天分，公司在你手里，比在我手里更安全。而且，近来我对商场中的追逐倾轧，已经觉得疲倦了，很想把这个重担交卸下来，然后过几天清静日子。假如你没有什么出国读书的计划，我就希望你把时间多放在公司里一些，工厂里也去跑跑。两三年后，你就可以变成实际的负责人了。"

"姨夫。"魏如峰皱皱眉头，深深地望了何慕天一眼，"你要把公司给我，我应该感激你，可是，说实话，姨夫，我并不想负责泰安。"

"为什么？"

"我和你一样，我厌倦商场的这些竞争和欺诈。我自己是学文的，商业和纺织都不是我的兴趣，也不是我的本行，我之所以留在公司里，完全是因为你需要我。有一天，霜霜会结婚，那时候……"

"慢慢来，如峰。"何慕天打断了他，"你对这笔财产一点不动心吗？"

魏如峰苦笑了。

"当然动心。"他说，"如果我说对财产金钱不动心，我就太矫情了。但是，我不愿继承泰安，这应该属于霜霜……"

"属于霜霜——"何慕天沉吟着说，"和属于你，这不是一样吗？"

"什么意思？"

"我是说——"何慕天喷了一口浓烟，"如果你和霜霜结婚的话。"

魏如峰忽地愣住了，他瞠目结舌地望着何慕天，后者正平静而从容地吐着烟雾。他站了起来，盯着何慕天的脸，诧异地说："你开玩笑吗？姨夫？"

"一点也不开玩笑，你们是表兄妹，从小一块长大，彼此了解，又彼此亲爱……"

"但是，我不爱霜霜，霜霜也不爱我！"

"爱情是可以慢慢培养的。"

"我觉得你的想法有些荒谬，这是不可能的！"

"为什么不可能？"

"因为——"魏如峰深吸了口气说，"我一直把霜霜当亲妹妹看，而且，我现在也正在恋爱。"

何慕天震动了一下，在烟灰缸里揉灭了烟蒂，故意轻描淡写地问："是吗？是怎样的一个女人？像杜妮那样的吗？你预备和这女人'恋爱'多久？"

魏如峰的脸色变得苍白了，他做梦也没想到何慕天会用这样的语气来侮辱他的恋爱，而且还连带侮辱了晓彤。这使他无法忍耐，他用手指抓紧了椅背，竭力控制自己沸腾的怒火。半天后，才颤抖着嘴唇，冷冰冰地说："姨夫，我明白了，你想用泰安去给霜霜买一个丈夫？你找错了对象了，街上的男人多得很，你随便去拉一个，告诉他你那优厚的条件，他们一定会趋之若鹜的！至于我，你骂我不识好歹吧！"

说完这几句极不礼貌的话，他掉头就向门口走，何慕天呆了几秒钟，然后猛然恼怒地大声喊："站住！如峰！"

魏如峰站住了，慢慢地回过头来，何慕天面对着一张倔强而坚定的脸。他逐渐泄了气，怒容从他脸上消失，取而代之的，是一层深切的落寞和失意，怎样的一个青年！霜霜何其无缘！他叹了口气，对魏如峰摆摆手，乏力地说："好，你去吧！"

魏如峰迟疑了一下，向门口走去，何慕天又叫住了他："等一下，如峰！"

魏如峰再度站住，何慕天凝视着他，慢吞吞地问："告诉我，你的女朋友叫什么名字？"

"杨晓彤。早晨的那个晓字，彤云的彤。"

"很漂亮吗？"

"哦。"魏如峰怒火已消，热心地说，"不是漂亮，而是可爱，漂亮这两个字多少有点人工美的成分在内，晓彤是完全自然的美，真实的美，由内在到外表，无一处不美。"

何慕天凄苦地一笑。

"好，你去吧，如峰，希望有机会能见到这个神奇的女孩子。"

魏如峰也笑了。

"你一定很快就会见到她，我会带她到家里来玩。"他说，望着何慕天，他知道，他们之间的不快已经过去了。

楼下，突然间，尖锐的喇叭声又划破了寂静的长空，在夜色中锐利地狂鸣起来。

几度夕阳红

柒

SEVEN

"但愿我也有一杯酒，可以醉得人事不知！"

　　明远面对着自己那张"浣纱图"，看了又看，越看越心烦，这已经是今晚画的第三张了，竟连个美人脸都画不好！"天才"早已是过去的东西了，他在自己的画里找不到一丝才气，别说才气，连最起码的功力都看不出来。他皱皱眉，"重拾画笔"，多荒谬的想法，徒然浪费时间精力和金钱！一阵烦乱之下，他抓起那张纸，揉成一团，用力地对墙角扔过去，纸团击中了正坐在墙角补衣服的梦竹，她一惊，抬起头来，接触到明远的一对怒目。

　　"又画坏了？"梦竹柔声问，小心翼翼地，"慢慢来，别烦躁，现在就算是练练笔，笔练顺了，就可以画好了！"

　　"废话！"明远叫，"我告诉你，我根本就不该听王孝城的话，画画！他以为我还是以前的明远呢！殊不知我早已变了一个人，艺术家的梦只有留到下辈子去做了！从明天起，我发誓不再画了！把这些画笔颜料全给我丢进垃圾箱去！"

　　梦竹带着几分怯意站起身来，她实在怕极了明远砸颜色碟子和摔笔摔东西。她走过去，代他把颜料收拾好，笑着说："今晚别画了，明远。你也太累了，白天要上班，晚上又要画画，休息一晚吧！明远，我们也好久没出去走走了，干脆今晚去看看朋友好不好？"

　　"看朋友？去看王孝城吗？看他有多成功，弟子满天下，一小张横幅卖个两三千，大家还求爷爷告奶奶似的去求他的画……"

　　"明远。"梦竹锁紧了眉，"你变了！孝城是我们多年的老朋友，但是，你说起他来口气中充满了嫉妒和刻薄，他待我们不错……"

　　"是的，他待我们不错！"明远干脆大叫了起来，"每隔两三天，他就送奶粉衣料罐头什么的来，他现在阔了，他送得起东西，他的东西使你对他五体投地……"

"明远！"梦竹叫。

"他对我们施舍，表示他的慷慨！我呢？我就得受着！他阔了，他不在乎，但是，我杨明远的一家子就在接受他的救济，我告诉你，梦竹！你不许再接受他的礼物……"

"我并没有要他的礼物，只是他的诚意使人难以拒绝，每次提了东西来，还赔尽笑脸，又怕给我们难堪，又怕我们拒绝！人家是一片好心。"

"好心！"明远咆哮着，"我杨明远就要靠别人的好心生活吗？是的，我穷，你嫁给我了，你就要跟我过苦日子！我的运气不好，我倒霉，你就只好跟了我倒霉……"

"明远，你别把话扯得太远好不好？难道我嫌你穷了吗？收孝城的礼是不得已，你为什么一定要把别人的好意当恶意呢？人家又没有嘲笑你或看不起你的意思！"

"他没有恶意，可是我受不了！他使我觉得压迫，你懂不懂？时时刻刻，他都用他的成功，他富裕的生活，他的身份地位来压迫我！而以前，任何教授对我的评价都比他高！现在呢？他成功了，他用礼物，用那些同情的怜悯的眼光来堆积在我身上，他使我受不了，你懂吗？我受不了他那种把我当作病入膏肓的人的那副样子……"

"他成功了，这并不就是他的过失，是不是？"梦竹问，"你不能因为他的成功，就抹杀掉你们的友谊呀！"

"友谊！"明远嗤之以鼻，"这是世界上最不值钱的东西！"

梦竹呆呆地站着，沉痛地望着明远，好半天，才幽幽地说："明远，你变得太多了。"

"是吗？我变得太多了？"梦竹的话更加勾起了明远的怒火，他逼视着梦竹说，"是的，我变了，你知道是什么让我变的吗？你知道我一点都不爱这份生活吗？你知道我厌倦得想死吗？你知道——"

"我知道，我知道，我什么都知道！"梦竹叫着说，被明远逼迫得忍无可忍，"就因为我知道得太清楚，所以我忍受你一切的坏脾气，忍受你的嚣张和无理，忍受你的怪癖！你还要我怎么样呢？"

"你后悔了吗？后悔嫁我了吗？"

"我有什么资格后悔！"梦竹神经紧张地大叫了起来，"你娶我是你对我的恩惠，我还有什么资格后悔！十几年来，我必须时时记住这一点，杨明远，你是个伟人！你伟大！你在我落魄的时候——"

猛然间，她缩住了口，瞪视着房门。在门口，晓彤正张皇地站在那儿，恐惧地望着争吵中的父母。梦竹泄了气，她费力地把溢出眼眶的泪水逼了回去，用手摸了摸自己激动得发烫的面颊，低低地对明远说："对不起，我，我是太激动了！"

明远没说话，沉默了片刻，才用阴沉的眼光，扫了晓彤一眼，冷冰冰地说："你下了课，怎么到现在才回家？"

"我，我，我在学校做功课。"晓彤嗫嗫嚅嚅地说。

"晓白呢？"明远又问。

"我，我没有看到。"

明远调回眼光来，冷漠地看了梦竹一眼，说："我们的两个孩子，连家都不要了！放了学不回家，吃晚饭也不回家！"

他的口气，好像孩子们不回家，都应该是梦竹的责任，梦竹想说什么，又忍耐地咽了回去。孩子们是最敏感的小动物，家里的气氛一不对，他们就会最先领略到。近来，明远的坏脾气笼罩着全家，动不动就要咆哮骂人，连小鸟都知道巢里是否温暖，又怎能怪孩子不愿回家呢？家系不住孩子，这不是孩子的过失，而是父母的过失。怎么能让正在求学的孩子在一个充满火药味的家中做功课，准备考大学？

在梦竹的沉默中，明远换了一件衬衫，准备出门。

"你到哪里去？"梦竹问。

"看电影去！"明远没好气地说。

梦竹的嘴唇动了动，却没说出话来，只睁大了眼睛，目送明远走出房门。

听到大门合上的声音后，梦竹浑身无力地坐回椅子里，用手支撑着疼痛的头。疲倦、懊丧和绝望的情绪像潮水般对她涌了过来，她感到自己像只无主的小船，正眩晕地漂荡在这潮水之中。晓彤远远地望着母亲，看到梦竹一直不动也不说话，她走了过去，把手放在梦竹的手腕上，怯怯地喊了一声："妈妈！"

梦竹抬起头来，接触到晓彤一对不安的、关怀的眼睛。她不愿让女儿分担她的烦恼，勉强提起精神，她坐正了身子，深吸了口气说："你吃过饭没有？"

"吃，吃过了。"

"在哪里吃的？"

"学校福利社。"晓彤说着，脸微微地发起烧来，由于说了谎话而不安。福利社？那些地方和福利社简直差了十万八千里！近半个月来，魏如峰带着她，几乎跑遍了全台北市的小吃店，每天，他们都要换一个新的地方，他总是笑着说："我要让你见识见识台北市，领略各种不同的情调！"

有时，她的一袭学生制服，出现在比较大的餐厅里，显得那么不伦不类。而他却豪放如故，骄傲得如同伴着他的是天下绝无仅有的贵妇人，这种种作风，使晓彤既感动又心折。她常常想，魏如峰是个最懂得美化生活和享受生活的人。今天的晚餐，在一家不知名的餐厅里，傍着一个很大的装着热带鱼的玻璃柜子，他告诉她每种鱼的名称：电光、孔雀、黑裙、红剑、神仙……他笑了，亮晶晶的眼睛深深地盯着她，一股调皮的神情，说："神仙鱼是取神仙伴侣的意思，因为这种鱼总是捉对来来往往，不肯分离。有一天，我们也会像它们一样吗？"

"晓彤，在想什么？"梦竹的声音打断了她的思路。

晓彤吃了一惊，惶恐地说："没，没有什么呀！"

"晓彤。"梦竹叹了口气，"从明天起，回家来做功课吧，不要在外面逗留，也别三天两头地往顾德美家跑。而且，天天晚上在福利社吃饭总不是办法。你爸爸的心情不好，你们别再惹他不高兴了。"

"噢！"晓彤怅怅地应了一声，顿感若有所失。下了课就回家，放弃那两小时的欢聚？两小时，每次都是一眨眼就过去了，但，这两小时却是她每日生活的重心！早上起床，睁开眼睛迎接新的一天，因为想到有放学后的那两小时，而觉得欢欣鼓舞。坐在教室里，听着老师冗长而乏味的讲述，因想起不久之后，就可以有那两小时而心情振奋。放学前的清洁扫除，握着扫把，在扬起的灰尘中，看到的是他扶着摩托车，倚在路口转弯处的电线杆下的神情！背着书包，和顾德美跨出校门，一声"再见"，难得会有那么轻快的口吻！向路口走去，脚底下踏着的是云是雾，整个身子都那么轻飘飘的。心里面怀着的是梦是情，全身心都那样荡悠悠的。然后，一张充斥着生气的脸，一对期待而狂热的眸子，一声从心灵深处蹿出来的呼唤："嘿！"这就是一切！这就是每日生活的重心所在！而现在，必须放弃这两小时？生活将变得何等空虚和乏味！

"晓彤，你怎么了？发什么呆？"梦竹诧异地望着冥想中的晓彤。

"哦，没——没有怎么。"晓彤一惊，回复过心神来。

梦竹凝视着晓彤，这孩子有些不对劲，那对眼睛蒙眬得奇怪，那张小小的脸庞上有些什么崭新的东西，使她看起来那样焕发着梦似的光彩——这变化是从何时开始的？她无法确定——但她能确定一点，这孩子浑身都散发着青春的气息。她有些眩惑，一个小小的女孩子，怎么会忽然在一夜间就长大了？除了眩惑外，还有更多的，类似感动的情绪：晓彤，一个多么美丽而可爱的女孩！母性保护及爱惜的本能，使她又叮咛了几句："以后，还是一下课就回家的好，一个女孩子，回来太晚，让人担心。现在社会风气越来越坏，晚上摸着黑回家，如果遇到坏人怎么办？"

"噢，不会的，妈妈顾虑太多了。"晓彤说，有些不安。

"唉。"梦竹又叹了口气，"所有的妈妈都是啰唆的，所有的女儿也都厌倦听这些话。在你做女儿的时候厌倦听，等你做了母亲却又不厌其烦地去说。如果每一个母亲，都能知道她孩子的未来是怎样的，那不知道可以少操多少心……"

有人在敲门，梦竹停止了说了一半的话，说："去看看，大概晓白又把他那份钥匙弄丢了！"

晓彤高兴这敲门声打断了母亲长篇的感慨。走下榻榻米，开了大门，出乎意料地竟是王孝城，晓彤叫了声"王伯伯"，一面扬着声音喊："妈，王伯伯来了！"

王孝城提着一大堆奶粉牛油罐头等东西，走上了榻榻米，梦竹迎上来，一看到孝城手里的东西，就皱起眉头，埋怨地说："孝城，你怎么又带东西来？你这样子实在让人不安，我说过……"

"好了好了，梦竹。"王孝城打断她说，"以前在重庆的时候，你也和我这么见外吗？我常在你们家一住多日，也不在乎，现在我给孩子们带点东西，你就叫得像什么似的，时间没有加深彼此的友谊，倒好像弄得更生疏了——咦，明远呢？"

"出去了。"梦竹说，一面接过王孝城手里的东西，拿到后面交给晓彤，低声对晓彤说，"找个地方藏起来，别给你爸爸看到。"再走出来，王孝城已经坐在藤椅中，正在看墙上用图钉揿着的一张明远画了一半的画，看到梦竹，他问："明远最近怎么样？画得很多？"

梦竹默默地摇摇头，递给王孝城一杯茶。

"没完成过一张，都是画了一半就撕了。"

"脾气好些了吗？"

梦竹苦笑了一下，又摇摇头。

王孝城深深地看着梦竹，想说什么，又没说出口，把眼光在室内转了一圈，啜了两口茶，终于，忍不住地开了口："梦竹，你无法改善你们的生活吗？"

"改善？"梦竹迷惘地抬起眼睛来，"都是你建议他画画，想改善，结果，更弄得合家不安，画没画出来，整天听他发脾气，最近，连孩子们都往外面躲，改善！又谈何容易！明远的个性是……"

"我觉得……"王孝城插嘴说，"你有点过分对明远让步了，才会弄得他要发脾气就发脾气，他以前也不是这样不近情理的，你处处让他，他就会越来越跋扈……"

"这都是因为——"梦竹顿了顿，才又轻声说，"你是知道的，这么多年来，我总觉得有些对不起他，何况，他又一直不得意，他学了艺术，却当了十几年的公务员。这些，好像都是我牵累了他。"

"你的思想就不对！"王孝城说，"你想，当初——"

"嘘！"梦竹警告地把手指压在嘴唇上，指了指后面的房间低声说，"别谈了，当心给晓彤听见。"

王孝城咽回了那句已冲到嘴边的话，却仍然默默地望着梦竹发呆。好半天，梦竹抬起头来问："你第一次来的时候，曾经提起有个人在台湾，是——谁？"

"哦。"王孝城一怔，接着，就有点惶然和不安，咬了咬嘴唇，他偷偷看了梦竹好几眼，才吞吞吐吐地说，"没，没有谁。只是听——听人说，小罗现在在南部，不知是屏东还是嘉义，在做生意。"

"哦——"梦竹拉长声音"哦"了一声，几个月来压在心上的一副重担突然卸下了，于是一种解脱感和轻松感包围了她，她扬起头来笑笑，用近乎愉快的声音说，"是小罗？他好吗？在做什么生意？"

"嗯，大概——大概是五金生意吧，"王孝城支吾着，"我也不太清楚，有机会可以托人打听一下看。"

"噢，如果他也在台湾，那真不错，是不是？应该找机会大家聚聚。他怎么会做起五金生意来的？"

"嗯，嗯，这个……"王孝城有些出汗了，站起身来，他看看手表，大发现似的说，"哦！差点忘了，我八点钟还有一个约会，不多坐了，你代我问候明远！"

梦竹有些诧异，但她也没有久留王孝城，王孝城走了之后，她在椅子中坐了下来，长长地吐出一口气，用手托着下巴，她默默沉思，多傻！她一直以为王孝城说的是另外一个人，原来是小罗，只怪自己太容易胡思乱想，什么都要和那件事缠在一起。她坐了许久，才惊觉地站起身来，八点半了，晓白怎么还不回家？她推开晓彤的纸门，晓彤正在书桌前做功课，听到门响，她似乎猛吃了一惊，迅速地拖过一本书来，盖在自己的练习本上。梦竹并没有注意她这个小动作，只担心地问："晓彤，你知道晓白这两天在搞什么鬼？每天都弄得那么晚回家？"

晓彤定了定心，说："不清楚，大概在练篮球吧，他好像被选进校队了。"

"篮球！篮球！"梦竹不满地说，"只知道打篮球，功课怎么办？靠篮球来考大学吗？"说着，她愤愤地拉上纸门，回到自己的房中。晓彤目送母亲的影子消失，才又悄悄地推开盖在练习本上的书，看了看写了一半的那页，就不满地撕掉了，提起笔来，她重新写：

> 如峰：
>
> 　　告诉你一个不太好的消息，我们的"黄昏聚会"要结束了。今天，妈妈限制我放学就回家，不许在外多做停留，我……

信又只写了一半，一声巨大的门响使她吓了一跳，准是晓白！她想。预备继续写信，可是，梦竹的惊呼声就传了过来："明远！你怎么了？你从哪儿回来？谁灌你喝酒了？"

她拖过一本书来，遮在笔记本上。她打开纸门跑出去，一眼看到明远正摇摇晃晃地走上榻榻米，衬衫扣子散着，满头乱发，脸红得像猪肝，酒气逼人。他一面打着酒嗝，一面扶着墙，跌跌撞撞地向前走，在门口的榻榻米上，他差点被纸门绊倒，梦竹慌忙扶住了他，同时叫晓彤："晓彤！快来帮我扶扶爸爸！"

晓彤跑上前去，和梦竹一边一个搀住了明远。明远醉眼迷糊地看着梦竹，又转头看着晓彤，露出一脸神秘兮兮的表情，接着，就傻傻地笑了起来。晓彤被父亲的样子吓住了，她知道父亲向来是滴酒不沾的，今天是怎么回事？梦竹满脸的惶惑和紧张，焦急地说："你到哪儿去喝了酒？明明不会喝，你这是何苦嘛？"

明远瞪着梦竹，不停地傻笑，等梦竹说完，他就甩甩头，用手托起梦竹的下巴来，斜睨着梦竹的脸，笑嘻嘻地说："别多说话，小粉蝶儿！哈哈，小粉蝶儿，沙坪坝之花，我杨明远何等运气！穷书生一个，却娶到了著名的小粉蝶儿！"

"明远，你怎么醉成这样子？"梦竹皱紧了眉头，和晓彤合力把明远扶到椅子上坐下。明远倒进椅子里，却一伸手抓住了梦竹的胳膊，乜斜着醉眼，盯着梦竹说："那么美，那么沉静，那么温柔，追求的人起码有一打，我杨明远是走了什么运？桃花运！哈哈！桃花运！他们告诉我：'那是个小妖精，你娶了她一定会倒霉！'哈哈，小妖精，现在已经变成老妖精了……"

梦竹的脸红一阵白一阵的。晓彤惶恐地看看父亲，又看看母亲。明远一转头发现了晓彤，就伸手把她拉了过来，一只手抓一个，瞪着眼睛轮流在她们脸上看，然后就摇头晃脑地说："反正女人都是妖精，老妖精和小妖精！"他纵声大笑了起来，拉住晓彤说，"你是个小妖精，是不是？有一天，总会有一个男人为你着迷，记住！小妖精小姐，抓一个有钱的，要抓牢一点，别上了当，富人没嫁着，嫁一个穷人来受苦……"

"明远！"梦竹喊，"你说些什么？你醒一醒好不好？"

"醒一醒？"明远打了个酒嗝，点点头说，"该醒一醒了，我杨明远该醒时不醒，该睡时不睡！嗝！"又是一个酒嗝。

"你为什么要喝醉嘛？"梦竹说，试着想走开去给明远弄一条冷毛巾来，但明远抓着她不放。

"醉？我才没有醉呢！"明远打着酒嗝说，"是哪一个作家说过的话？'世界上没有一种酒叫人醉，除非人自愿用痛苦来醉自己！世界上没有一种酒能让人糊涂，除非人自愿糊涂！一个真正糊涂的人，就是一个真正清楚明白的人！'我不醉，我不糊涂，所以我也不清楚明白！"

梦竹凝视着明远，听着他这几句似糊涂却清楚的话，她有些怀疑他的酒醉是装出来的，怀疑他在借酒装疯来骂人。但是，明远才说完这几句话，就直僵僵地，像根木棍似的从椅子里向前扑倒下来。梦竹伸手没扶住，他已经躺倒在榻榻米上了，立即响亮地打起鼾来。梦竹蹲下去，喊了两声，又推推他，他却纹丝不动。无可奈何地，梦竹叹了口长气，从床上拿一条毯子盖住了他，对站在一边发愣的晓彤说："你去做功课吧，爸爸没什么，只是喝醉了，让他就这样睡睡好了。"

晓彤"嗯"了一声，迷惑而不解地望了望地上的父亲，转身走进了自己的房里。

梦竹望着通往晓彤屋里的纸门拉拢了，就跌坐在榻榻米上，用手蒙住了脸，喃喃地说："天哪！这是什么生活？什么日子？"

把头深深地埋在自己的臂弯里，她有一份强烈的、想大哭一场的冲动，好半天才又低低地自语了一句："但愿我也有一杯酒，可以醉得人事不知！

但是，是真的没有一种酒能让人醉吗？”

晓彤回到房里，再也写不下信，更做不下功课，面对着台灯，她怔怔地发着呆。父亲喝醉酒的样子使她受惊不小，尤其是那些醉话，老妖精与小妖精！这是什么话？不知道过了多久，她忽然听到有人在轻敲后门，竖起了耳朵，她侧耳倾听，于是，她听到晓白在低声地叫：“姐，姐！给我开一下后门！”

她诧异地站起身来，走到厨房里去，打开了后门。晓白一闪而入，立即，晓彤差一点惊叫起来，晓白的左眼下肿了一大块，又青又紫，制服上全是污泥，袖子从袖口一直撕破到肩膀上，手腕上也是伤痕累累。晓彤正要叫，晓白就一把捂住了她的嘴，低声说：“别叫！不要给爸爸妈妈知道！”

“你，你是怎么弄的？”晓彤瞪大了眼睛，低低地问。

“和人打了一架。”

“为什么？”

“那个人欺侮我们的小兄弟。”

“小兄弟？”晓彤皱着眉说，“什么小兄弟？”

“结拜的。”晓白简单地说，“我们有十二个人，结拜为兄弟，我是老三。”

“哎呀。”晓彤变了色，“你是不是加入什么太保组织了？”

“胡扯八道！”晓白说，“我们正派极了，就是看不惯那些太保才组织的。我们就专打那些太保，那些惹是生非的人，看他们还敢不敢横行霸道！”

“可是……”晓彤觉得这事总不大对劲，又讲不出来不对劲的地方，看了看晓白，她暂时无法管那些事，而回到现实的问题上来了，“你受伤没有？”

“才没有呢！我的身体那么棒，怎么会受伤！那小子又不经打，才那么两拳，就躺在地上直哼哼……”

“你没有打出人命来吧？”晓彤提心吊胆地问。

“没有，我只是要小小地惩戒他一下！”

“你的衣服——”晓彤看看那撕破的袖子，咬着嘴唇考虑了半天说，“怎么办呢？给妈妈看到怎么说呢？一定要骂死——这样吧，脱下来给我，晚上我悄悄地补好，洗干净晾起来，下次妈妈发现的时候，就说打球的时候撕的，妈妈看到已经补好了，一定不会太怎么样。"

晓白立即把制服脱了下来，交给晓彤，一面悄悄地在晓彤耳边问："姐，带你骑摩托车的那个男人是谁？"

晓彤迅速地抬起头来。

"你怎么知道？"她盯住他问。

"我看到你们的！在西门町。那人挺帅的，是你的男朋友吗？比顾德美那个哥哥漂亮多了。"

"嘘！说低一点。"晓彤说，"你可要保密哦！"

"你放心好了。"晓白说着，对晓彤会心地笑笑，一面向自己的房间溜去。晓彤抓住了他叮嘱地说："记住，一进房间就蒙头大睡。今天爸爸喝醉了酒，妈妈如果问起你来，我就说你是在爸爸说醉话的时候回来的，反正我会应付。明天见着爸爸，别忘了说你脸上的伤痕是打球摔的。"

晓白一个劲地点头，又问："爸爸怎么会喝醉酒？"

"我不知道。"晓彤摇摇头，"都是王伯伯不好，提议他画画，从他画画以来，就天下不太平了。"

晓白轻轻地溜进了他的房间。晓彤眼望着他回房了，就关好了后门，帮母亲把煤球炉接上一个新煤球，再关掉厨房里的灯，蹑手蹑脚地向自己房间走去。经过晓白的房间时，想来想去，觉得有件事还是不对头。轻轻拉开晓白的房门，她伸进头去，对正在钻被窝的晓白警告地说："晓白！你以后不可以再和人打架，真受了伤怎么办？要是再打架哦，我就要告诉妈妈了。"

晓白挑挑眉毛，望着晓彤走开了，耸耸肩，对自己满不在乎地一笑，自语地说："女孩子！总是胆小一些。"

翻开床垫，取出一本薄薄的武侠小说《原野侠踪》，他躺在床上聚精会神地看了起来。

晓彤拿着晓白撕破的衣服，进了自己的房间，坐在书桌前面，对着一灯荧然，她忽然感到心中充满了各种复杂的问题：爸爸的、妈妈的、晓白的和她的。人生！何等地不简单！她愣愣地陷入了沉思之中。

几
度
夕
阳
红

捌

EIGHT

重门不锁相思梦，随意绕天涯。

王孝城从明远家出来，迎着秋夜凉爽的晚风，心头似乎轻松了不少。梦竹的几个问题，差点使他泄了底，生平，他最怕的是撒谎，每次撒一点小谎都会弄得自己面红耳赤，冷汗淋淋。尤其在梦竹面前撒谎，他总觉得，梦竹那整个的人，由内在到外表，都使人联想到最纯洁最干净的东西，二十年前是如此，二十年后还是如此。可是，命运对梦竹，却未免太残忍了！他眼前浮起明远家中那份寒酸贫苦的陈设，浮起梦竹忍耐和沉默的眼光，又浮起二十年前梦竹的模样：大而无邪的眼睛，乌黑的两条长发辫和那轻快地蹦跳的小身子，以及经常如流水般轻泄出来的笑声。如今呢，只有在晓彤的身上，还可以发现当年梦竹的影子，梦竹自己已经浑身都刻满了困苦、悲怆的痕迹。他摇摇头，自语地说："不应该是这样的！根本不应该是这样的！她嫁给明远就是个错误，假如当初……"

假如当初怎么样？他站在巷口，瞪视着街头来往的车辆。假如当初是他娶了梦竹呢？会有怎样的结果？又摇了摇头，他喃喃地说了声："荒谬！"

真的有些荒谬，这么多年前的事情了，还想它做什么呢？可是，那另一个人呢？这世界实在有些不公平，为什么梦竹该独自承担一切痛苦，而梦竹又是那样一个善良而无辜的人！另一个人呢？生活得那么舒适，事业那么成功，这世界上的事简直无法可解释！一辆流动三轮车从他面前经过，他挥手叫住了，跨上车子，凭着一时的激动，大声地说："中山北路！"

何慕天靠在沙发里，深深地吸了一口烟，望着从楼梯上慢慢走下来的霜霜。霜霜穿着件黑红相间的条子衬衫和一条紧身的牛仔裤，头发烫过了，乱蓬蓬地拂在额前。下了楼，她走到何慕天身边，从何慕天嘴里，把香烟拿了下来，摆出一副电影中学来的派头，吸了一口烟，再对着何慕天的脸喷出去。何慕天皱皱眉，躲开了一些说："好，烟也学会抽了，什么时候学的？"

"哼！"霜霜哼了一声，老练地吐出一个大烟圈，又吐出一连串的小烟圈，笑笑说，"大概所有的父母，都对于孩子的长大感到奇怪，是不是？"

"这叫作'长大'吗？"何慕天问。

"这叫作'成熟'。"霜霜说。

"成熟？"何慕天摇摇头，"你下错定义了！"

"别说教，爸爸！"霜霜再喷出一口烟，"如果你觉得抽烟不好，你自己为什么要抽？"

"我是男人……"

"那么，我是女人！"霜霜抢白着说，对何慕天摆了摆手向门口走去，"再见，爸爸！"

"霜霜！"何慕天叫，"你又要出去？"

"不出去，做什么呢？"霜霜站住问，"和你一样，坐在沙发椅子里吐烟圈？或者，你有许多值得回忆的事情，所以你可以仅仅靠思想来打发空余的时间，我不行！爸爸，我年轻，我必须及时行乐！"

"及时行乐？"何慕天怔了一下说，"霜霜，这四个字太重了，你可能要为这四个字付出极大的代价！"

"别——说——教！"霜霜一个字一个字地说。走到了大门口，扶着玻璃门，她又停住了，慢慢地回过头来望着父亲，大眼睛里逐渐升起一抹困惑和痛楚之色，幽幽地问了一句，"爸爸，告诉我，如何可以找到快乐？"

何慕天愣住了，呆呆地凝视着霜霜，一句话也说不出来。霜霜似乎也并不真想获得答案，转过身子，她走下了台阶，只一会儿，一阵汽车喇叭响，她又驾车出去开始了每晚定时的夜游。

何慕天用手支着额，沉坐在沙发深处。"如何可以找到快乐？"谁能回答这问题？燃上一支烟，他在烟雾中寻找答案，快乐，他曾有过，但是，已失落得太久了。

一阵门铃响，阿金带进一个意外的客人——王孝城。何慕天站起身来，有些诧异，也有份薄薄的惊喜，无论如何，在台湾，老朋友并不多。虽然他不喜欢"话旧"，但他却欣赏王孝城——一个热情而洒脱的艺术家，丝毫不沾染时下的市侩气息。又不是一个喜欢沉湎于旧日生活中的人，应该属于半现实半梦想的人物，时而洒脱不羁，时而又深沉含蓄。但，不管怎样，听他豪放地谈谈艺术界的趣事，或默坐片刻，抽上两支烟都是很愉快的事。

"是你？孝城，好久没看到你了。"何慕天说，招呼王孝城坐下，一面递上一支烟。

"是有好久没来了，让我想想看，大概三个多月吧。"王孝城说着，燃上了烟。最后一次来，还是和明远重逢之前，不是已有三个月了吗？透过烟雾笼罩的空间，他下意识地打量着何慕天：英挺的眉毛，深邃而朦胧的眼睛，清瘦的脸庞，其漂亮和神韵一如往年！只是，当年的他豪放热情，爱喝酒，几杯下肚，则击筑高歌，诗思泉涌，经常即席为诗。所以，那时大家称他作"小李白"。而现在的他，神情举止，已经完全是中年人的沉稳持重了。将近二十年来，他的改变也相当的大，那时是世家才子，现在是商业巨子，王孝城不知道如今的他还作不作诗？面对着他，王孝城又不由自主地想起明远和梦竹。时间，无情地践踏着一切，每一个人，都已不再是往日的那个人了。

"你最近忙些什么？想开画展？"何慕天问。

"画展，没兴趣了。"王孝城摇摇头，又陷入沉思中。

何慕天看了王孝城一眼："你今天有点特别，有心事吗？"

"没有。"王孝城深思地说，"刚刚从一个老朋友家里出来，颇生感触。"

"老朋友？"

"嗯，二十年的交情了。"王孝城深深地看了何慕天一眼，"三个月前在街上碰到的，世界真小！"

何慕天没说话，他对于王孝城的朋友不感兴趣，世界真小！本来嘛，转来转去也转不出天地之间。

"人生最可悲的事，莫过于做一个落魄的艺术家！"王孝城顿了一下说，"凡艺术家，都有太多的梦想和太敏锐的感性，假如这份梦想硬被现实毫不留情地打破，实在是件残忍的事情！"

何慕天再度沉默地望了望王孝城，今天是怎么回事？为什么王孝城会有这么多的牢骚？

"无论如何。"何慕天笑笑说,"你总不是一个落魄的艺术家!"

"我不同,我原不是个完全的艺术家,所以,我真落魄,也不会像——"他猛地缩住了口,望着何慕天发呆,半天后,才没来由地长叹了一声,说,"抚今追昔,总给人一种不胜沧桑之感。"

"你吗?"何慕天不解地问,"你还有什么感慨?"

"我怀念重庆。"王孝城幽幽地说,"和那一段虽贫困却有欢笑的日子。我还记得你在沙坪坝的小茶馆中喝醉了酒,然后拿筷子敲着茶壶,大念那首杨慎的词:'是非成败转头空,青山依旧在,几度夕阳红!'现在,才真是青山依旧在,而几度夕阳红了!"

何慕天凝视着王孝城,两缕烟蒂上的青烟在袅袅上升,依依缭绕。他微微地眯起眼睛:沙坪坝,小茶馆,酒、瓜子、花生米,嘻嘻哈哈笑闹着的一群,还有——还有——那对黑白分明的大眼睛,静静悄悄地跟踪着他,而等他略一注意,这眼睛就迅速地被两排长长睫毛所遮盖……烟蒂上的火烧痛了他的手指,他一惊,醒了过来。把烟蒂丢进烟灰缸里,他勉强地笑笑,说:"那么久以前的事了,提它做什么?那还是寻梦的年龄。"

是的,寻梦的年龄!现在呢?已经是梦想幻灭的年龄了。而今,"梦"该属于霜霜和魏如峰那一群了!霜霜和魏如峰!何慕天咬咬牙,站了起来,在室内无意义地兜了一个圈子,再走回到沙发旁边,重新燃起一支烟。有门铃响,然后是摩托车驶进院子的声音,"寻梦者"之一回来了,另一个还不知在何处疯狂呢!

"慕天。"沉思中的王孝城又犹豫地开了口,吞吞吐吐地说,"有个人——你——你还记得吗?"

"谁?"何慕天不经心地问。

"杨——"王孝城刚吐出一个字,魏如峰吹着口哨,轻快地跑了进来,一看到王孝城和何慕天,他立即展开了个愉快的笑容,叫着说:"嗨!王伯伯,好久没看到你!你好像又重了两公斤!"

王孝城也笑了,说:"就是你!专挑人忌讳的说!你怎么知道我又重了两公斤?你称过我吗?"

"用不着称，我的眼睛最准！"魏如峰笑着说，吸了吸鼻子，"当心点，你和姨夫碰到一起，香烟店就开心了，今天报上才登的，抽烟会使人害癌症……"

"得了，如峰，你一回来就给人精神威胁。"王孝城说，"挑人爱听的说说行不行？你有女朋友了？"

"哈！"魏如峰笑了一声，向楼梯口跑去，一连冲上了三四级楼梯，才又回过头来，笑着说了一句，"姨夫，你不是想见晓彤吗？我已经约了她下个星期天来玩！"说着，他径自吹着口哨，隐没在楼梯尽处了。

何慕天吐出一口烟，带着个似笑非笑的表情，摇摇头说："说实话，我欣赏这孩子，多年以来，我一直希望他和霜霜会……"耸了耸肩，他叹了口气，"唉！反正儿女的事，父母也操不了心！"

"他——他——"王孝城发怔地说，"他刚刚说——有谁星期天要来？"

"杨晓彤，一个女孩子，他的女朋友。"

"什么？你——再说一遍。"王孝城跳了起来。

"怎么了？这有什么稀奇？"何慕天诧异地说，"他爱上了一个女孩子，听说是×女中高三的学生，如峰似乎非常为她倾倒。这并没有什么奇怪呀，你干吗那么紧张？"

"一个女孩子？杨——"

"是的，杨晓彤。"王孝城愣愣地瞪着何慕天，半晌，才以一副古怪的神情慢吞吞地说，"晓——当早晨解释的那个晓字，彤——是彤云的彤，是这两个字吗？"

"大概是吧。"何慕天说，"你认识这个女孩子？"

"可能——可能——是一个朋友的女儿。"王孝城口吃地说，猝然地站起来，"我还有点事，要告辞了。"

"那么忙干什么？再坐坐。"

"不，不，不。"王孝城一迭声地说，逃难似的向门口走去，"我要——我有——我还有事。"

何慕天把王孝城送到门口，目送王孝城的影子急急地穿过院子，走出大门。他迷惑地默立了片刻，才转回身子来，带着几分错愕，自语地问了一句："这人是怎么回事？"

晚上，窗外有很好的月亮。

晓彤靠着窗子站着，胳膊支在窗台上，双手托着下巴，默默地凝视着挂在椰树梢头的那轮明月。柔和的夜风正轻拂过来，椰树上阔大的叶片在风中摇摆。窗口近处，有一棵凤凰木，细碎的小叶子合成一片片云状的大叶，筛落了风，也筛落了夜。她几乎可以听到树叶在风中的低吟，那样柔和，那样旖旎。似乎是他的声音，在反复地轻唤："晓彤，你在哪儿？"

"四天没有见面了，你知道吗？晓彤，晓彤？"

四天？是的，好漫长的四天！为了妈妈苛刻的命令，她就只有停止那黄昏的约会。现在，在等待星期六的"铃兰"之约的过程中，时间变得多么缓慢和冗长！

秋天的夜风，夹带着凉意，片刻伫立，已有瑟缩之感。她恋恋不舍地离开窗子，回到书桌前面坐下。桌上摊着数学练习簿，一本大代数横放在台灯之前，用手托着头，她又对着灯闷闷沉思，好久好久，才无情无绪地叹息一声，勉强振作着把那本大代数拉到面前来。懒懒地翻开书页，在今天教到的那页上，有她上课时心不在焉地写上去的两个句子：

> 昨夜夜半，
> 枕上分明梦见！

这两个句子旁边，她发现不知何时，顾德美在上面写了一个英文字："Who？"面对着这个英文单词，她微微地失笑了。顾德美，她是她和魏如峰认识的关键！但她还蒙在鼓里呢！有好几次，她都考虑要把这个秘密告诉顾德美，但终于缺乏勇气，而没有开口。

有人敲门，接着梦竹就拿着一封信走进了晓彤的房间。

"晓彤，有你一封信。"

晓彤一看到信封上那"魏缄"两个字就紧张得脸色苍白，她跳了起来，颤抖着伸手去拿那封信。可是，梦竹紧握着信封不放手，盯着她的脸问："是谁写来的？"

"嗯，我不知道。"

这答案显然太笨了，梦竹的怀疑加深，她握着信说："既然你不知道，让我来拆吧！"

晓彤呻吟了一声，无力地跌坐在椅子里，眼睁睁地望着梦竹撕开信封。她的心狂跳着，眼前发黑，暗暗地诅咒着魏如峰的沉不住气，写什么该死的信呢？

梦竹撕开信封，抽出信来一看，里面还有一个信封，她愣了愣，望了晓彤一眼，晓彤的表情如同等待死神的宣判，这使她更加疑惑了。撕开第二层信封，抽出来的又是一个信封，现在，连晓彤的眼睛都瞪大了。当第四个信封从封套里抽出来时，梦竹已经断定是孩子们开玩笑了。可是她仍然耐心地拆下去，这样，她一连拆开了七个信封，这些信封显然都是自制的，一个比一个小巧，一个比一个精致。最后一个信封只有一张邮票那么大，上面写着两行小小的字，梦竹拿近灯光细看，才看清楚，写的是：

> 重门不锁相思梦，
> 随意绕天涯。

梦竹瞪了晓彤一眼，晓彤看到母亲的神情，就知道情况不妙，咬着下嘴唇，她沉坐在椅子中，一声也不出。梦竹拆开这最后一个封套，终于抽出一张折叠得小小的纸来，打开一看，她就呆住了，上面只有寥寥数语。

> 彤：
> 　　古人说：一日不见，如隔三秋，我们已经三日不见，请算算有多少秋了？

峰

梦竹怔了大概足足有二十秒钟，才回复过来，她一把抓起这些乱七八糟的信封和信纸，往晓彤面前一送，板着脸说："你倒给我解释解释看，这是怎么一回事？"

晓彤怯怯地看了看那小信封上的字和信笺上的几句话，眨了眨眼睛，屏着气，又要哭又要笑，眼泪在眼眶里打转，嘴唇尴尬地瘪着，半天也说不出一句话来。梦竹生气地说："你讲呀！你天天去念书，怎么念出这种玩意儿来的？这个写信的人是哪里来的？你说呀！今天你不说明白，就不许睡觉！"

"哦，妈妈，哦，妈妈！"晓彤低低地叫，像个待决的囚犯。惭愧、惶惑和恐惧使她面色苍白。她用手揉了揉眼睛，眼泪却成串地滚落了下来。

"到底是怎么回事？"梦竹说，"你别哭呀！我问你，你认识这个写信的人吗？"

晓彤点了点头。

"那么，这是你的男朋友，是吗？"

晓彤又点了点头。梦竹瞪视着晓彤，在晓彤的床上坐了下来。男朋友！晓彤？那个几年前还和邻居的孩子们扮姑姑宴、跳橡皮筋的小女孩，那时时刻刻发生点小问题，都要叫一声"妈妈"的小女孩！是什么时候长大的？是什么时候了解了相思之苦的？晓彤！那么纯洁、幼小、稚弱的一个孩子！有男朋友？这简直是不可能的事！在她心目中，晓彤仅仅是刚离开襁褓而已，还是她的"小小的女儿"，怎么会已经懂得恋爱了？瞪着晓彤那张年轻的脸，她无法平定自己的情绪，无法平定由于骤然发现晓彤已长大而生出的慌乱感。她的表情使晓彤吓住了，发出一声喊，晓彤扑进了母亲的怀里，叫着说："妈妈，你生气了吗？妈妈，你不高兴了吗？妈妈，我错了，我知道我错了，你别瞪着我，你骂我好了，妈妈！"

梦竹深呼吸了一下，意识回复了一些，她拉住晓彤，拍了拍身旁的位子，示意要她坐下。然后，她整理着自己脑中纷乱的思绪，好半天，她总算平定了下来，而决心接受这个来到的事实了。她望着晓彤，温和地问："他叫什么名字？"

"魏如峰。"

"你们怎么认得的？"

"在顾德美的生日舞会上。"

"哦！"梦竹回忆着那个日子，"他在读书？"

"不，已经做事了。"

"在什么地方做事？"

"泰安纺织公司。"

"什么学校毕业的？"

"台大，外文系。"

梦竹沉思了一会儿，拿起魏如峰寄来的那封信，七个小巧玲珑的信封，两句小词和那寥寥数语，何等细密，而富于幽默感！她突然兴奋了起来，女儿总要长大的，你不能不让她长大，大了总要恋爱结婚的！自古以来，这就是一定的法则！那么，女儿有了对象总是可喜的事，听起来，这男孩子的条件还不太坏哩！她沉吟了一下，又问："他的家在台湾？"

"不，他是跟着他的姨夫到台湾来的！他的父母都留在大陆没有出来。"

哦，这也不错。基于一种母性的自私，她为晓彤设想，嫁过去不必伺候翁姑，也是一项优点！她点点头说："如果我记得不错，你们才认识三个多月，已经有'一日不见，如隔三秋'这么深的感情了吗？"

晓彤涨红了脸，默然不语。梦竹想了想，又说："大概所谓留在学校里做功课啦，到顾德美家去啦，都是和男朋友约会去了吧？"

"噢，妈妈！"晓彤低低地叫。

梦竹托起了晓彤的下巴，直视着她绯红而窘迫的脸和清亮的水盈盈的眼睛。那不安而又焕发着光彩，羞涩而又流露着痴情的神态，竟使她心中掠过一阵激荡和感动。她用手抚摩了一下她的面颊，问："你爱他吗？晓彤？"

"妈妈！"晓彤恳求似的喊。

梦竹微笑了起来，对晓彤点点头。

"去通知他，下个星期天到我们家来吃晚饭！"

　　"妈妈！"晓彤发狂地喊了一声，扑过去，用手勾住梦竹的脖子，把头埋在梦竹的胸前，不住地揉搓着。梦竹拍着晓彤的背，哄孩子似的说："好了，好了！别闹了。"

　　但是，她自己也是那么激动，她觉得眼眶湿润了。"晓彤，但愿她有一份最好的、最美的、最诗意的爱情！"她喃喃地在心中自语着。

几
度
夕
阳
红

玖

NINE

"如果她有一个母亲就好了！"

何霜霜缓缓地驾着车子，远远地跟踪着前面那辆摩托车。在苍茫的暮色里，她仍可清晰地看到晓彤把面颊倚在魏如峰的背脊上，和那两只小小的，缠在魏如峰腰上的胳膊。她咬住嘴唇，眯起眼睛，望定了前面的目标，手心中微微地出着汗。有个念头像毒蛇般在她脑中盘踞。她踩动油门，加快了速度，如果她就这样对那辆摩托车冲过去，会有怎样的结局？辗碎那一对热恋中的男女，也辗碎她自己的可悲的恋情！车子的速度越来越快，那辆摩托车也越来越移近，几乎已经跳到她的车窗门口了，她猛然刹住车，把头扑在方向盘上，一头一身的冷汗。再抬起头来的时候，那辆摩托车已经驰得老远了，浑然不觉几秒钟前可能来临的世界末日，那个瘦小的女孩仍然紧贴在前面的男人的背上。

何霜霜拭去了额上的汗，重新发动了车子。她感到脑中昏昏沉沉，四肢瘫软而无力。身子似乎也和她一样地瘫软无力，那样慢吞吞地向前面滑去。在一条巷子口，她看到魏如峰的摩托车停了，那个女孩子正跳下车来。何霜霜放慢了速度，凝视着前方。那女孩对魏如峰说了些什么，然后摆摆手做个再见的姿势，但是，魏如峰突然拉住了她的手，于是，她站定了。他们就这样拉着手彼此凝视。或者，他们只凝视了几秒钟，可是，在何霜霜的感觉上，他们已凝视了几百个世纪。当晓彤终于跑进了巷子里，何霜霜就踩动油门，把车子疾驰到前面，停在那仍然对着空巷子痴痴注视的魏如峰身边。

魏如峰被汽车喇叭声惊动了，他回过头来，何霜霜的头伸出了车窗，正带着个嘲讽的微笑，冷冷地看着他。

"嗨！表哥，人已经走远了，还看什么？"

魏如峰皱皱眉，问："你到这儿来做什么？"

"谁规定了我不可以到这里来？"霜霜挑战似的问。

魏如峰耸耸肩。

"你当然可以来，只是未免太凑巧了！"

"凑巧？哈哈哈哈！"霜霜放肆地笑了起来，"由铃兰到这儿，车子走了二十五分钟，你的速度真慢呀！"

"霜霜，你在跟踪我们吗？"

"只是想知道你的女友是哪一号的人物。原来就是顾家舞会上那个小土包子！表哥，你对女人的胃口越来越小了！据我看来，杜妮比她好得多了，你怎么舍弃杜妮而找上这个乡巴佬，真让人笑话！"

魏如峰紧盯着霜霜问："你跟踪我们几天了？"

"好多天，怎么样？"

"你想要做什么？"

"不做什么！"霜霜满不在乎地挑挑眉，"看她的样子，还小得很哩，居然敢穿着制服和男朋友满街乱跑，所谓名震台湾的女中，出来的学生也不过如此！"

"她和你同年。"魏如峰冷冷地说，扶住车把，发动了车子。

"慢着！"霜霜喊，"表哥，请我吃饭！去中国之友社，然后跳舞，怎样？把摩托车放到车后座去。"

魏如峰默默地看着她，摇了摇头。

"不行，霜霜。你可以去找顾家的三兄弟！"

"表哥！"霜霜叫，"我不要顾家三兄弟，你陪我去！"

"我有事！"魏如峰喊了一声，顿时发动了车子，向前面冲去。

"表哥，你敢走！"霜霜大叫着，也踩动油门，想追上去，可是，她又放弃了，把车子熄了火，她颓然地把头扑在方向盘上。听着摩托车的马达声越走越远，她感到浑身被人撕裂般地痛着。一时间，她想狂叫狂喊，她想捉住魏如峰，撕打他、唾骂他。但，她什么都不能做，只在方向盘上痛苦地转着头，痛苦地扭动着身子，像害重病般窒息地呻吟着。

"喂，你病了吗？"

一个声音突然在她身边响了起来，她没有动。接着，那声音又响了，是个嫩嫩的男性的声音："我能不能帮你忙？"

她从方向盘上抬起头来，从睫毛下注视着他，一个高个子的男孩子，宽肩膀，长手，长脚。穿着件白衬衫，黄色卡其布裤，尽管穿得不好，却很有股帅劲，浓黑的头发下是张年轻的，方方正正的脸，乌黑的眼珠似曾相识，两道浓眉有点英雄气概。双手插在口袋里，挺立于暮色之中的样子像一头初长成的漂亮的公鹿。她坐正了身子，把头发拂向脑后，懒洋洋地说："嘿！"

"你病了吗？"他弯下腰来问。

她耸耸肩："病了，又怎样？"

"要我帮你忙吗？"他热心地问。

她眯起眼睛来看看他。

"你会开车吗？"她问。

"噢。"十分懊丧的一声感叹，"我不会。"

"那么，你怎样帮我？"她斜视他，仿佛是猫儿在逗弄一只小老鼠。

"我……"嗫嚅地，半天才吐出一声，"你可以教我！"

她笑了，打开车门，她说："进来吧！"

他坐了进去，坐的是驾驶座旁边的位子，方向盘仍然握在她的手中。

"我们到哪里去？"她扶着方向盘问。

"哦？"他看来颇为困惑，傻兮兮的，"你不是病了？"

"刚刚病了，现在已经好了。"她说，发动车子，驶上了街道，一面转过头来说，"我还没有吃饭，你陪我吃饭去，怎么样？"

他一惊，下意识地摸了摸口袋，终于吞吞吐吐地说："我没有钱。"

她大笑了，说："我请你！"

车子迅速地向衡阳街驶去，她侧过头来望望他，有种猫捉老鼠的残忍的快乐，她喜欢他那股"嫩"劲和"傻"劲。一个初出茅庐的小伙子，下巴上连胡子的影子都还没有！她问："你叫什么名字？"

"杨晓白。"

车子慢了一下，她顿了顿，说："什么？你再说一遍。"

"杨晓白。木易杨，早晨的晓，白颜色的白。"

"嗯。"她眯起眼睛，加快速度，车子平安地闯过一个红灯，"你有姐姐或妹妹吗？"

"是的，有个姐姐。"

"应该是早上的一朵小小的红云了，是吗？"

她嘴边挂着个冷笑。

"什么？"他没听懂。

"我在说你姐姐的名字。"

"杨晓彤。"

她点点头。车子滑入热闹的衡阳街，在穿梭的车辆中和霓虹灯的闪烁下，她把车子直驶向中华路。她的嘴唇闭得紧紧的，眼睛里闪耀着一簇残酷和报复的火焰。车子穿过了新生戏院前的平交道，她转过来望着晓白说："吃了饭，我们去跳舞，怎样？"

"哦。"他有点惊慌失措，"跳舞？我——"

"不会？"她问，接着就大笑了起来，"嗯，不会跳，是吗？如果有书房，我们可以关起书房的门，让我来教你跳华尔兹。"

他注视着她，她的话使他感到莫名其妙，他有点怀疑她的神经是不是正常，可是，她那漆黑如墨的两排睫毛和充满野性的大眼睛让他的脉搏加速跳动，而她那毫不拘束的谈话更让他感到刺激和兴奋，一个多么大胆和豪放的女孩子！这种女性对他而言，是全然陌生的，在这陌生和好奇的感觉中，他有些为之眩惑了。

深夜，霜霜驾驶着车子向中山北路驰去，她已经半醉，车子在街道上左冲右撞，好几次都差点冲上了人行道。可是，像奇迹一般，她仍然把车子平安地开回到家门口。走进家门，她嘴里乱七八糟地哼着歌曲，高跟鞋响亮地冲上台阶。一个疯狂的晚上！想起那憨态可掬的晓白，她就想笑。那歪歪倒倒的舞步，那涨得比酒的颜色还红的脸，那傻瓜兮兮的懵懂样子！她笑着跨进了客厅里。你的姐姐抢走我的爱人，不要紧，我就在你的身上报复！哈哈哈哈！她在客厅里迈着醉步，笑着。突然间，一个人拦在她的面前，她揉揉眼睛，看清楚了，是何慕天。

"站住！霜霜！"何慕天喊。

"哈哈，爸爸！"霜霜把一只手放在何慕天的肩膀上，笑着说，"你在这冷冰冰的房里做什么？你如何打发你寂寞的时光？嗯？爸爸？你为什么待在房里等着年华老去，等着头发由黑变白？嗯？爸爸？你有钱，你为什么不去买快乐？我告诉你任何一种快乐都可以用钱买到！包括爱情在内！你应该买一个女人，我应该买一个男人……"

"霜霜！"何慕天沉痛地摇摇头，"你这样混下去如何是好？你坐下来，我和你谈谈！"

"别！爸爸！"霜霜警告地喊，"别和我谈话！我们来跳舞吧！听说你年轻时潇洒风流，现在怎么变得这样老气横秋？"说着，她拥住何慕天，在屋子里转了起来。何慕天摆脱了她，试着要把她推进一张椅子里，但她仍然独自在屋子里打圈圈，同时，用她特有的相当好的歌喉唱着：

> 香槟酒气满场飞，
> 舞衣人影共徘徊……

"霜霜！"何慕天皱着眉叫，"你不能再这样过下去，你懂吗？无论如何你应该把高中念毕业……"

"爸爸，别说教！像个老太婆！"霜霜说着，歪歪倒倒地向楼梯上走去，"爸爸，你是个老寂寞，我是个小寂寞，我们应该一起寻欢作乐，像《晨愁》里的父女一样！你不该动不动就想教训人。"她把身子倾在楼梯扶手上说。然后，又继续跨着楼梯，一面乱唱着：

> ……
> 勾肩搭背，
> 进进退退……
> 你这样对我眉眼乱飞，

叫我今夜不得安睡……

她的歌还没唱完，魏如峰出现在楼梯口了。他穿着睡衣，揉着惺忪的睡眼，皱着眉望着霜霜说："半夜三更你怎么又唱又叫，霜霜，你才真是让人无法安睡呢！"

霜霜一眼看到魏如峰，就忘了唱歌，她直视着他的脸，大眼睛瞪得圆圆的，嘴唇微张着，像是突然发现了一样稀奇古怪的东西，那样吸引了她全部的注意力。她一动也不动地盯了他起码有五十秒钟，才猛地扬了一下头，如同从噩梦中醒来般，忽然爆发了一股莫名其妙的怒气。她向他冲了过去，一把抓住他的衣服，在魏如峰还没有弄明白是怎么回事以前，她已出其不意地抽了他两记耳光，然后又用胳膊勾住他的脖子，大嚷着说："好呀！你来了！你这个大众情人！交际花、舞女都玩过了，还有天上的小星星陪你！还有小小的红云陪你，好呀，魏如峰，你是欢场中的浪子，你有种！从交际花到女学生，你一概包揽……"

"霜霜！"魏如峰喝了一声，用力想把她缠在自己脖子上的胳膊扯下来，可是霜霜缠得更紧了，魏如峰放弃了和她挣扎，盯着她的眼睛，用一种近乎沉痛的口气说，"你怎么会变成这样子？喝得这么醉？"

"我醉了？"霜霜斜睨着眼睛问，接着，就大笑了起来说，"我醉了？可能！我喝掉了一瓶红兰酒，整整一瓶！吓得那个小傻瓜干瞪眼，只敢陪我喝啤酒！哈哈，啤酒，你听说过吗？哈哈，那朵小红云也是那样怯兮兮的吗？嗯——很公平！这世界上的事都公平，红云陪你，白云陪我，哈哈哈，公平之至……"

"霜霜！你在说些什么？"魏如峰皱着眉问，想把她的身子推开。她贴紧了他，收起了笑，狠狠地说："你敢推我，我就把你拉下楼梯去！我告诉你，魏如峰，你不要欺人太甚！"

"我什么时候欺侮了你？"魏如峰问。

"你欺侮我！你从头到尾就是欺侮我！"霜霜跺着脚大叫，"我恨你！恨透了你！我从没有恨一个人像恨你这样！我希望你死掉，马上死掉！"叫着叫着，泪水溢出了她的眼眶。突然间，她俯下头去，一口咬住魏如峰的手臂，泄愤地下死力咬住不放。魏如峰痉挛了一下，却无法把手臂从她的牙齿下抽出来，只好站住不动。何慕天一直站在楼下的大厅里，望着霜霜发愣，这时，他赶了上来，用手按住霜霜的肩膀，叫着说："霜霜！你发疯了？赶快松口！"

魏如峰靠在楼梯扶手上，对何慕天摇了摇头，一面凝视着霜霜那乌黑的头发。片刻之后，他用另一只手轻轻地抚摩着霜霜的头，低低地问："够了没有？"霜霜松了口，没有立即抬起头来，她注视着魏如峰手臂上的齿痕，破皮处正渗出血来，整个被咬住的部分已成紫色。她缓缓地抬起眼睛，怔怔地仰视着魏如峰，乌黑的眼珠微微转动，泪水逐渐淹没了那对黑眸，纵横地沿着面颊滚落了下来。她扑过去，用手抱住魏如峰的腰，面颊贴在魏如峰宽阔的胸膛上，哽咽地喊："表哥！表哥！表哥！"

魏如峰轻抚着她的背脊，自己也鼻中酸楚。半晌，他低声说："好些了吗？去洗个脸，怎么样？"

霜霜一语不发地点了点头。

魏如峰牵住她的手，不费劲地把她带进了浴室，打开水龙头，他把她的头撤在水龙头下冲，然后用块大毛巾包起她水淋淋的头发。托起她的下巴，他审视她。接着就叹了口气，柔声地说："霜霜，清醒一些没有？"

霜霜一动也不动地望着魏如峰，半天才点了点头。

"那么，去洗一个冷水澡，可以使你舒服一些。我去叫阿金来伺候你。"

他为她打开浴盆的水龙头，就走了出去，到楼下唤起了睡眼蒙眬的阿金。然后，他停在何慕天的前面，两人默然对立了片刻，魏如峰说："姨夫，我想，我应该搬出去住。"

何慕天燃起一支烟，深思地注视着魏如峰，带着一丝祈盼的神色说："如峰，霜霜真比不上那位杨小姐吗？"

魏如峰有些失措，默然片刻才说："姨夫，她们两个是没有办法比较的，完全是两种不同的典型。事实上，论相貌，可能霜霜还比晓彤漂亮，但是这种感情上的事几乎是没有道理可讲的……"

"我明白，如峰。"何慕天长叹了一声说，"这种事……只是缘分罢了。"

"姨夫。"魏如峰说，"我刚刚的话没有说完，我说，我想搬出去住，而且想辞掉泰安的职位。"

何慕天把烟从嘴里拿出来，锐利地盯着魏如峰看，问："为什么？"

"我对商业没什么兴趣，而目前的情况，我住在这里也有点不方便，我很想到中学去做个教员，或者到报馆去做编译一类的工作。说实话，我现在总自觉是在倚赖着你，这使我在心理上很不安。"

何慕天抽着烟，然后，他把一只手放在魏如峰肩上，紧压了一下说："如峰，你是不是因为我上次说的那些话而心存芥蒂？忘了它吧。如峰，公司里是少不了你的，而且，我从不认为能继承泰安的人选除了你之外还会有别人。我也不赞成你搬出去，我把你带到台湾来的时候，你才十几岁，你等于是我的儿子，既然你不能做我女婿，我就把你当儿子吧！当然，如果你要结婚，我愿意送一幢小洋房给你做结婚礼物，在你婚前，别再说搬出去的话。至于辞职一事，我想你是说着玩的。"说完，他就转身向楼上走去。又回头指指如峰的手臂说："你最好去上点药，我希望霜霜已经发泄尽了她对你的恨和爱。"站在楼梯口，他停了停，又加了一句："如峰，我很希望能见见你的女友。"

"噢！"魏如峰从沉思中醒了过来，"一定！姨夫，星期天她先到我们家来，然后……"他笑了笑，"我也要闯一个大关。"

"怎么？"

"她家里要见我。"

"紧张吗？"

"非常紧张。"

"她父亲做什么的？"

"在 ×× 机关做事，家里环境似乎不太好。"

何慕天点点头，上了楼梯，在浴室门口，他碰到刚刚浴罢的霜霜，满头湿漉漉的头发，一对迷迷蒙蒙的眼睛，披着件浅蓝色的睡袍，看来凄苦无依。

"霜霜。"他站住，为她系好睡衣领口的带子，"早些去睡吧！明天起来的时候把所有的不快都忘记，你是洒脱的孩子，一次小小的打击，应该只会使你长成，而不会使你倒下。"

"爸爸。"霜霜轻声地，幽幽地说，"明天还有明天，明天的明天还有明天，我每一个明天都一样，在昏昏沉沉中醒来，又在昏昏沉沉中睡去。爸爸，我永不会快乐。"说完，她摇摇头，头发上的水珠甩了何慕天一身。转过身子，她走进自己的卧室，关上了房门。

何慕天愣了愣，呆呆地站在那儿，望着霜霜的房门，一种痛苦和酸涩的感觉爬上了他的心头，凄楚地压迫着他。他茫然地四顾了一下，似乎想找寻什么足以支撑他的东西，最后，他深深地抽了口气，喃喃地说："如果她有一个母亲就好了！"

闭了闭眼睛，摇了摇头，他脚步不稳地回到了房间里。

几
度
夕
阳
红

拾

TEN

似曾相识的脸庞，似曾相识的神韵，似曾相识的微笑！那小小的身子裹在那银白色的
软纱之中，看来是那样地纯净、雅洁和灿烂！

这个星期天的节目是紧凑而丰富的，按照魏如峰和晓彤的计划是：上午九点钟，晓彤到何家，见见何慕天，也参观参观魏如峰居住了多年的屋子，还有与曾有一面之缘的霜霜交交朋友。中午，则留在何家午餐。午饭后，一起去看场电影，逛逛大街，然后去晓彤家里，在晓彤家晚餐。对晓彤而言，这简直是个大日子！早晨睁开眼睛来，耀眼的阳光似乎是最好的预兆。翻身下床，为了穿什么衣服大费周章，穿制服，太不像样！除了制服，竟无一件可穿的衣服！幸好天气还很热，那唯一的一件白纱衣服又派上了用场，穿上它，再披一件妈妈的白毛衣，揽镜自照，居然也亭亭玉立，雅洁温婉，像魏如峰常说的，是颗小星星。她不自禁地微笑了。

急急地吃了早餐，在母亲关怀的凝视下，在晓白抿着嘴角的笑容里，还有父亲蹙着眉装作不关心的表情中，她匆匆地走出了大门。站在门外，先来一个深呼吸，再找出魏如峰给她画的那张简图，破例地叫了一辆三轮车，到了中山北路。

车子停在何家门口，晓彤跳下车来，付了车钱，瞻望着那庭院深深的大宅子，她有些迷乱和紧张，站在这两扇合得严严的大门前面，她才突然感到自己是那么渺小寒酸！伫立片刻，她正想伸手按门铃，大门豁然而开，从里面疾驶出一辆灰色的小轿车，差点撞到她的身上，她慌忙退到一边，车子的驾驶座上，一个穿红衣服的女孩侧头看了她一眼，给了她一个不怀好意的笑。她有些困惑，望着那飞驰而去的汽车开得没有影子了，才掉转头来。回过头，她发现大门仍然开着，一个黝黑得像铁塔似的彪形大汉正倚在门上注视着自己，她嗫嚅着，还没开口，那大汉已咧开大嘴，露出一口白牙，笑着说："我是老刘，魏少爷交代过你会来。你是杨小姐吧！"

晓彤连连点头，也对老刘微笑。老刘叫来了阿金，让她带晓彤进去。

阿金领着晓彤穿过花坛和喷水池，走进客厅。晓彤四面环顾，那么大的院子，那么讲究的客厅！站在客厅中，她竟微微有种失措的感觉。这一间房子的大小大概比她家全幢房子的面积还大，沙发是紫红色的，窗帘是同色的绒布，小茶几上铺着织锦桌布，放着一个大的花瓶台灯。另外有一张较大的长桌子，放着一盆白玫瑰，花香弥漫全室……她正浏览着，楼梯上一阵脚步声，她抬起头来，魏如峰带着一脸兴奋的笑，从楼梯上跑了下来。

"嗨，晓彤！真守时！"他叫着说。

"是不是太早了？"晓彤问，"或者你们还没起来。"

"早？"魏如峰含笑的眼睛盯紧了晓彤那张清新秀丽的脸庞，用双手握住她的胳膊，"我已经等了你十二小时。"

"十二小时？胡说！"

"怎么胡说？从昨天晚上九点钟就等起了。"

晓彤闪了一下，躲开了魏如峰想吻她而俯近的头，警告地说："别闹，当心给你家下女看到！"

"有什么关系？"魏如峰满不在乎地耸耸肩，"今天，我姨夫起晚了，平常他都是一清早就起来的。昨天晚上来了个客人，和姨夫谈到深更半夜。哦，或者你听说过，墨非！"

"墨非？是不是王孝城？"

"对了，你知道他？看，墙上那张《寒雁图》就是他画的，他是姨夫的老朋友，昨晚跑来不知和姨夫谈些什么，据说半夜两点钟才走。要不然，姨夫也不会睡到现在。你可别以为我们都是爱睡懒觉的。"

"好了。"晓彤笑了起来，"我也没有说什么，看你解释上这一大堆。"

"只因为——"魏如峰托起她的脸来，凝视着她的眸子说，"太希望能给你一个好印象！"说着，他放开她，转开身子说，"你想喝点什么？天气还是这么热，我去帮你调一杯柠檬汁，怎样？我自己调得比较好，阿金每次都调得太甜，你坐坐，我马上来！"转过身子，他走进餐厅里。

天气确实很热，台湾季节之分最不明朗，天气变化也最突兀，十一月了，仍然像夏季一般。晓彤脱下了那件白毛衣，站起身来，走到墙边，去看王孝城所画的那张《寒雁图》。这是一张大画，整个画面是两只雁，和几棵随风倾倒的芦苇。一只雁蹲伏在芦苇中，另一只作振翅起飞的样子，画得非常劲健有力。正欣赏着，她听到身后有脚步声，知道是魏如峰来了，就依然仰视着画说："王孝城也是我爸爸的老朋友，很巧，是不是？就是因为爸爸碰到了他，所以家里才造成低潮气氛，他鼓励爸爸画画——哦，我有没有告诉过你，爸爸是国立艺专毕业的？爸爸画工笔人物，最长于画仕女。但是，他总是画不好，每次画坏了，就和妈妈发脾气。妈妈呢，也总是忍耐着……"晓彤停住了，因为身后的人一直没有说话，她诧异地转过身子来，等她一转过身子，才吃惊地瞪大了眼睛。

身后，并不是她想象中的魏如峰，而是个中年男人，颀长的身子，温雅的面貌，皮肤比一般男人白皙，就显得眼睛特别地深而黑，有两道不淡不浓却极英挺的眉毛。一眼看过去，这人混合着儒雅和威严的双重气质，还略带着几分忧郁。他似乎正专心地注视着她，当她一回头的那一刹那，她注意到他眼睛中光芒一闪，脸色立即显得十分苍白。她为自己那一大段自说自话而感到尴尬，嗫嚅着说："我——我以为是如峰，您——"

"我是如峰的姨夫。"何慕天说，声调中带着些难以抑制的战栗，"你——你就是——杨——杨——晓彤？"

"是的，何伯伯。"晓彤恭敬地说，点了点头，同时对何慕天展开一个温柔而宁静的微笑。

何慕天一动也不动地盯着面前这张年轻而姣好的脸，那微笑让他震动，并且绞紧了他的五脏，使他浑身都疼痛抽搐起来。怎样的一张脸！似曾相识的脸庞，似曾相识的神韵，似曾相识的微笑！那小小的身子裹在那银白色的软纱之中，看来是那样地纯净、雅洁和灿烂！银白色的衣服！他找寻什么似的从那有着小花边的衣领，看到那宽宽的下摆。一阵眩晕感向他袭击了过来，摸索到沙发椅子，他身不由己地坐了下去。晓彤似乎有些惊惶，她走到他面前，疑惑地凝视着他，关心地问："您不舒服吗？何伯伯？"

"哦，没——没有什么。"何慕天挣扎着说，指指前面的沙发，"坐下来，晓——晓彤。"

晓彤顺从地坐了下去，仍然疑惑地望着何慕天。何慕天闭了闭眼睛，用颤抖的手燃起了一支烟，竭力地想放松自己过分紧张的情绪。晓彤！在昨天晚上之前，他做梦也不会想到如峰的小爱人竟是杨明远和梦竹的女儿！杨明远和梦竹的女儿？是吗？昨夜，王孝城把晓彤的底细揭露时曾震惊地说："你居然不知道梦竹当年为什么去找你？

"你居然不知道你自己做下的事情——"

是的，居然不知道！假若他知道，他不会让梦竹离开他去嫁给明远！年轻时，是多么地糊涂和容易冲动，他竟让梦竹走掉！让她去嫁给明远！而现在，坐在他面前的是杨明远和梦竹的女儿！不错，世界是太小了，小得像块豆腐干，碰来碰去还是原班人马！魏如峰谁都不爱，偏偏爱上晓彤！魏如峰，他欣赏的男孩子，他曾想将霜霜嫁给他，他看不上霜霜，却看上了晓彤！世界上的事多么不可思议！多么纷杂和凌乱！

"晓彤那个女孩子，气质和长相都极像她的母亲，只是，仿佛比当年的梦竹更沉静一些！"

这是昨晚王孝城嘴中所描述的晓彤。可是，给他的印象远没有晓彤自己给他的来得鲜明深刻！她岂止是像梦竹，她那股宁静的味道简直就是当年的梦竹！只有那对黑蒙蒙的眼睛和梦竹不同，这对眼睛里盛着许多他熟悉的东西：梦、憧憬、幻想和热情！面对着这张依稀相识的脸，他感觉到全心灵的震荡和激动。魏如峰端着两杯柠檬汁走了过来，一眼看到晓彤和何慕天默然对坐，不禁愣了一下，接着高兴地嚷着说："姨夫，我来介绍一下吧——"

"不用了。"何慕天对魏如峰摆了摆手，眼睛仍然停驻在晓彤的脸上，"我们已经彼此认识了。"

"是吗？"魏如峰愉快地问，把两杯柠檬汁分别放在何慕天和晓彤的面前，"你们谈了些什么？"

晓彤抬起眼睛来望了魏如峰一眼，神情有些困惑。她奇怪何慕天为什么要这样古怪地注视着她，仿佛她是个突然从地底冒出来的人物，全身都有值得研究的地方。魏如峰在晓彤身边坐了下来，看了看何慕天，后者脸上那种专注和类似严肃的表情使他诧异，有什么事让何慕天不安了？笑了笑，他说："姨夫，晓彤让你吃惊了？"

何慕天从遥远的思想里返回现实，抽了一口烟，他让烟雾从鼻孔里冒出来，惘然地一笑说："确实有些吃惊，她像颗小星星。"

"哈！"魏如峰眉飞色舞，"姨夫，你的眼力不错，我一直就叫她小星星。又亮、又美、又高！"

晓彤的脸红了，羞涩和喜悦在她的眸子里盈盈流动，那焕发着光彩的小脸明丽动人。何慕天无法把眼光从她的脸上移开，紧紧地望着她，他问："你在念书？"

"嗯，×女中高三。"晓彤说。

"明年暑假毕业？"

晓彤点点头。

"你家里有些什么人？"

"爸爸，妈妈和一个弟弟。"

"你爸爸——"何慕天困难而艰涩地问，"喜欢你吗？"

"哦。"晓彤微笑了，"爸爸总是要比妈妈严肃一些的，是不是？妈妈脾气好，爸爸比较急躁一些。不过，爸爸也不常骂我们，他说我是女孩子，不太注意我。他对晓白很关心——晓白是我弟弟。"

"哦，是吗？"何慕天非常注意地听她说，接着又以一种迫切而过分关怀的语气说，"你妈妈——你妈妈——我是说，你们生活得很好吗？很——愉快吗？"

"哦。"晓彤又笑了，眼睛明朗而生动地望着何慕天，"我们家一直很苦，可是妈妈很会算，有时候我们全家都睡了，妈妈还在灯下算账。爸爸的薪水不多，晓白的学费很贵，不过，妈妈总是能使我们维持下去，从不肯借债。只是，最近的情况比较特殊一点。爸爸想画画开画展，他已经有十几年没画过了，都是王伯伯——就是王孝诚，你知道？"她停下来，询问地看着何慕天，后者立即点了点头，她又接下去说："他建议爸爸画画开画展，结果，花了很多钱去买颜料、纸和画笔，弄得我们只好天天吃素，家里也搞得乌烟瘴气——"她的眼睛变得晦暗了，眉头轻轻地锁拢："爸爸总是画不好画，每次画不好，就拿妈妈出气，好像他画不好画全是妈妈的责任似的。妈妈也就委委屈屈地受着，当着爸爸的面前不说话，背着爸爸就淌眼泪……"她猛地住了口，怎么回事？自己竟把这些家务事啰啰唆唆地向一个第一次见面的人诉说？多傻多无聊！她涨红了脸，讷讷地说："我……我……我说得太多了。"

何慕天正全神倾听着，眼睛渴切而热烈地盯着晓彤的脸，听到晓彤有停止述说的意思，他不由自主地把身子向前俯了一些，近乎焦灼地说："说下去！不要停止。"

他的语气中带着几分命令的味道。魏如峰再度诧异地看了何慕天一眼，姨夫今天未免有些反常，不过，看样子，他已经喜欢晓彤了。本来嘛，晓彤生来就具有使人不能不爱的气质，他早就猜到何慕天一定会喜欢她的。看到他们谈得那么投机，他感到说不出来的愉快和欣喜。

"说——什么呢？"晓彤微笑地问。

"你妈妈——和你爸爸！"何慕天急迫地说。

"爸爸是国立艺专毕业的，据说，没毕业前就和妈妈结了婚。"晓彤又继续说下去，"婚后没多久，就生了我，再一年，又有了晓白，抗战胜利后我们就跟着艺专复员到杭州，所以爸爸也可以说是杭州艺专毕业的。接着又打起仗来了，爸爸妈妈就带着我和晓白逃难，受了很多苦才到台湾。那时我才三四岁，晓白两岁，家里很穷，爸爸就到机关去当临时雇员，然后升到正式职员，一晃十几年，爸爸一直没有调动，他总说他学非所用，当小职员委屈了他。妈妈就很难过，常常说都是她拖累了爸爸，说爸爸应该成为一个大画家，所以，近来爸爸画画，妈妈也很鼓励他。但是，他没画成过一张画，他说笔生锈了。爸爸是画工笔人物的，常常画美人，但是，也常常给美人洗脸——哦——"她笑了，凝视着何慕天。

"说下去！"何慕天催促着，吐出一口烟雾。

"给美人洗脸，这句话是晓白发明的，晓白经常发明许多稀奇古怪的话。是这样的，爸爸每次画美人脸，画好了总不满意，不是说韵味不好，就是说神态不对。于是，他就要把画好的美人脸洗掉重画，这样，一个美人脸洗上三四次，白脸都变成了黑脸，一张画纸也就报销，连同美人一起进了纸篓。碰到这种时候，晓白就带着他的武侠小说溜出大门，我也得赶快钻进我的房间！只有妈妈无处可逃，赔着笑脸听爸爸发脾气。所以在我们家里，美人进字纸篓的时刻，就是最可悲的时刻。"

何慕天深深地凝视着晓彤的脸，在晓彤的述说里，明远的家庭，梦竹的生活，都清楚地勾画在他眼前。他觉得自己的心脏被绞紧、被压榨、被碾碎。痛楚、酸涩和歉疚的各种感觉一起涌上心头。他的四肢发冷，额上沁出冷汗，香烟在指缝中颤抖。连吸了好几口烟，他才能稳定自己的声调，问："那么，在你家里，是你爸爸操纵着全家的喜乐？"

"确实如此。"晓彤点点头，"爸爸高兴，全家都高兴，爸爸一皱眉头，全家都要遭殃。妈妈好像有些怕爸爸，被逼急了，才会说几句。"

何慕天不再说话了，他靠进了椅子里，深深地吸着烟，仿佛只有吸烟是唯一可做的事了。他的眉头锁得很紧，一口口烟雾把他包围着、笼罩着，脸色却出奇地苍白。晓彤有些不安，她不大明白何慕天是怎么回事，她用询问的眼光望了魏如峰一眼。魏如峰也同样地困惑，望了望何慕天，他忍不住地问："姨夫，你没有不舒服吧？"

"没有。"何慕天悠悠地回答，心神似乎飘浮在另一个世界里。

阿金走了进来，对何慕天说："老爷，你的早饭都冷了。"

"收下去！"何慕天简单地说，"不吃了。"

阿金退了下去。魏如峰心中的困惑在加深，到底怎么了？何慕天和平常像是变了一个人，关键在什么地方？晓彤吗？他看看晓彤，后者纯净的脸庞上，只有温柔和宁静，应该没有原因让何慕天烦恼呀。或者是为了霜霜，见到晓彤难免想起日趋堕落的霜霜。对了，原因就在此，找到了答案后，他觉得不必让晓彤再和何慕天面面相对，于是，他站起身来说："晓彤，要不要到我房里来参观参观？"

"好。"晓彤说着，又不放心似的望了望何慕天，慢慢地站起身来。何慕天像是突然醒了过来，他坐正身子，把烟蒂在烟灰缸中揉灭，用充满感情的口吻说："过来，晓彤，让我看看你！"

晓彤微带诧异地走近何慕天，魏如峰不解地皱皱眉，他奇怪姨夫竟直呼晓彤的名字，但，接着他就释然了，反而有份意外的惊喜。何慕天看着晓彤走近，情不自禁地用手握住了晓彤的双手，那柔若无骨的小手引起他内心一阵剧烈的激情。他目不转睛地凝视她，逐渐地，他觉得眼眶湿润，喉头哽结。久久，他才放开她的手，转头对魏如峰语重心长地说："如峰，珍惜你所得到的。"

"姨夫，你放心。"魏如峰说，他也不明白自己为什么要让何慕天放心，只感到颇被何慕天的神色所感动。

"你们去吧。"何慕天说，显得十分疲倦，"如峰，好好地带晓彤玩玩，我要去休息一下。"

魏如峰点点头，带着晓彤走上楼梯，已经到了楼梯顶，何慕天突然又叫："如峰，过来一下。"

魏如峰再跑下楼，何慕天深思地问："你今天下午要到晓彤家里去吗？"

"是的。"

何慕天默然片刻，吞吞吐吐地说："如果你去，最好——最好——别提到我的名字。"

"为什么？"

"不为什么，你记住就好了。"

魏如峰困惑地摇摇头，想到晓彤在楼梯上等他，他没有时间再来追究底细，匆匆地跑上了楼。

何慕天回到自己的房里，关上房门，乏力地倒在床上，用手抵住疼痛欲裂的额角，自言自语地说："我必须想一想，好好地想一想。"

他真的想了，从昨晚王孝城来访想起，直到刚刚见到晓彤为止。却越想越复杂，越想越纠缠不清，头里昏昏沉沉，心中迷迷离离。就这样，他一直躺着抽烟，思想。中午，阿金来请他吃饭，他理也没有理。然后，暮色来了，室内荒凉而昏暗，他无力起来开灯，如患重病般瘫软在床上，嘴里喃喃地低语："天哪，怎么办呢？我能怎么办呢？"

尖锐的汽车喇叭声惊动了他，摇摇头，他从床上坐了起来，是霜霜！霜霜，他都几乎忘记她了。下了床，他步履蹒跚地走出房门，刚刚走到楼梯口就和已经喝得大醉的霜霜遇上了，霜霜摇摇摆摆地半吊在楼梯扶手上，一眼看到何慕天，就大叫了起来："哈！家里的一个男人在家，另外一个男人在哪儿？"

"霜霜！你又喝醉了？"何慕天沉痛地问。

霜霜走了上来，两只手搭在何慕天的肩膀上，醉眼也斜地望着何慕天，笑着说："你不喜欢我喝酒？爸爸？你不觉得喝醉了的我比清醒的我可爱吗？我还没有完全醉。"她用手指指自己的头，醉态可掬地说："最起码这里面还有一部分是清醒的。"

"唉！"何慕天叹了口长气，把霜霜的手臂从肩膀上拿下来，想回到房里去。但，霜霜一跳就跳了过来，拦在他面前，嚷着说："爸爸！别走！"

何慕天站住，霜霜笑着说："有一样东西要给你！"她打开她的手提包，一阵乱翻，把口红、手绢、指甲刀等东西掉了一地，好不容易，找出了一个信封，递给何慕天说，"今天早上我在信箱里找到的，一封美丽的信，请你冷静地看，少批评！少发表意见！"

何慕天看看信封，是霜霜所念的中学寄来的，抽出信笺，上面大致是：

> 敬启者，贵子弟何霜霜因品行不端，旷课过多，并在校外酗酒闹事者多次。故自即日起，勒令退学，并望家长严加督促云云——

何慕天抬起头来，凝视着霜霜，霜霜立即把一根手指按在嘴唇上，警告地说："我讲过，少批评，少发表意见！如果你多说一句，我就放声大哭！我说到做到，你看吧！"

何慕天蹙起眉头，仍然注视着霜霜，显然霜霜的威胁并不是假的，她的大眼睛里已经充满了泪，泪珠摇摇欲坠地在睫毛上颤动，那丰满的嘴唇微张着，似乎随时准备张开来痛哭一场。何慕天咬咬牙，叹口气，转身走回自己的房间，躺回床上，他用手捧住头，反复地低叫："天哪，我怎么办？我能怎么办？"

隔着一扇门，霜霜的歌声又传了过来：

> 香槟酒气满场飞，
> 舞衣人影共徘徊……
> 歌声带着微微的震颤，在暮色里飘摇传送。

几
度
夕
阳
红

拾壹

ELEVEN

"晓彤！如果你爱妈妈，你就对我发誓，从今天起，你永不许理那个姓魏的，你答应

我，和他绝交！"

　　晓彤刚刚走出了家门，梦竹就开始忙碌起来了，首先是整理工作，把玻璃窗、门、桌椅都擦得干干净净，连那破旧的榻榻米都擦亮了。只可惜无法修补那些榻榻米上的破布条，也没办法让那些露着木头架子的纸门变成新的，考虑再三，只有用老办法，把晓彤的房间和梦竹夫妇的房间中的纸门拆除，把破旧的家具堆进了晓白的房间。然后，就该忙着上菜场了。在菜场中不住地打圈子，想以有限的钱，买一桌像样的菜，这仿佛是人生最难的一项学问。最后，还是一咬牙，超出了预算好几倍，买了一只鸡、一条活的草鱼和一些别的菜。回到家里，立即就钻入了厨房，一整天的忙碌，都只为了那位娇客。魏如峰，他将是怎样的一个男孩子？梦竹不止一百次在心里揣测他的样子，而一次比一次想得漂亮。虽然她对他的认识，只有从晓彤嘴里听来的一些，但是，她已经在以一个丈母娘的心情来爱他。

　　明远看到家里天翻地覆的整理，一清早就躲了出去，晓白也溜走了。下午明远是第一个回家来的人，走进家门，他被室内焕然一新的布置弄得呆了呆，接着，好久没有闻到的肉香扑鼻而来，他本能地耸了耸鼻子，又下意识地皱了皱眉头。梦竹从厨房里走了出来，脸被炉火烤得红红的，眼睛因为兴奋和愉快而闪着光，看起来比往日似乎年轻了十岁。这使明远心头掠过了一阵微妙的不满，不过是招待晓彤的男朋友罢了，又不是梦竹自己在恋爱，何至于紧张兴奋成那个样子！梦竹看到明远，就不安地笑笑，好像有什么事必须抱歉似的，然后在围裙上擦擦手说："几点了？"

　　"才四点钟。"

　　"嗯，晓彤说她五点钟左右和魏如峰一起来。"梦竹说，看了看明远，"明远，我看你换一件衬衫吧，我已经给你烫好了，放在晓白的床上。"

　　"嗯。"明远皱皱眉。

"还有西服裤，也烫好了。"

"梦竹，别人要追的是你的女儿，不是你的丈夫！"明远不满地说。

"噢！"梦竹抱歉地笑笑，"总不能弄得太寒酸相，让晓彤没有面子呀，听说那姓魏的是一家大纺织公司的董事长的亲戚，家庭环境很好，别叫人看不起我们！"

"面子？"明远更加不满了，"我们穷，讲什么虚面子呢？打肿脸充胖子，何必？他要是对晓彤有真心，决不会因为我们家穷而看不起晓彤，如果他对晓彤没有诚意，我们更不必顾虑什么面子了！"

梦竹知道明远说的也是道理，可是，以一个母亲的心，就不会这样想了。在母性的心理中，能给女儿争点面子就要给女儿争点面子。她自己也有年轻的时候，她能深深体会到少女的心理，那是最敏感也最要面子的年纪。可是，看到明远脸上有不快的样子，她就不敢多说什么，又钻回到厨房里，面对着菜刀砧板，她忽然觉得沉重了起来，她知道明远为什么不高兴，如果明远……她甩甩头，甩掉了一个将要形成的思想，却又无法自释地叹了口长气。

晓白接着就回来了。他的头伸进了厨房里，先来了个深呼吸，闭着眼睛说："嗯，真香！"

然后，他将藏在身后的手一扬，嚷着说："妈，你看！"梦竹抬起头来，发现晓白手里高举着一束插瓶的花，玫瑰、百合、剑兰和大理菊，全是名贵花房中所卖的那种花。她惊异地说："哪里来的？"

"买的！"晓白笑嘻嘻地说，"我也要为招待我这位未来姐夫贡献一点东西呀！"

"你哪儿来的钱？"

"我那些兄弟给我的，我对他们说，我需要一点钱用，他们就这个五毛，那个一块地凑给我！"

"他们为什么要给你钱用呢？"梦竹不解地问。

"我们是生死弟兄呀！"晓白说，"有福同享，有难同当，还在乎区区的几毛钱？"

听起来蛮有道理的，可是，梦竹觉得总有点不对头。但她没有时间来追问这件事，汤锅开了，热气正从锅盖里冒了出来，蹄膀的火太大了，又必须赶着去弄小。她只对晓白说了声："去把壁橱里那个花瓶找出来，插起来吧！"

晓白跑到房里去取来花瓶，挤进厨房来装水，站在水龙头边，碍手碍脚的，却又不急着出去，反而伸过头来，笑嘻嘻地对梦竹说："妈，那个魏如峰长得很漂亮，有点像电影明星阿兰·德龙。"

"哦？"梦竹停了切菜，看了晓白一眼，"你怎么知道？"

"我见过。"

"你见过？"

"嗯，见过好几次，他有辆'司各脱'，真棒！将来我有钱，也买一辆，带着女朋友兜风，才过瘾哩！"

"你知道的事好像不少嘛。"梦竹说，"你还知道些什么？"

"还知道一件事。"晓白神神秘秘地说。

"什么事？"

"那就是——姐姐爱那个姓魏的爱惨了！"

"爱惨了？"梦竹摇摇头，孩子们的形容词用得真怪，"爱"字还有用"惨"字来形容的呢！"你又知道了！"

"当然，姐姐自己告诉我的，她说认识了那个姓魏的，她才知道这个世界有多可爱。"

"哦！"梦竹的菜刀停在砧板上，这句话使她的情绪荡漾了一下。晓彤，她是真的陷入情网了！她目光朦胧地看着切了一半的菜，依稀又回到了自己年轻的时候，也是晓彤这样的年纪吧，可能比晓彤还要大一点。嘉陵江畔，沙坪坝，小茶馆，南北温泉……那个陪在自己身边的男人，一袭蓝布长衫，潇潇洒洒，倜傥不群……

"妈。"晓白的声音把她唤了回来，"将来我有了女朋友，你是不是也这样招待？"

"当然。"梦竹的菜刀恢复了工作，忙碌地在砧板上移动，"你是不是已经有女朋友了？"梦竹这句话原是顺口说出来的，但晓白却一下子红了脸，拿着花瓶，他往房里跑去，一面抛下一句话来："哈！八字还没一撇呢！"

梦竹看看那个蹿走的影子，怔了怔，接着就微微地笑了起来，还是没长大的毛孩子呢，也懂得听到女朋友就脸红了。跟着时代的进步，孩子们仿佛都越来越早熟了。

晓白跑进了那间"临时客厅"，忙着把花剪枝插瓶，从没有艺术的修养，他剪了个七零八落，乱七八糟。明远在旁边看着，忍不住地摇摇头，叹口气说："太上皇来了大概也不会这样紧张！"

然后，他接过晓白的剪刀来，把花一枝枝地剪好，插入了瓶里。

晓彤和魏如峰看完一场电影，已经四点半了。从电影院出来，魏如峰在存车处取出了摩托车，扶着车子，他咳了一声，把脸色正了正，又拂了拂已梳得很整齐的头发，再整整领带，拉拉衣服，板着一张脸说："晓彤，你看我能够通过吗？"

晓彤望了他一眼，不禁掩口一笑，说："马马虎虎，只是太漂亮，太正经了一些，像是去参见皇帝。"

"老实说吧。"魏如峰皱皱眉，一脸苦相，"我今天实在比参见皇帝还紧张哩！"

晓彤坐在摩托车的后座，用手抱住魏如峰的腰，说："快点吧！"

车子向街道上滑去，魏如峰一面驾着车，一面提心吊胆地问："喂，晓彤，你那个爸爸很严厉吗？"

"有一点。"

"怎么个严厉法？"

晓彤扑哧一笑，说："他会盘问你祖宗八代，你的私生活，如果上过酒家舞厅，一律列入不纯正派，他还会看相，眼睛正不正，眉毛歪不歪，谈吐风度，要求得苛刻之至。假如你说了一个字的谎，他马上就看出来了……"

"噢，晓彤，你也学会吓唬人了！"

车子转了一个弯，魏如峰吸了口气说："说实话，晓彤，我这人是什么都不怕的，见任何人我都不在乎，在读书的时候，什么演讲比赛啦，学生代表啦，都推我去，就因为我不紧张，到泰安之后，公司里有任何招待人的事，也都是我出马。可是，今天不知是怎么回事，就是定不下心来，好像有一种预感……"

话没说完，车子险些撞上一辆三轮车，魏如峰紧急刹车，才没有撞上，那车夫还抛下一声诅咒，自顾自地走了。晓彤惊魂甫定，拍拍魏如峰的背脊说："喂，好好地骑吧，别说话了，等下撞上了汽车才冤呢，那么，你的鬼预感大概真的应验了。我不相信你的预感，告诉你，你放心吧，我也有预感，觉得爸爸妈妈一定会喜欢你。"

"那么，为你的预感祝福！"魏如峰嚷着说。

车子到了巷口，他们停止了谈话。转进巷子，在晓彤家门口停下车来，还没有熄掉马达，大门就开了。晓白含笑站在门里，说："我一听到摩托车声，就知道是你们来了。"

走进大门，明远已站在玄关等候他们，他终于换上了干净的衬衫和西服裤，不过有点绷手绷脚的显得不大自在。晓彤讷讷地站着，微红着脸，不知该如何为魏如峰引见。还是晓白说了一声："爸，这就是魏大哥。"

魏如峰乘机弯了弯腰，喊了一声"老伯"。明远点了点头，冷眼看着魏如峰，他原以为晓彤的男朋友，一定是个和晓白差不多大的"毛孩子"，不料一见之下，文质彬彬的，也挺持重的，和他的想象大不相同。就这样一眼，他已经断定这孩子的分数比晓彤高，不禁对晓彤择友的能力刮目相看了。

"请进来坐吧！"明远说，领先走进了"客厅"。

魏如峰和晓彤跟了进去，望着室内的布置，晓彤觉得心里一阵温暖，那瓶放在茶几上的花生动地伸展着枝子，窗明几净的小屋给人一份说不出来的温馨之感。虽然没有办法和何家的豪华相比，却另有一种宁静雅致。晓白在晓彤进屋前拉了她一把，在她耳边悄悄说："那瓶花是我'捐献'的，漂亮不？"

"谢谢你。"晓彤喜意盎然的脸上绽开了一个微笑。

"别谢我，我这是投资。"

"怎么？"

"将来我会叫我的姐夫加倍偿还我！"

"呸！去你的！"晓彤涨红了脸说，走进了屋里。

梦竹从厨房里出来了，她已经换上了她最好的一件浅蓝色的旗袍，头发很旧式地在脑后挽了一个髻，这打扮使她看起来很老气，但也很清爽和高贵。魏如峰从椅子里站起身来，晓彤轻声地做了一番介绍："这是我的妈妈，这是魏如峰。"

魏如峰恭敬地叫了声"伯母"。梦竹打量着他，颀长的个子，浓眉下一对深湛清亮的眼睛，鼻子太大了一些，嘴也嫌太阔，不过，"味道"颇佳，她几乎是立刻就爱上了这个"准女婿"。坐了下来，她微笑地问："魏先生府上是——"

"云南。"

"哦。"梦竹说，"云南什么地方？"

"昆明。"

"噢。"梦竹似乎微微地有些震动，"你在昆明住过吗？"

"我十岁离开昆明，跟我姨夫到上海去，然后又跟我姨夫到台湾来。"

"哦，那么，你也跑过不少地方了？"明远插进来问。

"是的。"魏如峰回忆地说，"抗战胜利之前都在昆明，胜利后，因为我姨夫到上海经商，我就跟着他到上海。我姨夫虽走入商界，却是个非常潇洒的人，那两年，我经常和他到杭州西湖去玩。"

"杭州还记得吗？"梦竹问，"我们也在杭州住过一段时间。"

"记得清楚极了，三潭印月的回廊，苏堤的垂柳，灵隐寺的暮鼓晨钟，还有那满湖的小船。我记得我最喜欢在晚上看半山中寺庙里的点点灯光和听那些木鱼钟磬的声音，使人觉得好宁静，好悠然。"

"那时候你已经能够体会那么多了？"梦竹问。

"我是个很早熟的孩子。"

谈话似乎一开始就很顺利，绕着这个西湖的题目，谈料源源涌出，晓彤和晓白这两个台湾长大的孩子，反而没有插嘴的余地了。六点钟左右，饭摆了出来，晓彤帮着母亲端碗摆筷子，添饭添菜的，忙得不亦乐乎。魏如峰谈锋一顺，也就抛开了那份拘谨和紧张，恢复了原有的洒脱自然。这天，梦竹并没有准备酒，因为她觉得招待小辈，酒是不太必需的。可是，大家依然吃得很高兴，梦竹是越看魏如峰就越欣赏，连原来感到的他的缺点，也都被他的优点所掩盖了。明远虽然谈得不多，但显然也很愉快。晓彤看到大家都那么融洽，心里自然有说不出的高兴。晓白背着人，不断对晓彤做鬼脸，更弄得晓彤时时刻刻都要调开眼光，忍住那不由自主要绽放出来的微笑。

吃过了饭，晓彤帮梦竹把碗筷撤回厨房里，梦竹望着晓彤，对她含意很深地笑了笑，晓彤想问什么，但一看到梦竹的笑脸，就知道什么都不必问了。梦竹把晓彤拉到身边来，凝视着她的眼睛，微笑地说："晓彤，为什么不早一点告诉妈妈？你以为妈妈一定会反对你的朋友吗？这是个出乎意料的青年，晓彤，好好地享受你的生命，创造你的未来吧，说实话，我喜欢这孩子！"

晓彤红着脸钻出厨房，回到"客厅"里去了。剩下梦竹，一面擦洗着碗筷，一面情不自禁地微笑。她心怀荡漾得很厉害，她是真的弄糊涂了，不知是女儿在恋爱还是她又恋爱了？可是，在这种醉意朦胧的感觉中，也有一份难言的酸涩和凄凉的情绪，她在恋爱着的女儿身上，看到了过多自己逝去的青春和欢乐。

洗完碗筷，回到屋里，魏如峰正在和明远畅谈文学，这使她愣了愣，明远素来不长于谈话，可是，看来他们却谈得非常之投契。由中国之古典文学，谈到西洋的现代文学，接着，他们就辩论起来了，明远认为中国之旧文学，绝非西洋的新文学所能比拟，魏如峰却坚持西洋文学有中国文学所没有的长处。这场辩论的时间不长，很快就因为两人都同意各有所长各有所短而取得协议，宣告辩论结束。梦竹含笑地听着他们的谈话，衷心欣然。等他们谈到一个段落，梦竹就笑着问魏如峰："你学文学，为什么又在商业界服务呢？"

"因为我姨夫的关系。泰安的股份大部分是我姨夫的，而他又不大喜欢过问公司里的事，我毕业之后原说在公司里帮帮忙，谁知一插进手就退不下来了。现在，我姨夫也不肯放我离开，事实上，我一直希望能从事文教工作，最大的愿望，是到报社做记者或编译。"

"你住在你姨夫家里吗？"

"是的。"

"你姨妈也一起？"

"不。很早以前，我姨夫就和我姨妈仳离了。"

"哦？"梦竹有点意外，"那么，你怎么还跟着你姨夫呢？"

"这里面关系很复杂，我的姨夫姓何，是昆明的世家，我母亲姓王，也是昆明的世家，而姨夫和我父亲又是生死之交。据说，我姨夫娶我姨母并不很情愿，我姨夫在重庆读大学，然后，不知是怎么回事，我也不太清楚，仿佛姨夫发生了一点桃色纠纷，就和我姨妈闹翻了，我姨妈一气远走，失去了消息。可是，这件事并不影响我父亲和我姨夫的感情，所以，我想到上海去念书时，我父母也很放心地把我交给我姨夫，我就住在姨夫家里，一直跟着姨夫到台湾。"

"噢。"梦竹凝视着魏如峰，深思地说，"你说你姨夫在重庆读大学？什么大学？"

"中央大学。中国文学系。"

"中国文学系？"梦竹皱拢了眉头，似乎在寻思着什么，接着，就微微地变了色，艰涩地说，"你说你姨夫姓何？"

"是的。"

"何什么？我是指他的名字？"

魏如峰正要说话，梦竹却又突然跳了起来说："噢，谈这些没什么意思，你的茶冷了吧？魏先生，我去给你换一杯热的。"她站起来，走到魏如峰的面前去拿茶杯，但她的手是微颤着的，面容青白不定。晓彤吃了一惊，站起来说："妈，你不舒服吗？"

"没有的事。"梦竹力持镇定地说，拿起了那个茶杯，刚刚转身，她就接触到明远锐利的目光，那对平日忧郁深沉的眼睛现在看来阴鸷而凶猛，狠狠地盯在她的脸上。这使她浑身一震，脸色就更加苍白了。然后，她听到明远冷冰冰的声音，像从某个遥远的冰窖中传来："魏先生，你还没有说完，你姨夫的大名是——"

"何慕天！"魏如峰不假思索地说，何慕天的警告早已忘到九霄云外了。

梦竹的身子晃了晃，仿佛挨了一下突然的狙击，她试着站稳，但两条腿忽然间完全失去了力量，哆嗦着无法站定，手里的茶溢出了杯子，眼前的景致成了模糊一片，恍惚中，她听到明远冷幽幽的声音在说："晓彤，你没看到妈妈不舒服了吗？你最好扶她到晓白屋里去坐坐。"

她心中翻涌着，许许多多冷得像冰又炙热如火的巨浪夹攻着她，她呻吟了一声，任由晓彤把她牵进那堆满家具的小屋里。坐在床沿上，她用手捧住焚烧欲裂的头。晓彤不安地跪在榻榻米上，仰视着她说："妈妈，你怎么了？你一定是在炉子旁边烤得太久了。"

"是的，是的。"梦竹呻吟着说，在紊乱如麻的脑子里整理出最后一缕有理智的思想，"晓彤，我想休息，你最好马上把你的朋友送走。"

"好的，妈妈。"晓彤匆促而恐慌地答了一声，站起身来，走了出去。

魏如峰正木立在客厅里，梦竹的惊慌失措和骤然变色使他惊疑惶惑，而在惊疑惶惑之中，何慕天的叮嘱像电光般来到他的脑子里。这里面有什么不对头的事？何慕天一定预先已知道！到底这是怎么回事？晓彤匆匆地跑出来了，一脸的焦灼和不安，对他劈头就是一句："你先回去吧，妈妈不舒服！"

魏如峰点点头，想找到明远告辞，但明远不知何时也已不在房间里了，只有晓白错愕地瞪着大眼睛，坐在窗台上面。魏如峰只得到玄关去穿鞋子，一面问晓彤："怎么了？我说错了什么吗？"

"我不知道，我根本不明白。"晓彤困惑地摇摇头。

"你弄清楚是怎么回事，晚上打电话给我好不好？"

"我……"晓彤的话还没说出口，屋里传来明远严厉的一声呼叫："晓彤！进来！"

晓彤恐慌地看看魏如峰，掉头向里面走去。魏如峰伸手一把拉住她，急急地说："这事并不单纯，你一定要弄清楚，我认为——"

"晓彤！"明远又叫了，这次的声调已接近愤怒，"我叫你进来，听到没有？"

晓彤摆脱了魏如峰，急急地就跑到里面去了。剩下魏如峰呆站在门口，好半天，才恢复过意识来，第一个来到脑中的思想，就是："找姨夫去！谜底一定在他身上！"

跨上摩托车，他风驰电掣地向家中驶去。

梦竹听到屋外送客的声音，客人走了，然后一切又趋于平静。她把脸紧埋在手心里，喃喃地自语："怎么是这样的呢？老天在安排些什么呢？为什么偏偏是这样呢？"

有人走进来了，她把蒙在脸上的手拿开，看到的是明远穿着拖鞋的一双脚，她慢慢地仰起头来，接触到明远的一对冷若寒冰的怒目。

"明远！"她喊了一声，又把头埋进手心里，浑身战栗地、哭泣地、哀求地喊，"发发慈悲！我并不知道是这样的！我并不希望是这样的！"

晓彤跑进来了，跪在母亲面前，她用双手抓住母亲的手腕，叫着说："妈妈！这是怎么回事？妈妈，你怎么了？"

梦竹放下手来，她含泪的眼睛紧盯着晓彤，然后，她一把握住了晓彤的手，握得紧紧的，迫切而激动地说："晓彤！如果你爱妈妈，你就对我发誓，从今天起，你永不许理那个姓魏的，你答应我，和他绝交！"

"妈妈！"晓彤惊慌地大喊，如同被兜头浇来一盆冷水，全身都冰冷了，"为什么？妈妈，为什么？"

"你发誓！晓彤，你立刻对我发誓！"梦竹喊，把晓彤抓得更紧。

"可是……"晓彤脸色苍白，黑眼珠里盛满了惊恐和哀求，"你说他很好，你说你喜欢他！"

"现在不同了！"梦竹叫，"你对我发誓！"她猛烈地摇着晓彤，"我不许你理他！永远不许你理他！"

"可是为什么？为什么？为什么？"晓彤哭着叫。

为什么？为什么？为什么？这许多"为什么"像一个个大浪，排山倒海地对梦竹卷了过来。她闭上了眼睛，几千万个声音在脑中翻搅掀腾呼叫——为什么？为什么？为什么？

第二部

时间：一九四三年

地点：重庆

风中柳絮水中萍，聚散两无情！

几
度
夕
阳
红

拾贰

TWELVE

别人买了票看话剧，他呢，好像是专门为了看那个李小姐的！

薄暮时分。

室内静悄悄的。

杨明远坐在床上，倚着窗子，就着窗口射进来的昏黄的光线，专心致志地补着他那双已经千疮百孔的袜子。整间寝室内，除了他之外，就只有王孝城在修理他破旧的口琴，铁片和螺丝钉拆了一桌子，零零碎碎的一大堆，却怎么都拼不拢来，他一面在拼拼凑凑，一面在低低地诅咒。

暮色在室内加重，光线越来越暗了。

"啪"的一声清脆的响声，接着是王孝城的咒骂："他 × 的！"

杨明远吃了一惊，针刺进了手指里，抬起头来，他没好气地说："怎么了？你？"

"打蚊子！"王孝城头也不抬地说，接着又是"啪"的一声和王孝城愤怒的喝骂声。"他 × 的，有朝一日，我不杀尽这些臭蚊子，我就不姓王！"

"那么，你还是趁早改姓吧！"杨明远说，慢吞吞地打了个结，咬断了线头，把袜子送到窗口去，仔细地审视着自己的手工。把补好的袜子从手上抽下来，拿起另一只没有补的套在手上，他数了数："一二三四五六七八，八个洞。我打赌耗子在我的柜子里做窝了！"

"喂，小杨。"王孝城叫，"灯点起来，怎么样？"

"没桐油了。"杨明远静静地说，开始穿针，穿来穿去，线头就是不进针孔。他坐正了身子，伸伸脖子，叹口气说，"画上十张工笔翎毛，也没有补一双袜子的工程大！"

"你那个还能叫袜子呀？"王孝城说，"叫渔网差不多，如果我是你，才不在这上面费工夫呢！"

"你有接济，我呢？"杨明远耸耸肩。

"接济？谁的接济到了？"门口传来一声兴奋的叫声，接着，一个人影从外面蹿了进来，矮矮小小的个子，一对大眼睛，圆圆的脸，一副聪明调皮相，"王孝诚，你的接济来了？好呀，拿出来，看话剧去！"

"你听清楚了没有？"王孝诚说，"叽哩呱啦乱嚷，接济来了，周末还会泡在宿舍里呀！"

"咦，宿舍里的人呢？"小个子张望着问。

"进城的进城了，没进城的大概都去茶馆了。"杨明远说着，终于把线头穿进了针孔里，小心翼翼地拉出了线头，他透了口长气，"阿弥陀佛！"

小个子赶上前来，伸手夺过杨明远手里的破袜子和针线，一面嚷着说："补这个做什么，话剧看不看？"

穿了半天的线头又被拉出来了，杨明远跳下地来，气呼呼地说："小罗，我要揍你！捣什么蛋嘛！以后全穿你的袜子，看吧！"

"哈哈，我的袜子已经尸骨无存，从上星期起，就根本不穿袜子了。"小罗笑嘻嘻地说。

"什么话剧？"王孝诚问。

"江村和舒绣文合演的《闺怨》，有兴趣没有？"

"有兴趣又怎样？"王孝诚无精打采地说，"没钱！"

"我变个戏法给你们看！"小罗说着，伸手在长衫口袋里一阵摸索，摸出了两张票来，往桌子上一放，得意地说，"瞧！这是什么？"

"嗯……"王孝诚皱皱眉，"你哪儿弄来的？"

杨明远拿起票来，仔细地看了看，不感兴趣地放回桌子上，耸耸肩说："我说呢，他哪里来的钱，看看日子吧，是上星期的票，小罗就是会这一套。赶快把袜子还给我，我就只有这么一百零一双！"

"我跟你们讲。"小罗拿起票来，仍然兴致盎然地说，"我们混进去，国泰那个收票员，我已经和他混熟了，包管你们没问题。江村和舒绣文的《闺怨》，他们说江村简直把白朗宁演活了。你们不去我就一个人去！"说着，他转身就向门口走。

"喂，等一等。"王孝诚喊，一面望望杨明远，"你呢？怎么样？去不去？"

"两张票，怎么去三个人？"杨明远问。

"混进去呀！"小罗叫，"走吧，小杨，别婆婆妈妈了。"

"你有车钱？"杨明远怀疑地望着小罗。

"哈！"小罗笑着说，"男子汉大丈夫，老天给我们两条腿做什么用的？走呀！"

"从艺专走到国泰？"杨明远问，"假若混不进去，这两小时的路岂不冤枉？"

"做事全像你这么瞻前顾后的，人就别活着了！"小罗说，把杨明远的袜子扔在床上，"你们到底去不去？"

"去！"王孝城说，"反正窝在宿舍里也是无聊，看不成就当是出去散步的，明远，去吧！"

杨明远看看小罗和王孝城，既然他们都去，一个人留在宿舍里喂蚊子可不是滋味，少数服从多数，还是去吧！换了一件长衫，三个人走出宿舍，绕出校门。从艺专到重庆市区，有两条路可走，一条是走到磐溪，过河到沙坪坝，再搭车子经小龙坎、化龙桥等地到市区。另一条是走到相国寺，渡江到牛角沱，再经上清寺、两路口、观音崖、民生路到市区，前者路远，后者是捷径。所以，一般穷学生都采取后者。走路到市中心，大概要走两小时。

一经上路，小罗的精神就全来了，小罗是个标准的话剧迷，重庆市的话剧，他几乎一个也没错过，而十次有九次是看白戏。谈起话剧演员来，他更是如数家珍，谁的戏路如何，谁的扮相如何，谁长得顶漂亮，谁的声音最好听，简直说了个没完。三个人里，杨明远向来是比较沉默的一个，王孝城也不像小罗那样活跃，于是，一路就听小罗一个人高谈阔论。

走到了民生路，他们选择了从夫子祠到国泰戏院，正走着，小罗忽然碰了王孝城一下，低声说："看到前面那个梳辫子的女孩子没有？"

"怎么样？"王孝城向前面看了看，看到一个少女的背影，两条乌黑的长发辫，扎着黑绸结，停匀的身子，穿着件白底碎花的捻纱旗袍。

"中大的学生背地里都叫她沙坪坝之花，是个寡妇的女儿，她父亲以前也小有名气，是个文学家，可是几年前就去世了。"

"你知道得倒很清楚。"王孝城说，"现在她们家做什么的？"

"什么都不做，家里有几块田，大概就勉强凑合着过日子，她是个女学生，今年暑假才高中毕业，听说中大很多学生都在追求她。她也很大方，常和大学生们一块玩。你们要不要认识她？我和她见过两次，可以给你们介绍。"

"算了吧。"杨明远不感兴趣地说，"认识了干什么？"

"小杨天生是个煞风景的人！"小罗说，"你不想认识我就给孝城介绍！"说着，他拉着王孝城向前赶了几步，喊了一声，"李小姐！"

前面的少女回过头来，杨明远正好也走上前去，一眼看到了一张白白净净的脸庞和一对盈盈然如秋水般的眸子，不禁本能地愣了一下。小罗已经热心地嚷了起来："李小姐，到哪儿去？"

"想去看国泰的话剧。"那少女站住了，微笑地说，一派落落大方的味道，"这么晚了，多半没有票了。"

"没关系，我们也要去看国泰的话剧，正好，我们还多一张票，李小姐就和我们一起去吧！"小罗信口开河地说。

"那怎么好意思。"少女虽然口里这么说，显然却并不是拒绝，而且，那坦然的微笑的表情说明了她还很高兴找到了伴。"本来妈妈要和我一起来看的，临时又不来了，大家都说这个戏好，我真不想错过。"她解释说。

王孝城和杨明远交换了一瞥，杨明远还来不及代小罗担心，小罗已在为他介绍了："李梦竹小姐，这是我的两个同学，艺专的高才生，王孝城和杨明远。"说着，他笑笑，又加了一句，"他们都是真正念书的，不像我是玩的。"

李梦竹笑了，柔和地看了王孝城和杨明远一眼，那对眼睛沉静而温柔，还带着女性所特有的妩媚。杨明远向来见不得女孩子，一看到女性就要脸红，面对着这样一个年轻而出色的少女，他木讷的老毛病就发作了，一句话也不说，还是王孝城说了句："我们一起走吧。"

四个人走成了一路，小罗开始在为《闺怨》做广告了，虽然他根本还没看过，却大吹大擂，如同已经看了好几遍似的，女主角演得如何动人，男主角演得多么逼真，讲得头头是道，甚至于对观众反应，都大加描写："演到最动人的时候，台下鸦雀无声，所有的观众都含着一眶眼泪，人人想哭，又都哭不出来。台上台下的感情，完全糅合成一片……"

梦竹听得十分动容，忍不住地问："罗先生，你看了几次？"

"我？"小罗呆了呆说，"还没有看哩！"

"那么，你怎么知道得那么清楚？"梦竹诧异地问。

"报上广告里登的呀！"小罗理直气壮地说。

梦竹笑了，杨明远和王孝诚也笑了起来。杨明远暗地里拉了王孝诚一把，低声地问："我们是泥菩萨过江，自身还难保呢，他又拉上了这么个女孩子，到底预备怎么办？"

王孝诚摊了摊手说："我怎么知道？"

到了国泰戏院门口，闹哄哄地挤满了人，卖票处仍然排着队，入口处也早已开始收票，人群在戏院门口挤塞着，其中以学生占绝大多数。小罗让梦竹走在最前面，明远其次，王孝诚再其次，他殿后。走到了收票的地方，梦竹顺利通过，明远指了指后面，也进去了。小罗把两张假票往收票员手里一塞，同时推了王孝诚一把，示意他趁人潮拥挤的当儿钻进去，但，王孝诚慢了一步，收票员已经认出票是废票，就嚷了起来，明远听到后面一嚷，知道小罗出了毛病，他向来忠厚，不愿顾了自己而丢掉朋友，就拉了梦竹一把，两人又折回到入口处来。收票员看到他们两个，就又叫了起来："他们四个是一伙的，都没有票！"

梦竹望了望明远，又看看小罗。小罗满脸尴尬，还在面红耳赤地和收票员瞎吵。由于他们堵住入口的地方，人潮就在外面拥挤咒骂。梦竹立即了解是怎么回事，打开手提包，她正想拿钱补票，一只手横过好几个人的肩膀，伸到收票员的面前，手中是四张特别座的票，同时，一个男性的，沉稳的声音在说："这四个人的票在这儿，谁说没有票？"

收票员愣了一下，收了票，叽咕着说："有票不早拿出来，开什么玩笑！"

四个人走了进去，都不由自主地望着那解围的人，一个瘦高个子的青年，穿着件灰绸长衫，白皙的皮肤，一对黑而深湛的眼睛，看起来恂恂儒雅，带着股哲人的味道，正对着他们斯文地微笑着。显然，他也不是一个人来的，他后面还跟着一大群人，男男女女都有，一目了然，不知是哪个大学的学生。小罗、明远和王孝城无缘无故收了人家四张票，都有些不大好意思。可是，接着，那群人中跑出来一个胖子，拿着把折扇，满头的汗，一把抓住小罗，大笑着说："好呀！你又玩老花样了，哪有带着女朋友还看霸王戏的！"说着他又和梦竹打招呼，"李小姐，还记得我吧！"

梦竹微笑着点了个头说："是吴先生，是不是？"

"得了。"小罗一看到胖子，就把刚才那一点不自在一扫而空，又兴高采烈了起来，"什么吴先生，就叫他胖子吴，否则，你叫他他也听不见，还当你叫别人呢！"

胖子吴爽朗地大笑了起来，一面把那个穿绸长衫的青年拉到前面来，笑着说："闹了半天，全是熟人，来来来，大家介绍一下，认识认识！这位是今天请客的主人，何慕天，刚好他家寄了一大笔钱来，他是我们系里最阔的一个，所以，大家敲他竹杠，要他请全班看话剧，幸好有几个同学没来，要不然呀，你们也只好在外面看看海报了！"

何慕天仍然带着他那个斯文的微笑，安闲地望着明远等人，胖子吴又拉了三个人来介绍着说："这是我们系中三宝，干脆连姓带名都省了，叫他们大宝二宝三宝就行了，还有个特宝到哪儿去了？喂！"他大嚷着喊，"特宝！"

"少缺德好不好？"三宝之一敲了胖子吴一记，说："大庭广众，这样大呼小叫成何体统？"

胖子吴旁若无人地东张西望了一阵，看看无法找到特宝了，就又忙着把何慕天身边的两个女孩子介绍给小罗他们，一个是个瘦高条，黑皮肤，平平板板的身子，一件朴素的阴丹士林旗袍，鼻梁上架副近视眼镜，一目了然是那种标准的流亡学生，胖子吴介绍出她的名字是"许鹤龄"。另一个则长得小巧玲珑，小圆脸，大眼睛，嘴角边两个深深的小酒窝，忽隐忽现，一股娇滴滴的味道。胖子吴笑着说："这是我们国文系之花，萧燕，不过，我们都叫她小飞燕。虽然喊她小飞燕，但是，最怕的就是她会飞掉。"

大家都笑起来了，萧燕瞪了胖子吴一眼，笑着说："你再不口角积点德，当心嘴巴生疮！"

"好了，小罗，轮到你来介绍一番了。"胖子吴说。

于是，小罗也把明远一行人分别介绍了一遍，然后，大家走进场去找位子坐下。这位何慕天也真是豪举，买的全是头三排的票，坐定后，明远拉拉王孝城的袖子，低声说："别扭！让中大的请客！"

"改天回请他们就是了。"王孝城不大在乎地说。

梦竹静静地坐在那儿，她的左手坐的是小罗，右手坐的就是何慕天。她知道在中大和艺专的学生间，总有些猜忌，友谊是很难建立的。平常，中大总以正式大学自居，对艺专难免轻视。而艺专的学生，又都有两大特性，一是穷，二是狂。像今天这种情形，艺专能和中大玩到一块，倒是不常见。当然，这要归功于何慕天那四张票。想着，她不自主地就扭过头去看看何慕天，她看到一个男性的侧影，高鼻子，深幽的眼神和薄而坚定的嘴。

胖子吴在人群中骚动了一会儿，然后一包瓜子从遥远的角落里传了过来，何慕天抓了一把，递给梦竹，梦竹又抓了一把，传给小罗，小罗把整包往杨明远身上一捧，叫着说："吃瓜子是女孩子的事，谁有五香豆腐干？本人征求！"

全体中大的学生都哄笑了起来，原来许鹤龄皮肤黑，又平平板板的没有身段，所以男学生们给她取了个缺德的外号，叫"五香豆腐干"。小罗不知原委，听到大家笑，以为嘲笑他穷得没钱买豆腐干，就昂昂头，大模大样地说："有什么好笑？咱们艺专，男生穷，女生丑，这是人尽皆知的。穷又有什么关系？有朝一日，我有了钱，五香豆腐干算什么？在座的都有份！"

本来大家已经笑停了，给他这么一说，又都笑了个前俯后仰。许鹤龄气得脸色发白，又不好发作，只得板着脸坐着，不住地把眼镜拿下来擦，擦过了又戴上去，戴上去又拿下来。萧燕看不过去，一心为许鹤龄难堪，就哼了一声，气愤愤地说："这算什么名堂？见鬼！"

小罗以为萧燕在骂他，就伸过脖子来说："你别见怪，我又不是说你！"他的意思是指那句"女生丑"而发，心想萧燕又不是艺专的，干什么生这个多余的气，就急不择言地来了一句"又不是说你"！此话一出，中大那些学生更是笑得弯腰驼背，气喘不已，许多人连眼泪都笑出来了。萧燕涨红了脸，气得嘟起嘴来大骂："出门不利，碰到这种冒失鬼！"

小罗皱皱眉头，被骂得丈二和尚摸不着头脑，茫然地回过头来看着杨明远，傻不愣登地说："这是怎么回事？是谁出门不利？谁是冒失鬼？"

大家笑得更凶了，杨明远虽不明白症结所在，但也体会到小罗闹了笑话，又气小罗在公共场合旁若无人地乱嚷，把什么"男生穷，女生土"都喊出来，场中又有不少艺专的女学生，这一下岂不是自找麻烦，就也没好气地说："谁是冒失鬼？当然是你啦！"

小罗用手摸摸脑袋，困惑地转过头来，一眼看到何慕天正微笑地坐在那儿，带着个有趣的表情看着他，就点点头，自言自语地说："反正不能让别人白请客，挨挨骂也就算了。"

大家又笑了，幸好"当"一声开幕锣响，把所有的人的注意力都吸引了过去，笑声才算是止住了。梦竹望着台上，红色的幕幔正被缓缓拉开，展露出里面的布景。全场都逐渐安静了下来，没有一点声音。她不经心地嗑着瓜子，却感到有人不在看台上，而在看自己。她回过头来，接触了何慕天深思而带着几分恍惚的眼光，她的心脏猛跳了两下，脸上就不知所以地发起热来，调回目光，她定定地看着台上，不再往旁边看了。

散戏后，已是夜深。人像潮水般涌出戏院，剧情仍然紧扣在每个人心上，站在凉风习习的街头，大家才回到现实中来。梦竹急于回家，小罗和杨明远、王孝城决定照原路走回去，虽然何慕天坚持邀大家同路搭车到沙坪坝，但小罗等坚要走回去，理由是："那么好的月亮，那么凉爽的夜风，又刚看了那么动人的一个话剧，必须走走谈谈，才够诗意！"

于是，他们分作了两路，小罗拍拍何慕天的肩膀说："今天领了你的情，改日我有了钱再请你，李小姐交给你了，拜托送她回家！"

何慕天目送小罗等一群走远，回过头来，下意识地又望了望梦竹，梦竹也正望着他，那样宁静安详的一对眸子！当他想捕捉那眼光时，它已迅速地被两排长睫毛所遮盖了。他愣了愣，有种突发的，触电般的感觉，直到胖子吴一声大嚷："还不去等车，站在路边发神经病吗？"

他才惊醒过来。于是，大家向停车站走去。

小罗和杨明远等走上了路，踏着月色，迎着凉风，向观音崖、两路口的方向走。小罗耸耸肩说："我喜欢这个何慕天，很够味儿！"

"什么叫味儿？"杨明远问，"我就讨厌他那股味儿！仿佛比别人高了一等似的，一副充满优越感的样子，是个标准的阔公子而已。别人买了票看话剧，他呢，好像是专门为了看那个李小姐的！"

"你怎么知道他在看李小姐？"小罗问，"敢情你也没看话剧，一直在看他们，是不是？"

"哼！"杨明远哼了一声，"别逞口舌之利！反正我不喜欢他这个人，尤其他那眼睛，像女孩子！"

"有一对漂亮的眼睛有什么不好？"小罗说，"我就喜欢他那对眼睛，又黑又深，又特殊，给人一种——"他想了半天，跳起来说，"对了，诗意的感觉！"

"诗意？"杨明远皱皱眉，"你什么都是诗意，别肉麻了！"

"好了！"王孝城打断他们说，"别吵了，我维持中立。不过，我有个发现，李梦竹长得很像今天的女主角。"

"舒绣文？"小罗问，点点头说，"确实有一点！"

杨明远不再说话，他脑中浮起的是两对眼睛，一对是属于梦竹的，沉静温柔。另一对是属于何慕天的，深幽含蓄。他似乎看到这两对眸子在相迎相接……他甩了甩头，管他呢，想这些做什么？无聊！迈开大步，他下意识地加快了行路的速度，仿佛有谁在催促他一般。

几度夕阳红

拾叁

THIRTEEN

"我们李家什么都没有，就只剩下了'面子'！"

　　车子停在沙坪坝，梦竹杂在一大群中大学生中下了车，站在停车处，她看了看那些仍然在笑闹不停的学生。夜已经很深了，风从旷野中吹拂过来，带着田野和夜露的气息。天边上，一弯下弦月在云层中掩映。她深吸了口气，夜色使人头脑清醒，精神振作，和那些人点了点头，她说："我回去了，谢谢你们今天的请客！"

　　事实上，应该只谢谢何慕天，但她一笼统地都谢了进去。那些学生都是回中大的，只有梦竹住在镇上。她正想走，何慕天走了上来，以一副安闲的态度说："我送你回去。"

　　然后，在一大串的"再见"声中，他们分成了两路。何慕天傍着梦竹，缓缓地向镇上走去。月色淡淡地涂在青石板的路上，附近的水田里，蛙鸣正喧嚣着。梦竹低着头，凝视着石板隙缝中偶尔长出的几丛青草和路边时常飞掠过来的一两只萤火虫，静静地向前走着。走了一段，感到身边的人过于沉默，她好奇地抬起头来，有些诧异地望望何慕天，后者脸上有种深思的神情，显得专注而严肃，仿佛在考虑什么问题，而对周遭的一切——包括梦竹在内，都漠不关心。觉得没有什么话好说，梦竹又低下头去，继续浏览着路边的小飞萤，一面用她的全神，去领会着夜色中的一切：神秘的、美好的和幽静的。就这样，他们一直走到了梦竹的家门口，梦竹站住了，抬起头，对何慕天沉静地一笑，轻声说："到了。"

　　"到了？"何慕天收住步子，似乎有些惊讶，茫然地抬起头来，凝视着梦竹。

　　"谢谢你送我。"梦竹说。

　　何慕天继续凝视她，嘴唇微微地动了动，却没有说出话来，梦竹有些困惑，他想说什么吗？她下意识地等待着，而没有立即打门。但是，好长的一段时间，他就一直默默地望着她，始终没有开口。那对深而黑的眸子里，闪烁着一些特殊的东西，似乎有一簇小小的火焰在跳动。这深沉的凝视使梦竹又一次地心跳，多动人的一对眼睛！然后，突然间，他甩了甩头，好像猛地振作了起来，说："那么再见了！"

梦竹怔了怔，还来不及答话，何慕天已经掉转了头，向来时的路上大踏步而去。夜风里，他的绸质长衫飘飘荡荡，颀长的影子投在石板地上，别有一股飘逸的风度，望着他昂着头，潇潇洒洒地独自消失在月光下，梦竹感到一份奇异的困惑和迷惘。倚着门框，她呆呆地伫立着，一直忘了打门，直到门猛地开了，一个梳着髻，穿着短衫的小脚老妇人，拦门而立，她才惊醒过来。回过头，她对老妇人不经心地看了一眼，无精打采地说："是你，奶妈，你还没睡？"

"睡？我怎么睡？"老妇人没好气地说，"我的小姐，半夜三更还在外面和男人鬼混，我怎么能睡？我睡了，谁给你等门呀？"

"奶妈！"梦竹把眉头一皱，生气地说，"你越老就越喜欢胡说八道！你这说的是什么话嘛！"

"我说错了什么？你别以为我没看到，我在窗子里看了你们半天了，两个人站在门口，面对面的……你不要以为我不懂，我的老眼睛比谁都看得清楚。我告诉你，好小姐，你要知道自己的身份……"

"奶妈！"梦竹跺了跺脚，"你怎么了？你这个啰唆脾气到底改不改？"

"我啰唆，我是啰唆……"奶妈叽咕着，一面向里面屋子走去，"你不是吃我的奶长大的，我才不对你啰唆呢！女孩儿家，半夜三更才回来，还和那些大学生……"

"奶妈！"梦竹叫。

"好，我不说就不说，等将来高家……"

"奶妈！"

"好好好，我以后就再也不说你，不管你！"奶妈挪动着一双小脚，摇摇摆摆地走进里面屋子，又回头交代了一句，"你妈要你回家之后到她屋里去，她要训你呢！"不等梦竹答话，她又加了一大串，"给你煮了两个'敲敲蛋'，非吃不可哦，这么晚回来，空着肚子怎么睡觉？女孩儿家不兴太胖，也不能瘦得前心贴后心……"

梦竹望着奶妈的影子隐进了屋里，才长长地吐出一口气。天哪，难道每一个上了年纪的女人都会变成这样啰里啰唆的吗？穿过了堂屋，她走进自己的房间，摸着黑把手提包扔在床上，再找着了洋火，点起桐油灯，罩上灯罩，然后，面对着一灯如豆，在椅子里沉坐了下来。

梦竹是半个四川人，他们家原是从北方移来的，祖籍是河南。可是，她父亲根本就在四川长大，她的母亲是四川人，她也出生在四川，所以，平日她也以四川人自居了。起先，他们全家都住在重庆市内，她父亲是个标准的读书人，只能守成，而不能创业。平日吟诗作对，花鸟自娱，也始终没有做过什么事，只靠她祖父遗下来的几亩薄田过日子。这样混了大半辈子，坐吃山空，田地越来越少，生活越来越苦，等到中日战事一爆发，重庆成了一班人群聚之地，房价猛涨。梦竹的父亲就干脆把重庆市内的房子卖了，而在沙坪坝买了这幢小房子，迁居沙坪坝。这一举倒是很聪明的，后来重庆市内大轰炸，他们的旧居也被炸毁，而沙坪坝始终没有什么大影响。三年前，梦竹的父亲去世，这儿就只有梦竹的母亲和奶妈，三个女人过着日子。她们把田地租给别人种，靠租金度日，生活也过得十分艰苦，但和一般战时的人比，也就勉强算过得去的了。

靠在椅子里，梦竹凝视着那一盏油灯发呆，心里乱糟糟的，好像充塞着许多乱七八糟的东西。奶妈的那一句"将来高家……"使她心情大坏。高家，高家！她与高家有什么关系，她讨厌高家！咬着嘴唇，她似乎又看到了何慕天的眼睛，那么深，那么黑，那其中跳动的小火焰就像面前这盏桐油灯……算了，她坐正身子，见过一次而已，算什么呢？自己真是有神经病了！

奶妈推门而入，把两个"敲敲蛋"往梦竹面前一放。所谓"敲敲蛋"，是把整个的蛋，连皮在滚水中煮上几秒钟就捞起来，里面蛋白都是半凝固状态，然后敲开一个小口，吸吮着吃。据说这种半生半熟的蛋营养价值最高，奶妈对"敲敲蛋"简直是迷信，每天总要坚持着让梦竹吃一两个，而梦竹对这种蛋已经吃得深恶痛绝，一看到敲敲蛋，眉头就锁起来了。

"别皱眉头。"奶妈站在桌子旁边，一副监视态度，"赶快吃了到你妈屋里去，你妈在等你呢！"

"要骂我吗？"梦竹问，无精打采地望着那两个蛋。

"嗯，今天——"奶妈欲言又止，说，"赶快吃呀！"

"今天怎么？"梦竹抓住她的话头问。

"没怎么！"奶妈叫着说，把蛋敲了口，送到梦竹鼻子前面来，"好小姐，赶快吃了吧，不是三岁大的娃娃了，还要我老奶妈来喂你吗？"

"今天一定有事。"梦竹说，"你不说，我就不吃！"

"你吃了，我就说！"

梦竹望了望奶妈，奶妈拿着蛋，挺立在那儿，板着脸，一点也不肯让步的样子。无可奈何，她接过蛋来，一面吸吮，一面说："你可以说了吧！今天有什么事？"

"没什么大不了的事，高家的人来过了！"

梦竹一口蛋吮了一半，听到这句，整口蛋全喷了出来，本来就不喜欢吃这种半生半熟，充满腥味的蛋，再加上这句话，更是倒足胃口。她把手里的蛋向桌上一摔，往椅子中一靠，闭上眼睛说："不吃了！"

"你看你。"奶妈一面收拾着桌上的蛋壳，一面急急地说，"这就又发急了，什么了不起的事呢，女孩儿家，总不能跟着妈妈一辈子呀……"

"你不要女孩儿家、女孩儿家的好不好？"梦竹气呼呼地说，"当了女孩儿家就该倒霉吗？"

"哎哟。"奶妈叫，"这就叫倒霉了吗？那么，哪个女孩儿家会不倒霉呢？人家高家……"

"不要讲了！"梦竹叫。

"好好好，不讲不讲。"奶妈忍耐地说，叹了口气，"你妈在等你呢，快去吧。"

"不去了，不能去了，你说我睡了。"

"那怎么成？快去吧，不是三岁的小娃娃了，你妈也不会怎么说你的，有我呢！"

梦竹嘟着嘴，斜睨着奶妈，满脸的犹豫和不情愿。

奶妈是梦竹生下地的第三天就进了李家门，她自己那个差不多时间生的女儿交给了乡下人去养，她来做梦竹的奶妈，两年抱下来，她疼梦竹胜过了疼自己的女儿。等梦竹断了奶，她就留在李家做些杂务，时间一久，她的丈夫死了，儿子独立了，女儿嫁人了。剩下她一个孤老太婆，就干脆把李家当自己的家一样住下了。对梦竹她有一份母亲的疼爱，又有份下人的尊敬。不过因为是看着梦竹长大的，自然也有点倚老卖老。梦竹对她，也是相当让步的。

"好了，快去吧！"奶妈推推她的肩膀说。

"好，去去去！"梦竹一跺脚，站起身来说，"反正又是要挨骂的！"噘着嘴，她向母亲房里走去。

李老太太年轻时是个美人，原出生于书香世家，可是到了李老太太的父亲这一代，已经没落了。由于贫穷而又傲气，李老太太的婚事就变得高不成低不就，一直拖到二十八岁那年，才嫁给梦竹的父亲。而梦竹的父亲比李老太太还要小三岁，因为这个关系，李老太太在家庭里一直是掌握大权的人，梦竹的父亲脾气比较随和柔弱，她母亲却刚强坚定。所以，别人的家庭里，是父严母慈，梦竹的家庭中，却是母严父慈。从小，梦竹就很怕母亲，李老太太有种天生的威严和说一不二的作风，她的话就是法律，即使对这个唯一的女儿，她也是不常假以辞色的。

梦竹走进母亲房里时，李老太太正坐在床上，靠着床栏杆。床边的小桌上亮着一盏桐油灯，李老太太戴着老花眼镜，在灯下看一本弹词小说《笔生花》。听到门响，她抬起头来，望着走进门来的女儿，取下了眼镜，她沉着脸，用冷静的声调说："过来！梦竹！"

梦竹有些胆怯，还有更多的不安和不高兴，仍然皱着眉，她慢吞吞地挨到了床边。

"坐下来！"李老太太拍拍床沿。

梦竹默默地坐了下去，不敢看母亲，只低垂着头，望着棉被上的花纹。

"抬起头来，看着我！"李老太太命令地说。

梦竹不得已抬起头来，用一副被动的、忍耐的神色望着母亲。李老太太的眼睛是严厉而锐利的，在梦竹脸上搜寻地注视了一圈，然后问："今晚到哪儿去了？"

梦竹嗫嚅着，说不出口。

"对我说！讲实话！"

"看话剧去了。"梦竹低低地说，垂下了眼睛。

"我叫你到高家去，结果你去看话剧了！嗯？"

"大家都说那个话剧好看。"好梦竹低声地解释，"路上碰到几个艺专的学生，我知道他们是去看话剧，就结伴去了。"

"谁送你回来的？"梦竹俯下了头。

"说呀！"李老太太厉声说。

"一个——中大的学生。"

"好，又是艺专，又是中大，你的朋友倒不少，亏你还是出自书香世家的名门闺秀！你想丢尽父母的脸？让你父亲在泉下都不能安心？"

"我——我——我又没有做什么。"梦竹翘起了嘴。

"没有做什么！"李老太太沉着声音说，"你还说你没有做什么！你别以为我整天关在家里不出门，就不知道你的事！中大的学生称你沙坪坝之花，是不是？假如你没有常常跟他们混在一起，他们怎么会叫你沙坪坝之花？多么好听的名称，沙坪坝之花！你要丢尽李家的脸了！我问你，你怎么和他们搅在一起的？"

"根本就没有'搅在一起'。"梦竹委委屈屈地说，"还是毕业旅行到南温泉那次，遇到一群中大的学生，大家就在一起玩过，后来，常在镇上碰到。偶尔和他们在茶馆里坐坐，喝杯茶，随便谈谈而已。他们中大的学生就是喜欢称人家这个花那个花的，他们自己学校里，每一系有系花，每一班有班花，还有校花院花……他们也没有什么坏意思。"

"好，你还很有道理，是不是？和男学生泡茶馆，看话剧，玩到深更半夜回来！你还有一篇大道理，你认为被称作什么花是值得骄傲的事情吗？你一个女孩子，每天在外面和男学生鬼混，你叫我怎么样向高家交代？"

梦竹迅速地抬起头来，望着母亲说："是高家来说我的坏话，是不？他们要是不满意我，正好，大家解除算了。"

"好哦，你说得真简单！"李老太太把脸一板，厉声说，"梦竹！我告诉你，你和高家这件婚事，你愿意也好，你不愿意也好，这是你父亲生前就订下的，你一定要履行！我们李家也算是世家，可失不起面子！"

梦竹咬紧了嘴唇，脸色发白，半天，才幽幽地说了一句："我们李家什么都没有，就只剩下了'面子'！"

李老太太气得眉毛都竖了起来，她瞪着梦竹，看了好久，才点点头说："你看不起李家，你也是李家的儿女！你就要遵守李家的规矩！我对你说，以后你永远不许和那些大学生交往，否则，我马上就把你嫁到高家去，免得操心！我说得到做得到，你不要面子，我还要面子！"

梦竹凝视着母亲，她了解母亲的个性，知道她的话并非"威胁"。紧闭着嘴，她不再说话，可是，心头却涌起了千万股的委屈和伤心，高悌！见了人只会傻笑，呆头呆脑，话都说不清，半个白痴！自己就该把一生的幸福做这样的牺牲？逐渐地，泪水涌进了她的眼眶，又沿着面颊流了下来，滴在衣服上。看到她流泪，李老太太似乎也有些心软，她吁了一口气，带着种疲倦的神色说："梦竹，你要知道，我是为了你好！"

梦竹默默地摇了摇头，泪水成串地滚了下来。

"不。"她哽塞地说，"你不是为了我好，如果为了我，你不会勉强我嫁给高悌，我没有一分一毫喜欢他。人怎么能和一个自己讨厌的人一起生活呢？"

"但是，这也是你当初自己愿意的。"

"那年我只有十五岁，你们要我答应，我当然都依你们。"

"反正，这事已成定局！没有什么话可讲了，人家高家的孩子对你可是真心，又没有吃喝嫖赌的坏习惯，你还有什么不满意呢？现在，你去睡吧，我的话也说够了，总之，你要为家庭名誉着想，一个女孩子，只要错一点点就永劫不复了，你一定要洁身自爱！现在，去睡吧！这也没必要哭哭啼啼的！"

梦竹慢慢地站起身来，背对着母亲，用手帕拭去了脸上的泪痕，轻声地说："生命，是为什么呢？我连交朋友的自由都没有，如果你连我的呼吸都包办，代我呼吸，不是更好吗？"

"梦竹！你在嘀咕些什么？"李老太太皱着眉问。

梦竹回过头来，望着母亲，仍然用只有自己听得见的声音轻声说："你是我的母亲，但是，你了解我吗？我对感情有一份美丽无比的梦想，绝不是高家那个白痴所能满足我的，你懂吗？你知道那些大学生的身上有什么吗？有活力，有生命，这是我们家里所没有的！你懂吗？你知道我需要些什么？不是你的教条，不是你所要维持的虚面子，是欢笑和快乐！还有一样——爱情！我正等着它来临，我会欢迎它的到来。我还年轻，为什么不能享受生命？你无法扼杀我，你也不该扼杀我！"

"梦竹！"李老太太被激怒了，"你到底在念叨些什么鬼东西？"

"我？"梦竹脸上浮起一个嘲讽的微笑，"我吗？我在念经。"

"念经？"李老太太瞪大了眼睛，"念什么经？"

"喇嘛经！"梦竹说着，掉转头就向门口走去。李老太太气得脸发白，望着梦竹走出室外，她愤愤地把书丢在桌子上，脱衣准备就寝，一面喃喃地自语："女大不中留，这孩子越来越没样子，还是趁早让她和高家结了婚算了，否则，迟早要出问题！"

梦竹顶撞了母亲那一句，才觉得一腔郁气，稍稍发泄了一些，回到卧室里，挑亮了灯，她了无睡意地坐在桌前，用手托着下巴，呆呆地对那灯光上的火焰发愣。是的，生命，生命属于谁？自己件件事都得听别人的安排吗？生命是自己的还是别人的？一声门响，奶妈又挪动着一双小脚，慢腾腾地走了进来。

"好小姐，你还有一个敲敲蛋，吃了再睡吧！"

梦竹转过头，瞪视着奶妈。奶妈捧着一个敲敲蛋，送到梦竹的面前来。梦竹对那敲敲蛋注视了几秒钟，抬起眼睛，安安静静地说："把它丢垃圾箱吧！"

"说得好！小姐！"奶妈嚷着说。

"我说，把它丢垃圾箱吧！"梦竹坚定地说，"以后，敲敲蛋也好，推推蛋也好，我都不吃了！"

"好小姐，空肚子睡不着！"

"我说，我不要吃！"梦竹站起身来，把奶妈和敲敲蛋一起往门外推，说，"告诉你，生命是我自己的！"

奶妈被推到门外，门立即合拢了，奶妈呆呆地站着，望望手里的敲敲蛋，又望望那关着的门，不解地摇摇头："怎么搞的？敲敲蛋和生命有什么关系？"

再摇摇头，她无可奈何地叹了一口气，走到后面去了。

几
度
夕
阳
红

拾肆

FOURTEEN

"雨余芳草润，风定落花香，时见双飞蝶，翩翩绕短墙。"

　　小罗躺在床上，腿架在床栏杆上，瞪着天花板发呆。王孝城正吹着他那走调的口琴，碰到有吹不出声音的地方，就把琴往凳子上狠敲几下，再送到嘴边去吹。荒腔走板的琴声在室内断断续续地响着，这正是中午时分，宿舍里有三五个同学在睡午觉，其他的都不知道跑到哪儿去了。气候燥而热，窗外是艳阳高照，室内燥热得如同蒸笼。王孝城的口琴又吹不出声音来了，他把琴一阵猛敲，同时低低地发出一连串的咒骂。小罗把目光从天花板上调回来，望了望王孝城说："我看算了吧，你在吹些什么？招魂曲吗？"

　　"招你的魂！"王孝城骂着说，一面用衣袖擦汗。

　　"明远到哪儿去了？"小罗对挨骂向来不在乎，看了看明远空着的铺位问。

　　"鬼知道！"

　　"怎么了你？谁惹你了？"

　　王孝城把口琴抛在床上，叹口气说："家里再不寄钱来，就只好去当棉被了。"

　　"你愁什么？"小罗笑嘻嘻地说，"你还有棉被可当，我呢，棉被早就到估旧货的摊子上去了。这样也好，四大皆空，就无忧无虑了。"说着，他对王孝城伸开了手："喂，香烟来一支！"

　　"去你的！"王孝城说，"昨天还有半支艺专牌香烟，今早已经报销了！"所谓艺专牌香烟，是艺专的门房，用烟丝自制自卷了来卖给学生们的，价格算得非常便宜，学生们称之为"艺专牌香烟"。

　　"唉！"小罗收回手，叹口气。

　　"叹什么气？"王孝城说，"你四大皆空，不是无忧无虑吗？怎么又叹起气来了？"

　　"四大皆空都没关系，八大皆空也无所谓，只是肚子空不好受。"小罗愁眉苦脸地说。

"我告诉你。"王孝城想起什么来了，压低声音说，"昨天晚上我看到吝啬鬼掩掩藏藏地带了一包东西回来，偷偷地塞到他的柜子里，八成是吃的，你要不要去检查一番？"吝啬鬼是他们同寝室的一个同学的外号。

"真的？"小罗翻身坐了起来，四面看了看，那位外号叫吝啬鬼的同学并不在室内。"当然啦，先把它充公了再说！"说着，他站起身来，毫不迟疑地走到吝啬鬼的柜子前面，一两个听到他们谈话的同学都从床上伸长了脖子来张望，小罗一面打开柜门，一面嚷着说："要吃东西的准备！"然后，他把手伸进柜子里去一阵乱摸，接着，就大叫一声："我的妈呀！"

大家都被他吓了一跳，全从床上坐起来，伸头去看。只看到小罗的手从柜子里抽了出来，跟着小罗的动作，一包五香豆腐干跌落在地上，撒了一地，而小罗手里还提着一样东西，原来是只活蹦乱跳的大肥老鼠。小罗提着老鼠的尾巴，那老鼠正吱吱地乱叫乱挣扎着。大家全哄笑了起来，小罗把老鼠举得高高的，气愤地说："真有鬼！五香豆腐干不拿出来请人吃，塞在柜子里请耗子吃！真是吝啬到了家！"

"小罗。"一个同学笑着说，"你如果中饭没吃饱，把这耗子送到厨房里去，煮它一碗清炖耗子汤吃吧！"

"假若还吃不饱哦。"另一个同学说，"咱们宿舍里还有一样特产，臭虫！再来个炒臭虫吧！"

"还可以来个油炸跳蚤！"

"太油腻了，再加个凉拌苍蝇吧！"

"好丰富！大菜一桌！"

小罗已拉开嗓子，用饭店堂倌的口吻，大声唱了起来："炒臭虫，油炸跳蚤，凉拌苍蝇，外加清炖耗子汤一个哟！多放辣椒！"

全寝室都大笑了起来，笑声中，还夹着那只老鼠的吱吱怪叫，正笑闹成一团的时候，杨明远满头大汗地跑进了寝室，叫着说："发公费了，赶快去领！"

此话一出，全寝室的人都振作了，忙着起床穿衣服，跑出宿舍，杨明远把两个公费口袋扔在桌子上，说："小罗和孝城的，我已经代领了，"他一眼看到小罗，就咦了一声说，"你手里是个什么玩意儿？"

小罗跳蹦着跑来拿起口袋，笑着说："第一件事，艺专牌香烟！"

"喂！"王孝城说，"你这只老鼠舍不得扔了，是不是？真的想清炖耗子汤吃呀？"

"小罗，还有你一封信。"杨明远从口袋里掏出一个浅蓝色的信封，故作神秘地送到鼻端去闻了闻，哼了一声说，"嗯，有一阵香味，真好闻！"又把信封扬起来，一个字一个字地念着信封上的字，"国立艺术专科学校西画系一年级，罗文先生亲启，重庆市舒寄。嗯，姓舒的，这姓好怪呀，王孝城，你听说过有姓舒的人吗？舒服的舒？"

"哦。"王孝城煞有介事地眨眨眼睛，和杨明远像演双簧似的，一副思索的样子说，"好像没听说过，除非是——嗯，对了，《闺怨》的女主角，舒绣文！"

小罗"呀"的一声惊呼，因为他曾写过一封情意缠绵的信给舒绣文，回信竟然落在杨明远手里，这还得了！他对着杨明远冲了过去，手里那只老鼠就顺手一抛，抢下了杨明远手里的信。刚好门外一个同学走了进来，只看到一团黑乎乎的东西对自己迎头飞来，以为是小罗抛给他的什么好东西，就下意识地伸手接住，谁知一接之下，毛茸茸，软绵绵，吱吱乱叫，低头一看，不禁"哇呀"地大叫了起来，松了手，那只老鼠落在地上，立即一溜烟地钻到床底下去了。王孝城跺跺脚，惋惜地说："一碗好汤没有了。"

那位新进来的同学，外号叫作"木瓜"，有点木头木脑，呆呆地站在门口，还傻里傻气地问："你们这是新发明的什么游戏？"

这儿，小罗抢过了杨明远手里的信封一看，下款写的是"中大吴寄"，根本不是什么"舒寄"，才知道上了杨明远和王孝城的当，气得抬起头来，狠狠地看了杨明远和王孝城一眼。杨明远和王孝城都相视而笑。小罗拆开信，看了一遍，就蹙蹙眉，回忆似的想了想，接着就尴尴尬尬地笑了。笑着笑着，不禁越笑越厉害，最后，简直成了捧腹大笑，王孝城说："这个人发神经病了，什么事这么好笑？"

小罗把信笺送到杨明远和王孝城面前来，边笑边喘气边说："五香豆腐干，五香豆腐干……"接着又是笑。

杨明远和王孝城莫名其妙地接了信笺，看到下面这样一封信：

小罗：

你知道你这浑小子闯了多大一个祸？那天你带着小姐看白戏，是我们不该多事把你带进去，请你看了话剧，还惹出一个大麻烦，真是我们倒霉！早知道会如此严重，那天就应该让你们出出洋相看不成！这也都怪我们那位何慕天的心肠太好，惹上了你这个标准的扫帚星！

我还是从头说明白吧，事情是这样的：那天我们同学群里有一位名叫许鹤龄的女同学，外号是"五香豆腐干"，这是全中大人尽皆知的事。偏偏你这位老兄竟在大庭广众下"征求五香豆腐干"，这也罢了，后来又说些什么"在座都有份"，这又罢了，当我们小飞燕干涉时，你居然还来了一句"又不是说你"！这一下，你可以想象两位小姐气成什么样子。而那天，我们男同学错在不该大笑。而今，两位小姐迁怒在我们身上，和我们展开了个"沉默抗议"，无论对哪一位男同学，都相应不理。五香豆腐干还没说的，小飞燕是我们的灵魂！小罗呀小罗！你可以为我们想想，这一来，我们的生活里还有快乐吗？

近来，全宿舍都无精打采，最后商量结果，是追究祸首——你！于是，与小姐们进行和谈，结论是，由你做东道，请我们这一群——包括几位女同学，在磐溪的茶馆中，备茶一桌、酒一桌，小菜、花生、瓜子各若干，请客。日期已择定为本星期六下午三时，想必那时你们那月份公费已发，必定荷囊充实，希望准时到达勿误！

再者，昨日在镇上碰到李小姐，已经代邀星期六一同来玩。希望你们别黄牛，否则就太不好意思了。

祝

快乐

胖子吴

杨明远和王孝城看完了信，两人相对注视，回忆那天晚上的种种情形，不禁也都大笑了起来。笑完了，王孝城拍拍小罗的肩膀说："好了，小罗，你现在预备怎么办？"

"怎么办？"小罗扬扬眉毛，拍了拍刚刚拿到的公费口袋，豪放地说，"胖子吴写了这么一大堆，你猜是为什么？不过要敲敲我的竹杠而已，他们算准了，我们该发公费了，又知道我小罗最爱请客，所以借题发挥，找到了我来做东道！这又有什么关系，请就请吧！"

"请就请吧，你的口气不小。"杨明远说，"你算了没有，一共到底有多少人？我初步估计，起码十五个人以上，假若还要喝酒的话，你这个月的公费大概就该全体报销了！"

"报销就报销！"小罗洒脱地甩甩袖子，"一个月的公费，换一次请客的豪举，过瘾！"

"过瘾？"王孝城笑着说，"花光了再去当裤子吧！"

小罗昂头一笑，把公费塞进了衣服口袋里，向门口走去，得意扬扬地摇头晃脑地念着李白的诗："天生我材必有用，千金散尽还复来！"

星期六，在磐溪的茶馆里，真可说是盛会。十五六个学生把那间小茶馆闹得天翻地覆，他们把桌子并拢起来，坐成了一圈，喝茶的喝茶，喝酒的喝酒，几盘瓜子，只那么一卷，就全光了。小罗站在人群中，派头十足，拼命叫老板拿酒来，瓜子来，花生来！

"只管拿来，只管拿来，有我付账！"他拍着胸口，好像他是个百万富豪。

梦竹也来了，她穿件白底子粉红碎花的旗袍，依然垂着两条大发辫。脸上没有任何脂粉，水红色的嘴唇和面颊仍旧显得红艳艳的。眉线分明的两道眉毛下，是对清澈如水的大眼睛，她文文静静地坐在那儿，用一种旁观者的态度，悠然地望着那群笑闹着的大学生。她的旁边，就坐着杨明远和王孝城。小罗张牙舞爪地跑来跑去，拼命鼓励大家"多吃一点"。

"不要怕！你们尽管吃，这一个小东道我小罗还做得起。伙计，再拿一盘五香豆腐干来！"

王孝城望望杨明远，压低声音说："他又犯毛病了，请了客，还得挨骂，你看吧！"

梦竹也已经知道"五香豆腐干"的典故，不禁抿着嘴微微一笑。明远把头靠近她，微笑着说："你看他阔气得很，是吧？他连床上的棉絮都没有，就睡在木板上，他美其名曰：'四大皆空！'所谓四大皆空，是说床上空，衣柜空，荷包空和头脑空！"

梦竹忍不住笑了，抬起眼睛来，她看到坐在她对面的一个人，正用对深湛的眼睛，默默地注视着她。她和他的眼光才接触，就又是一阵莫名其妙的心跳。可是他连招呼都没有打，好像根本不太认得她似的，又垂下头去，闷闷地喝着酒。她有些发怔，偷偷地窥视着他，他的脸色微微发青，大概是酒喝得太多的关系，那对漂亮的黑眼睛里充塞着迷离和落寞。低着头，他只顾着喝酒，仿佛在这儿的目的，就只有喝酒这唯一一件事。

小罗几杯下肚，已经有些醉了，站在桌子旁边，他开始指手画脚地述说老鼠趣事："……嗨，一包那么好的五香豆腐干，就全请了耗子了，你们说冤不冤……"

"我的天哪！"萧燕坐在小罗旁边，叹了口气说，"他老兄怎么专拣该避讳的说呢！"说着，她拉了拉小罗的长衫下摆，"你就坐下来，安安静静地喝两杯怎么样？"

"别拉我！"小罗低下头来说，"我的衣服不禁拉，一拉就破，我可只有这一百零一件，拉破了没的换。"

"我的天哪！"萧燕摇着头叫。

桌子的另一边，有五六个学生开始谈起时局来，许鹤龄也加入了关于时局的讨论。这一谈就勾起了许多人的愁怀和愤怒，骂日本鬼子的，摩拳擦掌的，越谈越激烈。一个半醉的同学开始唱起流亡三部曲来：

> 我的家在东北松花江上，
> 那儿有，森林煤矿，
> 还有那，满山遍野的大豆高粱……

这一唱，大家都感染了那份兴奋和伤感。因为大部分的学生，都是流亡学生，人人都有一番国仇家恨，也都饱尝离家背井和颠沛流离的滋味。于是，一部分人加入了合唱，还有些埋头喝酒。桌上的气氛由欢乐一转而为沉重感伤。一个戴眼镜的学生，也就是外号叫特宝的，握着酒杯，摇头晃脑了半天，嘴里念念有词：

"仄仄平平平仄仄，

"平平仄仄仄平平……"

然后，突然间冒出了两句诗来：

"遍地烽烟家万里，

"锦江数见菊花开……"

念完，瞪瞪眼睛，又开始"仄仄平平"起来，原来他在作诗，显然这首诗很难完成，作了半天也不得要领，只一个劲地"仄仄平平''平平仄仄"，然后，他推了推坐在他身边的何慕天，嚷着说："喂喂，我这首诗怎么只有两句呀？还有两句到哪里去了？"

"我怎么知道？"何慕天闷闷地说，仍然埋头喝他的酒。

"我知道。"一个矮个子说。

"到哪里去了？"戴眼镜的伸过头去。

"给耗子偷吃了！"

许多人笑了，这一笑，才把那浓重的感伤味赶走了不少。王孝城和小罗争论起白杨和舒绣文的戏，这一争论，大家都纷纷参加意见，桌上重新热闹起来，嗑着瓜子，吃着花生米，一杯茶或一杯酒，天南地北地聊聊，这是件大乐事。胖子吴提议地说："我们来组织个南北社如何？"

"什么南北社？"小罗问。

"南北者，天南地北，瞎扯一番之意也。"胖子吴说，"我们这些爱聊的，来一个定期聚会，例如每个星期六，在茶馆中聚聚，谈谈，轮流做东请客，不是别有一番滋味吗？"

"对！"小罗一拍桌子，高兴地大叫，"这样，每星期六都有的吃了，赞成赞成！南北社，不如叫龙门社。"

"叫什么社？"萧燕没听清楚。

"龙门者，摆龙门阵之意也。"小罗学着胖子吴酸溜溜地说。

"我的天哪！"萧燕眨眨眼睛，闪动着小酒窝叫。

夏季的午后，天气变幻莫测，带着雨意的风开始从嘉陵江畔卷了过来，乌云层层堆积，天色立即显得昏暗阴沉，远处的山谷里，雷声隐隐地在响着。

"要下雨了。"何慕天抬起头来，望着外面说。这是今天他第一次自动地开口说话。

确实，要下雨了，一阵电光夹着一声雷响，大雨顷刻间倾盆而下，雨点打击在屋顶上，由清晰的叮咚之声转为哗啦一片，疾风钻进了茶馆，扫进不少雨滴。顿时，暑气全消，凉风使人人都精神一振。小罗高兴地扬着头大叫："过瘾，过瘾！"

"好一阵及时雨！"胖子吴和小罗呼应着。

梦竹凝视着窗外的雨帘，一条一条的雨线密密地把空间铺满，透过雨，远山半隐半现地浮在白蒙蒙的雾气里。茶馆外的草地上，雨水把绿草打得摇摇摆摆，一棵老榆树飘坠下几片黄叶。这一阵雨并没有持续太久，二十分钟后，雨过云收，太阳又穿出了云层，重新闪熠地照灼着。屋檐上仍然滴滴答答地滴着水，青草经过一番洗涤，绿得分外可爱，在阳光下娇柔地晃动。一群群的麻雀，鼓噪地在榆树上上下下翻飞嬉闹。

"好美！这世界！"何慕天啜了一口酒，望着外面说，"但是，只是我们看到这一面！你怎能望着茁壮的青草树木，看着翻飞的蛱蝶蜻蜓，想象着血腥一片的战场？"掉转头来，他的眼光似有意又无意地在梦竹脸上溜了一圈，梦竹立即垂下了眼帘，注视着桌上的杯筷。

"慕天，想作诗吗？"戴眼镜的特宝鼓励地问。

"今天肚子里只有酒，没有诗。"何慕天说。

"诗？"胖子吴扬起头来，指着梦竹说，"这里有一位女诗人，你们可别错过，她父亲是有名的诗人，她是家学渊源，女中的著名才女！"

"是吗？"特宝傻傻地伸过头来，从眼镜片底下盯着梦竹看，好像要研究一下她的真实性似的。

"李小姐，作一首如何？"胖子吴问，"来一首夏日即景好了。"

"谁说我会作诗？"梦竹逃避地说，"我倒听说你们之中有一个人外号叫小李白。"

"这儿就是！"特宝推了何慕天一把，何慕天正举着酒杯，被他一推，洒了一身的酒。何慕天掏出手帕来，慢条斯理地擦着衣襟上的酒，特宝还不住地嚷着，"小李白！你就作一首给李小姐听听！"

"我没有诗，只有酒。"何慕天淡淡地说，仍然在抹拭着衣服上的酒。可是，接着，他就豪放地一仰头，念了两句："衣上酒痕诗里字，点点行行，都是相思意！"念完，他直视着梦竹，眼睛奇异地闪烁着，里面似乎包含了几千几万种思想和言语。

梦竹愣了愣，心脏又反常地加快了跳动，一种突然而来的激情使她兴奋了。她大胆地迎接着何慕天逼视过来的目光，勇敢地回视着他，然后，她把两条小辫子往脑后一甩，用种挑战似的口气说："我不喜欢感伤味太重的诗词，何必一定要'为赋新词'而'强说愁'呢？既然世界是美的，就应该承认它美，是不是？"她用手指指窗外，那儿未干的雨珠仍然在青草上闪耀，一对粉蝶在短篱边追逐。她望着，亮晶晶的眼睛里含着笑意，仰了仰头，她用清脆的声音念出四句话：

> 雨余芳草润，
> 风定落花香，
> 时见双飞蝶，
> 翩翩绕短墙。

念完，她看看何慕天，嫣然一笑，说："我胡诌的，别笑哦！"

特宝把眼镜取下来，仔细看了梦竹一眼，又把眼镜戴上，摇头晃脑，"仄仄平平"地审核梦竹的诗错了格式没有，接着就一拍桌子，对何慕天大叫："小何，咱们的中国文学系，惭愧！"

何慕天不说话，只深深地凝视着梦竹，好长一段时间，他才垂下眼睛，注视着酒杯里的液体。他的脸色更加苍白，酒似乎无法染红他的面颊，那对黑眼珠迷蒙得奇怪。从他的神情看，他似乎突然地萧索了起来，显得那样地无精打采，从这一刻起，一直到他们的欢聚结束，他没有再讲过一句话。

聚会结束时，已经是明月初升的时候，小罗跑去结了账，把整个公费口袋倾倒在柜台上，还差了好几块钱，小罗笑嘻嘻地说："欠了，你记账吧，下次还！"

王孝城走上前去，把差的额数补足了，然后和大家走出茶馆，一行人仍然嘻嘻哈哈地谈不完，中大的学生需要渡江回校，小罗，杨明远和王孝城则可直接回艺专，大家在茶馆门口分了手，梦竹既然住在沙坪坝，当然由中大的负责送回家。小罗等正要走，何慕天把小罗喊住了："有你一封信。"

他递了一个信封给小罗，就返身和中大的学生坐上了渡船。梦竹站在船舷边，风把她额前的短发吹得飘飞不已，水中，一弯明月在摇晃动荡。她注视着水，却从眼角偷偷地望着何慕天，后者正斜靠在船头，寥落而寂寞地仰视着天上，有份淡淡的抑郁。她下意识地抬头看看天，除了一弯孤月和几点疏疏落落的星光之外，天上什么都没有。船里胖子吴在唱着京戏，哼哼唧唧的，特宝还在平平仄仄，念念有词地作他那首没完成的诗，萧燕在轻唱着《燕双飞》。

船抵了岸，大家下了船，胖子吴说："李小姐，和我们一起再玩玩吧，散散步如何？"

"不，不行了，我必须马上回去，已经太晚了！"梦竹说着，瞟了何慕天一眼，何慕天漠然地看着嘉陵江，似乎根本没有听到梦竹的话。

"那么，我送你回去。"胖子吴说。

"不，不，不用了。"梦竹说，失望使她的心脏绞紧，"镇里的路很好走，我可以自己回去！”她再悄悄地扫了何慕天一眼，后者正全神贯注地望着岸边的草丛，草丛里，无数的萤火虫在闪烁。

“那么，我们就真不送了。”胖子吴洒脱地说，“再见！下星期希望再一起玩！”

“再见。”梦竹挥挥手，孤独地向镇上走去，心底怅然若失。萤火虫在她脚下前前后后地绕着。萤火虫，萤火虫就那么好看吗？她咬住嘴唇，心底空洞而迷茫，孤寂和失意的感觉混合了夜色，对她重重叠叠地包围过来。

小罗和明远等回到宿舍。小罗往空床上一躺，拆开了何慕天递给他的信封。一张大额的钞票落了下来，数额和他付出的差不多，他愕然地跳了起来，愤怒地说：“什么话？以为我小罗请不起客吗？”

可是，接着，一张信笺也落下来，他拾起一看，上面潦草地写着几句话：

　　　　相信我们都同样漠视金钱，假若能用金钱买来快乐，相信我们都不会吝啬区区的几块钱。可是，钱对我的意义和对你的意义又不太相同，我从来不虞匮乏，但能了解连买一支“艺专牌香烟”的钱都没有时是何滋味，假若你看得起我，像我对你的欣赏同样深厚，那么请让我付这次的茶酒之资。我冒昧地把钱这样给你，因为我把你当作知己，相信你必定能了解，而不会以我的行为为忤。

　　　　　　　　　　　　　　　　　　　　　　　　　　　　　　慕天

小罗抬起头来，把信笺给王孝城和杨明远看，一面用手枕着头，瞪着天花板凝思。王孝城看完后，叹了口气说：“这是一个有心人，我欣赏他！”

杨明远哼了一声，向窗口走去，一面说：“阔公子的作风，反正他有钱，怎样做出来都漂亮！”

“你对他有成见。”王孝城说，“我看得出来，不知道你看他什么地方不顺眼！”

“才没有呢，只觉得他有点怪里怪气。”明远说。

“无论如何。”小罗从床上跳了起来，向门外走去，同时高兴地说，“我喜欢这个何慕天！够派头，也够交情！"

"你到哪里去？"王孝城问。

"买香烟！"小罗扬了扬那张钞票，又大声嚷着说，"今天晚上，请全宿舍吃担担面当夜宵！"

"天哪！"王孝城望着他的背影说，"四大皆空，没办法，只能四大皆空！"

几度夕阳红

拾伍

FIFTEEN

"人生自是有情痴,此事不关风与月!"

何慕天跨进了沙坪坝镇口上那家小茶馆，在靠窗的角落里，他的老位子上坐了下来。茶馆的小伙计不待吩咐，就依照何慕天的习惯，送上一壶白干，一盘卤菜和一碟花生。何慕天靠进椅子里，慢慢地斟上一杯酒，寥落地啜着。窗子外面，可以看见青石板的小路，路边是平伸出去的绿色草坪，一直延展到嘉陵江畔。江边的路并不平整，曲折凹凸，沿着河岸，疏疏落落地有些白杨，也有些柳树。柳条长长地飘着，在初秋的晚风中摇曳。

晚霞正在天边燃烧，一层又一层的红云重重堆积，落日圆而大，迅速地从半空向地平线坠落。何慕天用手支着下巴，静静地凝视着窗外的景致，凝视着那晚霞由鲜红变为绛紫，凝视着那落日一分一厘地被地平线所吞噬，直至完全隐没。天色暗淡下来了，苍茫的暮色缓慢而从容地在草地上、柳条间散布开来。何慕天重新斟满了杯子，略微烦躁地啜了一口，下意识地看看腕表：差一刻六点！今天她迟了，为什么？或者，她取消了今天的定时散步？仰靠在椅子里，他合了合眼睛，酒使他心头热烘烘的，血管里奔流的血液似乎比往日更加迅速。"我是怎么回事？中了邪吗？"他喃喃地、无声地自问了一句，睁开眼睛，又情不自禁地对窗外的小路望去，空空的石板上，盛着逐渐加浓的暮色，除此之外，别无所有。

一声叹息，他干了杯子，再斟一杯。期待的情绪使他烦躁不安，每一个毛孔里似乎都有小虫子在钻动，令人无法平静。酒，徒然地让情绪更加紧张和不耐，心头的火仿佛燃烧得更厉害了。"我是怎么回事？"再自问了一句，蹙起眉头，他又干了一杯酒。抬起眼睛来，他不经心地对窗外一扫，忽然间，所有的神经细胞都振作了。

梦竹正缓缓地沿着石板小路走过去，她穿着件白色小碎花的洋装，戴着顶宽边的大草帽，步履袅娜轻盈，从容不迫地、不慌不忙地走着。距离茶馆不远的地方，她似乎略微停顿了一下，接着，就把那顶大草帽解了下来，拿在手上，乌黑的发辫垂在胸前，末梢扎着水红色的绸结。"一只小粉蝶儿"是大家给她取的外号。是的，这是只小粉蝶儿，有那份翩跹的姿态，更有那份雅致和妩媚。何慕天的酒杯停在唇边，眼睛蒙眬地盯着窗外那移动着的小巧人影。那摆动的裙服，那忽而放在身前，忽而放在身后的大草帽，那时常甩动的辫梢，那婀娜的举止，这一切加起来，衬着暮霭和垂杨，是一幅动人的图画。他呆呆地凝视着，用全心灵去捕捉这份神奇的、令人迷惑的美。

梦竹向嘉陵江边走去，在一棵垂杨之下，立定了，仰首看了看正由绛紫、深红、转为黑暗的云朵，一只手拉住柳条，她四面望望，似乎在以她那易于感受的心境，领略着大自然间的美，领略着日与夜交会时那神秘的一瞬。把辫子拂向脑后，她不经意地回眸望了小茶馆一眼。当然，她不会发现躲在那茶馆里凝视着她的何慕天。掉回头，她的注意力被嘉陵江吸引过去了，可能水面有什么东西让她感到了兴趣，她伫立良久，就向前走去，岸边有石级可以下到水边。每天早晨，这石级上是妇人们洗衣聚集之所，捣衣之声杂着笑语，老远都可听到。现在，水边一定是空无一人的，但她沿着石级走了下去，那高高的河堤遮住了她，他看不见她了。

他轻吐了口气，才发现一直停在嘴边的酒杯，下意识地啜了一口，他放下杯子，抬起眼睛，正好看到梦竹那黑色的头，一步步地从河堤后升了上来。用手托住下巴，他定定地凝视着，虽然隔着那么远的距离，他仍可看出她手中握着一朵新采撷的小蓝花。她步上石级，倚在柳树上，十分闲暇而又十分悠然自在地把那朵花送到鼻端去轻嗅。他无法看清她的面目，但他脑中已勾画出她的神态：那舒朗的两道眉毛，那含着笑意的大眼睛和若有所思的神情……接着，她的腰肢微微一旋，裙子摆了摆，大草帽系于脑后，又开始沿着石板小路向前走去。她几乎已经走到他的视线之外了，可是，她突然站定，回头张望，于是，何慕天看到有一个小脚的老妇人，正急急地向梦竹赶去，走到梦竹身边，那老妇人站住了，不知对梦竹说了些什么，梦竹顿时跺跺脚，一扭头又要继续她的散步。老妇人伸手抓住了她，似乎在劝说，又劝又拉，大概想把她拉回镇里。梦竹好像是生气了，她连连地摇头，要摆脱老妇人的拉扯，两人在路上磨蹭了好半天。然后，梦竹毅然地一甩头，狠狠地跺了一下脚，跟着老妇人向镇里走去。她们从小茶馆的窗前擦过，何慕天抓住了梦竹和老妇人间的几句对白的声浪："奶妈！你不会说我不在家呀？"

"好小姐，你妈那份脾气你又不是不知道，她叫我找你回去，我有什么办法？高家的又坐在堂屋里等……"

"你说找不到不就行了？"

"好小姐，你妈那个脾气我受不了呀……"

何慕天目送她们的影子消失在暮色昏茫的小街道里，靠进椅子中，他没来由地长叹了一声，然后坐正身子，握起酒杯，一伸脖子把整杯都灌了下去。掏出一张钞票，压在酒壶下面，他站起身来，甩了甩袖子，向茶馆门外走去。

暮色已经布满了空旷的原野。远山隐约，杨柳堆烟。夜幕在不知不觉中缓缓来临。何慕天带着三分酒意，沿着石板小路，向梦竹站过的那棵柳树下走去。走了几步，他看到石板路上躺着一样东西，拾了起来，是梦竹的那朵蓝色的小花。他审视着这朵花，蓝色的花瓣向外铺开，微微卷曲，如同木耳边一般。浅黄色的花蕊伸了出来，在晚风中楚楚可怜地颤动。他站住，靠在柳树上，和梦竹做过的一般，把花朵送到鼻子前面，没有嗅它，而是轻轻地在唇际摩擦。

夜来了，何慕天回到宿舍里，打开柜子，把那朵蓝色的小花放进一个精致的、雕刻着小天使的木匣子里。在那木匣中，有他逐日收集的一些东西：一条缎带，一朵枯萎的菊花，半枝折断的杨柳，一条白底子碎花的麻纱小手帕，还有一张纸，上面是一阕涂得乱七八糟的词，他还记得梦竹靠在杨柳上，拿着铅笔，涂涂抹抹地写这阕词的神情。词的题目是"杨花"，内容隐约可辨，大致是：

> 春漠漠，香云吹断红文幕，红文幕，一帘残梦，任他漂泊！
> 轻狂不奈东风恶，蜂黄蝶粉同零落，同零落，满池萍水，夕阳楼阁！

他不知道为什么她写完了，却不要了，随手那么一扔，让它被风卷去。

他锁好了匣子，和衣躺在床上，却看到枕头边放着一封信，一看信封寄自昆明和那熟悉的笔迹，他就没有心情拆阅了。躺在床上，闭上眼睛，他脑子里是成千上万张相同的脸，黑白分明的大眼睛和那两条摆动的发辫。

"我是怎么回事？"他自问，甩甩头，"近来，我是真的疯了！"

瞪视着桌上的桐油灯，他一动也不动地躺着，接着，就猛地坐起来，拆开了那封信，下决心似的抽出信笺，看了下去，信写得十分简单：

慕天：

暑假一别，将近三个月了，你总共写了一封信，该信连标点在内，是二十七个字。想必你忙于作诗填词了，是不是？

"家"是你厌倦的，我知道。"我"也是你厌倦的，我也知道。未来的那条小生命，大概也是你厌倦的。如今，家只是你的经济供应站，是吗？不过，记住，我是你家三媒六聘娶过去的，你喜欢也罢，不喜欢也罢，总之我是你的妻子，别以为你在重庆的所行所为我看不见，我想你了解我的个性的，你还是安分一点好。

另汇上本月份你所需之款项。即祝

健康

蕴文

看完了信，一种强烈的愤恨和反感抓住了他，还是那种口吻！还是那副态度！他眼前立即浮起蕴文那向上挑起的浓眉和圆睁着的大眼睛："我要这样，就是这样！"

"去你的吧！"他把信撕碎了，往字纸篓里扔去。蕴文，婚前的她又是副什么样子？专横、跋扈而美丽。大眼睛一瞪，浓眉一掀，别有种巾帼英雄的味道。可是，自己为什么从来无法"爱"上她？大家说她是美人，追求她的人那么多，可是自己就无法"爱"上她！两家联婚之议一起，他还记得在她家客厅里，她大胆而专制地逼视着他，强逼他回答她的问题："你爱不爱我？你说！马上说！"

"不知道！"他平心回答。

"什么叫不知道？"她的大眼睛圆溜溜地盯着他，有股恶狠狠的味道，乌黑而卷曲的睫毛翘得像两排黑色的羽毛扇。虽凶狠，却美丽，美得使人迷惑。她的身子倚着他，脸贴近他，火剪烫过的头发拂着他的下颚，那股脂粉的香味冲进他的鼻子，使他不止迷惑，而且晕眩。"你说！你知不知道？你知不知道？"

"不知道！"他固执地说，但她的野性和美丽确实使他感到刺激和心动。

"还不知道？"她挑起眉毛凝视他，然后眯起眼睛，点点头说，"我会让你知道！"

她会让他"知道"？没有，她没有让他"知道"，她只让他"迷糊"。相当长的一段时间内，她缠住他，不给他喘息的时间，也不给他思索的时间。她的浓眉大眼整日整夜浮在他面前，她执拗而带着命令的声调每分每秒响在他的耳边，她的大裙子，她的艳丽和她的服装，她惯用的香水气味，她喜欢跳的舞曲，她的这个，她的那个，把他层层包裹，紧紧卷住。她是世家之女，他是世家之子，她的姐夫是他的好友，一切顺理成章，他们在昆明结了婚，那是一九四二年的春天。他永不能忘记婚礼上她那对盛满了胜利之色的眼睛和洞房中她的"逼供"："你现在知道了吗？"

"知道什么？"他装傻。

"你爱不爱我？"

"不爱你怎么会娶你？"

"那么，你说你爱我，你说你生命里只会有我一个，你说你将终生臣服于我，不再对任何别的女人看一眼。"

"何必要说？我已经娶了你，你当然是我生命中最重要的！"

"不行！你一定要说！我要亲耳听你说！"

"何必呢？这没有意义。"

"谁说没有意义？"她的大眼睛逼视着他，充满了固执和坚定，"你要说！你一定要说！我非听你说不可！"

"没道理的事！"他皱起眉头。

"没道理的事吗?"她的头俯近了他,美丽的脸庞贴在他的眼前,那对大而黑的眸子直射入他的眼底,"你不说吗?你不肯说吗?你不爱我吗?"

"好的,我爱。"他屈服了。

"你生命里只有我一个?"

"我生命里只有你一个。"

"你永不爱别人?"

"当然。"

"你将为我做一切的事?"

"一切?"他问。

"嗯,一切。"

"别傻了!"他抱起她,抛在床上。

"不,你要说!"她固执地坚持。

"说什么?"

"你将为我做一切的事!"

他望着她,她躺在床上,瞪着大眼睛,任性、坚决而美丽,像一只漂亮的、带着几分原始的野性的雌豹!那脸庞上有着热情的火焰,周身都散发着青春的热力,是一团燃烧着的火,那眼睛里也有着火,可以烧熔一切的东西。

他再度屈服了。

"我将为你做一切的事!"他闷闷地说。

她一下子卷到他面前,拥住了他,她的胳膊缠着他的脖子,她的嘴唇堵住了他的,那火似的身子紧贴着他,她的长睫毛抬了起来,他望着她,看到的是一个征服者的眼睛,里面盛着的不是属于女性的柔情,而是属于胜利者的骄傲。

这就是他的妻子,一个征服者!在她面前,他从不觉得自己是一个丈夫,他必须习惯于她的命令语气,她的骄傲神态和她那带着点虐待性的感情。一次,她坐在梳妆台前梳头发,梳子不小心落到地上,她从镜子里望着他,静静地用她那习惯性的命令态度说:"慕天!给我捡起来!"

他一愣，他不喜欢她脸上的那份傲慢和眼睛里那近乎揶揄的神情。摇了摇头，他说："你只要弯弯腰就捡起来了！"

"我不！我要你拿！"

"为什么？"

"你说过你将为我做一切事情！"

"这是不合理的，我是你的丈夫，不是听差的！"

"如果你爱我，你就给我捡起来！"

"我不捡！"他干脆地说，望着镜子里面她那张已经浮起愠怒之色的脸，"这与感情无关，而是自尊心的问题，你为什么希望你的丈夫没有丝毫丈夫气概？"

"什么叫丈夫气概？"她反问，"一个好丈夫会为他的妻子做一切的事！"

"这并不必由我来做，在你，也只是举手之劳！"

"我不！我就是要你做！"

"我也不！我没道理要像个奴才般由你吩咐！"

"如果你爱我，你就可以没有自尊！"她叫。

"我不能没有自尊！"他也叫。

他们两人在镜子中对视，然后，她一下子转过身来，面对着他，眼睛里冒着火，眉毛竖着，像头被激怒的野兽，对他狠狠地嚷："那么，你是骗我了，那么，你根本就不爱我！"

"这与爱情无关……"

"有关！"她大叫。

"随你怎么讲，你不能希望我做你的奴才！你根本不正常，你变态！"何慕天也叫着。

她咬住嘴唇，瞪视着他，好半天，两人就僵持地站在那儿，彼此都虎视眈眈地望着对方。然后，她扬了扬头，眯了眯眼睛，黑眼珠从两排羽扇状的睫毛下注视他，从齿缝中逼出一句："你到底捡不捡？"

"不捡！"

"捡不捡？"

"不捡！"

"捡不捡？"

"不捡！"

她抬起睫毛，望着他，突然地笑了。她用手勾住他的脖子，微笑的眼睛生动而温柔地盯着他。她摇摇头，一声叹息，轻轻地说："为什么你这么犟？慕天？你知道我多爱你？爱你这份硬脾气，爱你这份男儿气概！"她吻他，丰满而潮湿的嘴唇充满了诱惑。长睫毛下藏着那朦胧的黑眸子，美得像雾，热得像火，"我爱你，慕天，我渴望你爱我！全心全意地渴望！"

他不由自主地回应她的热情，她的美使他迷惑。

"我爱你。"他喃喃地说，回吻着她，"我真爱你。"

"那么，又何在乎捡一捡梳子，如果一个小举动能表现你的爱情的话，你又为什么要吝啬弯一弯腰而宁可让我难过？"她轻声地问，嘴唇擦过他的面颊，在他的耳际蠕动。

"假若你一定要我做。"他弯腰拾起梳子，"这又算什么？如果你一定认为这样才能表现爱情。"他把梳子递给她，"喏，给你！"

她伸手接梳子，但是，一瞬间，他在她扬起的睫毛下看到了她那胜利和狡黠的眼光，她的嘴边挂上了笑，征服者的笑。仿佛在嘲讽地说："怎么样？你还是捡了！"他怔住，心中突然涌上一阵被欺骗和捉弄的感觉，与这感觉同时而来的，是强烈的愤怒和受侮的情绪。他浑身的肌肉都僵硬了，怒气使他四肢发冷。夺过那把梳子，他用力地从敞开的窗口扔了出去。然后，他推开她，甩甩袖子，带着满腔发泄不尽的怨气，冲出家门，在附近的小吃馆中，喝得酩酊大醉。

"梳子事件"只是一个开始，从此天下永不太平，类似梳子的事件一天要发生许许多多次。"妻子"，这就是"妻子"吗？一个专横的暴君也不过如此……

"我要这样，就是这样！"

他用手抹抹脸，桐油灯的火焰在颤动，宿舍里，好些同学在喧哗地谈话，但他什么都没有听到。"我想你了解我的个性，你还是安分一点好！"

怎样的口气！怎样的"家书"？特宝一天到晚摇头晃脑念："烽火连三月，家书抵万金！"如果都是这样的"家书"，恐怕还是少收到一点好！

"喂，慕天！"有人喊。

他没有听到，仍然陷在自己的思潮中。

"喂喂，你怎么？老僧入定吗？"一只手压在他的肩膀上，他惊醒了，是胖子吴。

"干什么？"他无精打采地问。

"募捐。"胖子吴嬉笑着伸开了手掌，"南北社的聚会，明天轮到我做东了，小罗他们选择了艺专附近的黄桷树茶馆。怎样？有吗？"他掏空了自己的口袋。

"拿去吧，我家里又寄钱来了。"

"好，我总共欠你多少了？"胖子吴问，"有朝一日，我胖子吴有了钱，连利息还你。"

何慕天笑笑，没说话。胖子吴收了钱，愉快地向门口走去，走了一半，又折回来说："喂，听说小粉蝶儿已经订过婚了，是重庆一个很有钱的人家，不知道姓什么的。你看，咱们特宝追了半天，不是白追了吗？人家是蝴蝶，有翅膀的，哪儿那么容易就追得上呢？还是我聪明，认定了小飞燕，追到底！"说着，他挥挥手，自顾自地走了，当然，他忘记了飞燕的翅膀比蝴蝶更大。

这儿，何慕天愣住了，呆呆地望着灯火，他茫然地陷入沉思之中，小粉蝶儿？订过婚了？那沉静的眼睛，温柔的微笑，发辫、草帽、蓝色的花……他咬紧嘴唇，牙齿陷进肉里，痛楚使他一震，甩甩头，他昏乱地自问："我是怎么回事？"

接着，他又凄苦地笑了，用手枕着头，往床上一倒，闭上眼睛，喃喃地说："好了，你有你的她，她有她的他，认命吧！"

翻了一个身，他把脸埋进枕头里，咬着牙，无声地念："人生自是有情痴，此事不关风与月！"

几度夕阳红

拾陆

SIXTEEN

如果有缘，为什么相逢得这么晚？

如果没有缘，为什么又要相逢？

　　黄桷树茶馆在艺专附近，是学生们课余聚集之所。在艺专旁边，专做学生生意的茶馆共有三个，一个被称为校门口茶馆，位于艺专大门之外。一个在男生宿舍旁边，被称为邱胡子茶馆。顾名思义，这茶馆老板一定是个大胡子，但是，却并非如此，那老板一点胡子也没有，为什么竟被喊作邱胡子茶馆，其来源已不可考。再一个，就是位于黄桷树的黄桷树茶馆了。当时，泡茶馆成为一种风气，学生们一下了课，无论黄昏、晚上、中午、早晨，都往茶馆中跑，二三知己一聚，泡杯茶，来一碟花生米什么的，海阔天空地聊聊，成了一大享受。茶馆中都不止卖茶，还兼卖酒、小菜和小吃，所以，假若有时间，很可以从早在茶馆中待到晚。而茶馆老板，也很能和学生们结交，赊账是习以为常的。尽管身上没钱，也可以在茶馆中一待数小时。因而，茶馆与学生几乎是不可分的。

　　南北社成立了将近三个月了，每星期一次的聚集使大家都混熟了。沙坪坝两岸的茶馆，更是个个吃过，老板们一看见他们进门，都会眉开眼笑，因为：第一，他们可以吃空一座城，毫不保留。第二，他们都付现款，概不赊欠。第三，他们的笑闹高歌可以使满座注目，而弄得整个茶馆里都喜气洋洋。

　　这天的黄桷树茶馆又成了嘉宾云集之处，南北社的社员们大吃大喝，闹得天翻地覆。四宝之一的大宝表演了一幕用鼻尖顶筷子，他把一支筷子顶在鼻子上，又把一个茶碗盖放在筷子的顶端，颤巍巍地在满室行走，看得人人心惊胆战，为他捏一把冷汗。但他却满不在乎，一面走还一面做怪样，走着走着，他从眼角看到那个茶馆的小伙计也张大了嘴望着他，他停下来说："小伙计，别愁，茶碗盖打碎了赔你一个！"

　　话还没说完，那筷子一歪，茶碗盖滴溜溜地落了下来。正好特宝坐在椅子上，仰着脸望着那茶碗盖，这盖子不偏不倚，就正正地落在特宝的脸上。特宝"啊"了一声，伸手去接，没接住，然后是东西落在地上打碎的声音。小伙计翻翻白眼，摊了摊手，说："好了，赔一个吧，还是打碎了。"

"嗯……"特宝呻吟了一声，捧上了一个茶碗盖，哭丧着脸说，"盖子没碎，碎掉的是我的眼镜！"

大家都笑了起来，笑得前俯后仰。特宝拾起了眼镜，看看只碎掉了一片，就依然戴到脸上去。大宝还想继续顶筷子，特宝两手一推，嚷着说："罢了，罢了，留一片眼镜给我吧！"

大家又笑了。何慕天一声不响地已经喝了差不多一壶酒，从酒杯的边缘望过去，他看到梦竹带着个若有所思的微笑，似关心又似不关心地望着那笑闹的一群。杨明远在和小罗谈论中国人的陋习，只听到小罗大笑着，用他特有的大嗓门说："……中国人的习惯，请客嘛，请十个客人可以发二十张帖子，预计有十个人不到；八点钟吃饭嘛，帖子上印个六点整，等客人到达差不多，大概总是八点……"

"假若请一桌客人，发了二十张帖子，预计八点吃饭，而六点，客人全来了，怎么办？"许鹤龄推推眼镜片问。

"那么，一句话。"王孝城说，"出洋相！"

何慕天酒酣耳热，听他们谈得热络，突然兴致大发。他用筷子敲敲酒壶，嚷着说："念一首诗给你们听听！"于是，他敲着酒壶，挑起眉毛朗声地念，"华堂今日盛宴开，不料群公个个来！"

这两句一念出，大家就都笑开了。何慕天板着脸不笑，从容不迫地念着下面的："上菜碗从头上落，提壶酒向耳边筛！"

一幅拥挤不堪的图画已勾出来了，大家更笑不可抑。何慕天的眼睛对全座转了转，仍然庄重而严肃地坐着，用筷子指了指外号叫"矮鬼"的一个矮同学和胖子吴，说："可怜矮子无长箸，最恨肥人占半台！"

全桌哄堂大笑，笑得桌子都颤动了，大宝拍着矮鬼的背，边笑边说："可怜可怜，应该特制一副长筷子，以后参加宴会就带在身边，免得碰到这种客人到齐的'意外'局面而挤得夹菜够不着！"胖子吴更被小罗等推得团团转，小罗喘着气嚷："以后请客决不请你，免得占去半个台子！"胖子吴端着茶杯，哭笑不得。萧燕的一口茶，全喷了出来，一部分呛进了喉咙里，大咳不止。何慕天等他们笑得差不多了，才又念："门外忽闻车又至——"

"我的天哪！"萧燕笑着喊，一面用手帕擦着眼睛。

"主人移坐一旁陪！"

何慕天的诗念完了，大家想想，又止不住要笑。何慕天啜了一口酒，抬起头来，感到一对眸子正在自己的脸上逡巡，他跟踪地望了过去，那对澄清似水的眼光已经悄悄地调开了。他怔住，望着那红艳艳的双颊和嘴唇，望着那醉意流转的眼睛和小小的翘鼻子，心头在强烈地烧灼着，举起酒杯，他一饮而尽，握着酒杯的手竟微微颤抖。

"我提议——"萧燕清脆的声音在响着，"我们来做一个游戏——画心！"

"画什么？"小罗问。

"心！我们每人发一张纸，画一颗自己的心，心中想些什么，有什么欲望和念头，都要忠实地画出来。假若有谁画得不忠实，我们公开讨论，抓住了就罚他唱一首歌！"

"好，同意！"小罗叫。

画心，这是当时大家常玩的一种游戏，在一张白纸上，画一个心形，然后把自己心中所想的都写在这颗心里面，可以把一颗心分成好几格，每个格子大小不等，以说明哪一种思想所占的分量最重。这提议获一致地通过，于是，每人拿了一张纸，开始画了起来。画了一阵之后，萧燕问明每人都画好了，就把纸条收集在一起，一张张地打开来研究，首先打开的是小罗那张。大家都围过去看，看到的是下面的图形：

"喂喂！"萧燕说，"谁看得懂？"

"我看得懂！"小罗说，"当中的小位置属于我自己，剩下的位置都属于'她'！"

"她？她是谁？"大家都叫了起来。

"她吗？"小罗慢条斯理地说，"只在此屋中，人深不知处！"

大家面面相觑了一会儿，男同学们的眼光就笑谑地在几个女孩子脸上转来转去，弄得桌上的女性都红了脸，萧燕瞪了小罗一眼，骂着说："缺德带冒烟！这怎么能通过？太调皮了，非罚不可！"

"真的该罚！"王孝城说。

"对，要罚！"一致通过。

小罗被大家推了起来，叫他表演。他站在人群之中，用手抓抓头，四面望望，没有一张脸有妥协的表情。看看实在逃不过，他就皱着眉直抓头，把一头浓发揉得乱七八糟，嘴里哼哼着说："我唱一个……唱一个……唱一个……"

"我的天哪！"萧燕喊，"你到底唱一个什么呀？"

"唱一个……"小罗眼睛一翻，忽然一拍手说，"对！唱一个也不知道是河南梆子呢，还是河南坠子呢，还是河东河西河北的什么玩意儿。"

"你唱就唱吧，别解释了！"胖子吴说。

于是，小罗连比带唱地唱了起来：

> 牵马来到潼关，不知此关何名？
> 急忙下马来看，只见上面三个大字：
> 啊哈哈呀，原来是潼关！

他还没唱完，全座都已笑成了一团，倒不是因为唱词的可笑，而是小罗的比画和表情，一句"啊哈哈呀"，眉毛向上挑，眼睛瞪得圆圆的，那股大发现似的怪样惹得大家笑痛了肚子。萧燕弯着腰，喘着气，拼命喊："我的天哪！"

好不容易，大家才笑停了。这才继续看下去，下面一张是胖子吴的：

萧燕一下子红了脸，嘟着嘴说："这算什么？"

大家又都笑了起来，胖子吴咧了咧嘴，振振有词地说："不是要写实在的吗？我心里只有这个！"

"有你的！胖子！"小罗赞扬地拍拍胖子吴的肩膀，"比我小罗强！"

萧燕狠狠地盯了小罗一眼，脸更红了。

再下面，是特宝的：

"喂！"萧燕不解地问，"蝴蝶梦算是什么呀？"

何慕天很快地扫了梦竹一眼，蹙着眉微微一笑说："蝴蝶梦，当然就是蝴蝶梦，我主张通过！"

大家不禁都望了望梦竹，会意地一笑。

梦竹一语不发，长睫毛盖住了眼睛，面颊上漾起一片微红，和天际的晚霞相辉映。

再下面，是杨明远的，打开一看，大家就呆住了！

"解释！"小罗敲着桌子说，"简直是莫名其土地庙！比我还滑头嘛！这无论如何不能通过！如果我该罚，他就得罚双份！"

"真的，这代表什么？"何慕天也问。

"问题！"杨明远说，"我满心的问题，大问题，小问题，复杂不堪，写不胜写，只好画问号了。"

"不成！"萧燕叫，"这不能通过！谁知道你的问号代表什么？要罚！"

"对！罚罚罚！"顿时，一片喊罚声。

"我不服气！"杨明远说，"我明明是按照心中想的画的嘛，我心里只有问号，你还让我写些什么？"

"不行，不能算，一定要罚！"胖子吴也坚持。

"我看，你还是被罚吧。"王孝城微笑地说。

杨明远迫不得已，站了起来说："好吧！罚就罚，罚什么？"

"唱歌！"

"跳舞！"

"京戏。"

"昆曲！"

大家乱嚷一通，结果，他唱了一支歌：

秋风起，白云飞，

草木零落雁南归……

唱得十分苍凉，又在秋风瑟瑟的黄昏里，大家都为之动容。然后他们又接着看了下去，底下是梦竹的，大家都伸长了脖子看，打开来，个个都目瞪口呆。那颗心是这样的：

大家抬起头来，你看看我，我看看你，对这颗心都有点莫测高深。小罗愣愣地说："真是'有谁知'？我可看不懂！"

"我也不懂！"胖子吴说。

"大概只有画心的人自己懂！"萧燕说。

梦竹静静地坐在那儿，微微地含着笑，在众目所瞩之下，悠然地用眼光在人群中溜了一圈，她的眼睛在何慕天脸上停了几秒钟，很快地又挪开了，后者正深深地望着她，带着股探索和了然的神情。当她移开目光时，他也转开了头。小罗叫了起来："这总该罚了吧？比我的心还难懂！有谁能了解？梦竹！先解释！再受罚！"

梦竹抿着嘴角，浅浅地一笑，慢吞吞地说："真的没人看得懂？"

"没有！"小罗叫，"如果有人看得懂，就放过你这一关！你问问看有没有人能懂你的心？"

"只要有一个人懂，就不能罚我。"梦竹说。

"行！"胖子吴说，"我相信没人能了解这颗少女的心，那么复杂，又那么密密层层的，别人一颗心，你怎么跑出那么多颗来了？"

梦竹的眼睛又在人群中转动，似乎想找出那能了解这颗心的人。但是，半天也没人承认能了解。小罗、胖子吴、萧燕等又都闹个不停，叫着吵着要梦竹受罚。梦竹看看没有希望了，就叹了一口气，慢慢地站起身来。可是，她刚刚站起来，何慕天就咳了一声，呆呆地望着她，她也望着他，那对大眼睛似乎正脉脉地对他做无声的询问："你不懂吗？你不了解吗？你不知道吗？"

何慕天调开眼光，提起一支笔来，在一张纸上写了几个字，微微一笑说："或者，这颗心的意思是如此吧！"

大家看那张纸，上面写了七个字：重重心事有谁知？

梦竹看到了这七个字，就带着个飘忽的微笑，坐回了位子里。同时，对何慕天幽幽地看了一眼。大家看到梦竹坐了回去，知道谜底已经揭露。萧燕不服地说："这不是有点赖皮吗？她到底把心里的事表达了没有？"

"既然有言在先。"王孝城看了看梦竹说，"也只好饶她了！"

"我也有点不服气！"小罗说，"但是，好吧，饶就饶了她吧！算她便宜！我们还是再看看下一颗心是什么？"

下一颗是王孝城的"心"：

"解释！"小罗又大叫了起来，"这算什么东西？打哑谜吗？非好好地说明白不可！这也该罚双份！"

"我不是已经写明白了吗？"王孝城笑着说，似有意似无意地把眼光对室内溜了一圈，"有一个女孩子，在水的一方，似近非近，似远非远，溯洄从之，道阻且长，溯游从之，宛在水中央！"

"解释！"小罗仍然敲着桌子嚷，"这个'伊人'是谁？"

"伊人吗？哈！"王孝城举起酒杯，一饮而尽，学着小罗的口气说，"只在此屋中，人深不知处。"

"好吧，又是一个鬼扯的！"萧燕说，"还是趁早罚他吧！"

"对！"小罗附议，"这绝不能算数。"

"梦竹那个都能算，我的还不能算？"王孝城笑着问。

"不行！非罚不可！"

"那么，我学一个老鼠叫吧！"王孝城说着，就"吱吱吱，吱吱吱"地叫了几声，然后又发出一大串的急叫，"吱吱吱，吱吱，吱吱吱吱吱……"一直吱个不停了。

"怎么了？"萧燕问，"这只老鼠怎么了？"

"偷吃五香豆腐干，给小罗抓住尾巴了。"王孝城说。

一阵哄然大笑。接下去是萧燕的心：

大家看了，都顿时涌来无限的感慨，叹息之声纷纷而起，青春永在，欢乐长驻！行吗？这是每个人的愿望，可是，世界上没有永在的青春，也不会有长驻的欢乐！年年岁岁，常相聚首，又可能吗？这年轻的一群被炮火从各个不同的角落里，逼到这嘉陵江畔。但是，谁能知道，可以聚首多久？日月流逝，岁月倏忽，他们原是风中柳絮，水中萍草，一朝相聚，知能几时？萧燕的这颗心代表了好多人的心，大家都有点不胜感触了。萧燕看到自己的心引起了大家的伤感，就笑着把纸条一揉，说："乱写的！我们再看下去吧！"

底下是何慕天的，打开来，大家都围上去看，出乎意料地，这张纸条上面根本就没有画心，只写着几行字：

　　我的心早已失落，

　　暮色里不知飘向何方？

在座诸君有谁能寻觅？

见着了（别碰碎它）请妥为收藏！

"哈！"小罗抓了抓头，"更好了！连心都没有了！"

"别多说！罚他吧！"萧燕说。

"罚我？"何慕天问，啜了口酒，"我的心丢掉了嘛，怎么能罚我呢？心已经失落了，还怎么画得出来？"

"赖皮，调皮，加顽皮！"萧燕说，"梦竹，你认为该不该罚？"

梦竹正神思恍惚地望着那张纸条，听到萧燕问她说，她一惊，下意识地回答："该！"

"该？"何慕天问，望着梦竹，顿时，她觉得浑身一震。梦竹那对眼睛正从纸条上移到他的脸上，眸子悄悄地转动着，静静地逡巡着，在他的脸上探索寻觅。她那小小的脸庞上醉意盎然，眼睛里盈盈地盛满了成千成万缕柔情。他全身悸动，心脏痉挛，抓起了一支筷子，他敲着酒壶说："该！就罚我填一阕词吧。"于是他深深地望着梦竹，用低沉的嗓音，豪放而激动地念了起来：

逝水流年，人生促促，

痴情空惹闲愁！任他人嗤我，怪诞无俦，

多少幽怀暗恨，对知己畅说无休，

人静也，为抒惆怅，高啭歌喉！

难收，两行热泪，

纵大放悲声，怎散繁忧？

叹今生休矣，一任沉浮，

唯有杯杯绿醑，应怜我，别绪悠悠，

从今后，朝朝纵酒，恣意遨游！

念完，他举起酒杯，对着喉咙里灌去。许多酒泼在身上，他站起来，跟跄地走到窗前。酒在他的体内燃烧,他感到头中昏昏然,血管似乎都将迸裂。用手托住头,他凝视着窗外的月色。身后那一群人继续在玩,许多人都醉了,一部分醉于酒,一部分醉于情。喧嚣不止,吵闹不休,特宝大发酒疯,忽然高歌起《满江红》来,一部分人和在里面大唱特唱。他掉转头,一眼又看到那对眼睛,如醉如痴,如怨如慕。他迅速地再回过头去望着窗外,但是,窗外也有着那对眼睛,盈盈地飘浮在夜空的每一个角落里。他把头逃避地扑在手腕中,喃喃地问:

天哪,如果有缘,为什么相逢得这么晚?

如果没有缘,为什么又要相逢?

几度夕阳红

拾柒

SEVENTEEN

"我发誓我用我全心灵来爱你——全心灵，没有丝毫的虚伪、欺骗和保留。"

　　嘉陵江的水静静地流着，暮云在天际增多增厚，密密层层地卷裹堆积。秋天的寒意正跟随着暮色逐渐加重，一阵秋风，带下了无数的黄叶，轻飘飘地飞落在水面，再缓缓地随波而去。梦竹披着一件毛衣，沿着江边，慢慢地向前走。从眼角，她可以看到何慕天仍然坐在镇口那家小茶馆里浅斟慢酌。走到那棵大柳树之下，她站定了，面对着嘉陵江，背倚着树干，她默然伫立。

　　光秃秃的柳条在她耳际轻拂，她抓住了一条，折断了，怜惜地抚摸着那脱叶的地方。远山在暮色中越变越模糊，只能看出一个朦胧的轮廓。云，已经变黑，而又慢慢地与昏暗的天色糅合成一片。水由灰白转为幽暗，隔江的景致已迷蒙难辨——夜来了。

　　梦竹呆呆地站着，头靠在树干上，无意识地凝视着远处的天边。夜对她四面八方包围过来，寒风沉重地坠在她的衣襟上。一弯如眉的新月，正穿出云层，在昏茫如烟的夜雾中闪亮。她不知道自己已经伫立了多久，但她固执地站着，一动也不动。秋虫在草际低鸣，水边有青蛙的呱呱声，偶尔，一两声扑通的青蛙跳进水中的声音，成了单调的夜色的点缀。风大了，冷气从手臂上向上爬，蔓延到背脊上。露水正逐渐浸湿她脚上的布鞋，冰凉地贴着她的脚心。一滴露珠突然从柳条上坠落，跌碎在她的脖子里，她一惊，不由自主地打了一个寒噤。有脚步声沿着岸边走来，她侧耳倾听，不敢回头。脚步似乎是向她这边走来的，她的双腿僵硬，脖子梗直，紧倚着树身，她全神贯注而无法移动。脚步在她身后停住了，她屏住呼吸，紧张地等候着身后的动静。但，时间缓慢地滑过去，背后却始终没有丝毫声响。

　　过分的寂静使她难以忍耐，站直了身子，她正想回头，一件夹大衣突然在她肩膀上落了下来，轻轻地裹住了她。她回过头去，暗夜里，一对深湛的眸子正闪烁着,像两道黑夜的星光。她全身紧张,而心灵悸动了,血液向她的脑子集中,耳朵里嗡嗡乱响。用手抓住了一条柳条,她平定了自己,迷迷蒙蒙地望着对方。

夜色中,他穿着长衫的影子颀长地耸立着,在晚风的吹拂下,衣袂翩然。月光把许多柳条的影子投在她的脸上,那样东一条西一条,有的深,有的浅。他的眼光从那些阴影后直射过来,带着那样强烈而奇异的火焰,定定地停驻在自己的脸上。她觉得喉头紧逼,情绪昏乱,无法发出任何声音。

就这样,他们彼此凝视而不发一语。枝头,露珠无声无息地滴落,草中,纺织娘在反复地低吟,远处,有青蛙在此起彼伏地互相呼应。夜,随着流水轻缓地流逝,那道孤独的眉月,时而穿出云层,时而又隐进云中,大地上的一切,也跟着月亮的掩映,忽而清晰,忽而朦胧。时间不知道过去了多久,一声青蛙跳落水中的"扑通"之声,使他们同时惊觉。他轻咳了一声,用袖子抹去聚集在眉毛上的露水,轻轻地说:"夜很深了。"

"是的。"她也轻轻地应了一声。

"好像——要起风。"他看了看天色。

"是的。"

"冷吗?"

"不。"话停顿了,他们再度四目相瞩,似乎已无话可谈,又过了好久,他才低声地,用充满了无法抑制的感情的口吻问:"为什么今天的散步延迟到这么晚?"

"嗯?"她仿佛没听清楚。

"平常,你不是天黑不久就回去了吗?"

"嗯。"

"今天——等什么?"他的声音低得几乎听不见。

"你。"她的声音更低,但却十分清晰。

"真的?"

"不相信?"她反问。

话又停顿了,他的目光在她脸上盘旋。然后,他的手慢慢地握住了她拉着柳条的手，把她的手从柳条上拿下来，用双手交握着。他的眼睛没有离开她的脸，始终那样定定地，静静地，望着她。

"你的手很冷。"他说。

"是吗？"

"是的。冷而清凉，很舒服，很可爱。"

她的手指在他掌中轻颤。

"你怕什么？你在发抖。"

"是吗？或者，有一些冷。"

"那么，站过来一点。"

他轻轻拉了拉她，她身不由己地走过去了两步，他把披在她身上的夹大衣拉拢，为她扣上领口的纽扣。然后，他用胳膊松松地圈住了她，凝视着她微向上仰的脸孔。

"这样好些吗？"他问。

"嗯。"她轻哼了一声。

他的手指绕着她的辫梢，细而滑的头发柔软地缠在他的手上。继续盯着她的眼睛，他问："什么时候开始，你爱上了黄昏的散步？"

"什么时候开始，你爱上了黄昏的浅酌？"她也问。

"好像是你先开始散步，才有我的浅酌。"他说。

"不，好像是先有你的浅酌，才有我的散步。"她说。

"是吗？"他注视她。

"嗯。"他的手放开了她的发辫，慢慢地从她腰际向上移，而捧住了她的脸。他的眼睛清幽幽地在她眉目中间巡视。然后，他俯下头，自然而然地吻了吻她的唇，高雅得像个父亲或哥哥，就那样轻轻地在她嘴唇上碰触了一下。抬起头，他再凝视她，于是，突然间，一切堤防崩溃，他猛地拥住了她，嘴唇火热地紧压着她的，贪楚地、炙热地在她唇际搜寻。他一只手揽住她的腰，一只手托住她的头，把她的小身子紧紧地挤压在自己的胸前，而在全身血液奔腾的情况下，去体会她那小巧玲珑的身子的温热，和那颗柔弱细致的小心脏，捶击着胸腔的跳动声。

"嗯……"她呻吟着，眼睛是阖拢的，语音模糊而低柔，"慕天，为什么让我等这么久？你明知道……你明知道……"她的声音被吻堵塞住。

"我不敢……"

"不敢？为什么？"

"我不——不知道，别问，别多说。"他的嘴唇揉着她的，新的吻又接了上来，掩盖了一切的言语。他紧紧地箍着她的身子，压制已久的热情强烈地在他每根血管中燃烧。他的唇从她的唇上移开，沿着她的面颊滑向她的耳边，喘息地、低低地、呓语似的说："这是真的吗？我能有你吗？我能吗？"

"你能，如果你要。"她低语。脑中迅速地掠过一个黑影，高悌的黑影，但她闭闭眼睛，似乎已将那黑影挤出脑外。高悌！别去想！别去想！她要这个"现在"，这个太美丽的"现在"！风在吹拂，月在移动，水在低唱……还有比这一刹那更美的时刻吗？还有比这境界更好的天地吗？太美了！太好了！太神奇了！她愿为生命而歌，为世界万物而笑。太美了，太好了，太神奇了！这微风，这月亮，这低柔轻缓的流水……

"我要？"他的声音沉缓喑哑，像来自森林中的一声叹息。"我要？是的，我要！"他叹息。嘴唇在她面颊上揉擦，又落回到她的唇上。"我要，我要，我要。"他重复着。

"慕天。"她喃喃呼唤，"慕天，慕天。"她的胳膊紧缠着他的脖子，被露水浸湿的手臂清凉地贴着他的皮肤。"慕——天——"幽幽的，长长的一声低唤，像是个长而震颤的小提琴琴弦上的音符。

"你听到风声了吗？"他问，"风在这儿，它知道我。"他像呓语般地说，"水也在这儿，水也知道我。我发誓我用我全心灵来爱你——全心灵，没有丝毫的虚伪、欺骗和保留。"

"用不着誓言。"她说，"我知道，我信任，我也了解。"她把脸拉开了一段距离，用清亮的眸子，单纯而信赖地望着他。月光正好射在她的脸上，苍白、凝肃、美丽。燃烧着的眼睛里聚着热情，唇边是个沉静而心满意足的微笑。他注视她，一下子就把这黑色的头紧压在自己的胸口。低低地，迫切地自语着说："我但愿冥冥中有一个神能为我的心作证——我不想伤害你，天知道！让你远离一切的伤害！"

"没有人会伤害我。"她轻声说，高悌的黑影又来了，甩甩头，她硬把那黑影甩掉。仰起头来，她渴望而热烈地说，"有你在，我还怕什么伤害？我什么都不怕。"

他闭闭眼睛，身子晃了晃，揽紧了她，他再吻她。月亮在云里穿出穿进，露珠在枝头悄悄跌落，夜的脚步缓缓地踩着流水而去。风在叹息，水在叹息，一两只秋虫拉长了嗓子，也在幽幽地叹息。她在他怀里悸动了一下，轻轻地说："有人来了，我听到脚步声了。"

"别管！"他说，继续吻她，"让他去！"

"他向我们走来了。"

"别管！"

她推开他。月色里，一个老妇人挺立在月光之下，花白的头发在夜风中颤动，严肃的眼睛带着强烈的责备意味，愤愤地盯着面前的两个人影。

"好呀，小姐！"她叫。

"哦，是你，奶妈。"梦竹慢悠悠地说，透了一口气，神态立即显得宁静而坦然。是奶妈，不是母亲！只要不是母亲就好！她牵着何慕天的手，把他的手放在奶妈的手腕上，微笑着，安详而恬然地说："奶妈，这是何慕天。"又仰头对何慕天说："这是我的奶妈，她常弄糊涂了，以为自己是我的妈妈。我也常弄糊涂了，也把她当作妈妈。"何慕天的手停在奶妈的手腕上，微俯着身子，他安静地望着奶妈的脸，亲切地说："你好，奶妈。"

"我？"奶妈注视着这张脸，怎样一对深沉诚挚的眼睛！怎样一副恳切温柔的语调！还有那神态，那风度，那举止……那漂亮温文而年轻的脸！她用手揉揉鼻子，嗫嚅着从喉咙里逼出几个字，"我，我好。"

"我正在和梦竹看月亮。"何慕天说，"月亮真美，不是吗？"

"嗯，嗯，美，真美。"奶妈从鼻子里接着腔，美？真美？你们看到了吗？天知道你们怎样看月亮的！可是，这男孩子的语气那样柔和，不容人反驳，也不令人讨厌。嗯，反正，月亮总是美的。

"你来找我吗？"梦竹问，"我又不是三岁小娃娃，离开一下下你就到处找。"

"哦，好小姐！"奶妈回复到现实中来了，"一下下！说得好！吃过晚饭跑出来，就没影子了，现在几点了，知道吗？衣服也不穿够，跑到这河边来吹风……"

"她不会受凉的，奶妈。"何慕天插进来说。

不会受凉的？当然啦！奶妈睁大眼睛，望着面前这颀长而漂亮的青年。不会受凉的！你的衣服裹着她，你的胳膊抱着她，她当然不会受凉啦，但是，你呢？穿得那么单薄，站在这风地里，也不怕冷吗？秋夜的露水那么重，看你们连头发都湿了。跺了跺脚，驱除了部分由脚底向上蹿的寒气，她忍耐地说："好了，小姐，该回去了吧？你妈叫我出来找你，回头挨了骂，又该生气不吃饭了。"

梦竹凝视着何慕天，微微地含着笑，半侧着头，一副浑然忘我的样子。何慕天扶着树干，也默默地凝视着梦竹。好久之后，梦竹才吞吞吐吐地解下了身上的大衣，递给何慕天。何慕天机械地接了过来，仍然注视着梦竹。奶妈忍耐地站在一边等待，看着他们相对而立，却久久都无动静，而梦竹解下了大衣之后，在侧侧的寒风里，又不胜瑟缩，小小的鼻头都冻红了。如果再不管他们，很可能他们要这样相对到天亮。于是，她走上前去，像牵一个小女孩般牵住了梦竹的手，说："走吧，走吧！"梦竹顺从地、机械地跟着她走了几步，一面还回过头去望着何慕天，后者仍然伫立在柳树之下，亮晶晶的眼睛一动也不动地跟踪着她。

"走吧！走吧！"

奶妈拉着梦竹向前走，心中又气愤了起来，这算什么？女孩儿家深更半夜和男孩子在河边约会，还做出这般难分难舍的样子来。何况梦竹还是有了婆家的！扯住她，她向前迈了几个急步，嚷着说："好了，好了，只管看个什么？再不回去，你妈会把你撕碎掉！看看你，这是副什么样子？要是给高家的知道，你还要不要做人呢？"

"奶妈！"梦竹喊了一下，突然挣脱了奶妈的手，跑回到柳树底下。那儿，何慕天仿佛也变成了一棵树，动也不动地挺立着。梦竹仰着头，对何慕天不知道说了两句什么，才掉回身来，跑到奶妈身边，说："我们走吧！"

"你又跑去讲什么？"

"你别管！"

"好，我不管！"奶妈咬咬牙说，"你趁早跟我回家去，然后把今天晚上这些事情都告诉你妈，让你妈来教训你，反正我管不着你！"梦竹嘟起了嘴，眼睛望着地上，说："你真要告诉妈？"

"当然啦！女孩儿家黑夜里在河边和男人家搂搂抱抱，别以为我老了眼睛看不清！看月亮？月亮长到那儿去了？别丢人了……"'

"奶妈！你说得好听一点好不好？"

"哟哟，怪我说得不好听，不怪你自己做得不好看呀！"

"你！"梦竹气得跺了跺脚，"你根本不懂爱情！"

"哎哟，我不懂！我一大把年纪了还不懂！梦竹，你小心点，男人有几根肠子我全知道！别看你这个什么大青天，离恨天的……"

"何慕天！"梦竹叫。

"好好，何慕天就何慕天，长得尽管白白净净，心里还不是肮脏一堆！梦竹，你可是有了婆家了……"

"奶妈！"梦竹气愤愤地大叫，"闭上你的嘴巴！你是老糊涂了，是不是？"

"我？"奶妈盯着梦竹说，"我是老糊涂？你才是小糊涂呢！"

"我怎么糊涂？"梦竹问，"你根本不懂！我在追寻一份最美丽的感情，像诗一样，像梦一样，像月亮、云和星星一样，又美丽，又神奇，又……"话没说完，接连就是两声"阿嚏！阿嚏！"把诗和梦都赶走了，她站住，揉揉鼻子，又是一声"阿嚏"，奶妈点点头说："你看！你看！我就知道你非受凉不可！还不走快一点！云啊，星星啊，也保不了你不生病啊！"

跨进家门，才走进堂屋，梦竹就不由一愣。李老太太正坐在堂屋正中神案前面的方桌边，一张紫檀木的椅子里。桌上，桐油灯燃得亮亮的，昏黄的光线照射在李老太太的脸上。由于长久地蜗居室中而太少接触阳光，她的脸色就显得特别地苍白。两道黑黑的眉毛低压在锐利有神的眼睛上，有种与生俱来的威严和庄重之感，她靠在椅子里，手放在椅子的扶手上，冷冷地望着走进来的女儿，用严厉而不杂丝毫感情的声音说："过来！梦竹！"

梦竹怯怯地看了母亲一眼，慢吞吞地走了过去。

"你到哪里去了？弄得这么晚？你说！"

"我……"梦竹垂下头，轻轻地吐出两个字，"散步。"

"散步？"李老太太挑起眉毛，"散步！你骗谁呀？你从吃过晚饭散步到现在？"

"嗯。"

"你还敢'嗯'？你趁早说出来吧，你干了些什么事情？"

"没有干什么嘛。"梦竹说，"就是散步。"

"奶妈！"李老太太喊，眼光锐利地，穿透一切地盯在奶妈的脸上，"你在哪儿找到她的？"

"在……"奶妈扫了梦竹一眼，她向来对李老太太有几分畏惧，嗫嚅了一会儿，终于说了出来，"河边上。"

"河边上！这么晚，她在河边上做什么？"李老太太更加严厉地望着奶妈，在这对厉害的眼光下，要撒谎几乎是不可能的。"她在……她在……"奶妈咽了一口口水，"在……"

"奶妈！"李老太太睨视着她，"你可不许帮她隐瞒！"

"她在……在看月亮！"

"看月亮？"李老太太皱皱眉，"她一个人？"

"她……"奶妈周身的不自在，李老太太的厉害使她无招架之力，"她……她……"

"阿嚏！"梦竹打了个喷嚏，奶妈望了她一眼，好不容易找到机会来调换话题："瞧，受凉了吧！到河边上吹风吹的！赶快到床上去躺着吧！"

"奶——妈！我——问——你——话！"李老太太一个字一个字地说，"她和谁在河边看月亮？"

"阿嚏！"梦竹又是个喷嚏。

"她——"奶妈伸伸脖子，仿佛有个鸡蛋哽在喉咙里，"一个人。"

"一个人？"李老太太不信任地问，"就她一个人？"

"嗯，就她一个人。"鸡蛋咽下去了，谎已经撒了，就硬着头皮撒到底吧！"奶妈。"李老太太审视着奶妈，多年相处，她知道这老妇人是老实透了的人，从不敢撒谎的，"你说的都是真话？没有帮这个鬼丫头隐瞒我？你知道，说了谎话将来是要下拔舌地狱的！"

奶妈激灵地连打了两个冷战。

"她确实是一个人吗？你看清楚了？"李老太太再问了一句。

"阿嚏！阿嚏！阿——嚏！"梦竹揉着鼻子，眨巴着眼睛，望着奶妈，"嗯，嗯，当然看清楚了，就她一个人。"奶妈心一横，拔舌地狱就拔舌地狱吧。

李老太太抬起眼睛来，似乎是相信了，凝视着梦竹，她点点头，冷冷地说："梦竹！你给我放规矩一点！以后待在家里少出去，看你那对水汪汪的眼睛就不正经，我们李家是书香门第，你可别给我出乖露丑！一个十八九岁的女孩子，深更半夜在河边闲荡，算什么名堂？你到底在做什么？"

"我——"梦竹的眼珠转了转，"作诗，找灵感！"

"作诗？你作了首什么诗？念给我听听看！"

"我——"仓促间，梦竹找不到搪塞的东西，咽了口口水，她念出了何慕天的词，"逝水流年，人生促促，痴情空惹闲愁！任他人嗤我，怪诞无俦，多少幽怀暗恨，对知己畅说无休……"

"好了！"李老太太打断了她，"你就会作这种词！满脑子乱七八糟的想头！看吧，将来门风一定要败在你手上。去吧，回房去！穿那么一点点，找病！"

梦竹回到房间里，长长地透出一口气。在床沿上坐了下来，对着桌上的油灯发呆。"逝水流年，人生促促，痴情空惹闲愁！"是吗？痴情空惹闲愁？她眯起眼睛，灯光里，何慕天的脸在火苗中隐现。"何——慕——天——"她张着嘴，无声地念，"何——慕——天——"

门推开了，奶妈在她面前一站，手里拿着托盘。

"做什么？"她问。

"敲敲蛋！"她望着奶妈，奶妈也望着她。嗷嗷嘴，她笑了，看在"拔舌地狱"上，这两个蛋似乎是非吃不可。勉为其难，在奶妈虎视眈眈的监视下，她伸着脖子，好不容易地咽下了那两个蛋，奶妈看着她吃完，又递上一个碗。

"这又是什么？"梦竹瞪大眼睛问。

"红糖姜汤，祛寒的，赶快趁热吃！"

"我——根本没受凉！"

"还说没有，刚刚起码打了十个喷嚏！"

"那——那是装出来的——"话没说完，鼻子里一阵发痒，禁不住连着两声"阿嚏"，倒是货真价实的喷嚏，奶妈点点头说："你看！怎样？"

梦竹斜睨着奶妈，无可奈何。接过碗来，她一口口地咽了下去，禁不住蹙眉噘嘴。奶妈收拾了碗筷，把她的睡衣找出来，放在枕头旁边，抖开棉被，铺好了床。再审视了她好一会儿，才拿起托盘，准备出去，走了两步又站住了，对她叽里咕噜地说："我下拔舌地狱倒没关系，只是，好小姐，你妈这个脾气，你是清楚的。你和那个什么天要是认了真，你可准备怎么办？不是小娃娃了，一切事情，你也该自己想想清楚！"

说完，她拿着托盘走了。这儿，梦竹用双手托着下巴，瞪视着油灯，真正地发起呆来。油灯上的火焰忽大忽小，忽明忽暗，似乎象征着那茫不可知的未来。

几度夕阳红

拾捌

EIGHTEEN

"这就是人生最美丽的一刻，天地万物，都在彼此的眼睛中。"

　　杨明远和王孝城从沙坪坝的镇上走了出来，一面顺着脚步，慢吞吞地沿着嘉陵江踱着步子，一面热心地讨论着艺专的两位教授，邓白和吴弗之的画。这两位教授都教花卉，而杨明远却是李长白的得意门生，特别喜爱工笔人物。王孝城不喜欢工笔，嫌它太琐碎太细致，一来就耸耸肩说："画一只猴子哦！三万六千根笔毛，一根根地圆上去，一只猴子就可以画上几小时，简直是杀时间！假若画一张'百猴图'，可以把人从头发黑的时候画到头发白的时候，毫毛还没画到一半呢！"

　　他自己画写意，山水和花卉都来，杨明远也常常说王孝城的画："提起笔来，就那么一挥一洒，这儿提一下，那边点一点，就算完事，枝子从哪儿长出来的都不知道！"

　　所以每当画起画来，两个人都少不了要挖苦对方，王孝城一来就问："美人衣服上的花绣了几朵了？"

　　杨明远也会来一句："涂了几个墨团团了？"

　　原来，王孝城曾有一张得意的"墨荷"，用大号画笔画的，气派非常之雄厚，整张画纸上就是几片荷叶和一枝亭亭伸出的莲蓬。杨明远认为画得太草率，称他是"涂几个墨团团"。每次谈起画画，也总是要争论几句，像邓白和吴弗之，杨明远就喜欢邓白，王孝城喜欢吴弗之。两人一边走着一边还大声地辩论着。

　　已经是深秋时分了，虽然是午后，气候仍然很寒冷，没有太阳，天是阴沉欲雨的。光秃秃的柳条在萧瑟的寒空中摇摆。王孝城指着柳树说：

　　　　堤边柳，到秋天，叶乱飘！

　　　　"叶落尽，只剩得，细枝条！

杨明远微笑着接下去念：

想当年，绿茵茵，春光好，

今日里，冷清清，秋色老！

"噢，秋天！"王孝城蹙着眉说，"我不喜欢秋，太肃杀，容易引起人的乡愁和感慨！"

"尤其在这寒阴的气候里。"杨明远说，"冬天似乎马上会来，而冬衣还睡在当铺里。简直是给人威胁！"

"学学小罗，四大皆空，也照样无忧无虑！"

"秋天来了，他四大皆空，预备怎么办？"

"你别为他发愁。"王孝城笑着说，"船到桥头自然直，今年，我想他是没问题了。有人会为他想办法的。"

"有人为他想办法？谁？"

王孝城伸手指指天际，杨明远下意识地一抬头，正有一群鸟向南边飞去。

"燕子？"他问。

"噢，燕子。"王孝城说，"小飞燕。"

"你怎么知道？"

"任何人都可以看出来，其实，小罗不是个笨人，你别看他嘻嘻哈哈的，好像心无城府，事实上，他是十分工于心计的，就拿他对小飞燕来说吧，胖子吴追求得火烧火燎，弄得人尽皆知也没追上。小罗呢，毫不费力地，不落痕迹地就让小飞燕倾了心。我总觉得，追求女孩子是一门大学问，技术是很重要的，像你像我，都不行！"

"不过，我们也并没有追求女孩子呀！"杨明远说。

"我们是没有行动而已，并非没有动心，你敢说我们常玩的那一群里的女孩子，你就没有为任何一个动心吗？不过，我王孝城是不想结婚的，交女朋友就得做婚姻的打算！我怕婚姻，那是枷锁，我宁可海阔天空，自由自在地过过舒服日子，不想被婚姻锁住。而且，我也有自知之明，除非有我真爱的女孩子，要不，还是算了。"

"什么意思？"杨明远没听明白，"怎么个'算'法？碰不到你真爱的女孩子，你就终身不结婚？"

"或者。要不然，就娶尽天下的美女，如果我得不到我真爱的女孩子，任何女人对我都一样了！"

"你的说法好像是你已经有了倾心的对象，而又无法得到。"

"也可能，我晚了一步！"

"萧燕吗？"

"别胡扯八道了！"王孝城哈哈一笑，抬头看了看天，乌云在天边聚拢，一阵风来，带着浓重的寒意，"真的，冬天快来了，御寒的衣服还没影子呢，还在这儿胡扯！"

"要下雨了。"杨明远也看了看天，"秋天，真不给人愉快感！"又是一阵风来，他用长袖对着风兜过去，微笑着说，"好了！装了一袖清风，总算不虚此行，回学校吧！"

"嗯。"王孝城的眼睛直视着前方，"不过，也有人不受秋的影响，照样追求着欢乐。"

"是吗？"杨明远泛泛地问。

"嗯。"王孝城依然向前面看着。

杨明远顺着王孝城的眼光看去，于是，他看到一幅美丽而动人的图画。在嘉陵江水畔的一个石阶上，何慕天正无限悠闲地坐着，他身边是一根钓鱼竿，斜伸在水面上，这一头，并非拿在手中，而是用块大石头压在地上。他的眼睛也没有注视水面的浮标，只呆呆地凝视着他左边的那个人。在他左边，梦竹正坐在一块大石头上，垂着两条大发辫，系着一件白色的披风。披风宽大的下摆，正迎风飞来，像极了白蝴蝶的双翅，伸展着，扑动着。她膝上放着一本书，但她也没有看书，而用胳膊支在膝上，双手托着下巴，愣愣地，一动也不动地望着何慕天。

"你看。"王孝城笑了笑，"这就是人生最美丽的一刻，天地万物，都在彼此的眼睛中。"

杨明远看了王孝城一眼："你似乎很懂得感情。"

"哈，是吗？"王孝城笑着说，拉拉杨明远的袖子，"我们走开吧，别去打扰他们，看样子，他们的世界里，已没有第三者能存在了。"

杨明远仍然注视着那对浑然忘我的人，好半天，才耸耸肩，突然觉得天气变得很冷了。

"走吧，恐怕要下雨。"

他们折了回去，准备去坐渡船回学校。路上，两人都莫名其妙地沉默了起来，起先的那股高谈阔论的兴致都没有了。秋风带着压力对他们扑面而来，暮云正轻悄悄地在天空上铺展开来。默然地走了好一会儿，杨明远才深思地说："奇怪，她为什么选择何慕天？我觉得何慕天有点怪，而且有些神秘，家在昆明，干什么跑到重庆来读大学？西南联大不是也很好吗？他又总有用不完的钱，而他的家庭，大家都只传说很有钱，却谁也不明白他家庭的真正情形，你不觉得这个人可能有问题吗？"

"有问题？你指哪一方面？"

"例如政治背景……"

"绝对不会！他是个诗人，满身诗人气质，别的什么都没有，至于思想，我保证他是个纯右派的。你别胡思乱想，你对他好像很有成见，一开始你就不喜欢他。"

"并非成见，只是——"他皱皱眉，"总觉得他有点不对劲！"

"或者是因为——"王孝城说了一半，又停住了。

"因为什么？"

"没什么，船来了，走快一点吧！"

上了渡船，到了对岸，两人又都沉默了下去，默默地向艺专走去，一大段路，谁都没有说话。直到艺专的黑院墙已经在望了，王孝城才突然地叹了口气："唉！"

"唉！"杨明远也叹了口气。

"怎么了？你？"王孝城问。

"怎么了？你？"杨明远也问。

"我？没有什么。"

"我？也没有什么。"

王孝城看看杨明远，后者也看了看他。然后，王孝城笑了，一拉杨明远的袖子说："走！到校门口茶馆去喝两杯，我喝酒，你喝茶！"

"你有钱？"

"钱？"王孝城豪放地甩甩袖子，"赊账吧！以后再说！"

两人跨进了茶馆，坐了下来。

外面，细雨开始绵绵密密地飘飞了起来。

"好呀！小姐！"

"嘘！别叫！"梦竹一面把手指压在嘴唇上，对奶妈警告地说，一面用那对美丽的大眼睛恳求地望着奶妈。

"外面在下雨，你又要出去？现在，每天中午你妈一睡午觉，你就往外面溜，等到你妈醒来找不到你，又要跟我发脾气！"

"好奶妈，帮帮忙！我去两小时就回来，包管妈妈的午觉还没醒，神不知鬼不觉的，决不会牵累你！"

"两小时？哪一次你是守时两小时回来的？要我在你妈面前左撒谎右撒谎，将来我真下了拔舌地狱哦，一定把你也拉进来！"

"我一定陪你，好不好？"梦竹说着，急急地向门口溜去，"你不用担心拔舌地狱里没人陪你！我准陪，一言为定！"

"喂喂！"奶妈赶上来，又拉住了梦竹，"你不带把雨伞？外面在下雨！"

"这一点毛毛雨，有什么关系？"梦竹挣脱了奶妈的手。

"你那个离恨天又在等你了，是不是？"

"奶妈！"梦竹叹口气说，"我告诉你多少次了，是何慕天，不是离恨天！"

"何慕天，离恨天，还不是差不多！"奶妈叽咕着，一抬头，看到梦竹已经走到门外去了，就又移动着小脚，吃力地追了上去，扶着大门，再问了一句，"两小时之内，一定要回家哦！"

"知道了！"梦竹头也不回地说，向前面匆匆走去。走了老远，才站住松了口气，摇摇头，自言自语地说，"怎么上了点年纪的女人，就都会变得这样啰唆的呢!"

一把伞突然伸了过来,遮在她的头顶上,她一惊,抬起头来,接触到一对深沉、含蓄、带着笑意的眼睛,一袭蓝布长衫罩在夹袍子上面,依然带着他特有的那股潇潇洒洒的劲。她笑了,欢欣的情绪鼓舞着她,她觉得自己像一朵清晨的睡莲,正缓缓地绽开每一朵花瓣,欣欣然地迎接着美好的世界和黎明。

"是你?"她欣喜地说,"吓了我一跳!"

"是吗?"他问,盯着她的脸,在伞的阴影下,注视着她那清新美好的脸庞。"我在小茶馆里左等你不来,右等你不来,实在等不下去了,只好迎着这条路来接你。怎么?今天为什么这样晚?"

"妈刚刚才睡着。"梦竹说着,和何慕天并肩向前面走。细雨轻飘飘地洒在油纸伞上,发出淅淅的响声,石板地上湿漉漉的,混合着泥痕。何慕天的长衫下摆上已全是泥水和污点。"唉!"她忽然叹了口气。

"怎么了?"

"永远要这样偷偷摸摸,明明是正大光明的事,却好像犯了罪一样。"何慕天心中一震,犯了罪一样?他悄悄地打量她,那纯洁真挚的小脸庞,那宁静、单纯、信赖的眼神,那无邪带着几分倔强的嘴角!怎样一个善良而热情的女孩。他不由自主地打了一个寒战。

"怎么?你?"她问。

"没——没有什么。"他掩饰地说,挽住了她的腰,伞在她的面颊上投下了一个弧形的阴影,她的眼睛在阴影下亮晶晶地闪着光。肩并着肩,共在一把伞之下,他们缓缓地在青石板的路上走着,走了一段,梦竹发现他们并非和往常一样向镇外走,而是在向镇中心走去,就诧异地问:"你带我到哪里去?"

"我住的地方。"

"你住的地方?"

"嗯,我昨天才从宿舍里搬出来,在镇上租了一间屋子,这样一来可以逃避宿舍中的嘈杂凌乱,二来我们也不必天天到江边上去吹风淋雨,小茶馆里众目昭彰,坐久了也不是滋味,对不对?"

"你租的?怎样的房子?"

"别人分租出一间给我，倒很安静，又有独立的门户。你来参观一下吧。"

何慕天租的房子在一条巷子里，有个大院落，院落中居然也花木扶疏，参天的古槐中堆着假山石，石边疏疏落落地开着几株菊花。沿着院子中的石板路向里走，是幢陈旧、古老的大宅第，有条长长的走廊，走廊边有好几间独立的房子，其中一间就是何慕天租的。廊檐上还挂着几个鸟笼，里面却早已没有了鸟的踪迹。廊下，几株瘦瘦的、缺乏照料的菊花在秋风中摇曳。一目了然，这又是那种没落的世家，除了空空的一幢房子，已经一无所有，于是，就把房子分租给大学生，赚一些钱来维持家用。何慕天打开了自己那间的房门，梦竹走了进去。房子并不小，家具显然也是向房东一并租下的，一张桌子，几张檀木椅子和一张笨重无比的床，还有个顶天立地的大橱，油漆剥落，不过还可看出当初是件讲究的东西，橱门上雕刻着十分细微而琐碎的图案。梦竹四面看了看，笑着指了指那个大橱："可以藏得下好几个人！"

"把你藏进去，如何？我离开的时候，你就藏进去，别人也找不着你。我回来了，拍拍手，叫两声粉蝶儿，你就赶快飞出来陪我！"

"说得好！"梦竹笑着说，走到桌子旁边，注视着排列在桌子上的一些书，然后顺手抽出一本《花间集》来，翻开来，里面夹着一张照片，她凝视着那照片，浓眉毛，大眼睛，挺直的鼻子下是张丰满的嘴，一头浓郁的头发，卷曲地披散着，脸上带着一丝野性而充满自信的笑。她把眼睛从照片上抬起来，望着何慕天，抿着嘴角对何慕天微笑。

"你笑什么？"何慕天不解地问，"你在书里看到了什么东西？那副神秘兮兮的样子？"

"书中自有颜如玉！"梦竹仍然在笑，把书递到何慕天面前来，"是谁？好漂亮！你的姐姐？妹妹？还是情人？"

何慕天的心脏一下子提升到喉咙口，面对着这张照片，他不能抑制地变了色。把书从梦竹手里拿下来，丢在桌子上，他迅速地在脑子里编织谎话，可是，抬起头来，他接触到的是一对坦白、无邪的大眸子，里面盛满的全是单纯的热情和百分之百的信赖。仿佛那张照片丝毫也没引起她的疑心和介意，就像书中的一页插画般那样自然。在这对眸子的凝视下，他感到强烈的自惭形秽和强烈的自责。用牙齿咬住嘴唇，他背脊上冷汗涔涔了。

"怎么了？慕天？"梦竹收起了微笑，诧异地望着他，"你不舒服？"

"梦竹。"何慕天喃喃地喊，走过去，把她的头压在自己的胸口，下巴紧贴在她的头发上，浑身战栗地喊，"梦竹，我那么喜欢你，那么爱你，每一分，每一秒，我都得抑制住在血管中过分奔放的热情。梦竹，你不会知道，你不会了解，我爱你有多么地深切和狂热。"

"我知道，我了解。"梦竹仰起头来，水汪汪的眼睛热切地望着他，面颊上散布着一层兴奋而激动的红晕，"我都知道，慕天，我都知道。"

"要想压制住自己不去爱你，简直是一件无法做到的事！天知道我曾经压制过，尽我的全力去压制，可是一旦堤防崩溃，那汹涌的洪流可以淹没一切，那样强大的冲击力，那样不可遏制地奔腾流窜！"他注视她，在她的瞳仁里，看到自己苍白的脸和燃烧着的眼睛，"梦竹，要不爱你是不可能的，第一次见到你，我就知道我完了。舒绣文的微笑，江村的演技，全引不起我的兴趣，你坐在那儿，宁静、安详而又美丽。你的眼睛里有梦想，整个脸庞都焕发着光彩，当戏演到最动人的地方，有两滴亮晶晶的泪挂在你的睫毛上，我竟冲动地想要去吻掉它。戏散了，我送你回家，你走在我身边，凝视着草里飞蹿的萤火虫，安静得像个小小的、怕给人惹麻烦的孩子。到了你家门口，你扶着门，看着我走开，温柔的眼睛像两颗黑夜里闪烁的露珠，我必须用全力去控制自己，不对你做过分的注视。然后，我孤独地沿着石板小路走回学校，心底有个小声音在对自己不断地说：'这就是你所追寻的，这就是你所幻想的，这就是你曾梦寐以求的女孩子，是你一切的梦的综合，这个女孩子——李梦竹。'"

梦竹的眼睛里凝聚了泪珠，泫然欲坠地满盈在眼眶里，微仰着头，她一动不动地凝视着正在诉说的何慕天，微微翕动着嘴唇，无声地低喊着："慕天，哦，慕天！"

"然后，是磐溪的茶馆之聚。"何慕天继续说下去，沉湎在自己的回忆里，"你坐在一大群人中间，那样超群出众，你以好奇的目光，探视着，领会着周遭的一切，除了微笑，几乎什么都不说。你不知道你那沉静温柔的态度和那飘忽的微笑怎样强烈地吸引和打动我，为了抗拒这股引力，我喝下了过多的酒，但没有醉于酒，却醉于你的凝视和微笑。或者，是我那两句略带感伤味的词，引起你作诗的兴趣，你即席而赋的'雨余芳草润，风定落花香……'让我进一步地领略到你的才气和诗情……我已经太喜欢你了，喜欢得一看到你就心痛，喜欢得不能不逃避。于是，我逃避了，我躲开你的眼光，我把自己埋进酒杯里，我克制住强烈地想送你回家的冲动，而忍心地望着你孤独地走开……"

梦竹的泪珠沿着面颊滚了下来，微颦着眉梢，微带着笑意，她默默地摇了摇头。

"……南北社不成文地成立了，每周一次的聚会成为我生活中的中心，不为别的，只因为聚会中有你。看看你，听听你的声音。我告诉自己，仅此而已。但，一次又一次地见你，一次又一次地无法克制。每次望着你走开，我觉得心碎，听着别人谈论你，我觉得烦躁和嫉妒。特宝公开承认在追求你，使我要发狂。似乎任何人追求你，都是对你的亵渎，而我——"他长长叹息，"又有何资格？"

"慕天。"梦竹摇摇头，新的泪珠在眼眶中打转，"你太低估你自己了！"

"是吗？"何慕天颦着眉问，痛楚而怜惜地凝视着梦竹那含着泪、又注满了欣喜之情的眼睛，"是吗？梦竹？是吗？我配吗？"

"慕天！"梦竹发出一声喊，激动地用双臂紧紧地环住了他的腰，把脸埋进他胸前的长衫里，声音模糊地从长衫中飘出来，"慕天，我爱你！我崇拜你！"

"是吗？梦竹，是吗？我值得你爱和崇拜吗？"何慕天呓语般地、不信任地问。

"你值得！"梦竹重新仰起头来，热情的脸庞上洋溢着一片光彩，"慕天，你为什么这样不安？这样没有自信力？"

"我怕命运！"

"命运？"

"是的，命运。"何慕天用手捧住梦竹的脸，深深地望进她的眼底，"我那样喜欢你，唯其太喜欢你，就生怕会伤害你。在镇口那个小茶馆中，我曾天天等待你，只为了看看你。咳，梦竹，梦竹，我到底还是忍不住，那天晚上，看到夜深霜重，你仍然伫立不走，我直觉你是在等待我，我依稀听到你的呼唤……"

"慕天，我是喊了你，用我的心！"梦竹微笑着说，"我也有种直觉，如果我站着不走，你一定会来，所以我就固执地等待着。结果，你真的来了，可见我们是心灵相通的，是吗？"

"但是……"何慕天呆呆地注视着她，"以后会怎么样呢？梦竹，我们怎么办呢？"他咬住嘴唇，深切地凝视她，内心在激烈地交战，"梦竹。"他的喉咙沙哑，"梦竹，你不知道，你那么善良，我要告诉你……"

"别说！"梦竹叫，"我知道你想些什么。知道你担心的是什么。但是，你别怕，我有勇气应付那一天的打击，我有勇气！我母亲不能强迫我！慕天，别为高家的事发愁，连我都有勇气，难道还没有勇气吗？"

"高家？勇——气？"何慕天愣愣地说。

"是的，高家！我恨透了他们！可是，现在总是婚姻自主的时代，是吗？有谁能强迫我呢？我和高家订婚的时候还只是个小孩子，什么都不懂，他们不能用这样的婚约来限制我！只是怕妈妈……但，总有一天我要面临和妈妈摊牌的，慕天，你会给我勇气的，是不是？"

"我——给你勇气——"何慕天依旧在发怔。

"是的，是的，你会给我勇气！"梦竹像得到了保证似的说，"你别发愁，慕天，只要有你，我还怕什么呢？"她挺了挺瘦小的背脊，"我不怕！我什么都不怕！"

"梦竹！"何慕天低低地叫，眼眶湿润了，"你不知道，我是说……我……"

"别说了！"梦竹甩了甩头，"最起码，现在别让他们的阴影来困扰我们！慕天，我告诉你一句话。"她望着他，用一种坚定的、果决的、严肃而不移的语气说："今生今世，活着，愿做你家的人，死了，愿做你家的鬼！我是非你莫属！"

何慕天凝视着她，接着就深深地战栗起来，他把她拥在自己的胸前，紧紧地环抱住她。泪溢出了他的眼眶，他用面颊依偎着她的头，一句话也说不出来。

"记得《孔雀东南飞》里那两句诗吗？"梦竹轻轻地说，用柔和如梦的声调念：

> 君当如磐石，妾当如蒲草，
>
> 蒲草韧如丝，磐石无转移！

她发出一声深长的、满足的叹息，紧偎在他胸前，幽幽地说："你是磐石，我是蒲草，我将坚韧如丝，但求你永不转移！"

何慕天无法说话，只更紧地揽住她。雨在窗纸上淅淅地滴着，风在树叶中穿梭。梦竹又是一声叹息："你的心在跳。"她说："好重，好沉，好美！"

几度夕阳红

拾玖

NINETEEN

========

"今生今世，活着，愿做你家的人，死了，愿做你家的鬼！我是非你莫属！"

梦竹才跨进院子的大门，奶妈就给了她一个警告的眼光，她压低声音问："什么事？妈醒了？"

"哼，当然醒了，现在还不醒，要睡到点灯才醒吗？而且，又来了客人。"

"客人？谁？"

"还有谁？当然是高少爷啦！"

梦竹咬咬牙，转身就想向门外溜，奶妈一把抓住她的衣服，急急地说："这算什么？见一见又不会吃掉你，再跑出去，我对你妈怎么交代？快去吧，人家高家少爷带了好多东西来送你呢！在堂屋里等了大半天了！"

"东西？我才不稀罕呢！"梦竹嘟着嘴说，一面勉勉强强地向屋里走去。跨进了堂屋，立即看到李老太太坐在方桌旁边，用一对锐利而严酷的眼睛狠狠地盯了她一眼。她怔了怔，不敢和母亲对视，掉过头来，她望着坐在桌子另一边的高悌，肥头肥脑，小鼻子小眼睛，永远微张着合不拢的嘴。看到他那副尊容就让人倒足胃口！她嫌恶地皱皱眉，高悌已经慌忙地站了起来，傻不愣登地瞪着小圆眼睛，结巴地说："回……回……回来了？"

"嗯。"梦竹打鼻子里哼了一声。

"我……我……给……妹……妹子买……买……了几块料……料……料子！"高悌胖脸上堆起一个傻瓜兮兮的笑，讨好地说，一面指着堆在方桌上的盒子。

梦竹瞟了那些盒子一眼，动也不动，和谁生气似的噘着嘴，眼睛望着桌子的边缘发呆。

"妹……妹……妹子，要不要……看……看？"高悌一个劲地瞎热心，打开盒子，抖出一大堆五颜六色的衣料。梦竹再瞟了一眼，嘴噘得更高了。

"梦竹！"李老太太冷冷地喊，"你高哥哥跟你讲话！"

"我听到了！"梦竹没好气地喊。

"听到了怎么不回答人家？"

"回答什么东西呢？我不会！"

"好！梦竹！"李老太太气得发抖，瞪着梦竹看了老半天，才点点头说，"脾气这么坏，只好等将来让你婆婆来管你！"说着，她转头对高悌说："小悌，婚事准备得怎么样了？"

"我……我……我妈说，赶……赶年底……办……办喜事。叫……叫我……讨讨……讨一个……老婆……回……回家……过年。嘻嘻！"说着，就望着梦竹傻笑了起来。

"什么？"梦竹吓了一大跳，抬起头来盯着李老太太，脸色变得雪白，"妈妈你要把我——"

"嗯。"李老太太坚定地点点头，冷然地说，"今年年底，你就和小悌完婚，你现在大了，我也老了，管不了你。女大不中留，只有早早地把你嫁过去，让管得了你的人来管你，我也可以少操些心！"

"妈妈！"梦竹蹙着眉喊，不信任地睁大了眼睛，摇着头说，"你怎么能这样待我？妈妈？你一点都不关心我的幸福？妈妈？你一定要把我嫁给他？嫁给这个活宝？你……"

"梦竹！"李老太太断然地喝了一声，"你怎么可以这样讲高哥哥？小时候你们也是一块玩大的，婚事是你自己同意的！君子一诺千金，你非履行这婚约不可！你心里有些什么窍我全知道！你以为那些大学生就比高悌强？他们只是和你玩，你别再做梦了！现在，好好地陪高悌谈谈。今天晚上，我还有话要对你讲！"

"妈妈！不要，不要，妈妈！"梦竹咬着嘴唇，默默地摇头。李老太太已经站起身来，狠狠地望了梦竹一眼，就掉身回房了。这儿，留下了梦竹和高悌面面相对，高悌在母女争论的时候，就一直睁圆了小眼睛，把一根大拇指放在嘴唇上，望望李老太太，又望望梦竹。这时，看到李老太太走了，他就又对着梦竹发了半天呆，然后，慢吞吞地把身子挪过去，轻轻地拉了拉梦竹的袖子，怯怯地叫了一声："妹……妹……妹子！"

梦竹正望着方桌上供的祖宗牌位出神，被他一拉，吓了一跳，顿时甩开袖子，跳到一边说："见你的鬼！谁是你妹子！"

高悌呆了呆，重新把大拇指放到嘴唇里，愣愣地说："你……你……你不是我妹子……谁……谁是我妹子？妹……妹……妹子，我妈叫我……来……来……来和你……你……讲讲话，我妈……妈说，你……你……八成……有……有……些不规矩……你……好多……中……中……中大的学生都……都知道你。妹……妹……妹子，你……你……你也讲……讲话呀！"

"我讲话！"梦竹浑身发抖，脸色雪白，瞪着一对乌黑的大眼睛，向高悌恶狠狠地大嚷，"我讲话！你听清楚了，你这个傻瓜蛋，马上给我滚出去！"

"什……什……什……什么？"高悌受惊地张大了嘴。

"我……我……我告诉……诉你！"梦竹恶意地学着他的口气说，"你……你……你妹子……讨……讨厌死了！天……天下的男……男人死绝了，也……也……不嫁给你！"眼泪涌上了她的眼眶，她向他逼近，把两条小辫子向脑后一甩，大嚷着说："回去告诉你妈，李梦竹不规矩，没资格做她高家的儿媳妇，让她另外去给你这个白痴找老婆！去！去！去告诉你妈去！"

"这……这……这……"高悌惊慌地向后面退，莫名其妙地说，"这……算……什……什么意思？"

"叫你滚的意思！"梦竹哭着说，"我哪一辈子倒了霉，凭什么会和你订上婚！你连一句整话都讲不清楚，根本……"

"梦竹！"李老太太及时出现在门槛上，打断了梦竹还没有出口的许多气话。她对梦竹瞅了好半天，才气愤地吐出一口气来，先不管梦竹，而走过去对高悌说："小梯，你先回去，对你妈说，现在是打仗的时候，儿女婚姻，能简单一点，就简单一点，我们也没准备什么嫁妆，你们也就别注重排场了。倒是日子，能提前一点更好，腊月里太忙，十一月里选个日子好了，你们家选定了日子，我们也就可以准备起来了。你懂了吗？听明白了吗？"

"懂……懂……懂。"高悌一个劲地点头。

"那么，你先回去吧，我也不留你吃晚饭了，黑灯瞎火的回去我不放心。你别把刚才梦竹和你说的话放在心上，她和你开玩笑呢！回去再跟你妈讲，我明天会到你家去拜望她，婚礼中的一切，明天再详谈。知道了吗？"

"知……知……知道。"

"那么，你就走吧！"送走了高悌，李老太太转身回来。梦竹正坐在椅子上发呆，满面泪痕，李老太太厉声喊："站起来！梦竹！"

梦竹下意识地站了起来。

"走过来！"梦竹机械地走了过去。

"跪下！"梦竹抬起头来，望着李老太太。

"我叫你跪下！"李老太太权威性的声调，带着不容人反抗的严厉。锐利而坚决的目光几乎要射穿梦竹的脑袋。

梦竹一语不发地跪下去。

"抬起头来，向上看！"

梦竹抬起头来，上面供着灵牌和神位的神座。李老太太抖颤着站在梦竹身边，说："你上面是你父亲的牌位，李家列祖列宗都看得到你，你已经为李家丢尽了人！现在，你对我说实话！你这些天中午都溜到哪里去了？"

梦竹默然不语，苍白的脸上毫无表情。

"说！"

"到茶馆，或者嘉陵江边。"梦竹说了，声调冷淡、平稳而坚定。

"做什么？"

"和一个中大的学生见面。"

"是谁？叫什么名字？"

"何慕天！"

"好！"李老太太低头望着梦竹，后者脸上那份坚定和倔强更使她怒火中烧，她咬住牙，气得浑身抖颤，伸出手来，她狠狠地抽了梦竹两记耳光，从齿缝中进出一句话来，"好不要脸的东西！"

梦竹的身子晃了晃，苍白的面颊上顿时留下了几条手指印，红肿地凸了起来。她跪着，双手无力地垂在身边，脸上依旧木木的毫无表情。李老太太盯着那张越苍白就显得越美丽的脸，越看越火。她双腿发软，拖过一张椅子，她坐了下去，好久，才又气冲冲地说："你是存心想败坏门风，是不是？你和这个中大的学生来往多久了？"

"夏天就认识了。"

"你们天天见面？"

"最近是天天见面。"

"你！"李老太太咬得牙齿发响，"亏你说得出口！你这个该杀的丫头！我从小怎么教育你的，你是出自名门的大家闺秀！你把李家的脸完全丢尽了！你！每天和他做些什么事情？说！"

"散步，谈天。"

"散步？谈天？谈些什么？"

梦竹把眼光调到母亲身上，用一种奇异的神色望着李老太太，慢悠悠地说："谈一些你永不会了解的东西，因为你从来没有。"

李老太太劈头盖脸地又给了梦竹两耳光，喘着气说："你连礼貌都不懂了，你这是对母亲说话吗？我看你是疯了！什么叫我不了解的东西？你倒说说看！"

"爱情。"梦竹轻声地说，聚着泪的眼睛明亮地闪着光，使她整个的脸都焕发着奇异的光彩。

"你，你，你……"李老太太气得说不出话来，"你简直……不要脸！"

"我要嫁给他。"梦竹依然慢悠悠地说，脸色是坚决的、悲壮的，有股宁为玉碎的不顾一切的神情，轻声地又重复了一遍，"我要嫁给他。"

"你说什么？"李老太太向她俯近身子。

"我要嫁给他。"

"你——你要死！"

"妈妈！"梦竹仰起头来，面对着母亲，她现在是跪在李老太太面前了，她的眼睛热烈而恳求地望着李老太太，用令人心酸的语气说，"妈妈，你是我的母亲，我多么希望你能了解我。妈妈，我爱他，我爱他爱得没有办法，妈妈，你不会知道这种感情的强烈，因为你从没恋爱过。但是，妈妈，请你设法了解我，我不能嫁给高悌，我不爱他，我爱的是何慕天。妈妈，但愿我能让你了解什么是爱情！"

"哼！爱情！"李老太太气呼呼地说，"你真不害臊，满嘴的爱情！你别给我丢人了！"

"妈妈！"梦竹悲哀地摇头，"爱情是可耻的事吗？是可羞的事吗？不，你不明白，那是神圣的、美丽的！没有丝毫值得羞耻的地方！"

"你会说！"李老太太更加生气了，"全是那些搂搂抱抱的电影和话剧把你害了！你有脸在我面前谈爱情！记住，你是订过婚的，再过两个月，你就要做新娘了，你是高家的人，你非给我嫁到高家去不可！关于这个中大学生的事，我就算饶过了你。但是，从今天起，我守住你，你不许给我走出大门一步！你再也不许见那个人，你给我规规矩矩地待在家里，等着做新娘！"

"妈妈！"梦竹惊恐地喊，一把抱住母亲的腿，"妈妈，你不能这样做，你不能！妈妈，你怎么忍心把我嫁给那个白痴？他连话都说不清楚，你怎么忍心？妈妈，我一生的幸福在你的手里，求求你，妈妈！"

"梦竹。"李老太太的语气稍稍和缓了一些，"关于你这件婚事，我知道你心里不情愿，把你配给高悌，也当然是委屈你了。可是，这婚事是你父亲生前给你订的，我们李家，也是书香世家，不能轻诺寡言，面子总是要维持的。何况，一个女孩子，结了婚，相夫教子，伺候翁姑，安安分分地做主妇，才是良家妇女的规矩，至于丈夫笨一点，又有什么关系呢？只要心眼好，没有吃喝嫖赌的坏习惯，就是难能可贵了！你念了这么多年书，怎么连这点小道理都不懂呢？"

"妈妈！"梦竹蹙紧了眉头，绝望地喊，"你根本不了解，你根本无法了解！你和我生活在两个时代里，你有你的思想，我有我的思想，我们是无法沟通的！可是，妈妈，你发发慈悲，我决不嫁给高悌，我决不！随你怎么讲，我就是不嫁给高悌！"

李老太太的火气又上来了，她盯着梦竹，愤愤地，不容人反抗地说："给你讲了半天道理，你还是糊涂到底！我告诉你，你不嫁，也要嫁！你是嫁他家嫁定了！"

"我不！我不！我不！"梦竹哭了起来，泪水沿颊奔流，她拉住了李老太太袍子的下摆，抽噎地喊，"妈妈，我不嫁他，求你，你取消这段婚约，我感激你！妈妈，我爱的是何慕天，我发过誓只嫁何慕天！"

"好呀！"李老太太咬牙切齿地说，"你订过了婚，还由你自己选择，你想气死我是不是？你现在给我滚回你的房间里去，不许你再出门！我没有道理跟你讲，你和高家订了婚，你就得嫁给高家！你再敢溜出去和男学生鬼混，我就打断你的腿，我们李家的面子还要维持！"说着，她挣脱了梦竹的拉扯，向后面走去。

梦竹扑倒在椅子里，用手蒙住脸，失声地痛哭了起来。一面哭，一面呜咽地喊："母亲，好母亲，你的女儿还没有'面子'重要！"

李老太太已经走到后面去了，对梦竹这两句话根本没有置理。梦竹跪得腿发麻，看到母亲忍心地绝裾而去，她心中大恸，眼睛发昏，顺势就坐倒在地上。一抬头，她看到父亲的灵牌，不禁大哭着叫："爸爸，好爸爸，是你为我安排的？爸爸，好爸爸，你回答我一句，我的命运该是这样的吗？"

灵牌默默地竖着，漠然地望着伏在地上的梦竹，梦竹把头扑倒在李老太太坐过的椅子上，心碎神摧，哭得肝肠寸断。

"梦竹，梦竹。"奶妈不知什么时候走了过来，用手推着梦竹的肩膀，安慰地叫，"好了，别哭了，起来吧，哭也没有用嘛，起来洗洗脸。"

梦竹像是溺水的人一下子抓到一块浮木一样，她一把抱住了奶妈，把满是泪的脸在奶妈膝盖上揉着，哭着喊："奶妈，奶妈，奶妈，奶妈……"

奶妈用手轻拍着梦竹的头，鼻子中也酸酸的，只能反复地说："好了，好了，梦竹，别哭了！你看，那么大的姑娘了，哭得还像个小娃娃！"她俯身下去，拖起梦竹，用手帕给她擦着脸，像哄小女孩似的拍着她："有什么事，可以好好商量嘛，急什么呢？快去洗把脸，天都黑透了，饭还没吃呢，洗了脸好吃饭！"

"我不要吃饭了！"梦竹喊，冲进了自己的卧室里，关上房门，也不点灯，就扑倒在床上，把脸埋进枕头中，伤心地痛哭。

不知道哭了多久，门被推开了，有人提了盏灯走进来。她以为是奶妈，可是侧过头一看，却是李老太太。李老太太手中除了灯之外，还捧着一个托盘，里面放着饭菜。她把灯和托盘都放在桌上，然后走到床前，俯视着梦竹说："起来吃饭！"

"我不要吃！"梦竹赌气地说，把身子转向床里。

"吃，也由你，不吃，也由你！"李老太太显然也有气，"梦竹，你不要傻，我是为了你好！"

"为了我好？"梦竹猛地转过头来，盯着李老太太，"为了我好，你才把我嫁给一个白痴？"

"你说他是白痴是不对的，他只是有点傻气而已，但那孩子肥头大耳，倒是有福之相。梦竹，你应该想想清楚，嫁到他家，不愁吃，不愁穿，让丫头老妈子服侍着，岂不是比嫁给那些流亡学生，三餐缺了两顿的，要强得多？何况高悌那孩子又实心实眼的，不怕他三妻四妾地讨小老婆，为你想，有哪一点不合适呢？就是你嫌他不漂亮，说不清楚话，可是，梦竹，漂亮的男人都靠不住呀！话说不清楚，又有什么关系，他又不是教书的，也不要靠说话来吃饭！而且，世界上哪里有十全十美的人呢？人，总会有一两样缺点的！"

"妈。"梦竹从床上坐起来，悲哀地摇着头，"妈，你不懂，我不在乎过苦日子，我不要丫头老妈子服侍，我也看不上金银珠宝、绫罗绸缎和雕梁画栋，我只要一样东西——爱情！"

"爱情？"李老太太嗤之以鼻，"这是件什么东西？能吃吗？能穿吗？能喝吗？"

"不能吃，不能穿，不能喝。"梦竹说，"可是人生缺了它，还有什么意义？"

李老太太点点头："梦竹，别再做梦了，爱情是件空空洞洞的东西，我知道许多人没有它照样生活得很好。可是，却从没听说过，穷得衣不蔽体，家无隔宿之粮的人会生活得愉快。梦竹，你是太年轻了，才会迷信

‘爱情’。”

“妈妈，我无法和你辩论爱情。”梦竹绝望地说，“就好像无法和奶奶谈诗词一样。有一次，我费了两小时和奶奶解释李清照的一句词‘寻寻觅觅’，她居然问：‘丢了东西找不到，为什么不点个火来找呢？’”

“好比喻！”李老太太忍着气说，“你认为和我谈‘爱情’是在对牛弹琴，是不是？我是不懂你心目中的爱情，我只知道人生有许许多多的责任，我有责任教育你，你有责任做高悌的妻子，从今天起，把那些爱啦情啦从你脑子里连根拔去吧！我没有再多的道理和你讲了。”

目送母亲走出房门，梦竹呆呆地坐在床沿上，面对着桌上如豆的灯火，默默地陷进孤独而无助的沉思中。好了，事实明明放在这里，她永不可能让母亲了解她，更不可能让母亲同情她。解除高家的婚约，这简直是梦想！母亲无法接受她的观念，正如同她无法接受母亲的观念，现在，还有什么话好说呢？母亲的话是命令，也是法律。你哀求也好，哭泣也好，争论也好，母亲决不会动心，也绝不会放弃她的观念。你该属于高家，你就只有嫁给高家，他是白痴也好，浑蛋也好，你就得嫁！

用手托着下巴，她在灯火中看出自己无望的前途。可是，难道自己就认命了吗？嫁给那个白痴？放弃何慕天？不！决不！决不！她不能这样屈服，她也不会这样屈服，她要和命运作战到底，她不能牺牲在母亲糊里糊涂的法律下！

“何——慕——天——”当她凝思时，这名字在她脑中回旋着。“何——慕——天——”是的，只有先去找何慕天，和他商量出一个对策来。何慕天，何慕天！她心中迫切地呼叫着，渴望能立即找到他，把一切向他倾诉，他会为她想出办法来，一定！从床上跳起来，她走到桌边，三口两口地扒了一碗饭，要立刻见到何慕天的念头使她周身烧灼。她可以借洗澡的名义到浴室去，洗完澡，就可以从后门溜出去，溜出去之后的局面呢？她不再管了！她只要见到何慕天！见到了何慕天，一切的问题都好解决！她只要见到何慕天！

拿了换洗衣服，走出房门，一眼看到李老太太的房门开着，李老太太正坐在门口的地方看书。看到了梦竹，李老太太放下书，沉着声音问："做什么？"

"洗澡！"

"去吧！"

梦竹走进浴室，匆匆地洗了澡，就蹑手蹑脚地向后门走去，一推门，心中立即冰冷了，一把新加的大锁，把那扇小门锁得牢牢的，显然母亲已经预先有过布置了。她跺跺脚，恨得牙齿发痒。折回房间来，看到母亲房门已合，她立即轻快地向大门跑去，但，才冲进堂屋，母亲却赫然站在方桌旁边，正冷冷地瞪视着她："你要到哪里去？"

"我……我……"梦竹嗫嚅着，"我要出去买绣花线。"

"不许去！以后你要什么东西，你开单子出来，我叫奶妈去给你买！"

梦竹直视着母亲，愤怒和恨意使她满心冒火，她跺了一下脚，掉头向自己房间走去，一面愤愤地说："好吧！你又不能每一分钟都这样看着我！"

"你试试看！"李老太太也愤愤地说。

梦竹回房里，用力把门碰上，"砰"的一声门响把她自己的耳膜都震痛了。倒在床上，她恨恨地把鞋子踢到老远，用棉被把自己连头带脑地蒙住，紧咬着嘴唇，遏制住想大哭一场的冲动。可是，接着，门上的一个响声使她直跳了起来，她听到清清楚楚的关锁的声音，门被锁上了。她冲到房门口，摇着门，果然，门已经从外面锁得牢牢的了，她大叫着说："开门！开门！这样做是不合理的！奶妈！奶妈！"

"梦竹。"门外是李老太太冷静而严酷的声音，"这样你可以安安心心地在房里待着了吧，别再转坏念头，钥匙只有我一个人有，你喊奶妈也没用。以后每天的饭菜我自己给你送进来。洗脸水也一样！你给我好好地待两个月，然后准备做新娘！"

"妈妈！妈妈！"梦竹扑在门上喊，"你怎能这样做？你发发慈悲！发发慈悲！"她的身子向地上溜，坐倒在地上，头靠在门上，痛哭地喊，"我是你的女儿吗？妈妈？你是我的母亲吗？"

"我是你的母亲。"李老太太在门外说，"所以要预防你出差错，女孩子的名誉是一张纯白的纸，不能染上一点污点，我今天关起你来，是为了要你以后好做人！"

"妈妈！妈妈！妈妈！"梦竹哭着喊，但，李老太太的脚步声已经远了，"妈妈，你好狠心！"梦竹把脸埋在手腕中，哭倒在门前的泥地上。

几
度
夕
阳
红

贰拾

TWENTY

=====

如今，生命对她，已没有丝毫的意义了。

深秋的天气，带着浓重的寒意，嘉陵江畔，已充满了一片萧索的景象。树枝光秃秃地耸立在漠漠的寒空里，坠落在地上的树叶，正和枯黄的野草一起在泥泞中萎化。大概由于冷的关系，嘉陵江两岸空荡荡的没有什么行人，那些平日爱笑爱闹的学生似乎也都深藏了起来，再也看不到嬉笑怒骂的人影。无人利用的渡船，寂寞而冷清地靠在岸边，盛满了一船黄叶。

何慕天穿着大衣，脖子上系了条围巾，没有戴帽子，在瑟瑟的寒风中寥落地向镇里走去。石板上已青苔点点，湿而滑，细雨才停止没有多久，小路边的枯树仍然是潮湿的，褐色的树干似乎可以挤出水来。他低垂着头，从一块石板上跨到另一块石板上，缓慢地、无精打采地走着。走进沙坪坝的小镇，他在镇口那家小茶馆的门前站了站，迟疑了一会儿，终于摇摇头，继续向镇里走去。

转了一个弯，梦竹的家门在望了。他站住，瞪视着那两扇合得严严密密的黑漆大门。门上的油漆已经剥落，两个小小的铜门环毫无光彩地垂着。他把双手插进大衣口袋，迎着风，伫立在街头，茫然地看着那两扇门。

"为什么？为什么？"他心中有着大大的问号，为什么？已经整整十天了，他得不到梦竹丝毫的消息，小茶馆中等不到她，新租的小屋她也从不光临。无论走到哪儿，都不再有她的影子，她像是突然间从这世界上隐没了。见着人，他总是问一句："碰到梦竹了吗？"

"没有呀！你不是天天和她在一起吗？"

天天在一起！可是，这天天在一起突然中辍了，中辍得完全莫名其妙。这是怎么回事呢？她淡忘了他？她忽然不喜欢他了？到底是什么原因？无尽的期待使他要发狂了！望着这两扇门，他真希望自己能钻进去，找着梦竹，问出一个底细来。

细雨又开始飘起来，到处都白茫茫，昏蒙蒙的一片。他摸了摸头发，摸了一手的水。雨仿佛正在慢慢地加大，站在这街头又算什么呢？下意识地，他向前走去，一直走到梦竹的家门口，停在那大门前面。他从门缝中向里注视，深院悄悄，重门深锁，他找不到一丁点梦竹的痕迹。在门边又足足站了十分钟，雨水已从他头发里沿着脖子向下滴，冷冰冰的。忽然间，他咬了咬牙，想见到梦竹的欲望强烈地控制了他，他伸手重重地敲了敲门。

门里寂然无声，他又等待片刻，再敲了敲门，这次比刚刚更加坚定了。半晌，门里有了动静，有人向大门走来，同时，一个苍老的，妇人的声音在问："是哪一个？"

"请开开门，我找一位李小姐。"

门打开了，站在门里的是奶妈，看到何慕天，她似乎有点惊慌失措，微张着嘴，她愕然地站在门口。何慕天还没有忘记她，立即点了个头问："奶妈，梦竹在家吗？"

"梦——梦——竹——"奶妈嗫嚅着，还来不及把话完全说出来，里面，另一个富于权威性的声音响了。

"奶妈，是谁呢？"

"哦——哦——"奶妈更加失措了，仓皇地想把门关上，一面匆匆地说，"你走吧！小姐不在家！"

何慕天一脚跨进门槛，用身子抵住大门，固执地问："梦竹怎么样？奶妈？"

奶妈还没说话，李老太太走出来了。她斑白的头发梳着髻，缺乏血色的脸庞显得严肃和冷漠，那对锐利的眼睛看起来是坚定而近乎无情的。出于一种本能的直觉，何慕天知道这就是梦竹的母亲了，没等他开口，李老太太已迅速地用眼光在他脸上看了一圈，冷冷地问："你要做什么？"

"您是李伯母吧？"何慕天尽量使自己的声调显得谦和而恭谨，"我姓何。"

"你要做什么？"李老太太不假辞色地问。

"我想——见见李梦竹小姐。"

"对不起，她不在！"李老太太简短地说，想关起大门。

"请等一下。"何慕天拦门而立，却仍然用恭敬的口吻说，"您能告诉我，她到哪里去了吗？"

李老太太锐利地盯着何慕天，把他从上到下打量了一遍，冷然地问："你打听她做什么？"

"我——"何慕天有些难以回答，"我希望能见到她，我们是朋友。"

"朋友？"李老太太蹙着眉问，接着就说，"那么，好吧，告诉你，她到成都去了。"

"成都？"何慕天浑身一震，"她去成都做什么？"

"去——结婚！"

何慕天抬起头来，直视着李老太太，李老太太也瞪着眼睛望着他，他们两人相对而视，彼此都在衡量着对方。一层敌对的气氛在二人中间弥漫。好半天，何慕天昂了一下头，冷静而固执地问："她在什么地方？伯母？"

"成都。"

"不，她不会。"

"如果你知道，何必来问我？"李老太太冷哼了一声说，"你请吧，我要关门了。"

"伯母，请您允许我见见她。"何慕天屹立不动。

"你是什么意思？"李老太太生气地问，"我已经告诉了你，她到成都去了。信不信是你的事，请你以后不要再到我们家来。我们这儿不招待陌生人，也并不欢迎你！梦竹有她自己的丈夫，希望你们这群学生少勾引女孩子！有时间多念点书吧！"

说完，她气冲冲地就要关门，对依然拦着门的何慕天怒目而视。何慕天看看不是滋味，一抬头，他接触到奶妈的眼光，那是忧伤的、同情的，而又无可奈何的。他再看看李老太太，后者正严厉而愤怒地瞪着他。他默默地摇摇头，从门里退了出来，门立即砰然碰上，同时是大闩落上的声音。他靠在门上，伫立了好几分钟，心头充塞着几千几万种无法描述的情绪，仰首望天，白茫茫的一片，雨和昏蒙的云雾糅合在一起，无尽地伸展着，充塞着，压挤着。他凝视着那混沌的雨和天，喃喃地在心中低问："梦竹！你在哪儿？你在哪儿？"

风吹过屋顶和小巷，低鸣地回旋："你在哪儿？你在哪儿？"

用手抹去了面颊上的雨滴，绕紧了围巾，双手插在大衣口袋中，他踽踽地向来时的路走去。回到了自己的小屋内，他把身子重重地投在床上，淋了过久的雨，头中有些昏昏然，眼前金星乱迸，闭上眼睛，他仿佛听到梦竹喜悦而低柔的声音："你的心在跳，好重、好沉、好美！"

把头埋进枕头中，他呻吟地问："你在哪儿？你在哪儿？"

风在原野中呼啸，窗棂震动得咯咯有声，野外有只鹧鸪在不断地低鸣……这一切，全汇成了同一种声浪，在室内各处冲击回荡："你在哪儿？你在哪儿？"

梦竹用双手托着下巴，对着桌上一动都没有动的饭菜和那盏冒着黄绿色火苗的桐油灯发呆。菜和饭都已经冰冷了，她却没有丝毫的食欲。多少个白天，多少个黑夜，就被关在这一间斗室中，像一个囚犯！几百种愤怒的火焰在她血管中燃烧，几千种反抗的意识在她胸腔中翻搅。她开始恨李老太太，恨她的顽固，恨她的不可理喻，恨她的残酷和无情！她想过用各种方法逃走，逃到何慕天那儿去，然后永不回来！可是，李老太太防范得那么严，简直连一点机会都找不到。连她洗澡的时候，李老太太都把门户深锁，自己搬张小竹凳子，坐在浴室门口监视。在这种被囚困的生活里，她觉得自己简直要发疯了。

门口有开锁的声音，然后，门开了，李老太太站在门口监视，让奶妈进来收拾碗筷。自从梦竹招认每天和何慕天约会之后，李老太太就认定奶妈是梦竹的同谋，对奶妈的行动也大加限制，根本不许她和梦竹多说话。因此，梦竹写了封信给何慕天，想让奶妈带出去寄，信写好了好几天了，却至今没有机会交给奶妈。奶妈走进来一看，就嚷着说："好小姐，饭都冰冷了，怎么还没有吃呢？"

梦竹眼圈一红，瞪着饭碗，什么话都不说。

"不吃，就让她饿死！"李老太太在门口说。

"来来，小姐，多少吃一点，看我老奶妈的面子，好不好？"奶妈说着，走近梦竹，贴在梦竹身边，给她添上一碗饭，递到她嘴边，同时，俯下身子，迅速地耳语着说："那个什么何慕天今天来过了，给你妈赶走了。"说完，她又大声地说："喏喏，小姐，吃呀。你看，这几天敲敲蛋也不吃了，一天三顿没一顿好吃的，饿得前心贴后心了，女孩儿家，瘦伶伶的多不好看！来来，多少吃一点，有什么值得这样伤心呢？"说完，她拉住梦竹的胳膊，暗中捏了她一把。

梦竹一听到何慕天来过了，心中就怦怦乱跳，眼睛里也放出光彩来。何慕天！他会救她的，他一定会，她真想问问何慕天今天来时的详情。但是，母亲正可恨地站在门边，虎视眈眈地望着奶妈和她。她气得手足发冷，但是，何慕天来过的消息却确实使她兴奋振作了不少。心中浮起一线朦胧而模糊的希望，他会想出办法来的，只要他知道她正被囚困在这斗室之中。

"来呀，梦竹，赶快吃，你看，连热气都没有了，吃了冷饭明天又要闹胃痛了。好小姐，奶妈喂你吃，怎么样？看看，这么大了，还像三岁小娃娃！"

奶妈端着饭碗，送到梦竹嘴边来，她那夹棉袍子宽宽大大的袖口正张开在梦竹的眼前，身子遮断了李老太太和梦竹间的视线。梦竹灵机一闪，迅速地把一个信封塞进奶妈的袖子里，轻轻说："寄掉它！"

同时，故意生气地大声嚷着说："谁要你喂，我自己吃！"

胡乱地扒了一碗饭，食不知味地放下饭碗，她仰起头来，恳求地望了奶妈一眼，示意要她寄掉那封信。奶妈暗中叹了口气，悄悄地把信塞进了袖子深处。收拾了碗筷，捧着托盘退出去。才走到门口，李老太太冷静地喊："站住，奶妈！"

奶妈身不由己地站住了，两手端着托盘。李老太太一声也不响地走过去，从奶妈袖子里取出了那封想偷渡出境的信件，拈在手上，冷冷地说："奶妈！你在我家的年头不少了哦！我的脾气你大概也摸熟了吧！怎么还要在我的眼睛前面玩花样呢？梦竹就是被你带坏了，你还帮着她装神弄鬼，她要是出了差错，将来丢了李家的人，坏了李家的名誉，我就唯你是问！"

奶妈站在那里，老脸涨得通红，噘着嘴，气得双手发抖，碗碟都叮当作响。你是管女儿哦，也不能要了女儿的命呀！人家男有情，女有意，你又为什么一定要把梦竹配给那个舌头打嘟噜的小傻瓜呢？难道你没眼睛，看不出何慕天一表人才，比那个只会瞪眼睛，啃手指头的傻瓜强上千千万万倍吗？她咬咬嘴唇，鼻子里重重地出着气，回头看了梦竹一眼，梦竹正绝望地倒在椅子里。为了梦竹，忍一口气吧，要不然，你李家的事哦，我也不要做了，还不如住儿子家里去呢！乐得享福当祖母。

"奶妈，你走开吧！"李老太太说。奶妈又看了梦竹一眼，无可奈何地退到厨房里，把托盘重重地往桌上一墩，气呼呼地在凳子上坐下来："面子！面子！如果把梦竹逼死了哦，看还到哪里去找面子？"

李老太太看着奶妈走开，就拿着梦竹那封信，走进了房间，对梦竹狠狠地看了看，说："你以为可以瞒得住我，是不是？告诉你，梦竹，你别想在我面前玩出什么花样来！从今天起，连奶妈都不许出门！你少动歪心眼，跟你说吧，你那个何慕天来过了，我已经告诉他，你到成都去嫁人了，你就死了这条心吧！"

说完，她握着信，走出房门。立即传来房门合上和落锁的声响。听着铜锁锁上的那"咔嚓"的一声响，梦竹觉得自己的心脏也被锁了进去。痛楚、愤怒和绝望把她撕裂成几千几万的碎片。她从椅子里跳了起来，扑到门上，用手捶打着门，发狂地喊："开门！开门！开门！我要出去！让我出去！我没有犯罪，这样是残忍的！开门！开门！放我出去！放我出去！放我出去！"

门外寂然无声，她下死力地撞着门，又捶又打，门外的岑寂更引发她的狂怒，她抓住门闩一阵乱摇，嘴里乱七八糟地嚷着："我要出去！我要出去！你不能这样关起我来！放我出去，请放我出去！爸爸不会赞成你这样做的！爸爸，假如爸爸在世哦！"

想起了父亲，一向慈和而温文的父亲，她用手蒙起脸来，开始放声痛哭。门外岑寂依旧，她哭了一阵，看看毫无结果，母亲不会被她的眼泪所动摇，那两扇门也不会因她流泪而自然开启。她停止了哭喊，慢慢地走到书桌旁边，被郁积的怒气几乎使她窒息，抓起了桌上的一个砚台，她对着房门砸过去。"砰"的一声巨响，带给她一种报复性的愉快。于是，书桌上任何的东西，都变成了抛掷的武器，书、笔、墨、水盂、镜框……全向门上飞去，一阵乒乒乓乓稀里哗啦的响声，在室内突击回响。等到书桌上的东西都砸完了，她才筋疲力尽地垂下手来，倒进椅子里，浑身酸痛而乏力，用手支着额，她剧烈地喘息着，四肢都在颤抖。室内一经消失了那抛掷的喧闹声，就立即可怕地显得空旷和寂寞起来，好像全世界只剩下她这一个人。

她听到门边有一声叹息，然后是细碎的脚步走远的声音，那是奶妈。连奶妈都有一份恻隐之心，母亲何以如此心狠？她从椅子里站起身，走到窗口去，拉开窗子，一阵寒风扑面而来。窗子上有木头格子，这原是李老太太怕家中都是女人，会有强盗或小偷起觊觎之心，而特别装上去的，她用手摇了摇，木条纹丝不动，跳窗逃走显然不可能，就是跳得出去又怎样呢？窗外是院子，院子有高墙，大门的钥匙也在母亲手中。

她把前额抵在窗格上，外面在下雨，窗格湿漉漉的都是水。夜风凌厉地刮了过来，一阵雨点跟着风扫在她滚烫的面颊上，凉丝丝的。她用手摸摸面颊，真的很烫，胸口在烧炙着，头中隐隐作痛。迎着风，她伫立着，不管自己只穿着件单薄的小夹袄。寒风砭骨而来，她有种自虐的快乐。脱逃既不可能，何慕天已成为梦中的影子。与其被关在这儿等着去嫁给那个白痴，还不如病死饿死。

风大了，雨也大了，她的面颊浴在冷雨里，斜扫的风带来过多的雨点，她的衣襟上也是一片水渍。雨，何慕天总说，雨有雨的情调。一把油纸伞遮在两个人的头顶上，听着细雨洒在伞上的沙沙声，他的胳膊环在她的腰上，青石板的小路上遍布苔痕，嘉陵江的水面被雨点击破，荡漾起一圈圈的涟漪，新的、旧的，一圈又一圈，静静地扩散……油纸伞侧过来，遮住两人的上半身，他的头俯过来，是个轻轻的、温存的吻，吻化了雨和天……

又是一阵强风，她打了个寒噤，忍不住两声"阿嚏"。她用手揉揉鼻子，似乎有些窒塞，吸了两口气，她继续贴窗而立。桐油灯的火焰在风中摆动，虽然有玻璃罩子罩着，风却从上之开口处灌进去，火焰挣扎了一段长时间，终于在这阵强风下宣告寿终正寝。四周是一片黑暗，风声，雨声，和远处的鹧鸪啼声，组成了夜。鹧鸪，它正用单调的嗓音，不断地叫着：

"苦苦苦苦！"

"苦苦苦苦！"

苦苦苦苦，苦苦苦苦！周而复始的啼声！有多么苦？还能有多么苦？她抹掉脸上的雨水，感到头昏脑涨，浑身像是浸在冷水中，从骨髓中冷出来，冷得牙齿打战，而面颊却仍然在发烫。黑暗中，她踉跄着摸到了床，身不由己地倒在床上。窗子没有关，风从不设防的窗口向房里灌进来，在满屋子回旋。她躺着，瞪视着黑暗的屋顶。辫子散了，她摸了摸披在枕头上的长发，那么多，那么柔软，有一次，在嘉陵江畔的小石级上，她的发辫散了，他说："我来帮你编！"他抓起她的长发，握了满满的一把，编着，笑着，弄痛了她，发辫始终没有编起来。最后，干脆把脸往她长发中一埋，笑着说："那么多，那么柔软，那么细腻……像我们的感情，数不清有多少，一缕一缕，一缕一缕，一缕一缕……"

"苦苦苦苦！"

"苦苦苦苦！"

鹧鸪仍然在远处不厌其烦地重复着。苦苦苦苦！有多么苦？她闭上眼睛，泪珠从眼角上向下跌落。苦苦苦苦！有多么苦？还能有多么苦？

早上，李老太太把梦竹的早餐端了进来，奶妈跟在后面，捧着洗脸盆和牙刷毛巾等。室内是一片混乱，门边全是砸碎的东西，毛笔、书本、镇尺等散了一地。窗子大开着，室内冷得像冰窖，寒风和冷雨仍然从窗口不断地斜扫进来。窗前的地上已积了不少的雨水。梦竹和衣躺在床上，脸朝着床里，既没盖棉被，也没脱鞋子，一动也不动地躺着。

"啊呀，这不是找病吗？开了这么大的窗子睡觉！"奶妈惊呼了一声，把洗脸盆放下，立即走过去关上窗子，然后走到梦竹床边来，用手推推梦竹，"好小姐，起来吃饭吧！"

梦竹哼了一声，寂然不动。

"奶妈，别理她，她装死！"李老太太说。

梦竹忽地翻过身子来，睁着对大大的、无神的眼睛，瞪视着李老太太，幽幽地问："妈，你为什么这样恨我？"

李老太太愣了一下，凝视着梦竹。梦竹双颊如火，眼睛是水汪汪的，嘴唇呈现出干燥而不正常的红色。她走上前去，用手摸了摸梦竹的额头，烧得烫手，顿时大吃一惊，带着几分惊惶，她转向奶妈："去把巷口的吴大夫请来！"

"用不着费事。"梦竹冷冷地说，看到母亲着急，她反而有份报复性的快感，"请了医生来，我也不看，你不是希望我死吗？我死了，你可以把我的尸首嫁到高家去！也维持了你的面子！"

"梦竹！"李老太太憋着气说，"我知道你心里有气，可是，我做的一切，都是为了你好，如果你不是我的女儿，我也不要来管你，就因为你是我的女儿，我关心你，爱护你，才宁愿让你恨我，而要保护你的名誉，维持你的清白。你想想，那个何慕天，长得是很漂亮，但是，漂亮又有什么用呢？你知道他有诚意没有？你知道他家里有太太没有？你乱七八糟地跟他搅在一起，名声弄坏了，他再来个撒手不管，你怎么办？何况你订过婚，这个丑怎么出得起？你是女孩子，一步也错不得，有了一点点错，一生都无法做人。你别和我生气，将来有一天，你会了解我为什么要这样做的！"

"哼。"梦竹在枕头上冷笑了一声，重新转向床里，什么话都不说。

"起来洗把脸，吃点东西，等下让医生给你看看。"

"不！"梦竹简简单单地说。

"你这算和谁过不去？"李老太太竭力压制着自己的怒火，"生了病还不是你自己吃亏！"

"你别管我！"梦竹冷冷地说，"让我死！"

李老太太瞅了梦竹好一会儿，咬咬牙说："好，不管你，让你死！"

医生请来了，梦竹执意不看，脸向着床里，动也不动。吴大夫是个中医，奶妈和梦竹拉拉扯扯了半天，说尽了好话，才勉强地拖过梦竹的手来，让吴大夫把了把脉。至于舌头、喉咙、气色都无法看。马马虎虎地，吴大夫开了一副药方走了。奶妈又忙着出去抓药，回来后，就在梦竹屋里熬起药来，她深信药香也能除病。李老太太也坐在梦竹床边发呆。药熬好了，奶妈颤巍巍地捧了一碗过来，低声下气地喊："小姐，吃药了！"

梦竹哼也不哼一声。奶妈把药碗放到床边的凳子上，自己到床上来推梦竹，攀着梦竹的肩膀，好言好语地说："小姐，生了病是自己的事呀，来吃药！来！有什么气也不必和自己的身子过不去，看你，平日就是娇嫩嫩的，怎么再禁得起生病呢？来，赶快吃药，看在奶妈的面子上，从小吃我的奶长大的，也多少要给奶妈一点面子，是不是？来，好小姐，我扶你起来吃！"

"不要！"梦竹一把推开奶妈的手，仍然面向里躺着。

"梦竹！"李老太太忍不住了，生气地说，"你这是和谁生气？人总得有点人心，你想想看，给你看病，给你吃药，这样侍候着你，是为的什么？关起你来，也是因为爱你呀！你不吃药，就算出了气吗？"

梦竹不响。

"你到底吃不吃？"李老太太提高声音问。

"不吃！"梦竹头也不回地说。

"你非吃不可！"李老太太坚定地命令着，"不吃也得吃，起来！吃药！"

梦竹一翻身从床上坐了起来，直视着李老太太说："妈，从我小的时候起，你对我说话就是'你非这样不可，你非那样不可！'你为我安排了一切，我就要一步步照你安排的去走！好像我不该有自己的思想、愿望和感情，好像我是你的一个附属品！你控制我的一切，从不管我也有独立的思想和愿望。你不用再命令我，你要我嫁给高家，你就嫁吧！生命对我还有什么意义呢？反正这条命是属于你的，又不属于我，我不要它了！"说着，她端起那只药碗，带着个豁出去什么都不顾了的表情，把碗对地上一泼，一碗药全部洒在地上，四散奔流。梦竹抛下碗，倒在床上，又面向里一躺，什么都不管了。

李老太太气得全身颤抖，站起身来，她用发抖的手，指着梦竹的后背说："好，好，你不想活，你就给我死！你死了，你的灵牌还是要嫁到高家去！"

说着，她转过头来厉声叫奶妈："奶妈！跟我出去，不许理这个丫头，让她去死！走，奶妈！"

奶妈站在床边，有些手足无措，又想去劝梦竹，又不敢不听李老太太的命令。正犹豫间，李老太太又喊了："奶——妈！我跟你讲话你听到没有？走！不许理她！"

"太太！"奶妈用围裙搓着手，焦急地说，"她是小孩子，你怎么也跟她生气呢！生了病不吃药……"

"奶妈！"李老太太这一声叫得更加严厉，"我叫你出去！"

奶妈看了看李老太太，又看了看躺在床上的梦竹，无可奈何地叹了口气，跺跺脚，向门口走去，一面嘟嘟囔囔地说："老的那么犟，小的又那么犟，这样怎么是好？"

李老太太看着奶妈走开，就点点头，愤愤地说："我告诉你，梦竹！命是你自己的，爱要你就要！不要你就不要！做父母的，做到这个地步，也就够了！"说完，掉转头，她毅然地走了出去。立即，又是铜锁锁上的那一声"咔嚓"的响声。

梦竹昏昏沉沉地躺着。命是自己的，爱要就要，不要就不要，现在，这条命要来又有什么用呢？等着做高家的新娘？她把头深深地倚进枕头里，泪珠从眼角向下流，滚落在枕头上。自暴自弃和求死的念头坚固地抓住了她，生命，生命，生命！让它消逝，让它毁灭，让它消弭于无形！如今，生命对她，已没有丝毫的意义了。

白天，晚上，晚上，白天，日子悄悄地消逝。她躺在床上，拒绝吃饭，拒绝医药，拒绝一切，只静静地等待着那最后一日的来临。奶妈天天跑到床边来流泪，求她吃东西，她置之不理。母亲在床边叹气，她也置之不理。只昏昏然地躺着，陷在一种半有知觉半无知觉的境界中。许多时候，她朦胧地想，大概生命的尽端就要来临了，大概那最后的一刹那就快到了，然后就是完完全全的无知无觉，也再无悲哀烦恼了。就在这种情形下，她不知自己躺了多少天，然后，一天夜里，奶妈提着一盏灯走进她的房间，到床边来摇醒了她，压低声音说："梦竹，起来，梦竹！我送你出去，何慕天在外面等你！梦竹！"

何慕天！梦竹猛地清醒了过来，何慕天！她瞪大了眼睛望着奶妈，不相信奶妈说的是事实。这是可能的吗？何慕天在外面！奶妈又摇了摇她，急急地说："我已经偷到了钥匙，你懂吗？现在快走吧，何慕天在大门外面等你，跟他去吧，小姐，跟他去好好过日子，你妈这儿，有我挡在里面，你不要担心……"奶妈的声音哽住了，撩起衣服下摆，她擦了擦眼睛，伸手来扶梦竹："何慕天这孩子，也是个有心的，三天来，天天等在大门外面，昨天早上我出去买菜，他抓住了我，好说歹说地求我，要我偷钥匙，昨晚没偷到，他在大门外白等了一夜。今晚好了，钥匙已经偷到了，你快起来吧！"

梦竹真的清醒了，摇了摇头，她挣扎着从床上坐起来，奶妈伸手扶着她。她望着奶妈，数日来的疾病和绝食使她衰弱，浑身瘫软而无力。喘息着，她问："真的？慕天在等我？"

"是的，是的，是的。"奶妈连声地说，"快去吧，你的东西，我已收拾了一个包裹给何慕天了。你这一去，就得跟着何慕天过一辈子，没人再管你，招呼你，一切自己当心点。以后也算是大人了，可别再犯孩子脾气，总是自己吃亏的……"

奶妈说着，眼泪又滚了下来，声音就讲不清楚了。她帮梦竹穿上一件棉袄，再披上一件披风，扶梦竹下了床。梦竹觉得浑身轻飘飘，软绵绵，没有一点力气。脑子里也恍恍惚惚，朦朦胧胧，不能明确地知道自己在做什么，只有一个单一而专注的念头，她要去见何慕天！奶妈扶着梦竹走了几步，门槛差点把梦竹绊跌，走出房间，悄悄地穿过走廊和堂屋，到了外面的院子里。这倒是个月明如昼的好夜晚，云淡星稀，月光把大地上的一切都涂成了银白色。梦竹腾云驾雾般向大门口移动，奶妈又在絮絮叨叨地低声叮嘱："这回去了，衣食冷暖都要自己当心了，烧还没退，到了何慕天那儿，就赶快先请医生治病……我也不知道我在帮你做些什么，我也不晓得我做得对不对，老天保佑你，梦竹！我总不能眼看着你饿死病死呀……"

奶妈吸吸鼻子，老泪纵横。到了大门口，她又说："再有，梦竹，别以为你妈不爱你，你生病这几天，她就没睡好过一夜觉，也没好好地吃过一顿饭，成天望着你的房间发呆，叹气。她是爱你的，只是她太要强了，不肯向你低头。你去了，以后和何慕天能够好好地过日子便罢，假如这个何慕天欺侮了你哦，日子过不下去的话，还是回家来吧……"

梦竹停住，猛然间明白了。自己是离家私逃了，换言之，这样走出这大门后，也就再不能回来了。她望着奶妈的脸发怔，月光下，奶妈红着眼圈，泪水填满了脸上每一条皱纹。她嗫嚅着喊："奶妈！"

"去吧！走吧！"奶妈说，"反正你暂时还住在沙坪坝。你藏在何慕天那儿，把病先治好，我会抽空去看你的。你妈要面子，一定不会太声张，我会把情形告诉你。好好地去吧，何慕天要等得发急了。快走，当心你妈醒来！"

梦竹望了望这一住多年的家宅，知道自己已无选择的余地，留在这屋子里，是死亡或者嫁给高悌，而屋外，她魂牵梦系的何慕天正在等待着。奶妈拉了拉她，她身不由己地跟着奶妈跨出大门。立即，一个暗影从门边迎了过来，接着，是一副强而有力的胳膊把自己凌空抱起，她听到奶妈在喃喃地说："慕天，我可把她交给你了，你得有良心！"

"奶妈，谢谢你，谢谢你，谢谢你！"是何慕天的声音。然后，梦竹被抱进一辆汽车，放在后座上，有件男用的大衣向她身上罩来。她仰起头，看到何慕天热烈而狂喜的眼睛，他注视她，喉咙中发出一声模糊的低喊，重新又拥住了她，他的胳膊抖颤而有力，他的声音痛楚而凄迷地在她耳畔响起："梦竹！梦竹！梦竹！"

刹那间，多日的委屈，多日的痛苦，多日的相思和绝望，全汇成一股洪流，由她胸中奔放出来，她扑过去，紧紧地揽住何慕天，用一声呼叫，呼出了自己心中所有的感情："慕天！"

几度夕阳红

贰拾壹

TWENTY-ONE

"真正的爱情中一定有痛苦，而从痛苦中提炼出来的爱情才更真挚而永恒！"

冬天，悄悄地来了。

杨明远裹着床厚棉被，坐在床上看一本都德的小说《小东西》。王孝城又在和他那个吹不出声音的口琴苦战，吹一阵，敲一阵，骂一阵。有两个同学在下围棋，只听到噼里啪啦的棋子落到棋盘上的声音，和这个的一句"叫吃"、那个的一句"叫吃"。这是星期六的下午，自从天凉了之后，南北社也就无形中解散了，星期六下午，又成了难挨的一段时间。

宿舍门忽然被推开了，小罗垂着头，无精打采地走了进来，往椅子中一坐，紧接着就是一阵唉声叹气。

"怎么了？"王孝城问，"在哪儿受了气回来了？"

小罗摇摇头，又是一声叹气。

"别问他了。"杨明远说，"本来小罗是最无忧无虑，嘻嘻哈哈的人，自从跌落爱河，就整个变了，成天摇头叹气，在哪儿受了气，还不是萧燕那儿！"

"说出来。"王孝城拍拍小罗的肩膀说，"让我们给你评评理，看是你不对呢？还是萧燕不对？"

"八成是小罗的不对！"杨明远说。

"是吗？"王孝城问，"告诉你，大丈夫能屈能伸，如果你做错了什么，赔个罪不就得了吗？"

王孝城和杨明远左一句右一句地说着，小罗却始终闷不开腔，只是摇头叹气。王孝城忍不住了，重重地拍了他一下说："怎么回事？成了个闷葫芦了！"

"唉！"小罗在桌上捶了一拳，终于开口了，"女人哦，是世界上最难了解的动物！"

"你看！"杨明远说，"我就知道问题所在！你又和萧燕吵架了，是不是？"

"不是。"小罗大摇其头，"没吵架。"

"那么，是怎么了呢？"王孝城问。

"是她不理我了。"小罗闷闷地说。

"不理你了？为什么呢？"

"为什么？"小罗叫，"我要是知道'为什么'就好了，我根本就不知道为什么！女孩子一颗心有二百八十个心眼，有一个心眼没碰对就要生气，谁知道她为什么生气呢？"

"到底是怎么了？"杨明远问。

"根本就没怎么！我们在茶馆里聊天，聊得好好的，她忽然就生气了，站起身来就走，我追出去，喊她她不应，和她说话她不理，我问她到底为什么生气，她站住对我气冲冲地说：'你不知道我为什么生气，我就更生气！'你看，这算什么？我真不知她为什么生气嘛！反正一句话，女人，是最不可解的动物，尤其在反应方面，特别地……特别地……"找不出适当的词来形容，他叹了口气，挥挥手说，"唉，别提了！"

"你别急。"王孝城说，"慢慢来研究一下，或者可以找出她生气的原因，你们在一块谈些什么？"

"海阔天空，什么都谈！"小罗说，望着天花板翻了翻白眼，想了一会儿，"起先，谈了谈何慕天和梦竹的事，然后又谈到南北社不继续下去，怪可惜的，再就谈起冬天啦，天冷啦，没衣服穿啦……"突然间，他顿住了，恍然大悟地把眼睛从屋梁上调了回来，瞪着王孝城说："老天！我明白了！"

"怎么？"王孝城困惑地问。

"我明白了！"小罗拍着腿说，咧了咧嘴，"她问我怎么穿得那么少，毛衣到哪里去了？我就据实以告：'进了当铺啦！'我忘了这件毛衣是她自己织了送我的！"

"你看！"王孝城笑了起来，"这还不该生气？比这个小十分之一的理由都足以生气了！好了，现在没话可说，明天先去把毛衣赎回来，再去负荆请罪！"

"赎毛衣？"小罗挑挑眉毛，"钱呢？"然后把手对王孝城一伸说，"募捐吧！"

王孝城倾囊相授，把钱都掏出来放到他手上，临时又收回了几块钱："留着买香烟！绝了粮可不成！"

小罗的手又伸向杨明远，杨明远数了数他手里的钱，问他赎毛衣要多少钱，把不足的数给他添上了，一毛也没多。小罗叹口气说："以为可以赚一点的，谁知道一点都没赚。"

"听他这口气！"杨明远说，"他还想'赚'呢！也不嫌丢人，脸皮厚得可以磨刀！"

"磨刀霍霍向猪羊！"小罗大概是灵感来了，居然念出一句莫名其妙的诗来。他把钱收进口袋里。

"你刚刚提起何慕天和梦竹，他们现在怎么样？"杨明远不经心似的问。

"你们还不知道？"小罗大惊小怪的，"已经闹得满城风雨了。"

"听说他们在沙坪坝租了间房子同居了。"王孝城说，"大概是谣言吧，我有点不大相信。梦竹那女孩子看起来纯纯正正的，何慕天也不像那样的人。"

"可是……"小罗说，"却完完全全是真的，为了这件事，梦竹的母亲声明和梦竹脱离母女关系，梦竹的未婚夫差点告到法院里去，整个沙坪坝都议论纷纷。不过，小飞燕说，梦竹他们是值得同情的，据说，梦竹原来那个未婚夫是个白痴，如果让梦竹配个白痴，我可要打抱不平。我倒觉得何慕天和梦竹是天造地设的一对，再合适也没有，一个潇潇洒洒，一个文文静静，两个人又都爱诗啦词啦的，本就该是一对。说实话，老早，我对梦竹也有点意思，你们还记得在黄桷树茶馆里比赛吃担担面的事吗？我一口气吃上十碗，不过是想在她面前逞英雄而已。但是，后来我自知追不上，何慕天的条件太好了，我也喜欢何慕天！罢了，说不转念头，就不转念头！结果倒追上了小飞燕。人生的事情，冥冥中好像有人代你安排好了似的。"

"我不懂何慕天这个人。"杨明远皱着眉说，"既然造成这个局面，为什么不干脆和梦竹结婚？这不是有点糟蹋人家清清白白的女孩子吗？"

"你放心。"小罗说,"慕天不是个始乱终弃的人,我了解他,婚礼是迟早的问题而已。听小飞燕说,梦竹病过一场,病得很厉害,现在病好了没多久,说不定这两天,我们就会接到他们的喜帖呢!"

"我认为何慕天不会拿梦竹开玩笑。"王孝城说,"他待梦竹显然是一片真情。"

"何慕天吗?"杨明远从鼻子里说,"我总觉得他有点纨绔子弟的味道,谈恋爱也不走正路。别人恋爱了先订婚,再结婚。他怎么就糊里糊涂地和梦竹同居了,说出去多难听!将来再补行婚礼也不漂亮。"

"或者,他们同居是一个手段。"小罗为何慕天辩护着说,"为的是造成既成事实,好断了高家的念头。"

"哎呀,只要两个人有情,婚礼早举行晚举行又有什么关系呢?"小罗说。

"那当然有关系!"杨明远说,"婚姻是一个保障……"

"我保证。"小罗说,"他们一定会很快地结婚!"

"才不见得呢,何慕天这人未见得靠得住……"

"我跟你打赌,怎么样?"小罗说,"我赌他们一个月以内一定行婚礼!""赌就赌!"杨明远说,"假如何慕天有诚意,为什么不先结婚呢?要弄得这样风风雨雨的,到处都是他们的桃色新闻。"

"赌十包五香豆腐干,如何?"小罗说,"没有先行婚礼,或者是有苦衷呢!"

"苦衷!会有什么苦衷……"

"算了算了。"王孝城插进来说,"为别人的事争得面红耳赤,何苦?结婚也好,不结婚也好,是别人自己的事,你们操什么心呢?走!我们到邱胡子茶馆里去坐坐吧,跟他赊账。"

"我不去了。"小罗说,向寝室外面走,"我赎毛衣去!"

"那么,我们去!"王孝城对杨明远说。

三个人一起走出宿舍的门,刚刚跨出去,迎面来了一位同学,分别递给他们三封信。小罗一看,是三张一模一样的请柬,就高兴得大叫起来:"我说的吧,怎么样!话还没说完呢,请帖就来了,何慕天那个人绝不含糊的!"

"别忙。"杨明远沉吟地说,"这请帖可有点怪。"

大家看那请帖上印的是:

> 谨定于民国三十二年十二月五日晚六时,在重庆市百龄餐厅订婚,敬备菲酌,恭请光临!
>
> 何慕天
>
> 李梦竹
>
> 谨上

"这事不是有点怪吗?"杨明远说,"现在还订什么婚?为什么不干脆结婚?"

王孝城也抓了抓脑袋:"确实有些不可思议。"

"或者……"小罗皱皱眉说,"结婚是件大事,他们不想马马虎虎地办,大概想等钱啦,或者要得到何慕天家里的支援。但是,管他呢,反正订了婚就是要结婚!"

"哼!"杨明远冷笑了一声,"订了婚就一定会结婚吗?那么,梦竹怎么没嫁给高家呢?这是她第二次订婚了。"

"好了!"王孝城叫,"订婚也罢,结婚也罢,让他们去吧!我们也操不上心。我要去喝两杯酒,明远,一起来吧,你喝茶,我喝酒!我始终欣赏辛弃疾那两句词:'昨夜松边醉倒,问松我醉如何?却疑松动欲来扶,以手推松曰去!'真够味,希望今天就能喝得如此之醉。走!明远!"

"好吧,走!"杨明远说,"虽然我不喝酒,但今天可以陪你喝一小杯!有点醺然的酒意,比不醉更好!"

"你们去喝酒。"小罗说,"我赎毛衣去了。"

"等一会儿!"王孝城叫住小罗,"我出了钱是给你赎毛衣的,你可别拿去干别的哦!等会儿又看了话剧了,给了叫花子了!"

"决不会！"小罗叫着说，走远了。

杨明远和王孝城进了茶馆，两人又是茶，又是酒，谈谈说说。时间十分容易过去，一忽儿，天色就暗下来了，茶馆里到处都点起了灯，两人仍然没有离去的意思。杨明远对着茶馆门口，静静地说："小罗回来了，不知道赎了毛衣没有？"

小罗果然大踏步地跨了进来，直接走到杨明远和王孝城的桌子前面，在凳子上一坐，说："我在城里碰到胖子吴，大家决定今晚在沙坪坝镇口那家小茶馆中聚齐，商量商量送什么东西给何慕天和梦竹，胖子吴的意思，是南北社会员们联名合送，因为大家都穷，恐怕得凑了钱才够。"

王孝城望着小罗的手，小罗手里有个报纸包。

"你手里是什么？毛衣吗？"

"不是！"小罗眉飞色舞地说，举起手里的纸包，撕掉了外面的纸，笑着说，"我买来送萧燕的，好可爱！"

杨明远和王孝城一看，原来是只玩具哈巴狗，有白色的长长的毛和一对亮晶晶的黑眼珠，做得十分逼真，也十分惹人喜爱。王孝城点点头说："毛衣呢？"

"去他的毛衣，这个比毛衣可爱多了！"

"你把赎毛衣的钱，拿去买了这个哈巴狗？"杨明远问。

"一点不错！"小罗得意扬扬地，"我保管萧燕会喜欢！"

"我保管她不会喜欢！"王孝城说，"要是她知道你拿赎毛衣的钱买了这么个玩意儿，她不更生气才怪！"

"打赌！"小罗叫。

"赌就赌，赌什么？"王孝城说。

"十包五香豆腐干！"

"外加一碗馄饨！"

"好，一言为定！"小罗叫，"明远是证人。"

"无论你们谁赢了。"杨明远说，"我都得沾一份。你们赌得越多越好，我乐得当证人！"

"现在就去找萧燕，如何？"小罗说，"反正要到沙坪坝茶馆里去，就先到中大去接她出来吧！"

"好吧！"王孝城说，"马上去！"

三人出了邱胡子茶馆，穿过艺专的校舍，走了出去。大家在路上走走说说，风很大，寒气砭骨而来。小罗冷得直打哆嗦，鼻子里呼出的热气全凝成了两道白色的烟雾。杨明远裹紧了围巾，双手插在大衣口袋里。王孝城因为刚刚喝了两杯酒，倒不大怕冷，望着小罗直摇头："看！冷成这副德行，还把钱拿来买玩具狗，让毛衣睡在当铺里！别说萧燕要生气，我看了都要生气！"

到了中大，在女生宿舍门外，找到门房去通报，三人在门口等。只一会儿，萧燕围着围巾，穿着厚厚的大衣，从里面跑了出来，高兴地说："接我去茶馆吗？我正准备去，一块去吧！"看到了小罗，她的脸一沉，没好气地说："我说过不理你了，你又跑来做什么？"

"我想出你为什么生气了。"小罗说，"毛衣，是不是？"

"你知道就好了！"萧燕仍然板着脸，"看你冷得那副怪相，毛衣赎回来没有？"

杨明远和王孝城相对看了一眼，又转头去看小罗如何应付，小罗不慌不忙地，慢吞吞地说："毛衣吗——"

说了三个字，就像忘记了那回事似的，突然举起那只哈巴狗来，往萧燕鼻子底下一送，嬉皮笑脸地说："哈巴狗，哈巴狗。"

萧燕冷不防地看到毛茸茸的东西，吓了一大跳，好不容易定下心来，才看清是只玩具的哈巴狗。她用手拍拍胸口，喘着气说："你这是干什么？"

"这个吗？"王孝城笑着说，"就是赎毛衣的成绩，我们摊了钱给他去赎毛衣，毛衣没赎回来，赎出这么个东西来！"

小罗仍然嬉笑着，把那只玩具狗在萧燕鼻子前面不停地晃来晃去，嘴里重复地嚷着："哈巴狗，哈巴狗！"

"哈巴狗！哈巴狗！"萧燕望着冷得发抖的小罗，气不打一处来，对小罗叫着说，"去你的哈巴狗！你的毛衣呢？"

"在当铺里。"小罗呆呆地说，接着，又咧开嘴笑了，继续把哈巴狗在萧燕的鼻子前面晃动，傻兮兮地说，"你看！哈巴狗，哈巴狗，很可爱的哈巴狗。"

萧燕气得说不出话来，但，看到小罗那副滑稽样子和嘴里一个劲的"哈巴狗"，就忍不住扑哧一声笑了出来。可是，笑归笑，想想看又实在气人，就又用手去揉眼睛，一揉眼睛，眼泪就扑簌簌地向下滚，一时间，也不知道她是在哭还是在笑。王孝城、杨明远和小罗都呆住了。半天后，王孝城问萧燕："喂，你是在哭呢？还是在笑呢？你是高兴呢？还是生气呢？"

萧燕揉着眼睛，依旧又哭，又笑，一面用手指着小罗说："他，他，他，气人嘛！又，又，又，好笑嘛！"

"那么……"王孝城掉头问杨明远，"你是公证人，这个赌算我赢了呢？还是算小罗赢了呢？"

"老天！"杨明远叫，"我这个公证人不会做了，到茶馆里去让大家评评吧！"

百龄餐厅中，何慕天总共只请了一桌客人，就是南北社中那一群，没有一个生人，也没有任何仪式，只等于又一次的南北社聚会，所不同的，是由茶馆中迁到饭馆里而已。

梦竹这天是一身纯西式的装束，穿着件白纱的晚礼服，衣服上缀着亮亮的小银片，有着绉绸的袖口和碎碎的小花边。衣服外面罩了件白色羊毛外套，同样缀着银色闪光的亮片。一举一动，闪熠生姿。她消瘦了不少，头发不再像往日那样束成辫子，而鬈曲地披在背上。乌黑的头发衬托着她白皙的面孔，由于清瘦，一对眼睛显得特别地大而黑。她没怎么化妆，只淡淡搽了一些脂粉，整个人看起来纯净得像一泓清泉。不过，她显然和以前有许多变化，她似乎更沉静了，更不爱讲话了，除了微笑，她几乎不说什么。而那对温温柔柔的眸子，给人一种楚楚可怜的感觉。

何慕天却和梦竹相反，穿了一身中装，棉袍外面罩着藏青色的织锦缎的长衫，维持他一贯潇潇洒洒的风度。但他看起来也消瘦了不少，而且不像往日那样谈笑风生和狂放不羁了。他不时地把眼光落到梦竹的身上去。对他的客人们有点心不在焉，仿佛他全部的注意力都集中在梦竹一个人身上，而再无心情去管别的事似的。

这一顿"订婚宴"，由于两位主角都有些反常，客人们也就闹不起来了。何况何慕天和梦竹的事早就成了许多人谈论的中心，大家也都有些忌讳，生怕说出来的话不太得体，会给梦竹难堪。因而，这顿饭吃得是出奇地规矩和文雅。直到菜都快上完了，小罗憋不住了，举起杯子来，对何慕天和梦竹大嚷着说："为南北社中第一对祝福！"

大家都举起杯子，王孝城又嚷着说："也为第二对祝福！"他把杯子在小罗和萧燕面前晃了晃。

特宝又嚷着说："还有不受注意的第三对！"他的杯子指向胖子吴和外号叫五香豆腐干的许鹤龄。立即，大家喧哗了起来，因为胖子吴和许鹤龄的恋爱还是个秘密。王孝城对杨明远低声说："这是'巧对'，一个胖，一个瘦！姻缘前定！他追了半天小飞燕，却追上了五香豆腐干！"

大家都举着杯子，大宝又叫了声："还为那些配不了的光棍祝福！"

于是，大家干了杯，气氛才突然转为热闹了，几杯酒下肚，那份往日的豪情又悄悄恢复，小罗高兴地、摇头晃脑地喊着："愿天下有情人皆成眷属！"

特宝是喝了几杯酒就忘不了作诗，又在那儿念念有词地"仄仄平平"起来。大宝和二宝居然猜起拳来了，席间又流露出一片喜气。萧燕拍拍手说："今天是何慕天和梦竹订婚的好日子，也是南北社的一次大聚会，我们来用成语接龙如何？记住，一定要接吉利话，谁接出不对劲的成语就要罚，如果接不出来，更要罚！罚喝三杯酒，怎样？我来起个头。"于是，她念，"天作之合！"

坐在她下家的特宝接了下去："合作精诚！"

于是一个个地接下去：

"诚心诚意！"

"意犹未尽！"

"尽情欢笑！"这是小罗接的。

"这算成语吗？"萧燕质问。

"勉强勉强！"王孝城说，于是又继续下去：

"笑语如珠。"

"珠圆玉润！"

"润肠补肺！"这是大宝接的，大家全叫了起来。

"这是什么玩意儿？"小罗问。

"是济世良药，百补丸，吃一粒可以长生不老。"大宝说。于是，全场哄堂大笑了起来。笑声中，大宝被按在桌子上，灌了三杯酒。再接了下去：

"肺腑相亲！"

"亲情似海！"

"海阔天空！"

"空谷幽兰！"

"兰质蕙心！"

"心心相印！"

"好了！"胖子吴站起来叫，"到此为止！"他举起杯子，向着何慕天和梦竹说，"从天作之合起，到心心相印止，祝你们白头偕老！今晚也已经酒酣耳热，我们喝了你们的订婚酒，希望马上又有结婚酒可吃！现在，让我们全体敬你们一杯，也就该散了！"

于是，大家都站了起来，向何慕天和梦竹举起了杯子。何慕天看了看梦竹，梦竹眼睛里凝满了泪，嘴边挂着个感动的微笑。在灯光的照耀下，在白色的衣衫里，她像个飘逸的，不染丝毫尘土气息的仙子！他激动地用手挽住梦竹的腰，端着酒杯说："谢谢你们，希望你们分享我们的快乐。"再看了梦竹一眼，他又说："我和梦竹经过了一番挫折，今天才订了婚，希望以后全是坦途了。"他眼中飘过一团轻雾，甩了甩头，似乎想甩掉一个暗影，他再说："最近，我深深领悟出一个道理：真正的爱情中一定有痛苦，而从痛苦中提炼出来的爱情才更真挚而永恒！"他举起杯子，大声说："干了吧！每一位！"

大家都干了杯子。小罗又郑重地捧上了一个用缎带系着的盒子，说："这是我们南北社员合送的一样小礼物，礼轻而人意'重'！"他特别强调那个"重"字。

然后，客人们告辞了。走出了百龄餐厅，迎着室外寒冷的空气，杨明远幽幽地叹了口长气。

"怎么了？你？"王孝诚问。

"没怎么。"杨明远轻轻地说，"那是个有福之人。"

"谁？"

"何慕天。"

王孝诚看了杨明远一眼，抬了抬眉毛，什么话都没有说。

何慕天结完了账，帮梦竹披上一件白色的披风，挽着她走出百龄餐厅。梦竹的头靠在何慕天的肩膀上，两人静静地向街头走去。好半天，梦竹发出一声轻叹："他们真使人感动，不是吗？"梦竹说："我以为他们会轻视我。"

"轻视你？为什么？"

"闹一场婚变，又和你——"她抬头看了何慕天一眼，"这样没结婚就——"

"结婚只是早晚的问题，是吗？"何慕天说，"等放了寒假，我回一趟昆明，和父母说明了，再结婚比较好，你懂吗？"他的声音中带着微微的战栗，"难道你不相信我？"

"我相信！"梦竹说，把头紧倚在何慕天身上，"我相信你一切的一切的一切！"

回到沙坪坝何慕天所租的那间小屋中，梦竹解下披风，抛在床上，自己坐在床沿上。何慕天走过去，蹲下身子，抓住梦竹的双手，激动地说："你知道你穿这件衣服像什么？像一颗小星星！"

梦竹微笑了，静静地望着何慕天。半天后，才说："来！看看他们送我们的是什么。"

何慕天解开了盒子上的缎带，打开盒子，取出一只白色长毛的玩具哈巴狗。何慕天和梦竹相视而笑，梦竹摸着哈巴狗的脑袋，赞叹地摇摇头："亏他们想得出来，真可爱！"

"脖子上还有一张卡片。"何慕天说，"看看上面写了些什么东西？"梦竹把灯移近，两人看到卡片上写的是：

一只小小的哈巴狗，包含了：

小罗的毛衣，

萧燕的眼泪，

杨明远和王孝城的本钱，

以及南北社全体会员的欢笑！

"这是什么意思？"梦竹问。

"一定有个很可爱的故事！"何慕天说，揽紧了梦竹。一同注视着那只毛茸茸的小东西。

几度夕阳红

贰拾贰

TWENTY-TWO

"但愿今夜无限地长，永不要天亮，那么，你就一直在我身边，不能离开。"

　　寒假来临了。小屋内生了一盆火。桌上，桐油灯的火焰在灯罩下昏然地亮着，小屋内的一切，在如豆的灯火下，看来隐约而朦胧。梦竹坐在火盆旁边，拿着火钳，无意识地拨着火，把烧红的炭叠起来，又把黑炭添上去。她的脸映在炉火的光芒下，整个脸都被染红了。长睫毛半垂着，一对黑眼珠深藏在睫毛下，若有所思地凝视着炉火。

　　何慕天伸过手去，把手压在她的手背上，她似乎吃了一惊，扬起睫毛来望着他。

　　"为什么不说话？"何慕天凝视着她的眼睛，低低地问。

　　她惘然地笑笑。

　　"说什么呢？"她问，"该说的话，也都说尽了。"

　　何慕天把椅子拉过去，坐在她的身边，把火钳从她手上拿开，用双手握住了她的双手，深深地注视着她的脸。好一会儿，两人就这样彼此注视着，火光在她的瞳仁中闪烁，一层淡淡的清光在眼珠间流转。他把她额前垂着的一绺短发拂到后面去，紧盯着她的眼睛，用肯定的口吻说："相信我，一个月之内一定赶回来。嗯？"

　　她点点头。

　　"好好地等我，奶妈一定会常来看你，我给你留下了足够的钱，一切都不要担心。有时间，可以去找萧燕她们聊聊，不要整天关在屋子里。嗯？"

　　她再点点头。

　　"我到昆明，和我父母说明了，就可以回来，等我回来了，我们就立刻举行婚礼。嗯？"

　　她又点点头。

　　"不要难过，一个月很快就会过去，我马上就会回来了，闭上眼睛想想看，一个月后的今天，我们大概又手握手地坐在一块儿了，有什么可难过呢？是不是？"

她还是点点头。

他凝视她，握紧了她的手。

"说话！梦竹！为什么不说话？"

她的头垂了下去，依旧默然不语。

"梦竹，怎么了？"用手托起她的下巴，于是，他看到两滴大而晶莹的泪珠，正从她的眼眶中跌落，沿着面颊，滚了下去，击碎在衣襟上面。他站起身来，迅速地把她的头按在自己的怀里，用胳膊紧紧地揽住她。

"别！梦竹！千万不要！不要这样伤心！你这样子，我怎么离得开你？"蹲下身子，他用双手捧住她的脸，"想想看，仅仅是一个月而已！"

"一个月。"她轻轻地说，"是多少天？多少小时？多少分？多少秒？"

"梦竹！"他叹息地喊，"梦竹！"

"慕天。"她抬起泪光莹然的眼睛来注视他，"为什么你一定要回去？我不懂，我不了解，我们可以在重庆先结婚，然后你带着我一起回去，不是也很好吗？为什么一定要离开一个月呢？假若你必定要你父母批准了才能结婚，那么，万一……万一……万一你父母不批准呢？难道你就不娶我了吗？"

"梦竹！你在胡思乱想些什么？"何慕天喊，不安地欠了一下身子，"你想，婚姻又不是儿戏，怎能如此草率？我愿意和你有个规模很大，很讲究的婚礼，我看着你穿着最华丽的礼服，由四五个花童牵着纱，走进结婚礼堂。我要为我们布置一个很漂亮、整洁而温暖的小家……这些，都需要钱，是不是？我回去一趟，才能解决经济上的问题。而且，我父母只有我这一个儿子，哪里有结婚都不先通知的道理？或者，他们会希望参加我的婚礼，那么，把他们也接到重庆来住住，让他们主持我们的婚礼。要不然，假若他们愿意，我接你到昆明去举行婚礼，不是也很好吗？总之，我这一趟是非回去不可的，你了解吗？"

"形式！"梦竹低低地，像自语似的说，"铺张的婚礼，讲究的新房，都只是形式。事实上，还不是早已经——"

"梦竹！"何慕天喊着，紧盯着她的眼睛，"你要相信我，你必须信任我。梦竹，我有我非回去不可的理由，梦竹……"他拥住她，激动地吻住她的唇，身子在微微地战栗着，"梦竹，你信任我，信任我……我回去……因为我太爱你，我要……对你负责任……我要……你成为何慕天的妻子……我要使一切合情……合理。"他叹息，"我爱你，梦竹，那么深，那么切！"

"但是，你并不一定要回去——"梦竹固执地说。

"我必须回去！"何慕天轻声说，然后突然推开梦竹的身子，拉长了两人间的距离，审视着她的脸，"梦竹，你不信任我？你以为我玩弄你？你以为我会不再回来？梦竹，你在害怕什么？怀疑什么？"

梦竹愣愣地望着何慕天。望着，望着，她忽然跳起来，扑进何慕天的怀里，用手紧抱着何慕天的腰，脸埋在他的衣服里，低声地嚷着说："慕天，你别走吧，别走吧。我不知道我害怕什么，但是，你别走吧。我心里好乱好慌，我不知道……不知道怎么回事？但是你别走吧。"

何慕天拉开她的手，继续审视着她。

"我只去一个月，你知道。"

"是的，但是，但是——"

"别傻！"他吻她，"你数日子，我一天也不超过，准在三十天之内回来！好不好？"

她瞅着他，牙齿轻轻地咬着下嘴唇，点了点头。

"三十天——"她慢吞吞地说，"一天也不许超过。"

"一天也不超过！"他保证似的说。

她含着眼泪笑了。

"你要给我写信。"她说。

"当然。"

"你的地址也给我，我好给你写信。"

他略事犹豫，有些不安。

"好。"终于，他说，"我地址给你，但是非不得已，你还是不必写信来，因为我可能一到家，几句话一讲，交代清楚了就要往回头走。你知道，路上来回的时间就要一个月，我还是有熟人的车子可以搭，万一再碰到点事情耽误呢？所以，我不会在家中停留的。"

"可是，你总要给我地址。"

"那——好吧。"

她眨动着眼睛，泪珠仍然挂在睫毛上。把头靠在他的胸前，她静静地偎着他。他动了动，她立即抓紧他，轻声地，做梦似的说："别动，别离开我。"她叹息一声，"但愿今夜无限地长，永不要天亮，那么，你就一直在我身边，不能离开。"

他用手抚摩着她的头发，那一头浓发正自自然然地披在背上，像黑色的瀑布般泻开。他的下颚靠着她的头发，轻轻地在她的发际摩擦。她闭上眼睛，手环在他的腰上。好久好久之后，才轻轻地，呓语般地说："你走了，我就天天坐在窗子前面，天天，时时，刻刻！等你回来。你一天不回来，我就一天不能好好地吃，好好地睡，只要你想着，我是怎样地期盼着你，你就不会在外面多做停留。你知道，虽然我们缺少一道法律的手续，但，我已经是你的妻子。只要你常常想，为了你，我——只要你常常想别忘了我！别负了我！别忘了我，别负了我！别忘了我，别负了——"

他弯下身子，嘴唇一下子堵住了那絮叨不停的小嘴，然后，他强烈地、炙热地、狂猛地吻她。炉火烧得很旺，熊熊的炉火照射之下，她的脸上有他的影子，他的脸上也有她的。室内暖气腾腾，她的面颊在发热，胸中似乎也烧着一盆火，那样熊熊地、炙炽烈地。他的嘴唇紧紧地压着她，在她的唇上揉擦，那男性的胳膊像铁索般箍紧了她。她头中昏沉四肢松懈，身子软而无力地贴着他的。

天蒙蒙地亮了，桌上的灯仍然在燃着。昏黄的光线在晓色中显得更加朦胧。窗纸被曙光染成了灰白色，远处，一声鸡啼引起了各处晨鸡的响应。

"我该走了。"他说，"七点钟就要开车。"

"不。"她说，"有雾，车子不能准时开。"

"你看错了。"他轻声地，"今天不会有雾，窗纸上那么亮，太阳都快出来了。"

"是吗？"

"嗯。"

"再睡五分钟，然后我送你去搭车。"

他吻她。轻轻地、低低地、温柔地，在她耳边念了一阕《如梦令》：

> 颠倒镜鸾钗凤，
>
> 纤手玉台呵冻，
>
> 惜别尽俄延，
>
> 也只一声珍重！
>
> 如梦如梦，
>
> 传语晓寒休送！

天是真的亮了。梦竹坐在小屋的窗前，用手托着下巴，呆呆地凝视着远山被暮色所吞噬。室内是暗沉沉的，没有点灯，也没有炉火，冷冰冰的空气和浓成一团的暮色胶冻在一起。窗口的风很大，窗棂被吹得咯咯作响。敞开的窗子迎进一屋子的冷风，梦竹端坐在风口之中，却寂然不为所动。

一声门响，奶妈闪身进屋，关上了房门，立即惊呼着说："梦竹！你在干什么？"

"没有干什么。"梦竹幽幽地说。

"这房里是怎么了？好像比外面还冷。你这样开着窗子吹风，是想送命吗？"奶妈叫着说，走上前去，不管三七二十一地把窗子关上。

"奶妈，你少管我。"梦竹不耐烦地说，想阻止奶妈关窗子，但窗子已经关上了。奶妈还特地把窗闩都闩好，推了推，关得很牢了，才回过身子来，用手摸摸梦竹的手，又是一声惊呼："看你！手都冻成冰柱了，你简直是找死！梦竹呀梦竹，你也不是小孩子了，怎么这样不会招呼自己呢？奶妈要是一天不来，你就一天不知道是怎么过的，这样怎么是好呢？何慕天要是再不回来，你要瘦得只剩下皮包骨头了。火也不起，灯也不点，大概饭也没吃，是不是？"

梦竹仍然坐在窗口的椅子上，只是把原来朝向窗外的脸转向屋里，木木地坐在那儿，一声也不响。奶妈跺跺脚，叹了口气，先把灯点上，捻亮了灯芯，放在桌子上，再忙着把火盆烧着了，鼓着腮帮子，把火吹得旺旺的，走到梦竹身边，摇着她说："坐到火边上来，好不好？"

"奶妈，你就别管我吧！"梦竹不耐烦地皱皱眉。

"我不管你，我不管你谁管你呢？"奶妈说，"如果慕天回来了，我就不管你！反正有他会管你。现在，我怎能不管你呢？看你瘦得这副样子，整个脸庞上就只剩下一对大眼睛了。等到慕天回来，该都认不出你了！"

"你少说几句好不好？"梦竹蹙紧眉头说，烦躁地站起身来，把椅子拉到火边。

"我不说。"奶妈叽咕着，"我就不说，我才不爱说呢！只要慕天回来，跟你结了婚，我也就了了一件心事，你们少夫少妻和和气气过日子，我也安安心心侍候你妈去，不在你眼睛前面惹你讨厌，只等慕天回来，我就什么都不管，也什么都不说了！"

"奶妈！"梦竹喊，"叫你不要说！叫你不要说！叫你不要说！"喊着，她一下子垂下头，把脸埋进手心里，重重地啜泣起来。

"哟哟，你这是怎么了？"奶妈慌了手脚，赶过去，抚着梦竹的肩膀说，"好好的，又哭什么？别哭别哭，都是我不好，老奶妈以后就再也不说了，行不行？别哭别哭，哭起来像个小娃娃了。"

"奶妈！"梦竹哭着喊，"他不会回来了，他不会回来了，我知道！今天已经第三十八天了！他一定不会回来了！准是他家里不让他娶我……"

"哎呀，梦竹，你就是成天呆坐着胡思乱想。怎么会呢？慕天那孩子不是个负心人，奶妈对他放得了心，当初才会帮你逃出去。你想，昆明到这儿哪里是一个月可以来回的呢？人家走上两三个月都是平常的……"

"不！不！不！你不知道！"她拼命地摇头，"他有车可搭，不像别人要用走的，一个月来回是足够的！他说过三十天之内一定回来！现在，他是不会回来的了！或者路上出了事，他们说渝昆路上有土匪，他或者给土匪绑票了，杀掉了！"

"阿弥陀佛！"奶妈呼出一口长气，"好小姐，你这是何苦呢？红口白舌地咒人家！"

"但是，他为什么还不回来？还不回来？还不回来？"

"不要急，小姐，说不定明天就回来了，你也该弄得整整齐齐，吃点东西，别让他回来看到你这样惨兮兮的，对不对？来，你坐在这里烤烤火，我去给你弄点东西吃！"

"你不要费事了吧。"梦竹瞪着炉火说，"我什么都吃不下，一点胃口都没有！"

"吃不下，饿着也不是办法呀！"奶妈说着，已挪动着笨重的小脚，自顾自地走了出去。

当奶妈端着碗热气腾腾的面走进来时，梦竹正坐在桌子前面，握着笔，对着油灯发愣。灯下，一张空白的信笺正平摊着，奶妈把面放在梦竹手边，说："来，先趁热吃了，再写信！"

"我不想吃。"梦竹无精打采地说。

"吃一点，胃口就会提起来了。"奶妈好言好语地劝着。

梦竹对那碗面注视了几分钟，终于，叹了口气，放下笔，拿起筷子来，在碗中挑着面条，挑了半天，没有吃进一口。奶妈忍不住了，说："梦竹，你在洗筷子吗？"

梦竹不经心地望了奶妈一眼，低下头吃了几口，就放下筷子，把碗推开说："吃不下，胃里不舒服，想吐。"

"你别是生病了？"奶妈担心地说，用手摸摸梦竹的头，"自己不爱惜身体，有一顿没一顿的，又在风口里吹风，再像上回那样病一场就不好了。"

"没病。"梦竹躲开奶妈的手，继续对着信纸发呆，好半天，皱皱眉说，"那个桐油灯烧起来有个怪味道，闻得我头晕。"

"你的身体是越来越坏了。"奶妈说，"我看你怎么办才好？"

梦竹用手托着下巴，盯着那张信纸，盯着盯着，她的眼睛迷糊了，提起笔来，她在信纸上胡乱地画着。一张男性的脸，鼻子，眼睛，眉毛……咬着嘴唇，她凝视着自己画出来的脸谱，又用笔在那张脸谱上一阵乱涂，涂成漆黑一团，嘴里喃喃地、无声地问着："你为什么还不回来？还不回来？还不回来？"

"梦竹，你这是写的什么信呀？"奶妈伸过头来问。

"你少管我的事！"梦竹没好气地说。

"好好，我不管，我不管！"奶妈也翘起了嘴，一面收拾梦竹的碗筷，嘴里嘟囔着，"狗咬吕洞宾，不识好人心！"望了望那碗几乎没动过的面，她又心软了，"梦竹，你不吃东西怎么行呢？我给你煮两个敲敲蛋来吧！"

"敲敲蛋——"梦竹想着，一阵翻胃，差点呕吐出来，舌根底下直冒酸水，"你别提敲敲蛋了吧，提起来就要吐！"

奶妈端着碗，突然一顿，就站在那儿，愣愣地望着梦竹的背影发起呆来。梦竹伏在桌上，凝视着灯芯下的灯花，据说灯花结得大，象征有喜事，这灯花够大吗？他会回来？今天？明天？或者，他现在已经回来了正向这儿走来呢，一步一步，可能已走到巷口了，说不定已到了门口了，下一秒钟就会推开门走进来，让她又惊又喜又怨又恨……她侧耳倾听，屋外，除了呼啸的风声，只有远处鹧鸪单调的啼声：

"苦苦苦苦苦！"

"苦苦苦苦苦！"

长长地叹息了一声，她坐正身子，无精打采地提起笔，在纸上歪歪倒倒地写着：

> 忆了千千万，
> 恨了千千万，
> 毕竟忆时多，
> 恨时无奈何！

抛下笔，她站起身来，一回头，发现奶妈端着碗，像座石膏像般站在那儿，呆呆地瞪着她。她怔了怔，诧异地说："你看什么？奶妈？"

"你——"奶妈拉长声音说,语气有些特别,"你是不是有了?"

"有了?有什么了?"梦竹不解地问。

"梦竹。"奶妈折了回来,把碗放回桌子上,审视着梦竹的脸说,"你不是小娃娃了,自己还不知道吗?我问你是不是有孩子了?"

"我——"梦竹一惊,脑中迅速地思索盘算着,接着就双腿一软,坐回到椅子里,无力地吐出一个字,"哦!"

"好了,梦竹。"奶妈把手放在梦竹的肩膀上,安慰地拍拍她,"这也是喜事,反正做了女人,就总要有孩子的。慕天不是个负心人,他这两天一定会赶回来,等他回来了,你们还是尽快把婚事办一办吧。想想看,又可以有奶娃娃好抱了。"奶妈突然兴奋了起来:"这是喜事呀,梦竹,你别看奶妈年纪大了,带娃娃还是会带呢!小褯褓,小虎头鞋,就好准备起来了。你可别劳动了,给我好好地休息着吧,从明天起,我一早就来帮你忙,要做点补的东西吃吃才好……我一早就来,你妈那儿没关系!梦竹呀,你别以为你妈恨你,我想,我天天溜到你这儿来,她根本就是知道的,不过装作不晓得罢了,她嘴里不说,心里还不是惦记着你……这下好了,有了孙子,还记什么怨呢?等将来抱着娃儿和慕天回家来转一趟,管保你妈什么气都没有了。哪一个娘不疼孩子的呀?你妈是心软嘴硬,脾气犟。就你这么个宝贝女儿,哪里会不爱呢?只是太要面子,现在抹不下脸来认你,等有了孩子,就什么都好了,什么都好了……"她猛地缩住了口,梦竹呆呆地坐在那儿,像一座雕像,眼睛直直地望着前面,脸上一点表情也没有,奶妈推推她,说:"怎么的?梦竹?发什么愣呀?"

"慕天。"梦竹慢吞吞地说,"不回来呢?"

"你想些什么?怎么会呢?慕天不是那样的人!"

"你说过,男人都不可靠的。"

"不过,慕天不会的呀!那是个实心眼的孩子,我老奶妈看人看了这么多年了,决不会走了眼!"

"可是……"梦竹叫,"他为什么还不回来呢?我要等到哪一天?哪一天?哪一天?今天已经第三十八天了!"

三十八天！三十九、四十、四十一……许许多多个日子又轻悄悄地来到，沉甸甸地滑走了。太阳升了，落了，月亮起了，沉了。星光初隐，接着就是鸡啼报晓，夕阳方沉，马上就是夜幕四垂。日子令人恐慌地重叠着来到，又在期待的狂热中缓慢而沉重地流逝。何慕天一去就如石沉大海，除了刚走的几天有信来，以后就连片纸都没有了。这种绝望的期待和无边的岑寂使梦竹精神紧张到要发狂。每日，从窗边走到门边，从门边踱到巷口，看看天亮天黑，日落月沉。她变得抑郁而神经质，当第五十天又从黎明来到，她抓住奶妈的手腕，睁着一对大而无神的眸子，恐怖地说："他死掉了！他一定死掉了！"

"呸！小姐！别触霉头！"奶妈啐了一口。

"真的，奶妈！他死掉了，他一定死掉了！"梦竹哭了起来，"渝昆路常常翻车，他不是翻车死了，就是给土匪杀了！他一定是死了！"

"好说！小姐，何苦一定要咒他呢？大清早，何苦来！喏喏，别哭，别哭，哭了要动胎气的！"奶妈拍着她，像哄一个小孩子。

"我不能这样等下去。"梦竹绝望地摇着头，"我要等到何年何月为止？孩子生下来没有父亲！我不能再等，我不能再等！"她痛哭着喊，"再等下去我要发疯了！我不等了！我要找他去！到昆明找他去！"

"你疯了？"奶妈喊，"昆明那么远，你一个女孩儿家，又带着身孕，你不要命了，是不是？"

"我不管！"梦竹狂热地说，"我要去找他！我什么都不管！我宁愿死在路上，也要去找他！我不能无尽期地等待！等待！等待！"

"我决不放你去！"奶妈嚷，"你发疯！"

"我要去！"梦竹坚决地说，"我有钱，他留给我足够的钱，我可以找他上次找的那个朋友，搭黄鱼车去！我一定要去！我不能留在这里等到头发发白！"

"你别傻！"奶妈瞪大了眼睛，"或许他明天就回来了！"

"明天！"梦竹发狂地叫，"有多少个'明天'！奶妈，你别骗我，也别骗你自己，他要回来，早就该回来了！他现在还不回来，是不会回来了！"

她用手蒙住脸，痛哭失声地说，"我要找到他，我不信他会薄情至此！"

"梦竹，梦竹。"奶妈喊，鼻子中也一阵酸楚，"你千万别傻，那么远，路上又不安静，你年纪轻轻的……梦竹，千万别傻，再等几天看看！再等几天！"

"再等几天！"梦竹抓住奶妈的衣服，泪如雨下，"再等几天？几月？还是几年？"

几
度
夕
阳
红

贰拾叁

TWENTY-THREE

她看到的是自己那份被残酷的现实所践踏的爱情，一切美的、好的、诗一般的、梦一般的感情全破灭在最最丑恶，最最无情的境况中，破灭得那样干净，连一丁点痕迹都找不出来。

　　阴历年过去没有多久，天气出奇地冷。昆明的街道上，冷清清的没有什么人，寒风无拘无束地在大街小巷中奔驰。偶尔走过的一两个行人，都把头缩在大衣的衣领里，用围巾连下巴带嘴都蒙了起来，匆匆地从街上走过去，仿佛有什么东西在后面追赶一般。这是个下午，太阳缩在云层后面，时而露出一角来，没有几分钟，就又吝啬地缩了回去。

　　梦竹提着一个旅行袋，带着满面的倦容，在寒风瑟瑟中来到昆明。按着何慕天留给她的住址，她不费力地找到了那幢庭院深深的大宅。停在大门外面，她伸了伸头，高高的围墙，看不到里面，只有一棵老榆树，伸出了落尽叶子的枯枝。靠在门边，她休息了一两分钟，心头有如万马奔驰，各种念头纷至沓来。一路上，带着股狂热和勇气，千辛万苦地寻到昆明，日日夜夜，脑子里只有一个单纯的念头，找到何慕天！在这个念头下，多少的苦都挨过了，多少的罪都受过了！尘埃漫天的公路，颠簸的木房汽车，小客栈里无眠的夜，呕吐、晕眩，一一忍受，只求见到何慕天！而现在她已停在何慕天的门外，与何慕天只有一墙之隔，几分钟之后，可能就要面对面了。她反而没有勇气打门，反而满腹犹豫和不安。倚在门边的柱子上，她呆呆地望着那两扇黑漆大门。

　　她的外表是憔悴的，二十天的风霜之苦，两个多月的相思之情以及腹内那条小生命，把她折磨得损损不堪。穿着件满是灰尘和黄土的黑色大衣，用一条围巾包着头。露在围巾外面的脸苍白瘦削，一对大大的眸子黯然无光，显得憔悴，无神而疲倦。

　　倚在门上，她不知道站了多久，寒风扑面而来，逼住了她的呼吸，围巾在风中飘飞，咬了咬嘴唇，她再望望那高高的围墙，这里面都住了些什么人？何慕天，他的父母？他们会用什么眼光来看她？一个单身的女子，迢迢千里地追踪一个男人，从重庆追到昆明！他们会嘲笑她，会轻视她，会认为她下贱、淫荡和无耻！何慕天呢？或者，他已忘记她了，或者，他有了更好的女朋友。否则，他怎会将她丢在重庆不管？……不不，一定不是这样！多半他出了什么事，他们会告诉她，何慕天早已动身去重庆了，那么，就是路上出了事……不不，也不会是这样！也不能是这样！她猛烈地摇摇头，和困扰着自己的各种思想做斗争，终于，一咬牙，她站正了身子，不管迎接自己的是什么，她必须面对这已经到眼前的事实。横了横心，她重重地扣了两下门环。

提着旅行袋，她瑟缩而不安地等在门外，心脏在激烈地跳动着。谜底将要揭晓了，她忽然觉得软弱而胆怯，渴望有一个可以逃避的地方，甚至希望那两扇门永远不要开启。谁知道门后面有着什么？出于一种第六感，她本能地预感到凶多吉少……何慕天出事了，生病了，死……她咬紧嘴唇，咬得嘴唇疼痛。

门开了，梦竹的心狂跳了两下，向后退了一步。门口站着一个头发花白的男仆，用一对好奇而诧异的眼光，上上下下地打量着她。

"你找谁？"

"请问……"她嗫嚅着，"这儿是不是姓何？"

"不错，你找哪一个？"

"何……何慕天先生在不在家？"她的声音震颤，心跳得那么厉害，她相信自己的脸色一定发白了。

那男仆更加诧异地望着她。

"少爷吗？他不在家。"

"不在家？"梦竹的心向下沉，喉头干燥，用舌头润了润嘴唇，她吃力地问，"你是说，他是——现在不在家呢？还是根本一直不在家？"

"他出去了。"那男仆不耐烦地说，奇怪着这个女人是怎么回事。看来神经兮兮，说话颠三倒四，"你找他有什么事？"

"我……我……"梦竹嗫嚅着，"想……想见见他。他……什么时候出去的？"

"一清早。"

"一清早？"梦竹松了口气，忽然间，感到四肢一点力气都没有了，轻声地自语了一句，"他居然在家！"

"在家？我说他不在家！"男仆说，眼睛里的怀疑之色在加深，八成，这是个女疯子，必须小心一点！

"是的，我知道。"梦竹疲倦地说，"我可以进去等他吗？或者，见一见别的人——有谁在家吗？"

"太太在。"男仆说，颇带戒意地望着她，"你贵姓？我进去通报一声再说。"

"我姓李。"梦竹犹豫地说，"李梦竹，从重庆来的。"

"好，你先等一等，我去告诉太太。"

太太？梦竹望着那个男仆走进去，心中狐疑地想着。什么太太？是了，一定是何慕天的母亲！她的心又加速了跳动，紧张使她忘了寒冷，事实上，她的四肢已经冻得麻木了。何慕天的母亲！她会见她吗？会轻视她吗？会赶她出去不认她吗？会……男仆又出来了，开了大门说："请进来！"

她走了进去。男仆在前面带着路，她不安地跟在后面。穿过了大大的院落，走进了一间雅净整洁的客厅，房间并不大，却布置得精致清雅。四壁书画琳琅，屋内燃着一盆熊熊的火，使整间屋子里充满了温暖和安适的气氛。紫檀木的椅子和茶几，几上养着一盆盛开的水仙花，深深的香气弥漫全室。椅上陈列着黑缎子镶彩色珠子的团花椅垫。男仆指了指椅子说："你坐一会儿，太太马上就来。"

她犹豫了一下就坐了下去，男仆退出去了。她四面张望着，多么温暖的小屋！多么可爱的环境！一层模糊的喜悦感悄悄地掩上她的心头，如果她和何慕天结了婚，这也将是她的家，是吗？火炉已经把她才进门时的寒冷赶走，在暖气烘托之下，她忽然感到一种淡淡的兴奋和紧张，她又开始有了信心。何慕天并没有离开昆明，一定是有什么特别的原因使他稽延了行期。而现在，她来了，也没有被他的家人拒于门外，他们一定早已知道了她。那么，他们可以在昆明结婚，生活在这安适幽静的环境中，然后，等孩子出了世，再携儿回家探母……噢，她想得太远了？解下了包头的围巾，把旅行袋放在地上，她摸了摸自己凌乱的头发和那两条并不整齐的辫子。望了望自己，衣衫不整，上面积满了灰尘和黄土。她微微有些后悔，不该下了车就往这儿跑，应该先找个旅馆，洗一洗澡，换身干净衣服，也给未来的公婆一个好印象。但，那时，她全心都在何慕天身上。哦！何慕天！她是多么想他、念他、渴望见他！

一声门帘响，她吃了一惊。抬起头来，珠络的门帘动荡着，一个十四五岁清清秀秀的小丫头，托着一杯茶走了出来。把茶放在她身边的小几上，小丫头好奇地看了她一眼，就默不作声地退了出去。她凝视着那杯茶，绕鼻而来的茶叶香使她神清气爽。一杯热茶，一盆炉火……多么浓厚的"家"的意味！二十天仆仆风尘的疲倦似乎都被这温暖的小屋所吞咽了。那朦胧的感觉，对她更深更厚地包围了过来。

再是一声门帘响，她看过去，有些愣住了。

门内，走出来的是一个装扮得很浓艳的少妇，穿着件宽宽大大的衣服，隆起了腹部，说明了她即将成为一个母亲。满头黑发厚郁地披在肩上，浓眉毛，大眼睛，挺直的鼻梁下是张坚定的嘴！浑身散发着一种咄咄逼人的美，还有份说不出来的威严和气势。梦竹有些迟疑，从椅子上站起身来，她微张着嘴，不知该如何招呼面前这位少妇！她是谁？这张脸似曾相识，在哪儿见过？她在记忆中搜索，那对美丽而野性的大眼睛……对了！何慕天的书中曾有她的照片，那么，她是何慕天家里的人了！是他的姐姐？妹妹？还是嫂嫂……不！何慕天是独子，那么，她是谁？

"你请坐，李小姐——你是姓李吗？"对方用一种从容的，带着优越感及权威性的语气问。同时，那对大眸子正锐利而冷静地在她浑身上下打量着。

"是——是的。"梦竹有些嗫嚅，美丽的妇人把她弄糊涂了。

"你从重庆来的吗？"对方继续问，在梦竹对面的椅子里坐了下来，坐得很靠近炉火。俯下身子，她用火钳拨弄着火，却用眼角冷然地看着她。

"是——是的。"梦竹更加嗫嚅了，一面疑问地说，"请问——您——

您是——"

"噢。"对方坐正了身子，带着个冷冰冰的微笑和一种夸张的诧异说，"你不知道我是谁？我就是何太太。"

"何太太？"梦竹的脑筋仍然没有转过来，愣愣地望着这个"何太太"发呆，这是怎么一回事？何太太？什么何太太？如此年轻，如此美丽！何太太！何家到底有几位太太？她是更加糊涂了。

"关于你，李小姐。"那位"何太太"又开口了，微挑着眉梢，嘴边挂着个凛然的微笑，有三分冷漠，却有七分威严，静静地望着她，用种不慌不忙的口气说，"不瞒您说，我早就听过您的名字了。"是的，早就听过了，李梦竹！她觑着眼睛望着面前这个怯生生的女孩子，就是她？李梦竹？何慕天说："我愿把一切财产给你，换取一张离婚证书，我要娶那个女孩子，李梦竹！"就是这个女孩吗？这样一副柔弱的、稚嫩的，像个乡下姑娘般未见过世面的女孩子，竟有那么大的魔力？使慕天终日失魂落魄！"我求你，蕴文，你会找到比我更好的丈夫。我求你，蕴文，如果你肯和我离婚，你就做了一件最大的好事。我爱她！蕴文！我爱她！"爱她？爱上这么个腼腆的乡下姑娘？但是，我蕴文就这样退让吗？"蕴文，你并不爱我，你只是想征服我，我们之间的感情并非爱情，这样的夫妇关系只能让双方痛苦！蕴文！何必呢？生下了孩子来，我愿抚养这孩子，请你同意离婚。我爱梦竹，你不知道爱得有多深，多么强烈！请你让我能跟她取得合法关系！"哼！何慕天！你错了，我蕴文得不到的东西，从来也不让别人得到！"做做好事，算我求你！""你就那么爱她？什么时候看到你如此低声下气过？"自尊""骄傲"，为了她就可以全体抛开？"你并不爱我，何必要这个虚有的何太太的名义？"我不爱你？何慕天，你真明白！真清楚！这个女孩子爱你，是吗？什么叫作"爱"呢？挂在口头上的才算数，是吗？"你不答应我离婚，让我如何回去见梦竹？"你心里只有梦竹！她是天仙，是公主，是人间找不到的女子！也不过如此！那两条小辫子，那怯怯的眼神，那单纯得一无所知的态度！就是你？李梦竹？就凭你这一副外表，凭你这一对眼睛，就能抢走我的丈夫？你比我长得强？懂得多？你敢和我一争短长？我如果得不到，也不会让你得到，你懂吗？李梦竹！你不妨试试看……

"何……何太太。"梦竹在她的逼视下有些瑟缩，忐忑不安地说，"您——您是慕天的——"

慕天的？你叫得真亲热！他不敢告诉你结过婚，是吗？"我不能伤害她，她是个柔弱的小女孩！"他不能伤害你！世界上只有你会受到伤害，别人都不会，是吗？他怕伤害你，却不怕伤害别人！

"哦，李小姐。"她微笑了，眯起眼睛来望着梦竹，"难道你不知道？你看我……"她望望自己的肚子，"我和慕天结婚好几年了。"梦竹一震，顿时瞪大了眼睛，像遭遇了电击般一动也不动，微张着嘴，呆呆地望着对方。结婚？好几年？何慕天？这是何慕天的妻子？她脑中凌乱成一团，像有个大的风车在脑子里疯狂地旋转，随着这颠覆乾坤般的旋转，她的四肢发冷，周身麻木，心脏不着底地向下沉去……在她的眼睛前面，那个美丽的少妇仍然在微笑，仍然用她那不慌不忙的语气从容地说着话……

"唉！李小姐，慕天这个毛病，或者你还不太了解，我和他结婚几年来，不知帮他解决过多少次问题。关于你，我也风闻一二，他们说，慕天在重庆又弄了个女孩子……唉！李小姐，我真抱歉，你路远迢迢地赶到昆明，就是为了找慕天吗？但是，他现在天天不在家，八成是又泡上了哪家女孩子。他就是这个毛病，见一个，爱一个，三天半新鲜，等新鲜劲一过，又甩掉人家不管了。然后，家里再帮他想办法圆场……"

梦竹的手抓紧了椅子的扶手，木头雕刻的花纹陷进了她的肉里，她不觉得痛。瞪着眼睛，她一动也不动地望着面前这个女人。那平静的叙述，每一个字，都像一把利刃，刺得她体无完肤，在过度的震惊和痛楚下，她感到全身心都麻木而僵硬起来。除了眼睛越睁越大之外，她无法做任何的反应，无法吐出任何一个字的声音。

"李小姐。"那女人摇着头，有股悲天悯人的劲，"你看，我大着肚子，下个月就要生产了，慕天还这样昏天暗地地在外面瞎搞。男人！这就是男人！你还没结婚吧？嫁了这样的丈夫，又有什么话好说呢？你认识慕天，你一定知道他，长得漂亮，手上有钱，又有点才气……哪一个女孩能抵制得了他的追求？他又自许风流，见一个追一个，弄得不可开交，干脆往重庆一跑。我总认为，在重庆，他可以好好地收下心来念念书了，谁知道他还是旧病不改，又弄上一个你……你看，你来找慕天，你叫我怎么办呢？怎么向你说呢……"

梦竹仍旧愣愣地坐着，瞪大的眼睛定在对方的脸上，却什么东西都看不见，面前是朦胧的、模糊的，像一团灰色的浓雾。心脏在越绞越紧的情况下，只觉得无边地痛楚，痛楚，痛楚，痛楚得麻木，麻木中又混着尖锐的痛楚。痛得她什么感觉都没有，脑中昏沉，四肢无力，浑身冷汗淋漓。那女人继续在说话，她已经把握不住任何一个字的声浪，那些句子从她耳边轻飘飘地溜过……在她自己昏乱的思潮中，她只有一个固执而强烈的念头："抓住何慕天，撕碎他！杀死他！"可是，在更深更深的，接踵而来的痛楚中，这个念头也消灭而无痕。她看到的是自己那份被残酷的现实所践踏的爱情，一切美的、好的、诗一般的、梦一般的感情全破灭在最最丑恶，最最无情的境况中，破灭得那样干净，连一丁点痕迹都找不出来。

那位"何太太"继续在说着话，她一定说了许多许多，不过，梦竹是什么都无法听进去了。可是，那女人走到了她的身边，俯下身子，塞了些东西到她的手里面。她低头看，是一卷钞票！顿时，她所有的意识恢复了！她听到那位"何太太"在说："……我知道李小姐是好人家的女儿，未见得看上这一点钱，但是，李小姐老远地跑这么一趟，总不能让你空着手回去呀！慕天做的糊涂事也真不少，好在李小姐年纪还轻，将来可以找个好丈夫嫁……"

梦竹忽地站起身来，那一卷钞票散落在地上，他们给她钱！打发她走！一瞬间，她想狂歌狂笑狂哭！她的爱情———卷钞票！远远地从重庆跋涉二十天，追寻到这样一份"真实"！提起了她的旅行袋，她踉跄地冲向门口，咬紧了牙关，阻止那即将从体内迸裂出来的哀号。那个"何太太"追到门口，拉住了她的衣服："李小姐，李小姐！你多少要收一点钱呀，我总得代慕天表示一点歉意，是不是……"

梦竹挣脱了那个女人的掌握，跑出了那宽大的院子，一直冲向大门口，拉开大门，她脚步不稳地"跌"了出去。扶着墙，她一步一步地向巷口走。
刺骨的冷风对着她燥热的面颊上扑来，那旅行袋有几千斤似的沉重。风逼
住了她的呼吸，泪蒙住了她的眼睛，她靠在巷口的墙上喘息，浑身上下，如
同被几千万个人拉扯着、撕裂着……炉火，水仙花，四壁琳琅的书画，茶叶
香，小巧精致的书房，家的气氛，美丽的环境……一切一切，幻灭得如此
迅速！这就是她梦寐以求的"爱情"？这就是她宁可牺牲所有的东西来换取
的"爱情"？她用拳头堵住了嘴，倚在墙上，痛苦地摇着头，心里在不断地，
反复地呼喊：

"不！不！不！不！不！

"不！不！不！不！不！"

有个人影从街头晃了过来，她把拳头从嘴上放下，怔怔地望着那个人
影：何慕天！他显然已喝了酒，围巾松松地绕在脖子上，头发凌乱，步履蹒
跚。一瞬间，她想冲上前去，抓住这个男人，狠抽他两记耳光。但是，接踵
而来的被玩弄及欺骗后的那种痛楚感又捉住了她，抽他、打他、撕裂他，把
他烧成灰，对她又有什么好处呢？受伤的感情不会被弥合，幻灭的梦想也不
会再恢复原有的美丽！你碰到了一个魔鬼，还有什么话好说？你误把丑恶当
作美丽，除了自责识人不深之外，抽他、打他，又有什么用呢？她把头转
开，扶着墙，向街道的另一头跌跌撞撞地走过去。她想到何慕天的脚步声踉
跄地从她身后掠过，这脚步仿佛践踏着她的心脏，辗轧过她的四肢，她觉得
全身全心都已碎成千千万万片了。

许多时候，"意识"是人最大的敌人。当梦竹无目的地在寒风瑟瑟的街
头闲荡时，她最希望的，是能没有意识，没有思想。希望自己能化为一缕
烟，一片飞灰，被风吹过，就消失得无影无痕！但是，她有思想，有意识，
她知道自己遭遇了什么，她感觉到那始终彻骨彻心的疼痛。当被冷风吹得四
肢冰冻而疲倦得无力再举步的时候，她找了一家小客栈，开了一间房间。关
上房门，她跌坐在床沿上，用手捧住焚烧着的头颅，喃喃地说："现在，我
还剩下些什么？"

抬起头来，她望着那镂花的窗格发呆，对自己凄然微笑，自语地说：

"当什么都不剩的时候，又该怎么办？"她自己找到了答案，"死亡！"她眯起眼睛，继续微笑，心头各种纷杂的思想已经合而为一，像山谷中的回音般反复撞击地响着："死亡！死亡！死亡！……"可是，在这一片的"死亡"呼号声中，她看到了一张脸，母亲的脸！曾被她诅咒过、痛恨过、责备过的那张母亲的脸，她似乎又听到母亲的声音，带着忍耐的，伤感的语气在说："……我做的一切，都是为了你好。如果你不是我的女儿，我也不要来管你，就因为你是我的女儿，我关心你、爱护你，才宁愿让你恨我，而要保护你的名誉，维持你的清白。你想想，那个何慕天……你知道他家里有太太没有？……名誉弄坏了，他再来个撒手不管……你怎么办？……女孩子，有了一点点错，一生都无法做人……将来有一天，你会了解我为什么这样做……"

她咀嚼着母亲的话，回味着母亲的话，在极度的懊悔和五脏翻腾的痛楚中，冲口而出一声呼唤："妈妈！我的母亲！"

喊出这一声，她扑倒在床上，再也遏制不住自己的眼泪而痛哭失声。在眼泪和哭声里，她耳边又模糊地响起奶妈的叮嘱："……梦竹，别以为你妈不爱你……她是爱你的，你去了以后，和何慕天能够好好地过日子便罢，假若这个何慕天欺侮了你哦，日子过不下去的话，还是回家来吧……"

梦竹在枕头里摇着头，哭着喊："妈妈！妈妈！妈妈！我为什么不听你的话？我一定要跌倒了才会相信你是要扶我，不是要推我！妈妈！妈妈！妈妈！"她哭着，不断地哭着，哭得神志迷惘，头脑昏乱。"死"的念头和意识又来了，她摇头，和自己做斗争，仰视着窗子，她低低地说："不！我现在还不能死！要死，我也要死在妈妈的脚前！我要让她知道我的忏悔！我要取得她的原谅！她原谅了我，我才能死！"

于是，一个强烈的念头抓住了她："回家去！找妈妈去！"如同一个溺水的人，"母亲"成了最后的一块浮木。心中所有的欲望全集中成一串求救似的呼喊："母亲！母亲！母亲！"

二十几天后，梦竹回到了沙坪坝。

带着满心的创痕，满身的尘土，梦竹扑进了家门。来开门的是一下子苍老了十年的奶妈，她颤巍巍地扶着门，以不相信的眼光望着憔悴得几无人形的梦竹。梦竹喘息着靠在门上，闪动着泪眼，急迫地问："妈妈呢？"

"你？你……"奶妈口吃地望着梦竹，把一只颤抖的手压在梦竹的肩膀上，"你，你怎么回，回来了？"

梦竹闭了闭眼睛，憋住要夺眶而出的泪水，抑制住狂跳着的心脏，哑着嗓子说："妈妈呢？我要妈妈。"

"你……"奶妈的眼光直直地望着梦竹的脸，做梦似的说，"你妈妈？"

"奶妈，你怎么了？"梦竹嚷着说，"我要妈妈！"

推开奶妈的手，她穿过院子，向房里跑去，冲进了堂屋，她陡地站住了。神案前的方桌上，正陈列着李老太太的一张放大的照片，无数祭供的食品堆在照片前面，两支白蜡烛高高地燃烧着……她两腿颤抖，浑身发软，一下子跌倒在地上。攀住一张椅子，她仰视着烛光下母亲的脸，瞪大了眼睛，眼光从母亲的照片上移到香案前的几支香上，嘴唇剧烈地颤抖，像入定般呆呆地跪在那儿，一动也不动。

一只手落在她的肩上，她回过头来，接触到奶妈泪眼婆娑的脸。捞起了衣服下摆，奶妈擦了擦眼睛，哽咽着，断断续续地说："……你走了没多久，她就病了，我请医生来，吃了药也没效，总共不过病了一星期，就……就……就去了。她……她……一直记挂着你，要……要……要我告诉你，你从家里逃出去那天，她根本是知道的……她说，你过得幸福，也就好了……要你体谅她一生好强，无法对你屈服……她……她说，那个何慕天，只要对你好，她做母亲的，还有什么更……更好的愿望呢……"

梦竹从地上站了起来，瞪大眼睛望着奶妈的脸，奶妈还在继续述说："……丧事全是你那年轻朋友来帮着料理的，一个姓杨的和一个姓王的帮忙最多……田地已经卖了，现在，只剩下这幢房子，你妈说……房子，给你……给你做陪嫁……"

"奶妈！"梦竹猛然发出一声狂喊，就用两只手抓住了奶妈的肩膀，一阵乱摇，嘴里乱七八糟地嚷着说，"奶妈！不不！不！奶妈！不！不！我要妈妈……我要妈妈！"她哭了起来，把奶妈摇得更厉害，"妈妈在哪儿？你告诉我，妈妈在哪儿？妈妈在哪儿？妈妈在哪儿……"她停下来，奶妈被摇得白发凌乱，脸色苍白，她凝视奶妈，再掉头望着桌上的香案灵牌，呆了片刻，默默地摇头，自言自语地说："不会是这样的，不会是这样的，命运不会待我这样残忍……"再望着灵牌，突来的意识将她全身撕裂，她把拳头塞进嘴里，用牙咬住手指，泪水迸流，踩着脚，狂喊着说："奶妈！为什么是这样？为什么是这样？为什么是这样？"

嚷着，她转过身子，忽然夺门而出，向外面狂奔而去。穿过街道，奔出小镇，她在寒风和夜色里，扑向嘉陵江边。流水在呼唤她，死亡在等待她，她哭着跑向那熟悉的枯柳之下，越过草丛，对着那滚滚涛涛的江流冲去……她扑进了一个男人的怀里，一只胳膊承住了她的身子，一个男性的声音沉着地响了起来："什么事值得寻死？梦竹？我跟了你半天了！"

她抬起头来，是杨明远！她挣扎着，哭叫着喊："请你让我死，请你让我死！请你让我死！"

嚷完，她浑身一软，就昏然地失去了知觉。

几度夕阳红

贰拾肆

TWENTY-FOUR

=================

"姻缘都是前生注定，别辜负月下老人为你们费心牵上的红线，希望你们的手永远握

在一起！"

这是一个安静的、严肃的、小小的婚礼，在重庆市一家不著名的小餐厅内举行。从新人，到宾客，到证婚人等，总共只有一桌酒席。证婚人是王孝城，主婚人由于男女双方都无家长，也就省略了。简单地填了结婚证书，交换了戒指，就算婚礼完成。没有人致辞，也没有人闹酒，只放了一串小小的鞭炮。喜宴上的空气凝肃而不自然。梦竹穿着件水红色的旗袍，淡淡地施了些脂粉。因为还在戴孝期中，鬓边簪着一朵白色的小绒花。乌黑的披肩长发，衬托出一张白皙、消瘦、楚楚可怜的脸庞。和一般新娘不同，她的眉目间找不到丝毫的喜气，相反的，却带着一抹淡淡的忧郁。那对大大的沉默的眸子里，似乎时时刻刻都蒙着一层泪影。每当客人和她说话时，她的长睫毛闪动之间，总给人一种立即要坠泪的感觉。杨明远呢？一件簇新的锦缎长衫替换了平日的阴丹士林布。这是和往日唯一的一点不同的地方。他也没有一般新郎的扬扬得意，只显得稳重、沉着和严肃。由于新郎新娘都那样若有所思和默默无言，客人们也就没有一个提得起兴致来笑闹。

王孝城竭力想放松桌上的气氛，暗暗地拉了拉小罗的衣襟，示意小罗活泼一些。但，平日爱闹爱笑的小罗，今日却成了个没嘴的葫芦，除了闷闷地喝酒吃菜之外，几乎什么话都不说。其他的客人，像胖子吴、许鹤龄、大宝、二宝、三宝等，也都闷不开腔，以前那份豪情逸兴，似乎已荡然无存。

王孝城咳了一声，眼光在席间溜了一圈，没话找话地说："南北社成立了半年多，总算撮合了一对好姻缘，不知道我们之中，谁会做第二对结婚的？小罗，该轮到你们了吧？还是胖子吴？想起来，大家在国泰戏院里第一次相遇，好像还是昨天的事一样……"

"可不是！"小罗勉强提起精神来应和，"我还记得那天我在戏院里闹笑话，在戏院门口出丑，假若不是何慕天……"

萧燕在桌子底下狠狠地捏了小罗一把，小罗痛得叫了起来，话被打断了，他愣愣地瞪着萧燕，嘟起了嘴。王孝城立即打了一声哈哈，乱以他语说："我还记得小罗追求过舒绣文，不知写了多少封情书！"

"见鬼！"小罗叫，"喂喂，包涵点好不好？"

大家都笑了起来，但这笑声那么短暂和尴尬，每个人都像戴了面具般虚伪和不自然。尽管人人都有心调和席间的气氛，可是，欢乐已悄悄流逝，不知何时起，往日这无拘无束的一群，已蒙上了一层成熟的忧郁。没有人能出自肺腑地欢笑，也没有人说得出由衷的祝贺。一餐喜宴，很早就草草地结束了。杨明远和梦竹站在餐馆门口送客，大家带着勉强的笑容，和一对新人一一握别，喃喃地说一些模棱两可的祝福。到最后一向沉默寡言的许鹤龄和梦竹握手时，才突然激动地拥住了梦竹，含着泪说："梦竹，我们都那么喜欢你，希望你能得到快乐，真正的快乐。一切苦难，都该远离开你！你那么美，那么好，那么无辜和善良！"

梦竹迅速地转开了头，泪水在她眼眶中汹涌，她必须用她的全力去遏制住想大哭一场的冲动。许鹤龄这几句真心话一说，倒把大家的假面具都揭掉了，萧燕也冲了上来，握紧了梦竹的手说："真的，梦竹，你不要再躲开我们，南北社依然存在，让我们继续在一块玩，继续追寻欢乐！"

接着，男孩子们也一拥而上，把一对新人包围在中间。小罗抓住杨明远的肩膀说："明远！好好珍惜你得到的！好好照顾我们中间这朵最娇嫩的小花！"于是，你一句，我一句的，场面重新热闹了起来，真正的祝福像潮水般涌到。梦竹含着泪，被这群热情的朋友弄得情绪激动。明远带着个淡淡的微笑，沉静地接受着大家的鼓励和祝贺。终于，客人们去了。王孝城是最后离开的一个，他一只手握着明远的手，另一只手握着梦竹的手，微笑地凝视着他们。然后，他把梦竹的手放进明远的手中，用自己的手紧紧地合着它们，含蓄而语重心长地说："姻缘都是前生注定，别辜负月下老人为你们费心牵上的红线，希望你们的手永远握在一起！"

说完，他微微一笑，掉头而去。梦竹目送他的影子消失，泪光迷蒙中，什么都看不清楚了。

踌着月色，一对新人在春寒侧侧中回到沙坪坝，新房设在梦竹的旧居中，就用梦竹原来住的那间屋子，换上一张双人床，算是新房，两人走进屋内，奶妈迎了上来，吃力地挪动着小脚，先抓住梦竹的手，老眼中闪着泪光，颤抖着声音说："恭喜小姐！"然后，她双腿一屈，就对明远跪了下去，泪水沿着脸上的皱纹奔流，颤巍巍地说："奶妈给姑爷请安！"

"哎呀，奶妈，你这是做什么？"明远一惊，慌忙拉住奶妈。奶妈用衣服下摆擦了擦眼睛，哽咽着说："我们小姐年纪轻，不懂事，姑爷要多多原谅她一点。"

明远点点头，深深望着奶妈说："你放心，奶妈。"

奶妈点亮了桌上的灯，罩好了灯罩，悄悄地拭去了眼角的泪珠，再泪眼模糊地望了明远和梦竹一眼，就向门外走去，一面轻声地说了句："天不早了，你们也早些睡吧！"

门关了起来，室内只剩下明远和梦竹两个人了。

梦竹倚着桌子伫立着，低垂着头，望着桌子上的灯影发呆。灯光射在她的脸上，小小的脸庞微漾着红晕，眼睛是黑蒙蒙的，若有所思地凝视着桌面。明远轻轻地走到她的身边，用手指绕起她的一绺黑发，然后，他的胳膊圈住了她，温柔地低唤了声："梦竹！"

"嗯？"

"想什么？为什么不抬起头来？"

梦竹慢慢地抬起了头，眼光怯怯地迎住明远的眼光，用舌头润了润嘴唇，她微蹙着眉梢，低低地说："明远，你不会后悔？"

"后悔？"明远故意不解地问，"后悔什么？"

"娶我。"她轻轻地吐出两个字。

明远凝视着她，好一会儿，才说："梦竹，我认为我已经对你说得很明白了，你肯嫁我，是我的光荣和快乐。"他把她的头揽在自己的胸前，"你放心，梦竹，我会爱那个孩子，像爱我自己的孩子一样。以前的事都过去了，别再把它放在心上。让我们一起来创造一个最美满的、最可爱的小家庭。好吗？"

梦竹把头埋在明远的怀里，不能遏制自己的泪水迸流。依稀恍惚，她回到江边寻死的那一天。醒来，发现自己躺在江边的草地上，明远正用一块大手帕掬了清凉的江水敷在她的额上。然后，在小茶馆中，她哭泣着，和盘托出自己整个的故事，明远深深地凝视着她，静静地倾听着她。她呢，就像走投无路的人突然找到一个亲人一般，把自己所有的委屈、悲哀、隐秘都一股脑儿地倾泻了出来，说了哭，哭了说，自己也不知道说了多久。于是，明远握住了她的手，用种坚定的，果断的声音说："嫁给我！梦竹，我要你和那个孩子！"

她吃惊地张大了嘴，抬起泪雾朦胧的眼睛，怔怔地望着他。

"你懂吗？"他继续说，"我向你求婚，梦竹。"

她呆了好一会儿，才愣愣地摇了摇头。

"谢谢你，明远。"她说，叹息了一声，"你是个好人，我不愿意拖累你。你不必这样做……"

"你根本不明白。"明远用一种迫切的语气说，"我要你，你懂吗？我爱你，你懂吗？如果你不嫌我穷，看得起我，请你嫁我吧。我会好好待你和你的孩子。我不会芥蒂你以前的事的！"

梦竹仍然摇头。"不！"她轻声说。

"请你！梦竹。"他恳求地望着她，"请你！你的孩子是无辜的，生下他来，我愿意负起一个丈夫和父亲的责任，请你接受我的求婚！"

"可是……"梦竹凝视着他说，"这是不合理的，你为什么要做这种牺牲呢？"

"牺牲！"明远叫，握紧了她的手，"如果能得到你，是我最大的光荣和快乐！我娶你，不为了你需要解决问题，而是为了我爱你，渴望能得到你！"

梦竹凄然一笑，幽幽地说："明远，你是个好人，你这样说，是为了顾全我的自尊心，是吗？"泪水滑下她的面颊，她把他的手贴在自己满是泪痕的脸上："到现在，我还有什么自尊？你不嫌弃我，不鄙视我，我还有什么话说？如果你真要我，你有那么大的胸襟和气度，那么，我愿意服侍你一辈子！"

就这样，两度订婚，却嫁给了第三个人！人生的事情何等地不可思议，倚在明远胸前，她的泪浸湿了他的衣服，明远托起她的脸来，拭去她颊上的泪痕，对她安慰而鼓励地笑了笑："新婚第一夜，怎么就这样眼泪汪汪的，好意思吗？"

她闪动着睫毛，新的泪又涌了出来。用手环抱着他的腰，她激动地紧倚着他喊："明远！你那么好，那么好，那么好！我只有尽我的全力来做一个好妻子，才能报答你这一片深情！"

何慕天终于回到了沙坪坝。

他怀中是张离婚证书，经过了将近三个月的苦战，他总算得到了这张离婚证书！蕴文签这张证书时那森冷的微笑仍然浮在他的眼前，她那恶意的诅咒也依然荡在他的耳边："她不会嫁给你！她绝不会嫁给你了！你就是有了这张证书也等于零，你不会得到她的！"

"我会得到她！"

"你不会！"她大笑着，"我的情报比你多，她已经嫁人了！"

"你撒谎！"他说。

"信不信由你！"她说，把证书丢在他的脚前，"拿去吧！去娶你的李梦竹，你的小粉蝶儿吧！只是，不知道这小粉蝶儿已飞向何家？"

不会！他肯定这一点，梦竹会等待他！尽管他逾期不回，尽管他曾因为情绪恶劣和酗酒而有长时间没给她写信，但他知道她会等待他！现在，他将把一切真相向她坦白，她会原谅，她会了解，他知道！梦竹，那个小小的、善解人意的女孩！每当他想到她的时候，他总觉得她就是他心脏的一部分，那样亲近、那样密切，又那样地与他不能分割！

推开了他们曾共同居住的那间小屋的门，迎接他的是厚厚的灰尘和凉凉的空气。他愕然地四面张望，空洞洞的房子里没有一丝一毫"人"的气息，桌子、椅子上全是尘土，合拢的窗格上，一只蜘蛛正悠然自在地结着网。他在室内兜了一圈，无意识地喊了一声："梦竹！"

他的声音在空旷的屋内散开，显得单调、落寞而寂寥。拉开橱门，他的衣服箱笼等仍然好好地放在里面，梦竹的东西却已全部失踪，只有那只白毛的玩具狗满是灰尘地缩在墙角。他像旋风似的卷到了房门口，吃惊而惶乱地喊："梦竹！"

房东老太太从走廊的那一头走过来，扶着拐杖，对他点点头说："何先生，你的房租已欠了两个月！你还租不租？"

"梦竹呢？梦竹在哪儿？"他文不对题地问。

"你那个女娃儿吗？"房东老太太撇撇嘴，不屑地说，"嫁人了！那个小妖精！呸！不要脸！"

"梦竹？梦竹！"何慕天张皇四望，不祥的感觉像阴云般对他罩了下来。冲过了房东老太太身边，越过了那苍凉的大院落，穿过街道和小巷，他直奔往梦竹家中。在梦竹的家门口，他发狂似的扣着门环，等了一世纪那么长久，才听到有人来开门。门打开了，门里，是张口结舌、目瞪口呆的奶妈。他扶着门，急切地问："奶妈，梦竹呢？"

奶妈瞪大了眼睛望着他，那样子就像他是来自火星的一个怪物，好半天，她就瞪着眼睛一语不发。何慕天的心向下沉，抓住奶妈的手，他摇撼着说："奶妈，梦竹呢？梦竹在哪儿？"

奶妈像触了电一般，立即把手从他的掌握中抽了出来，向后连退了两步，哑着嗓子说："你……你居然有脸再来！"

接着，"砰"的一声，大门在他的眼前合上了，差一点把他的鼻子都夹进门缝里。他一愣，立即想推开门，但，门闩已经闩上了，他扣着门环，嚷着说："奶妈！奶妈！奶妈！"

门里寂然无声，他感到全身热血沸腾，这是怎么回事？摇着门，打着门，他发狂似的在门口大嚷大叫。于是，门又打开了，他惊异地发现门里站着的是一个男人。

"你？杨——明——远？"他诧异地问。

明远屹立在那儿，满面寒霜，冷冷地望着他，像一座坚硬冷峻的冰山。

"你找谁？"明远板着脸问。

"明远——"何慕天愣愣地说，"梦竹呢？这是——怎么一回事？"

"梦竹？"明远狠狠地盯着他，"梦竹和我已经结婚了，请你以后不要再来打扰她！"

"你——梦竹——结婚？——"何慕天讷讷地说。

"你不信吗？"杨明远扬了扬头，"去问小罗他们，去问王孝城他们！我们是正正式式结的婚！有证人，有婚礼，有仪式！梦竹现在是我的妻子，我警告你，何慕天，别再来惹她！"

几句话说完，又是"砰"的一声门响，何慕天再度被关在门外。他睁大眼睛，直直地瞪视着那两扇黑漆的大门，脑子里如万马奔腾，眼前金星乱跳。好一会儿，他的意识才恢复了一些，背靠着门，他呆呆地伫立着，梦竹嫁给了杨明远！这不可信，又像是真实的事实！三个月，天地竟然已经变色！这是怎么一回事？

时间不知过去多久，他的双腿已站得麻木，暮色正在大街小巷中扩散。他站直了身子，勉力地振作了一下，拖着沉重的步子，缓缓地向中大宿舍走去。无论如何，他要找到胖子吴他们，他要知道事情的真相！

胖子吴，特宝，及另外三宝都一一寻获，何慕天突然发现世事已经全变了！胖子吴他们用一种陌生的神态来迎接他，没有人对他表示欢迎，只表示了淡淡的惊讶和浓重的冷漠。胖子吴用一副置之事外的态度说："梦竹和杨明远的事吗？我知道他们结了婚，详细情形，你最好去问小罗和王孝城！"

特宝和三宝们根本把头掉开，装作没听到他的问话，他凝视着旧日的朋友们，友谊已经不存在了！他看到的是敌意的眼光和轻蔑的神情。甩了甩头，他毅然地走出中大，渡江直奔艺专，好不容易，他找到了小罗。小罗愕然地望着他，惊异地张大了嘴，他抓住小罗的肩膀，喘息地说："你必须告诉我，我离开的三个月里发生了些什么？"

小罗犹豫地望着他，嗫嚅地说："这……应该问你！"

"问我？"

"梦竹和杨明远结婚了，如此而已！"小罗冷淡地说。

"可是——为什么？"何慕天叫。

"为什么——"小罗重复着何慕天的话，直视着何慕天的脸，"慕天，我一直很欣赏你，但是，你不该欺骗梦竹。明远会好好待她，你就饶了她吧！她是那样善良的一个小东西，你怎么忍心玩弄她？说实话，我们全体为她不平，现在她已经结婚，生活得很平静了，希望你别再来麻烦她了！"

说完，小罗挣开了何慕天的手，扬长而去，连头都不回一下。何慕天呆立在男生宿舍之前，浑身像浸在冰流里，脑中昏乱得无法思索。然后，他看到了王孝城，后者走到他身边，算是所有朋友里对他最和气的一个。拍了拍他的肩膀，说："小罗告诉我你来了，慕天，事到如今，你为什么还要回重庆？"

何慕天凝视着王孝城。

"假若大家已经判了我的罪，我只想知道罪名是什么！"他憋着气说。

"你还不知道？"王孝城诧异地说，"梦竹到昆明去找你，你知道吗？"

"她——到昆明去找我！"何慕天叫，脸色顿时变成惨白，瞪着王孝城，体内所有的血液都凝固了。

"她去找了你，没见到你，却见到你的妻子。"王孝城说，"你懂了吗？从昆明回来，她就和杨明远结了婚！"

何慕天点点头，他明白了，一切都明白了。转过身子，他像一个梦游病患者般荡出了艺专，摇摇晃晃地、轻飘飘地向前面走去，踏过了草地，走上了石板小路，嘉陵江的水静静地流，岸边的垂杨正抽出了新绿。这是春天！春天，他已经没有春天了！从一块石板走上另一块石板，再走过一块石板，再走过一块石板……人生的路如此漫长，却必须一步一步地走下去。树荫、河岸、垂柳、小茶馆、南北社、友谊、爱情……他用袖子抹去了脸上的泪痕，她已经结婚，生活得很平静……他笑了！摸出了怀里的离婚证书，抛进了缓缓的江流之中，嘉陵江静静地流，证书在水面轻轻地漂，轻轻地漂。但是，一会儿，也就漂远了，消失了。这张离婚证书，一半财产换来的，家中还有个无母的小婴儿！他在河边的石级上坐下来，用手托着头，凝视着水面的洄漩和涟漪。然后，他笑了，他又哭了。喃喃地，他念着自己填过的词句：

> 逝水流年，人生促促，痴情空惹闲愁！
> ……
> 叹今生休矣，一任沉浮，
> 唯有杯杯绿醑，应怜我，别绪悠悠，
> 从今后，朝朝纵酒，恣意遨游！

恣意遨游！遨游向何方？站起身来，他仰天长笑。踏着夜雾，他走了！重庆的同学们再也没有看到过他。

一九四五年，抗战胜利。

一九四六年夏，梦竹跟着杨明远离开了重庆，带着一女一儿，随着艺专复员到杭州。

船离开了码头，重庆市越来越小，越来越远了。梦竹站在甲板上，望着那居住了二十余年的山城隐进了云天苍茫之中。再见了，重庆！再见了，曾经有过欢乐，有过悲哀，有过该埋葬的记忆的地方！再见了，老奶妈！再见了，南北社的朋友们！船愈走愈快，江面愈来愈阔。在滔滔滚滚的江流中，她看到了那个梳着小辫子，追寻着欢笑和梦想的少女，正徜徉于嘉陵江畔。"也再见了！"她对逝去的那个自己说。泪蒙住了她的眼睛，模糊了她的视线。

依稀仿佛，她记起小茶馆，南北社，击着茶壶高歌的岁月……

"逝水流年，人生促促，痴情空惹闲愁……"

痴情空惹闲愁！但是，痴情也好，闲愁也好，都已经过去了！

"梦竹！进来吧！该给晓白冲奶粉了！"明远在船舱中叫。

她对茫茫的天际再依依地望了一眼。

"哦，来了！"她说，拭去了泪，甩了甩头，跑进了船舱里。

第三部

时间：一九六一年秋

地点：台北

一场愁梦酒醒时，斜阳却照深深院。

几度夕阳红

贰拾伍

TWENTY-FIVE

"您是个不近人情的母亲！"

夜，静静地张着。

梦竹躺在床上，睁大了眼睛，望着黑暗中的房间。窗外没有月光，到处都是黑黝黝的一片。夜，真静，静得可以听到自己脉搏的跳动声。远远地，有一声火车的汽笛响，悠悠然，绵绵然，从黑暗的旷野中传来，她几乎可以联想到火车轮子滚过轨道那种机械的声音：轰隆却嚓，轰隆却嚓……这单调的车轮声和她的脉搏跳动声糅合成了一片，轰隆却嚓，轰隆却嚓……接着，思想的齿轮也加入了旋转，无止无休地滚动，轰隆却嚓，轰隆却嚓……

白天发生过的事仍然在脑中不断地映现，无法驱除，也无法逃避。"为什么？为什么？为什么？"晓彤绝望的呼叫也依旧在耳边反复回荡。为什么？千千万万过去的片段，点点滴滴回忆的毒汁，一起在脑中翻搅。她怎能告诉晓彤，那一段丑恶的过去，和那个魔鬼般的人物——何慕天！她怎能对女儿说："逃开那个人！逃开他周遭一切的人物！"她怎能在充满了美梦与幻想的女儿面前，揭开一个最最"丑恶"的"真实"！她不能！她不能！她不能！

"妈妈！你一定要告诉我，到底是怎么一回事？"

晓彤哀求的声调，绞痛了梦竹每一根神经。但是，她不能！她不能！她不能！一切的过失，一切的罪恶，一切的错误，一切心灵上的负荷，她都愿意独自承担，可是，为什么晓彤要再搅进这样的恋爱里？何慕天的内侄！何慕天的内侄！何慕天！她已经费了十八年的时间，来设法遗忘这个人，但，为什么他又重新来搅乱她的生活？破坏已有的平静？难道她命中注定无法摆脱这个魔鬼？晓彤，天下的男人那么多，为什么偏偏爱上何慕天的内侄？

"妈妈！你告诉我，请你！妈妈，魏如峰有什么不好？妈妈，你告诉我！"

魏如峰有什么不好？只有一点不好！他不该是何慕天的内侄！而这唯一

的一点"不好"，已胜过了他千千万万的优点！晓彤的眼泪，晓彤的泣诉，晓彤的哀求，都无法使这一点"不好"化为虚无！但是，她怎能告诉她？怎能告诉她？怎能告诉她？

明远在她身旁辗转反侧，她侧卧着，背对着明远，瞪视着黑暗，身子一动也不动。她知道明远和她一样没有睡着，她可以由他紧迫的呼吸声辨出他激动的情绪。因而，她努力调匀自己的呼吸，维持身子的固定位置，她希望明远当她是睡着的，而不来和她讨论。她渴望能逃避去面临那份现实，逃避和明远去讨论那份现实！虽然她知道这迟早是逃避不了的，但，她却那样恐惧明远再提到它！长时间的瞪视使她的眼睛酸涩肿胀，她试图闭上眼睛，而每当眼睑合拢，她就会看到成千上万个妖魔鬼怪，在她面前执杖携械地狂歌狂舞，这些妖魔鬼怪都有一张同样的脸谱——何慕天的脸谱！

她听到隔壁房里，晓彤的床在吱吱咯咯地响，显然，那孩子也同样地无法安眠。晓彤，何辜？却必定要去尝这人生的苦果！她侧耳倾听，每当晓彤的床响一声，她的心就痛一下。接着，她听到晓彤在叹息，叹息之后是模糊的呻吟声，再下去，她听到一声呜咽和一阵压抑着的啜泣声。她的心脏绞紧而尖锐地痛楚起来，那啜泣声是阻塞着的，显然晓彤在尽力克制，这比号啕痛哭更使梦竹心酸。轻轻地，她翻身而起，一只手拉住了她，明远的声音冷冰冰响了起来："你要干什么？"

"去看看晓彤。"她轻声地说。

"别忙！"明远压低了声音，虽然像耳语一般，却仍然生硬冷涩，"我们必须先谈一谈！"

"明远！"她祈求地低喊，下意识地想逃避，"等明天，孩子们上学之后再谈。"

"不！"明远简单地说，"我要现在和你讲清楚，我不能等！"

梦竹躺回枕上，转过头来面对着明远，望着在黑暗中闪着寒光的他的眼睛，本能地战栗了一下。她无法再说话，只用一种被动的、忍耐的眼光看着他，等待着他开口。

"你别这样瞪着我。"他的声调带着恼怒和烦躁，"关于这件事，你到底预备怎么办？"

"我？"她慌乱地自问了一句，茫然地低声说，"我不知道，明远，我不知道。"

"你不知道？"明远的声音冷幽幽地，"我倒有一个意见，把一切真实情况告诉晓彤，把她送还给何慕天——泰安纺织公司的董事长！他可以给晓彤好一百倍于我给予她的生活，又免得拆散她和魏如峰……"

"不！"梦竹战栗地说，"不，明远，这绝不是你真正的意思。"眼泪升进了她的眼眶，恐怖和绝望的感觉兜心而来："不，明远，你不能告诉晓彤，你绝不能！如果告诉了她真实情况，就比拆散她和魏如峰更残忍一千倍！她那样单纯、那样善良，又那样柔弱！而且，她一直那样敬爱你、崇拜你，她和晓白那么亲爱，她心目中的母亲……"她顿住，浑身寒战，"明远，你不能打碎她的世界，而且，我也不肯，绝不肯，把她送给那个人——"她摇头，泪水夺眶而出："她是我的女儿，明远，她是我的！也是你的，我们共同养育了她十八年，与那个人何干？明远，你不是真有那个意思，是不？你不会那么残忍，是不？"

"冷静一点，梦竹。"明远说，"我仔细地想过，分析过。事到如今，保密恐怕已不可能，只要魏如峰回去对何慕天提起我的名字，何慕天就会知道我们的存在……"

"但是，他并不知道晓彤是他的……"

"哼！"明远冷笑了一声，"梦竹，你怎么如此幼稚？不论以前有没有告诉过他，现在，只要他在时间上稍微推算一下，也会算出来的，何况，你忘了王孝城。我想，王孝城一定知道他在台北，而且和他有来往……梦竹，你别傻，这秘密是保不住的！"

梦竹呻吟了一声，用手捧住焚烧欲裂的头，心乱如麻地说："可是，可是——我一定会想出一个办法来，只要你不说，明远，只要你不说！我一定可以想出办法来！"

明远捉住了梦竹的手臂，把她的手从脸上拉下来，在黑暗中瞪视着她，慢吞吞地说："还有一个问题——我和你。"

"明远！"梦竹受惊地低喊了一声，"你——这是什么意思？"

"你不是一直都爱着他吗？这许多年来，你何曾忘记过他？"

"你——"梦竹的目光在明远脸上逡巡，"你在说些什么？"

"我想你明白我说什么，刚刚魏如峰已经说过，何慕天和他的妻子早已仳离，他现在是一个独身的自由人了。你呢——这么些年来，我已经把你委屈够了，让你跟着我过苦日子……"

"明远！你这是怎么了？"梦竹气急地说，"我什么时候嫌过生活苦？我又没有怪你，我一直感激你……"

"就是这样。"明远抢白地说，"你感激我，十八年来，我只得到了你的感激。"他的声音像冰流般灌进了梦竹的心底："或者你自己都不清楚，但我是明白的，你并没有忘怀他。许多时候，当你望着晓彤发愣，或者突然陷进沉思里，我知道你在想什么。梦竹，你并没有忘记他，你一直爱着他！"

"不！"梦竹低喊，"你根本不懂！我不是爱他，我是恨他！你不知道我恨他恨得有多厉害，他是个掠夺者，夺去了我一生的幸福和快乐……"

"是的，你的一生！"明远的声音更冷了，"你自己说明了，他夺走你一生的幸福和快乐，可见得我并没有给你幸福和快乐！"

"哦，明远。"梦竹憋着气，泪水奔流，喉咙哽塞，"你别逼我！你一定要在鸡蛋里挑骨头，我也没有办法，你这样子逼供似的逼我，到底是想怎么样？"

"我想怎么样？我是问你想怎么样？"明远的声音大了起来。

"别！明远！"梦竹压低声音，请求地说，"求求你别嚷，求求你！一切明天再说，好不好？何苦一定要闹得让孩子们知道！"

"哼！"明远冷哼了一声，"家已经面临破碎，还怕孩子们知道吗？"

"难道——"梦竹忍无可忍，"你希望拆散这个家吗？你看不起我，对吗？这些年来，你为我牺牲太多，你在内心看不起我，你厌恶我，希望摆脱我……"

"你没有良心！"明远叫，"你故意歪曲事实！"

"是你在故意歪曲事实！"梦竹也叫。

　　纸门一声响，被拉开了，明远和梦竹同时住了口，晓彤穿着睡袍的黑影亭亭地站在纸门前面，怯怯地说："爸爸，妈，你们在吵架吗？"

　　"哦。"梦竹吸了口气，"没有。晓彤，什么都没有，我们在讨论问题，你快些睡吧！"

　　晓彤的黑影没有移动。

　　"我睡不着，妈妈，我睡不着。"

　　梦竹的心再度痉挛了起来。

　　"你去睡，晓彤，明天你还要上课。"她柔声地说，鼻中酸楚，"等你放学回来，我再和你慢慢谈。"

　　晓彤一声不响地退了回去，纸门又拉拢了。梦竹看了明远一眼，翻过身来，用背对着明远，不再说话了。明远也翻了过去，两人背对着背，谁也不开口，只有沉重的呼吸声，此起彼伏地荡漾在夜色里。

　　早上，明远上班去了，晓白和晓彤也到学校去了，家中又只剩下了梦竹一个人。坐在书桌前面，她瞪着窗外的阳光，一动也不动。应该上菜场去买菜，回来再洗衣服，整理房间……每日固定的家务一样也没做，时间正沉缓地滑过去。脑子里拥塞着千千万万个念头，却没有一个念头是明确的，唯一一个朦胧的观念，是要阻止晓彤和魏如峰的恋爱！只有阻止了这段恋爱，才可能保持十八年来的秘密。但是，如何阻止呢？若干年前，自己母亲阻止自己恋爱的情况还历历在目，难道她又必须对晓彤用同样的手腕？魏如峰！为什么他偏偏是何慕天的内侄？何慕天！这名字是一把利刃，重重地从她心上已有的创口上划过去，她扑在桌子上痛苦地转侧着头，不能自已地呻吟着。

　　大门在响，有人走了进来，一定是晓白走时忘记关门，她吃力地从桌子上抬起头，倾听着那脚步声穿过玄关，走上了榻榻米，她茫然地望过去，魏如峰正进门来，凌乱的头发下有一张苍白的脸，失眠后的眸子却依然清亮有神。梦竹闭了闭眼睛，这是晓彤的男友？她但愿他平凡些、猥琐些，甚至于是个小流氓或白痴，那么她也可以更狠得起心来。但，这孩子身上有些什么，像一块磁石般具有引力。她怕他，怕他眼中那抹坚决和他脸上那股不顾一切的神情。

"伯母，请原谅我闯进来打扰您。"魏如峰挺立在那儿，礼貌的背后藏着的是倔强，梦竹可以感到他所带来的那份压力。

"你坐下！"梦竹说，指了指面前的椅子。用手揉揉额角，她该对这孩子说些什么？魏如峰依言坐了下去，他的眼睛盯在梦竹的脸上，逐渐地，他的面部表情变得柔和了，声调也显得恳切和平。

"伯母，今天早晨晓彤打电话给我，说您反对我和晓彤来往，是吗？"

梦竹点了点头。

"伯母，我能问一句吗？是不是杨家和何家有仇？你们是反对'我'，还是反对何慕天的内侄？"

梦竹凝视着坐在她对面的这个男孩子，那坦白的问话是咄咄逼人的。年轻人！虽然有些锋芒太露，却令人无法不喜欢他。

"说实话，伯母，昨晚从您这儿回家之后，我曾经和我姨夫谈到深夜，我姨夫才告诉我一点，说许多年前，曾经和你们有些嫌隙。但是，我想，一定不止是'嫌隙'，恐怕接近深仇大恨。所以您才会如此坚决地反对我，是吗？但，伯母，现在不再是18世纪记仇记恨的年代了，我姨夫提起你们的时候，似乎非常之痛苦，假若过去他曾有对不起你们的地方，经过了近二十年的时间，还不能化解吗？最起码，我保证我姨夫对你们没有丝毫芥蒂，他说，他非常非常喜欢晓彤。"

梦竹打了个冷战。

"他——见到晓彤了？"她嗫嚅地问。

"你忘了？昨天晓彤是先到我家去的。"

"是的，是的，是先到你家去的。"梦竹愣愣地说，眯起了眼睛，"他——喜欢晓彤？"

"不错，而且，昨夜他还说，只要你们不反对，他愿竭尽他的力量，促成这段婚姻！"

"不行！"梦竹爆炸般地冲口而出，"不行！绝对不行！"

魏如峰蹙着眉，注视着梦竹。

"伯母。"好半天，他才重新开口，"我知道，对晓彤而言，我的条件是太差了。我有自知之明，每次面对着她，我都有自惭形秽之感，我明白我配不上她。但是，我却能肯定一点，我知道她对我的感情，也知道我对她的感情，我可以向您保证……"

"不，不是这些。"梦竹乏力地说，用手支着额角，"魏先生，你很好，你也绝对配得上晓彤，可是，我请求你放弃晓彤！"

"为什么？伯母！您必须告诉我为什么！"

又是为什么！孩子们有理由要求知道原因，而你又怎么说出来？梦竹坐正身子，头痛欲裂，在朦胧的视线中，她仍可看到魏如峰迫切的神情，听到他带着恳求意味的声音："伯母，假若您的反对，是因为对我不满，我请求您再给我一段时间，来考验我，观察我。假若您的反对是因为我姨夫的关系，那么未免太不公平！我和晓彤没有义务要做上一辈的仇恨的牺牲品。是吗？伯母？"

说得头头是道，非常有理！但，许多事情并没有理由好说的！为什么他要是何慕天的内侄？为什么？十八年来，时时刻刻困扰着她的回忆，咬噬着她的回忆！何慕天，她曾希望这个人死掉，化为飞灰，但他却又和晓彤拉上了关系！难道她前生欠了何慕天的债，所以他要如此阴魂不散地缠绕着她！十八年来，多少的苦受过了，多少的泪流过了，生命上的一点瑕疵使她永远在杨明远面前抬不起头来。忍辱、挨骂、受气，都为了什么？而现在，他的内侄蹦了出来，要娶她辛辛苦苦带大的晓彤！何慕天，那个十八年来没有尽过一天责任的父亲，现在又要跑出来拾回他那已长成的女儿？不！不！决不！决不！梦竹跳了起来："魏先生，对不起，我没有道理和你说，我只能告诉你，我反对你和晓彤交友，坚决反对！我无法向你说理由，我就是反对！我希望你从今天起不要再来找晓彤，就当你没有认识过她好了，天下的女孩子多得很，以你的条件，什么样的女孩子找不到呢？"

魏如峰深深地望着梦竹。

"伯母。"他慢吞吞地说，"天下没有第二个晓彤！"

梦竹战栗了，她对魏如峰的脸上望过去，她看到一对一往情深的眼睛和一张坚决无比的脸庞！她张开嘴，半晌，才讷讷地说："你——这样爱晓彤？”

"伯母！我向您起誓！"魏如峰坦白而祈求地回望着她。

梦竹悲哀地摇头。

"可是，不行！不行！还是不行！"她绝望地用手抹了抹脸，拼命地摇着头，"不行！魏如峰！我有不得已的苦衷，请你设法去体谅一颗母亲的心！我不能让晓彤和你来往！我不能！"

"伯母。"魏如峰盯住梦竹，一字一字地说，"也请您体谅儿女的心，一定要拆散我们，晓彤会心碎，而我——"他咬了咬牙，坚定地说，"您怪我也罢，骂我也罢，我先向您说清楚，不论在怎样的情况之下，我决不放弃晓彤！我会追求到底！"

梦竹惶然地抬起头来，这年轻人的语气中夹带了太多的威胁意味！

"你在威胁我吗？"

"我不敢，伯母。"魏如峰垂了垂眼睛，"我只向您述说事实，我不会放弃晓彤的，我已经无法放弃她。希望您能够了解，假若您也恋爱过的话。伯母，我不是威胁您，我是无可奈何！您能了解吗？"

假若您也恋爱过的话！梦竹咬住嘴唇，恋爱！年轻人迷信着的东西！晓彤就是这份"迷信"的产物！但是，她知道那力量有多么强大！她知道！知道得太清楚，她望着魏如峰，不是威胁，而是无可奈何！一个这样吸引人的青年！如果他不是何慕天的内侄！如果他不是！仰起头来，她直视着魏如峰。

"魏如峰，我问你，你真要晓彤？"

"是的！"

"你能离开泰安吗？"

"您是说——"

"放弃那份财产，放弃泰安的地位，放弃泰安的一切！"

"我可以！"魏如峰点点头，"我从没有重视过泰安的地位和财产，我之所以不离开泰安，只是为了我姨夫的关系。"

"你姨夫！"梦竹咬牙说，"你能和他断绝关系吗？永不来往！永不见面！永不踏进你姨夫的大门！"

"伯母！"魏如峰惊愕地喊。

"你能吗？"梦竹紧逼地问。

"伯母。"魏如峰蹙紧了眉，"为什么？"

"你不要管为什么，你只说你能不能？"

"这是和晓彤交往的条件吗？"

"是的，你能吗？"

魏如峰和梦竹相对凝视，室内有一段时间的沉默，然后，魏如峰放松了眉头，似乎从内心的一段争执中挣扎了出来，长长地吐出一口气。

"不，伯母，我不能！"

"那么，你就不许和晓彤来往！在晓彤和你姨夫之间，你必须放弃一个！"

"不。"魏如峰摇头，"伯母，您不能勉强一个儿女离弃他的父母，是不是？我姨夫在我的心目中，比我的亲生父亲更受尊敬，我从小跟着姨夫长大，十几岁来到台湾，靠姨夫的培育而成人，而完成学业。我不能为了一个女孩子，漠视我姨夫对我十几年的养育之恩！"

"这么说来，你姨夫在你心目中的地位，更胜过晓彤？"

"伯母，您这样措辞是不合逻辑的，他们在我心目中的地位同样重要，但并不抵触，我不能为了任何一方，而放弃另一方！"

"但是，假如这两方面抵触呢？你选择哪一方？"

"这两方面是不会抵触的！"

"如果抵触呢？"梦竹固执地问。

魏如峰注视了梦竹好一会儿。

"我不能放弃任何一方面！我不能离开我姨夫，我也不放弃晓彤！"

"好吧！"梦竹疲倦而乏力地坐回椅子里，用手遮住眼睛，低声地说，"你走吧，魏如峰。晓彤不能和你继续来往，对于你，我当然无权命令什么，但是，晓彤会听我的话。她没有我的允许，不会和你交往的，我可以深信这一点。"魏如峰怔了怔，他知道梦竹的话是真的，晓彤太善良、太柔弱，母亲的命令对她来说比什么都重要！她是那种的女孩子，宁可让自己的心滴血，也不愿让母亲流一滴泪。他用手握紧椅子的扶手，对梦竹做最后的说服："伯母，您不能太残忍！"

"残忍？"梦竹没有抬起头来，声音虚弱而苍凉，"人生本来就是残忍的！"

"伯母，您能不能告诉我，我姨夫以前对你们做过些什么？使你们如此恨他？或者，以前是出于误会呢？我永不相信我姨夫会对不起任何人！他是那样儒雅淳厚……"

"儒雅淳厚？"梦竹遮住眼睛的手放了下来，不由自主地冷笑了一声，"儒雅淳厚？看来他的风度不改！魏如峰，我告诉你。"她收住笑，冷冷地说："你姨夫是个标准的伪君子！"

"伯母！"魏如峰站了起来，"您愿意见一见我姨夫吗？人生没有不能化解的仇恨……"

"不！"梦竹反射似的叫了出来，"永不！我永不想再见他！"她站起身来，板住了脸，冷冰冰地说："好了，魏如峰，你可以走了！"

"伯母……"

"够了，你不必再说了！"梦竹严厉地打断了他。

"伯母……"魏如峰勉强地再叫了一声。

"我说够了，你知道吗？我不想再听，你知道吗？"

魏如峰住了嘴，停了约一分钟，转过头去，他走向玄关，梦竹仍然伫立在房间内。魏如峰穿上鞋，回头再望了梦竹一眼。

"您是个不近人情的母亲！"他说。

"是吗？"梦竹毫无表情地问。

"冷酷、残忍而无情！"魏如峰愤愤地接了下去，"我奇怪晓彤会是您的女儿！"他走向大门口，扶着门，怒气未消，他又大声地加了几句话："现在不是父母之命的时代了，你别想制造罗密欧与朱丽叶式的悲剧，我告诉您，您同意也罢，不同意也罢，我不得到晓彤就誓不放手！"

大门砰然一声被带上了，魏如峰的影子消失在门外。梦竹像个石像般挺立在屋里，那砰然一声门响，如同一个轰雷般击在她心上，震痛了她每一根神经。"冷酷、残忍而无情！"这是她？还是命运？还是人生？还是这难以解释的世界？她的双腿发软，扶着椅子，她的身子溜到榻榻米上。把前额顶在椅子的边缘上，她喃喃反复地呻吟地念着："冷酷、残忍、无情！冷酷、残忍、无情！冷酷、残忍、无情……"

泪滑下了她的面颊，滴落在榻榻米上。

几度夕阳红

贰拾陆

TWENTY–SIX

"人，在年轻的时候，总喜欢把许多的不幸归之于命运。"

何慕天沉坐在椅子里，眼睛对着窗子，愣愣凝视着窗外的蓝天和白云。阳光美好地照耀着，大地无边无际地伸展着，清新而凉爽的空气从大开的窗口涌进来，搅散了一夜所积的香烟气息。何慕天灭掉了手里的烟蒂，下意识地再燃着了一支，喷出的烟雾冲向窗口，又迅速地被秋风所吹散。坐正了身子，他揉揉干而涩的眼睛，试图在脑子中整理出一条比较清楚的思路，但，用了过久的思想，早已使脑子麻木。他摆了摆头，头中似乎盛满了锯木屑，那样密密麻麻，又沉沉重重。思想是涣散的，正像那被风所弄乱了的烟雾，没有丝毫的办法可以让它重新聚拢。

有人敲门，不等何慕天表示，魏如峰推开门走了进来。扑鼻而来的香烟味几乎使他窒息，依然亮着的电灯也使他愣了愣。伸手摸到门边的开关，灭了灯，关上门，他走到何慕天身边来，无精打采地问："你一夜没有睡吗，姨夫？"

"嗯。"何慕天不经心地哼了一声，抬头看了看魏如峰。

"你起来了？"

"我已经出去一趟又回来了。"魏如峰说，在何慕天对面坐了下来，"我刚刚到晓彤家里去和她母亲谈了谈，那是个专制而固执的母亲，完全——不近人情！"

何慕天的手指扣紧了椅子的扶手，眼睛紧紧盯着魏如峰，喷出一口浓重的烟雾之后，他沙哑地问："她——怎么说？"

"不许晓彤和我来往！除非——"

"除非什么？"

"除非我和您断绝来往、关系，及一切！"

何慕天一震，一大截烟灰落在衣服上。他凝视着魏如峰，后者的脸色是少有的苍白、郁愤和沮丧。把手插进了浓发里，魏如峰郁闷地叹了口气，突然抬起头来说："姨夫，以前你到底对他们做过些什么？你们真有很不寻常的仇恨吗？"

"很不——寻常——"何慕天喃喃地念着说。

"姨夫，你能告诉我，当年到底是怎么一回事吗？"

何慕天默默地摇头，停了好久，才振作精神地喘了口气，问："如峰，告诉我，你是不是很爱晓彤，非娶她不可？"

"姨夫，你——我想，你该看得出来。事实上，不论情况多么恶劣，不管环境的压力和阻力有多大，我都不会对晓彤放手，我们彼此相爱，为什么要牺牲在上一辈的仇恨里呢？"

"那么，如峰，答应他们不和我来往吧！"何慕天率直而简洁地说。

"噢，姨夫！"魏如峰喊了一声，直视着何慕天的脸，"我不能！"

"如峰。"何慕天把一只手压在魏如峰的手背上，怅惘地苦笑了一下，"和我断绝来往又有什么关系呢？晓彤对你的需要比我对你的需要更甚，是吗？你对她的需要也比你对我的需要更甚，是吗？那么，就答应他们吧！在你和我断绝来往之前，请接受我一点小礼物，一幢小洋房，和泰安的股——"

"姨夫。"魏如峰打断了何慕天的话，"这是没道理的事！我既不想接受你的礼物也不要和你断绝来往！决不，姨夫，我有我做人的方针，我要晓彤！也要您！"

"假若——做不到呢？"

"我会努力，总之，姨夫，我还没有到绝望的地步，是不是？"

何慕天凝视着魏如峰，不由自主地慨然长叹。

"如峰，你会得到她！一定！我向你保证！"

"你——向我保证？"魏如峰疑惑地问。

"是的，我向你保证！"何慕天重复地说，深深地吸了一口烟，掌着烟的手是微颤的，努力地克制了自己的激动，他用一种特殊的声调问，"晓彤的母亲——是——怎样的？"

"你指她的外表，还是她的性格？"

"都在内。"

"你不是以前认得她吗？"魏如峰更加困惑了。

"是的，我——认得。但——那是许许多多年以前了。"

"她的外表吗？"魏如峰沉思了一下，"很憔悴，很苍老，头发已经有些白了，脸上的皱纹也很多，但是很高贵、很秀气——晓彤就像她！脾气呢？"魏如峰皱皱眉："我不了解，她一定有一个多变的个性！在昨晚，我曾觉得她是天下最慈爱而温柔的母亲。今晨，我却觉得她是个最跋扈、最不讲理的母亲！"

何慕天一连吐出好几口烟雾，他的整张脸都陷进烟雾之中。闭上眼睛，他把头向后仰靠在椅背上，竭力平定自己，让一阵突然袭击着他的寒战度过去。再睁开眼睛，他看到魏如峰的一对炯炯有神的眸子正直射在他脸上，带着副怀疑的、研究的，和探索的神情。当他望着他时，他开了口："姨夫，你的脸色真苍白！你要睡一睡吗？"

"不，没关系。"

"姨夫。"魏如峰盯着他，"她是你的旧情人吗？是吗？"

"谁？"何慕天震动了。

"晓彤的母亲！"

何慕天吸了一半的烟停在嘴边，他望着魏如峰，后者也望着他。两人的对视延长了相当长的一段时间，然后，何慕天把烟从嘴边取下来，在烟灰缸里揉灭，静静地说："你可以离开了，我想休息。"

魏如峰站起身来，对何慕天再看了一眼，沉默地向门边走去，走了几步，他又折了回来，把手压在何慕天的肩膀上，诚挚地说："姨夫，不管以往的恩恩怨怨是怎么一回事，我坚信你没有过失。"何慕天又轻颤了一下。

"不。"他安静地说，"你错了，我有过失，有很大的过失。"

"是吗？"

"是的。"何慕天点了点头，"所以我会没有勇气去见他们！人，在年轻的时候，总喜欢把许多的不幸归之于命运。年纪大了，经过一番冷静的思考，就会发现命运常把握在自己的手里，由于疏忽、犹豫……种种的因素，而使命运整个改变！"他摊开手掌，又把手握拢，咬咬牙说："许多东西，一失去就再也追不回来！一念之差，可以造成终身遗憾！我怎么会没有过失？多少个人因我而转变了一生的命运！我毁自己还不够，还要连累别人。不止这一代，包括下一代！你、晓彤、霜霜……"他痛苦地摇头，用手支住额，"我怎么会没有过失？怎么会没有？假如人发现了以往的错误，就能够再重活一遍多好！"

魏如峰呆呆地望着何慕天，后者脸上那份痛苦的表情把他吓到了。他拍拍何慕天的肩膀，近乎劝解地说："姨夫，你是太累了，你应该多睡一会儿！你——还没有吃早餐吗？我让阿金送上来如何？"

"别——用不着了！"何慕天说，迷惘地笑了笑，"不要为我担心，如峰。人——必须经过许多的事情才会成熟，有时候，我觉得我到现在都还没有成熟呢！最起码，一碰到感情上的事情我就不能平静，我不知道佛家无嗔无求的境界是怎样做到的！"他叹了口气："管你自己的事吧。如峰，你是个好孩子——但愿你获得幸福！你知道什么是真正的幸福吗？"

"什么？"

"内心的平静与安宁！只要有了这个，也就到达幸福的境界了。"

"谢谢你，姨夫，谢谢你的祝福。"魏如峰用充满感情的声音说，"不过，我也同样地祝福您——愿您也能获得幸福！"

何慕天听着魏如峰的脚步走出房间，听着房门被轻轻带上的那一声微响，再听魏如峰的足音消失在走廊里。他感到一份难言的激动，魏如峰最后那一句话仍然荡漾在他的耳边，冲击在他的胸怀里，他的眼眶湿润了。再燃上一支烟，他对着烟蒂上的火光，立誓似的说："他们一定要结婚！他们——如峰和晓彤！一定要！"

吸了一口烟，合上眼睛，他希望能让自己纷乱的思想获得片刻休息。只要几分钟，能够什么都不想，什么都不烦恼，什么都不思索！只要几分钟就好了……

房门砰然一声被"撞"开了，一个声音在门口喊："看我！爸爸！"

何慕天回过头去，霜霜正双手叉腰，两腿成八字站在房门口，上身穿着件黑白斜条纹的紧身套头毛衣，下身是条同样斜条纹的裤子，紧紧地裹着她成熟的胴体。猛然一眼看过去，她这身打扮像一匹斑马！她昂着头，那一头烫过的短发乱糟糟地拂在耳际额前，一副桀骜不驯的样子。用眼睛斜睨着何慕天，她说："怎么样？你欣赏我的新衣服吗？爸爸？"

何慕天本能地蹙了一下眉。

"别皱眉头，爸爸！"霜霜警告地喊，"如果你不高兴看，可以不看！但是，别一看了我就皱眉，好像我是个讨厌鬼！"她走上前来，审视着她的父亲，"你没生病吧？爸爸？"

"你有什么事吗？"何慕天问。

"知女莫若父！"霜霜叫，"你就知道我没事不会进你的房间？"她伸出一只手来，"钱！"

何慕天望着霜霜，还没开口，霜霜已经急急地嚷起来："别——说——教！我要钱！"

何慕天叹了口气。

"霜霜，你——"

"爸爸，你又皱眉头了！问你要点钱都这么难吗？你说过，你什么都给我，满足我，给我我需要的一切东西……"她大笑，说，"我需要的东西！事实上，我需要的任何东西，你都给不了，但是，钱你还给得了，难道你连这最后的一项也要吝啬了吗？"

何慕天再叹了口气。

"你要多少？"他忍耐地问。

霜霜伸出三个指头。

"三百？"

"三千！"霜霜叫。

"三千？你用得会太多了吗？"

"爸——爸！"霜霜不耐烦地喊，"你知道世界上最容易报销的是什么？

钞票！何况，那小家伙身上经常连一个子儿都没有！看电影，我何霜霜请客！吃饭，我何霜霜请客！溜冰划船，我何霜霜请客！谁不知道我何霜霜有个阔爸爸……"

何慕天一声不响地掏出一沓一百元票面的钞票，也不管数目有多少，往霜霜手里一塞，说："好了吧？"

霜霜耸耸肩，向房门口走去，走到了门外，又伸进头来说："给你一个药方，可以治烦恼症。把头放在自来水龙头底下冲上半小时，你不妨试试看！"说完，"砰"地带上房门，像一阵疾风般地卷走了。

立即，何慕天听到汽车驶走的声音。

何霜霜慢慢地停下了车子，看看手表，八点二十五分！巷口静悄悄的，一盏路灯在黑夜的街头闪着昏黄的光线。她坐正身子，燃起一支烟，吸了一口，吐出一个大烟圈，望着烟圈冲出了车窗，再缓缓地扩散，消失在秋风瑟瑟的街头。她叹了口气，下决心似的揿了三下喇叭，等了片刻，又揿了三下喇叭，然后，靠在坐垫上，从容不迫地抽着烟，等待着。

一条黑影从巷口奔了出来，跑到车子旁边，拉开车门，一张年轻的，稚气未除的脸孔伸进来，绽开的微笑里，有七分喜悦和三分意外，嚷着说："嘿！霜霜，没想到你今天来！"

"进来吧！"霜霜直截了当地说。

晓白跨进了车内，霜霜立即发动了车子，小轿车像一条滑溜的鱼，轻灵地滑向了黑夜的街头。一连穿过了几条冷僻的巷子，晓白四面张望了一下，怀疑地问："我们到哪儿去？"

"开到哪儿算哪儿！"霜霜说，一只手扶着方向盘，另一只手取下了嘴角上的烟，斜睨了晓白一眼，后者那张坦率而带着几分天真的脸庞使她很感兴趣，把烟递到他面前，她捉弄似的说："要抽吗？"

"哦，哦。"晓白吃了一惊，看看那支烟，面有难色，霜霜嘴边嘲谑的笑意加深了，挑了挑眉毛，她说："怎么？不敢抽？怕你亲爱的妈妈骂呢，还是怕烟呛了你的喉咙？"

笑话！男子汉大丈夫！怎么会连一支烟都不敢抽！他一把抢下了她手中

的烟，送到嘴边去猛抽了一口。一股辛辣的味道从口腔里冲进喉咙，再冲向胃里，他张开嘴，无法控制地大咳起来。霜霜纵声大笑，方向盘一歪，车差点撞到路边的电线杆上，踩住刹车，她笑得前俯后仰，晓白好不容易咳停了，狠狠地瞪着霜霜，一声不响地再把那支烟送到嘴边去抽，这次学乖了，他逼住烟，不让它冲进胃里，大部分都吐出来。一连吸了好几口，终于勉勉强强可以抽了，霜霜仰着头凝视他，不由自主地流露出几分赞许。

"不错！晓白，算你有种！"

车子继续向前驶去，似乎越来越荒凉了，城市被抛在后面，车子驰上一条黄土路，风从敞开的车窗灌进来，带着深秋的凉意。晓白伸头对车窗外望了望，有些不安地说："喂！霜霜，你这是开到什么地方了？"

"管它呢！"霜霜不经心地说，加快了车行的速度。

"当心迷路，回不了家！"晓白说。

"放心！没有人会劫走你！"霜霜说，"家，你那么爱你的家吗？"

"谁会不爱自己的家呢？"

"哼！"霜霜冷冷地哼了一声，"你的家很温暖，是吗？有好爸爸，有好妈妈，还有个像颗小星星般的姐姐！"

"嗯……"晓白皱了皱眉，"不过，这两天可不大对头。"

"怎么呢？"

"自从昨天你表哥来了之后，家里就不对劲了。好像，爸爸妈妈都不喜欢魏大哥。"

"是吗？"霜霜从睫毛下盯着晓白，"为什么？"

晓白学着霜霜的习惯，耸了耸肩。

"我怎么知道！总之，家里什么都不对头了，爸爸和妈妈吵架，妈妈又说姐姐，什么恋爱太早啦，未见得可靠啦，然后，姐姐哭，妈妈也哭，爸爸摔画笔砸东西，往外面一跑。这就是今天晚上的情形，如果你不在外面揿喇叭，我真不知道拿妈妈和姐姐怎么办好。霜霜。"他顿住，凝视着霜霜说，"为什么女人都有那么多的眼泪？"

霜霜注视着车窗外面，心绪飘浮在另一种境界里，好半天，才幽幽地说了一句："这么看来，我表哥和你姐姐的事算是砸了，是不是？"

"砸了？"晓白摇摇头，"一定不会砸的，妈妈喜欢姐姐，最后准是同意，而且，我也认为魏大哥很好，不知道妈妈爸爸为什么不喜欢他，他比顾德美那三个哥哥不知道强了多少倍！我想，妈妈爸爸一定会想通的。"

"一定吗？"

"当然！"晓白颇有信心地说，"魏大哥人长得漂亮，学问又好，又会说话，又……又……"又了半天，底下想不出还有什么可"又"的，就下结论地说："总之，魏大哥什么都强，爸爸妈妈凭什么看不上他？"

"那么，为什么又反对他呢？"

"我也不知道，他们关着门嘀嘀咕咕地说，我根本听不清楚。"

车子猛然刹住了，霜霜说："下车吧！"

"这是什么地方？"晓白问。

"淡水河边，我们可以沿着河堤走走。"

晓白下了车，四面张望了一下，果然是淡水河边，但已远离了市区，四周都是稻田，沿着河是一条黄土的堤，堤下有片草地，河水潺潺地流着，轻缓的水流声像一曲沉缓的乐曲。天边挂着一弯下弦月，弯弯的像只小船，水面反射着点点粼光。霜霜锁住了车子，跳下车来，站在河堤上，风很大，她的短发迎风飘动。把双手叉在腰上，她深深呼吸了一口气，说："真美！真好！"

"噢，是的，真美，真好！"晓白望着霜霜修长的身子说。

"你在说什么？"霜霜问。

"你！"

霜霜笑了，慢慢地摇摇头。

"晓白，你是个傻小子！"她走过去，拉住他的手臂，"来，我们到河堤下面去看看！"

"那么黑！"

"你怕什么？鬼吗？"

"笑话！"

"那么来吧！别那样害怕兮兮的，像个大姑娘！"

他们并肩走下了河堤，堤边是软软的草地。秋虫唧唧，流水淋淋，四周静悄悄的没有一个人影，只有风在水面回旋。霜霜挑了一块比较平坦的草地，毫不考虑地坐了下去，晓白也跟着坐下去，叫着说："噢！有露水！"

"别管它！"霜霜说，弓起了膝，把下巴放在膝上，瞪视着黑黝黝的流水。好半天，才说，"我常常到这儿来，一个人坐一坐，想一想，听听水流的声音，听听鸟叫，听听蝉鸣。我喜欢这儿，清静、安宁，好几次，我在深夜里来，坐上一两小时。"

"你不怕？"晓白诧异地问。

"怕？哈哈！"霜霜轻蔑地笑了两声，"我怕什么？我那么……那么……"她在头脑中搜集合适的用字，忽然灵光一现，想了出来，"我那么空虚，什么都没有，我还有什么好怕呢？"

晓白注视着霜霜，她的话使他有丈二和尚摸不着头脑之感。但，想到她一个孤单单的女孩子，居然敢在深夜中到河堤边来吹冷风，不禁衷心倾服，而更加对她刮目相看了。

两人静静地坐了一会儿，霜霜说："晓白，你姐姐很爱我的表哥吗？"

"当然！"

"有多爱？"

"哈，爱惨了！"晓白微笑着说。

霜霜侧过头去，在幽暗的月色下打量着晓白的侧影，从他的浓发到他那方方的下巴——一张未成熟的男性的脸庞，具有男孩子所特有的味道：马虎、随便和漫不经心。她扬起了长睫毛，盯着他的眼睛看，被她的目光所刺激，他也侧过头来看她，对她展开了一个爽朗的、毫无保留的笑容。

"你在看什么？"他问，语调鲁莽而稚气。

霜霜突然用两条胳膊圈住了他的脖子，把他的身子勾向自己，一对大而美丽的眸子灼灼地逼视着他，挑战似的问："你呢？晓白？你爱我吗？"

"我？"晓白一愣，霜霜这突如其来的亲热举动使他大感意外，接着，血液就向他脑子里涌去，他感到从面颊到脖子都发起烧来，面对着霜霜那对逼人的眸子，闻着她身上散发着的香味，也情绪紧张而心慌意乱起来，半天才讷讷地吐出几个字："我……我……我爱。"

"有多爱？"霜霜继续问，眯了眯眼睛，带着点捉弄的味。

"有……有……"晓白口吃地说，"有……数不清楚的那么多！"

"是吗？"霜霜仰起头，"那么，吻我！"

晓白大吃一惊，望着霜霜那向上仰的美好的面孔和那微微翘起的红唇，他受宠若惊而手足无措，对那张脸瞪了好半天，才鼓足勇气，像对付什么大敌似的把头压下去。霜霜叫了起来："哎哟，你弄痛了我！"她凝视着晓白："天哪，你这个小傻瓜，难道连接吻还要人来教你吗？"

勾下了他的头，她把嘴唇慢慢地迎上了他的嘴唇，温存、细致而冗长地吻他。晓白本能地抱紧了她的身子，在热血的冲击和心脏的狂跳下，热情地回应着她的吻。她把头离开了些，注视着他。

"你学得很快。"她赞许地说，长睫毛在跳动，黑眼珠在闪烁，"你爱我？晓白？"

"爱！"晓白干脆地说。

"全世界只爱我一个吗？"

"只爱你一个。"

"终身不背叛我？"

"我起誓！"

"不必！"霜霜的睫毛垂下了一两秒钟，又扬了起来，"你愿意为我做一切的事吗？"

"愿意。"

"无论什么事？"

"例如——"晓白有些不安了。

"例如叫你杀人。"

"为什么要杀人呢？"

"假如——那个人欺侮了我！"

"当然，我一定宰了他！"晓白义愤填膺地说，好像那个人已经在自己面前了。

"晓——白——"霜霜的眼睛中流露着赞许，"你真是个傻小子！"沉思了一会儿，她又抬起头来："晓白，我问你，你爱我深，还是爱你姐姐深？"

"你和姐姐？"晓白面临到难题了，咬了咬嘴唇，又皱了皱眉头，才说："这——这是完全不同的两种感情。"

"如果我和你姐姐打架。"霜霜举例说，"你帮哪一个？"

"这——这——"晓白犹豫着，终于，用手抓了抓头，笑着说，"你们不会打架，姐姐是从不和人打架的。"

"我是说——如果打了呢？"

"那么——那么——那么我劝你们和解！"

"呸！"霜霜啐了一口，"见鬼！"

"怎么？"晓白不解地翻翻眼睛，"你何必和我姐姐打架呢，你们应该做好朋友，你看，我和你这么要好，姐姐又和你表哥那么要好，你们也应该要好才对！"

"哼！"霜霜哼了一声，眼珠向天空转了转，忽然说，"晓白，你觉得我表哥怎样？"

"好极了，又漂亮又帅！"

"你赞成他和你姐姐来往吗？"

"当然！"

"假如有人欺骗了你姐姐，你怎样？"

"谁欺骗了我姐姐？"

"我是说'假如'！"

"我一定不饶他！揍他！"

"嗯——"霜霜望着河水，支吾着说，"你知道我表哥的事吗？"

"你表哥的事？"晓白皱着眉问。

"嗯，他的秘密。"

"他有秘密吗？我不知道。"晓白摇头。

"坐过来一点，我告诉你。"

晓白靠紧了她。星星在闪耀，河水在奔流，云在移动，月亮忽隐忽现……夜逐渐深了。

几
度
夕
阳
红

贰拾柒

TWENTY–SEVEN

"在你离开这屋子以前，我有一样东西要送给你！"

放学了，晓彤背着书包和顾德美步出校门。校门外暮色苍茫，带着寒意的秋风正斜扫着街头。成群的白衣黑裙的女学生从栅门内一涌而出，像一群刚放出笼的小鸽子，叽叽喳喳地叫闹着，在街头四散分开。晓彤和顾德美说了再见，夹在学生群中，向公共汽车站走去。四周的同学们在推推攘攘笑笑闹闹，经过了一日繁重的上课之后，放学这一刹那就成了最美好的时光，笑声此起彼伏，夹杂着愉快而清脆的"再见"之声。晓彤踽踽地向前迈着步子，低垂着头，望着落日照射下自己的影子。周遭的一切，她都恍如未觉，只深陷在自己孤苦而寥落的情绪之中。

四周渐渐安静了，同学们都已抢先跑到公共汽车站去排队，她独自落在后面，缓缓地走着。一整天，坐在教室里也好，站在操场中也好，无论上课、下课，升旗、降旗……她都是恍恍惚惚的。老师的讲解，同学的笑闹……对她全像烟雾中的幻景，留不下任何清晰的印象。一次，顾德美拉着她的袖子说："喂喂，你怎么了？和你讲了三次话你都听不见！"

她猝然醒悟，瞠目望着顾德美，她只感到心底一阵绞痛，泪珠泫然欲坠了。顾德美愕然地放松了她，她掉头望着窗外，心中又迷迷糊糊起来，凝视着远山白云，她又再度陷进凄迷恍惚之中。

转了一个弯，绕过一根电线杆，她依循着每日走熟了的路径向前走，头始终低垂着没有抬起来。走过了电线杆之后，一个人影挡住了她，同时，一只有力的手抓住了她的手臂。

"晓彤！"

她抬起头来，迎着了魏如峰迫切而痛楚的眸子，她站定，仰视着这张脸。突来的意识又牵动了心底的创痛，她闪动着眼珠，泪水迅速地濡湿了睫毛，魏如峰握着她手腕的手加重了压力，低低地说："上车去，晓彤，我必须和你谈一谈。"

魏如峰跨上了摩托车，晓彤顺从地坐在后面，习惯地用手环抱住魏如峰的腰。马达发动了，车子风驰电掣地在街道上疾驰。只一会儿，车子停了，晓彤跳下车来，才发现他们正停在"铃兰"的门外。魏如峰带着晓彤走进去，在他们的老位子上坐下来。鱼池中绿叶亭亭，几条红色的热带鱼正在水草中来往穿梭。

魏如峰的手伸过了桌面，握住了晓彤那柔软白皙的小手。

"晓彤！"他低唤。

"嗯？"她抬起一双朦朦胧胧的眼睛。

魏如峰默默地摇头，蹙起了眉峰。

"别这样看我。"他说，"你的眼睛使我心碎。"他拿起晓彤的手，嘴唇紧贴上去："晓彤，告诉我，你相信我吗？"

晓彤点点头。

"爱我吗？"

晓彤再点头。

"那么晓彤。"魏如峰恳切地说，"你一定要答应我一件事情！"

"嗯？"

"你必须答应我。"魏如峰说，"无论在怎样恶劣的情况之下，我们要坚定我们的立场！换言之，不管现实对我们的打击有多大，你决不能软弱和屈服。"

晓彤困惑地望着魏如峰。

"你懂了吗，晓彤？"他渴切地望着她，"我有没有向你求过婚？晓彤，我现在向你正式地求婚，晓彤，你愿意嫁我吗？"

晓彤闭了一下眼睛，两颗大泪珠从睫毛上跌落，沿着苍白的面颊滚了下来。魏如峰伸过手去，托起晓彤的下巴，用大拇指抹掉了她颊上那两颗晶莹的泪滴，颤声说："晓彤，你不知道我多么爱你！"

"我知道。"晓彤含着泪点头，"我知道。"

"那么，说你愿意嫁给我！"

"难道你还不明白？"

"我明白，但是我要听你亲口说！"

"如峰。"晓彤痴痴地望着他，"我愿意嫁给你，一百个愿意！"

"好。"魏如峰坐正了身子，挺了挺背脊，脸上带着个坚决而果断的神情，仿佛一个临上沙场的斗士，"晓彤，我就要你这句话，有了你这句话，我就什么都不管，我要尽我的全力来争取你！没有任何力量可以打倒我或挫败我！"他用两只手把晓彤的手合住，握紧，似乎想把自己身上的力量借这双手灌注到晓彤的身上去："可是，晓彤，你必须和我站在一条阵线上，不能动摇。如果你动摇了，我就算有千千万万种力量，也都没有用了，你懂吗？"

晓彤慢慢地点点头。

"今天早上。"魏如峰顿了顿，说，"我到你家里去过，和你母亲谈得很不愉快！"他盯着晓彤："你母亲坚持反对我们来往。晓彤，你要站在我这一边，说服你的母亲，或者征服你的母亲！而你，决不能被你的母亲说服或征服。你能不能坚定你自己？"

晓彤湿润的眸子迟疑地转动着，手指无力地在魏如峰掌心中颤动。

"可是——"她轻轻地说，"我从没有违背过妈妈什么。"

"这次事情不同了，是不是？"魏如峰有些焦灼地说，"如果你再顺从，就是埋葬我们两个人的幸福！晓彤，晓彤，我就怕你这份柔顺，你一定要坚强，一定要！"

"可是，可是……"晓彤咬着嘴唇说，"我不能和妈妈对立，我不能！妈妈会伤心……"

"为了怕你母亲伤心，你就牺牲掉我们两个人吗？为了怕你母亲伤心，你就不怕别人伤心？而你母亲反对我的理由根本就不能成立！她把上一辈的仇恨记在我身上，这完全不合理！我奇怪在 20 世纪的现在，还有像你母亲这样顽固的人！她太自私，晓彤，她太自私！"

"你怎能这样说妈妈？"晓彤蹙着眉说，"你根本不了解妈妈，她不自私，她从来就不自私，她尽量要我快乐……她……"她低下头，凝视着桌上的咖啡杯，用只有自己听得见的声音，低低地说："她是个好妈妈。"

魏如峰把晓彤的手握得更紧，摇着头，叹息着说："晓彤，你怎么如此善良而单纯？善良得让人不能不爱你。在你面前，我实在自惭形秽！"他再叹了口气，放开她的手，用一只手支着额，另一只手无意识地拿着小匙搅着咖啡。片刻之后，他想起梦竹曾要他在何慕天和晓彤中选择一个，如果同样的问题，晓彤会如何处理？他抬起头来，注视着晓彤说："我问你，晓彤，假如有一天，你必须在你母亲和我中间选择一个，有了我就失去你母亲，有了你母亲就失去我，那么，你选择谁？"

"噢！"晓彤轻喊，"那是残忍的！"

"你告诉我，晓彤，如果有那么一天，你一定要面临选择的时候，你选择谁？"

"我要你。"晓彤怔怔地说，"也要妈妈。"

同样的答案！

"假若这两个不能同时拥有呢？晓彤，你给我一个确定的答复。"他再逼紧一步，"因为，据我看来，你已经面临这种局面了。告诉我，你要谁？"晓彤定定地望着魏如峰，大大的眼睛里蕴蓄着哀伤，还有更多的固执的深情。

"我没有选择，如峰。"她慢吞吞地说，"因为我只能有这一种选择：我要你，也要妈妈。"

"假若——"魏如峰加强语气说，"你不能都'要'！"

"那么——"晓彤凄凉地微笑了，"如峰，真有那一天，我就——谁都不要了。"魏如峰感到心底一阵抽搐，不禁激灵地打了一个冷战。他在晓彤的眼底看到了些什么东西，属于危险的东西！他知道她心中在想些什么，那颗小小的、易敏感的心！他重新握住了她的手，握得那么紧，仿佛怕她逃走或消失似的。带着不能抑制的战栗，他祈祷般地说："我不再向你多要求什么，我不再向你多说什么！老天，但愿他能保护你，保护你和我和一切善良的人，使我们都不受伤害！"

晓彤回到家里的时候，已经是晚上七点多钟了，打开大门，首先看到的是坐在玄关的地板上，用双手托着下巴，愣愣地发着呆的晓白。接着，就听到屋里明远的咒骂声。晓白看到了晓彤，把两只手一摊，低声说："爸爸在和妈妈吵架。"

"为什么？"晓彤问。

"还不是为了你和魏大哥的事，还牵扯到什么何慕天，过去未来的，我也听不懂！"

晓彤脱了鞋子，走上榻榻米，才跨进父母的房间，明远就停止了正说了一半的话，双目灼灼地望着晓彤，把她从头看到脚，然后冷冷地哼了一声，望着梦竹说："你的宝贝女儿回来了！五点钟放学，七点半到家，随便和男朋友在外面游荡，看样子，颇有乃母之风！"

梦竹的脸色雪白，嘴唇上毫无血色，像一根木头棍似的直直地坐在床沿上。头发凌乱，眼眶深陷。她愣愣地望着明远，抖动着嘴唇无法出声，好半天，才说了一句："明远，你……你……你怎么能这样说？"

"我说错了吗？"杨明远仍然冷笑着，"她不是你的宝贝女儿吗？你宠她、惯她、纵她，胜过你对晓白的关心一百倍！为什么？你喜欢她，她身上有谁的影子……"

"明远！"梦竹叫。

"哼！你的女儿！你的好女儿！和你同样有眼光，能选择到泰安纺织公司的小老板，有钱、有势、有人品……"

"明远，我求你！"梦竹用手蒙住脸，痛苦地扭动着头，"你这样逼我，到底是要怎么样？别把孩子的事和我们自己的事弄混，好不好？有什么话，我们明天再谈，行不行？"

"你怕谈吗？梦竹？你还是怕面对现实？晓彤！过来！我有话问你！"

"明远！"梦竹紧张地叫，哀恳地望着杨明远，"明远，请你——"她掉头转向晓彤："晓彤，爸爸生你的气，你还不赶快过去，向爸爸道歉，认错！"眼泪涌进了她的眼眶，忍着泪，她憋着气说："晓彤，过去！对爸爸说：'爸爸养育了我十八年，而我不能使爸爸高兴，是我的过失，以后我将处处听爸爸的话，请爸爸原谅我！'说！晓彤，对你爸爸说！"

晓彤木立在那儿，母亲的样子使她惊吓，爸爸的神情让她恐惧，她惶然地看看父亲，又看看母亲，犹豫着没有开口。梦竹泪水迸流，用手捂着脸，她哭泣着喊："晓彤！我叫你说！你听到没有？"

"噢！妈妈！"晓彤恐慌地喊，转向了父亲，"我说！我说……爸爸养育了我十八年，我……我……"

"我不能使爸爸高兴，是我的过失……"梦竹提示着晓彤。

"我不能使爸爸高兴，是我的过失……"晓彤像小孩念书一样机械地重复着梦竹的句子。

"哼！"杨明远打断了她们，"梦竹，你不必这样导演晓彤演戏！这样于事实又有什么帮助？你不要想逃避真正的问题。"

"明远，我只希望你仁慈一点！"梦竹说，放低了声音，她像自语般又加了一句，"晓彤还小，请让她在人前能抬得起头。"

"别忘了她的男朋友！"明远说。

"她会和他断绝关系的。"梦竹说，转头对着晓彤，"是不是？晓彤？你要听妈妈的话，是不是？你对我发誓，你永不理魏如峰……"

"哈哈。"明远冷笑了，"梦竹，有什么用呢？你想想以前，你母亲对你的管束，有用没有？如果她会听你的，今天放学之后又到哪里去了？她离不开那个魏如峰，就像你以前……"

"明远！"梦竹猛地跳了起来，直视着杨明远的脸，一种悲愤的情绪冲进了她的血管里，她的忍耐力已经到达崩溃的地步，像一座压力太大的火山，她无法控制自己的爆发，浑身发着抖，她对杨明远大嚷了起来，"你到底要怎么样？我说东你就说西，我说西你就说东，一定要跟我别扭到底！你是什么意思？什么居心？当初不是我绑着你的脖子逼你娶我的，你觉得冤枉，觉得不甘心，我们可以离婚！你不必要挟我、讽刺我，指桑骂槐地到处找麻烦！事情发生了，你不和我站在一条路线上来挽救和弥补，反而处处和我对立！你倒是希望怎么样？你想让这个家庭破碎？那么，我们离婚算了，我对你已经受够了！受够了！受够了！"

"好！"明远也跳了起来，白着脸说，"你没良心，梦竹，想想看，为

了你，我放弃绘画，为了她，我吃了多少苦，带着你们逃难，现在，你想
离婚……"

"不是我想离婚！是你想！"梦竹叫。

"到底是谁先提到离婚的？"明远也叫，"你说你对我受够了，我问你，
我怎么对不起你了？我什么地方对不起你？我知道你为什么想离婚，我知道
因为你又找到了——"

"明远！"梦竹大叫，"你公平一点吧！请你！请你！请你！"她扑倒在
床上，把脸埋在枕头里，痛哭起来。杨明远站在那儿，剧烈地喘着气，瞪
视着双肩抽动的梦竹。半晌，他冷哼了一声，愤愤地走到玄关去穿上鞋子，
大踏步地走到门外去了。坐在玄关的晓白愕然地问了一句："爸爸，你到哪
里去？"

"砰"的一声门响，算是明远的答复。

这儿，晓彤被父母的争吵吓得目瞪口呆，而那些争执，对她而言，全弄
不清楚是怎么一回事，只隐隐地明白，问题的症结似乎出在自己的恋爱上。
何以一昼夜之间，会天地变色？她无法明白。望着父亲负气而去，又望着母
亲伏枕痛哭，她感到无法言喻的恐怖和惊惶。走上前去，她用手攀住梦竹的
肩膀，柔声地，怯怯地叫："妈妈！妈妈！别哭，妈妈！"

每次看到母亲流泪，她就有也想流泪的感觉，听到梦竹哭得那么沉痛，
她也泫然欲泣了。

梦竹一下子翻过身来，泪水迷蒙的眼睛盯在晓彤的脸上，抓住晓彤的手
腕，她厉声地说："告诉我，你放学后到哪里去了？是不是又去会见了魏如
峰？是不是？"

"妈妈！"晓彤惶恐地喊。

"是不是？"梦竹的声调更加严厉，"对我说实话！"

"妈妈！"

晓彤哀求地凝视着梦竹。

"说！"晓彤垂下眼睛，如同待决的囚犯，轻轻地点了两下头。

"他到校门口去找我的。"她低低地说。

梦竹气得全身颤抖。

"晓彤，你怎么这样不争气？你为什么不听我的话？为什么不听？为什么不听？"瞪视着晓彤，突来的怒火以及积压的郁气同时在她体内迸发，举起手来，她对着晓彤的脸挥了过去，她把所有的悲哀、怨恨、愤怒、痛苦都集中在这一巴掌上，全挥向了晓彤。可是，当她那清脆的一声耳光响过之后，她看到的是晓彤瞪得大大的眸子和倏然变得惨白的面孔。那张小小的、柔弱的脸庞上没有愤怒和反抗，所有的只是怀疑、惊愕和不信任。那对疑问的眼睛使梦竹的心脏一下子沉进了地底。十八年来，她从没有碰过晓彤一根手指头，今天竟然会对她挥去一掌。望着逐渐在晓彤苍白的面颊上呈现出来的手指印，她也因自己的举动而愣住了。

母女两个彼此愕然地对视了片刻，晓彤的大眼睛里渐渐布上一层泪影，迅速地，泪影变为两潭深泓，盈盈然地盛满在眼眶里。她没有放声痛哭，也没有诉说辩解，只是无声地啜泣起来。泪珠纷纷乱乱地滚落，纷纷乱乱地击碎，母亲这一掌似乎根本没有给予她肉体上丝毫的痛楚，真正痛楚的地方，是在内心深处。她从没想到母亲会狠下心来打她，因而，这一掌，仿佛将她的世界整个击碎。

梦竹的意识回复了过来，晓彤无声的低泣和抽噎令她全心震颤，晓彤为什么该挨这一巴掌？为了她爱上了一个值得爱的青年？这一巴掌打上的是晓彤的脸，实际上应该打向她自己！她伸手一把拉过晓彤，不由自主地紧紧地揽住了她，泪如雨下。

"晓彤，晓彤，晓彤！"她喊，"我没有想打你！我真的没有想打你！"

"妈妈呀！"晓彤发出一声喊，用手环抱住了梦竹的腰，这才迸发出一阵号啕大哭。把满是泪痕的脸在母亲怀里揉着，她不住地喊，"妈妈呀！妈妈呀！"

母女二人由相对注视又变为相拥而泣。晓白在门口，伸着头张望着。女人！怎么会有这么多的眼泪？但是，他自己的鼻子里也没来由地有些酸酸的。于是，他看到梦竹在给晓彤擦眼泪，一面擦，一面断断续续地说着一些恋爱的大道理，无非是劝晓彤放弃魏如峰。但，晓彤只是一个劲地摇头，一个劲地哭。然后，晓彤钻回到她自己的屋子里，关上纸门，哭声仍然隐隐约约地传了出来，梦竹也坐在床沿上流泪。他叹了口气，坐回到玄关的地板上，这个家！怎么办呢？

三声汽车喇叭声传了过来，他精神一振，侧耳倾听，又是三声喇叭声。他穿上鞋，打开大门，悄悄地溜了出去。

时间不知道过了多久，梦竹从床沿上站了起来，茫然地走到梳妆台前。晓彤的哭声已停，或者，她哭累了而睡着了，她想去看她，但，镜子里的自己吸引了她的目光。蓬乱而干枯的头发，瘦削而苍白的面颊，红肿而无神的眼睛……她用手摸着自己的下巴，对着镜子，喃喃地问："这是我吗？这是我吗？"

多少年以前？小粉蝶儿！沙坪坝的美人！这镜子里的，已经是个老妇人了。她摇头，闭上眼睛，不敢再看。

大门发出一声微响，有人进来了。是谁出去没有关门？进来的是明远吗？只要他一回来，冷战又要开始，她下意识地害怕再见到他。但，来人迟迟没有动静，她知道他已经走上了榻榻米，他为什么停在门口而不进来？她转过身子，面对着房门口，慢慢地睁开眼睛。

刹那间，她觉得地动屋摇，身子摇摇欲坠，扶牢了梳妆台，她呻吟了一声，立即再闭上眼睛。直等到那阵旋转乾坤的大震动过去之后，她才能再睁开眼睛，直视着门口那个木立的男人！颀长的身子，黑而深湛的眼睛，恂恂儒雅的风度……尽管时间在他脸上已刻下了痕迹，尽管潇潇洒洒的长衫已换成西服，尽管当日的豪情已变为中年的沉着，尽管……尽管有那么多的变化！但是，这个人！就是把他烧成了灰，磨成了粉，化成了泥……她仍然能一眼就认出来！这个人！何——慕——天！

几
度
夕
阳
红

贰拾捌

TWENTY–EIGHT

时间何等残忍地在她身上辗轧过，竟然留下如此多的痕迹！但，辗轧着她的仅仅是时间吗？

何慕天像一根石柱般，挺立在那儿，一动也不动地望着眼前这个女人。乍一相见的那份激动，如同有个轰雷在他体内炸开，把他炸成了几千几万个碎片。好长一段时间，这些碎片才又重新聚拢，他也才重新有了视觉和模糊的意识。梦竹的憔悴、苍白、瘦弱、枯瘠……几乎已使他不能辨认。不过，透过那对燃烧着的大眼睛，他依稀看到嘉陵江畔的那个女孩：垂着两条乌黑的大发辫，闪动着一对秋水般的明眸，容光焕发地追寻着欢笑和美梦，他眨眨眼睛，嘉陵江畔的女孩消失，眼前站着的又是那憔悴而苍白的女人——梦竹！这就是梦竹？时间何等残忍地在她身上辗轧过，竟然留下如此多的痕迹！但，辗轧着她的仅仅是时间吗？还有没有别的东西？感情的负荷，生活的担子……种种种种！昔日的梦竹已经不存在了，他几乎看到自己手上的血迹，他是那个谋杀者，不见血的谋杀！他闭上眼睛，靠在门槛上，他已经杀死了梦竹！杀死了当年那个梦竹！

再睁开眼睛，梦竹的影子在水雾中晃动，头发、面颊……都那么朦朦胧胧，只有那对眼睛却如两道刀光，冷冰冰地刺向他的心灵深处！她的背脊慢慢地挺直了，和当年一样，她那柔弱的外表下，藏着一颗倔强的心！看到她带着满身心的创伤，去挺直她那小小的脊梁，何慕天心为之碎，而肠为之摧。忍不住地，他低低地、祈求似的喊了一声："梦竹！"

梦竹全心悸动，这一声呼唤距离她如此之近，又如此之远！是从何处传来？这个叫她的人是谁？何慕天？哪一个何慕天？以前的何慕天？现在的何慕天？梦里的何慕天？爱着的何慕天？恨着的何慕天？阴魂不散的何慕天！！她昂了昂头，吸了一口气，用生硬得不像是自己的声调，冷而僵地说："你要什么？你来干什么？"

"梦竹。"何慕天勉强维持着不稳定的声音，"你——能不能——和我谈谈？”

梦竹回头看了看合拢着的那两扇纸门，晓彤在里面！她的女儿，她和何慕天的女儿！无论如何，她不能让晓彤知道她与何慕天的关系！无论如何，这一段罪恶的历史必须保密！防御及卫护的本能使她警觉，她以充满敌意的眼光瞪着何慕天，血液在她体内迅速地运行着。也好！和他谈谈！把这多年的账算算清楚！将近二十年的债也该有个结算！也好！谈就谈吧！你陷害了我还不够？又让你的内侄来招惹晓彤？谈吧！如果你还有一丝良心，看你能说出什么来？她毅然地挺了挺胸，随便地拢了一下头发，下决心似的说："好，但不能在这儿谈！"

何慕天点了点头。

"出去找个地方坐坐如何？"

梦竹走到纸门边，拉开一条小缝，向里面看了看，晓彤和衣侧卧在床上，正像梦竹所猜测的，在过度的疲倦和伤心下，昏昏然地睡着了。枕上泪痕未干，睫毛上依然湿润。她拉好了纸门，回过身来，和何慕天走出了大门，把大门关好了，她看了何慕天一眼，冷冷地问："魏如峰给你的住址吗？"

"不！"何慕天说，"是王孝城。"

梦竹不再说话，她和何慕天的见面所引起的激动仍未平息，心脏始终在猛烈地跳动着，脑子里的思想像走马灯般飞快地旋转。每一秒钟，过去、现在、未来！未来、过去、现在！不知有几千几万种纷纷杂杂的念头在脑海中同时出现，她必须用她的全心去整理自己紊乱的心绪，平定那份烧灼着她的愤怒的激情。何慕天也默默不语，从他急促的呼吸声，可以辨出他的紧张和激动，绝不亚于梦竹，而且还比梦竹更多出一份惶惑和慌乱的情绪。

走出了巷口，何慕天挥手叫住了一辆计程车。近来，他自己的车子早已成了霜霜的私用车，没有他的份，他出门反倒都坐计程车。梦竹沉默地坐进了车子，她并不关心车前行的方向，只紧张地在脑子里安排着要和他"谈"的话，可是，脑子里塞满的是那样的一堆乱麻，她怎么都无法整理出一个头绪来。车子停了，她下了车，发现自己停在一座深宅大院的前面，高高的围墙和堂皇的大门，向她示威似的耸立着，她愕然地问："这是什么地方？"

"我的家。"何慕天说。

他的家？许许多多年以前，她也曾停在他家的门前！也有着高高的围墙和堂皇的大门，所不同的，那是昆明！这是台北！那时，她怀着一个美梦！现在，她怀着一个碎梦！相同的是，他的豪华如故！她的寒酸也如故！那时，他主宰着她的命运，现在，他又主宰了她的命运！她凝视着何慕天的侧影：依然那样漂亮，依然有着深湛的眼睛和哲人的风度！想必，这些年来，他的生活美满幸福，而她呢？她咬紧嘴唇，血液向脑子里涌去，在这一瞬间，她又看到了当日在他家受了羞辱而跑出来，踅踅于寒风瑟瑟的街头，无处可归的自己！

门开了，何慕天收起了钥匙。月光下，呈现在梦竹眼前的，是通向车房的水泥道路和修剪得整整齐齐的、五彩缤纷的花坛，以及水珠四泻的小喷水池。何慕天让在一边，带着几分不自然，轻轻地说："进来吧，我想还是在家里谈比较好些。"根据他的经验，霜霜出去了就不会早归，魏如峰也不在家，真正能够安安静静谈一谈的地方，恐怕还是家里。

梦竹跨了进去，走进客厅，阿金迎了出来，诧异地望着梦竹，奇怪着主人怎么会带进这样一个衣着随便的女客！何慕天对阿金挥了挥手，说："泡两杯茶送到我房间里来，告诉任何人不要来打搅，有客来就回说不在家！"阿金更加诧异了，何慕天在自己房间中待客就不常见，待一位女客就更是绝无仅有的事！何况，看何慕天的神情，这位女客的身份似乎不大寻常！她好奇地看了梦竹一眼，不敢多说什么，泡了两杯茶，送进何慕天的房里，就默默地退了出去。

何慕天关好了房门，走到桌子旁边，梦竹正坐在桌前。一时间，两人面面相对，都有种奇妙的紧张和尴尬。何慕天取出了烟，掏出打火机，手指是颤抖的，一连好几下，才把打火机打着，燃着了烟，他深吸了一口，在扩散的烟雾中，望着梦竹憔悴的脸庞，他再一次觉得泪眼迷蒙而喉中哽塞。

时间不知道溜走了多久，两个人一直沉默着，谁也无法开口，何慕天迫切地想打破那份僵硬的空气。但，心脏跳得那么迅速，情绪又那样纷乱，他简直不知道该说什么，或能说什么。墙上挂着的一架德国咕咕钟突然叫了起来，两人似乎都吃了一惊，沉默不能再继续保持了。仓促中，何慕天笨拙地开了口："这些年——过得怎么样？"

这句话才出口，何慕天就发现了自己的愚笨和错误！这算什么"开场白"？这些年过得怎样？还需要问吗？果然，梦竹嘴边掠过了一丝冷笑，那两道眼光更加森冷而锐利地投向了他，这眼光里不止森冷和锐利——还糅合着仇恨，一种深切而固执的仇恨。

"哼！"梦竹哼了一声，用何慕天完全陌生的一种口气，疏远、冷漠又尖刻地说，"这些年吗？该托您的福，何先生。"

何慕天眼前黑了一下，他迅速地掉转身子，走到窗子前面去，他必须压制自己的激动，四十几岁的人了，为什么还这样的不能冷静？但，梦竹的语气和用字打倒了他！"托您的福，何先生。"多么尖酸和残酷！咬住嘴唇，他靠在窗子上，用手抓住窗棂，希望冷风能使他烧灼着的心情平静下去。

"你还有什么要问的吗？"梦竹又冷冷地说了一句。

"梦竹！"他陡地爆发了，浑身奔窜的激情使他失去最后的控制力量，梦竹这句话更像一根尖锐的针，深深地刺痛了他，把烟蒂抛向窗外，他情绪激动地喊，"梦竹！请你不要用这样的语气说话好不好？我们能不能平心静气地谈一谈——"

"你希望我用什么样的语气说话？"梦竹微仰着头问，充分地带着挑战的味道，"我的语气怎么不对了？不够客气吗？风度不好吗？用字不够优雅吗？不合你这上流社会的谈话标准吗？还是……"

"梦竹！"何慕天绝望地摇摇头，才要说话，梦竹又冷冷地打断了他："你错了，何先生，你应该称呼我作杨太太，难道你不知道我已经结了婚？"

何慕天长长地吐出一口气，再燃起一支烟，猛烈地吸了几口，轻轻地说："我知道你在恨我，这样的情绪下，我们可能根本无法谈话。"

"恨你？"梦竹冷笑了，往日的创痕，十几年的隐痛，在她内心同时汹涌而来，"恨你？何先生，你高估你自己的力量了。"她沉下了脸，狠狠地说："你不值得人爱，也不值得人恨！在社会上，你是个垃圾，在感情上，你是个骗子，在人群中，你是个衣冠禽兽！我不恨你，何慕天，我轻视你！"

何慕天把烟从嘴边取下，眼睛直视着梦竹，后者苍白憔悴的面庞上，仍然散放着庄严而圣洁的光辉。那些句子，那些指责，虽然冷酷无情到极点，却有着正义凛然的力量。一瞬间，他觉得梦竹变得无比无比地高大，而他却无比无比地寒碜！他曾想把以往的事加以解释，可是，面对着梦竹的脸，听着她的指责，他忽然觉得那些解释都是多余！"在社会上，你是个垃圾，在感情上，你是个骗子，在人群中，你是个衣冠禽兽！"对吗？虽然过分，却也有一两分对！在社会上，他浑浑噩噩地倾轧于商场中，混出一份财产，过着养尊处优的生活，事实上还不如当公务员的杨明远！他不知道自己对社会有何贡献……算了，问题想得太远，反正，梦竹是对的。他不值得人爱，也不值得人恨！

"好，梦竹。"他低声说，"总算听到你几句心里的话！过去的事情，我也不想再谈了。只向你请求一件事。"

梦竹凝视着何慕天，他那种低声下气的语调打动了她。不申辩、不解释、不争吵。她刻薄的责骂，只换得他苍凉沉痛的眼色。是的，何慕天已不是往日那个何慕天了，他成熟、稳重而深沉。

"请求？"她下意识地重复着他的话。

"是的，梦竹，我请求你允许晓彤和如峰的婚事。"何慕天恳切地说。梦竹震动了！晓彤和如峰！他请求！他有什么资格请求？挺起了脊梁，她像只凶猛的母狮般，坚决而果断地说："不！"

"梦竹。"何慕天的声音悲凉而凄楚。"请求你！不要把我的过失，记在孩子们的身上。他们年轻，他们又那样一往情深，请给他们幸福的机会！我曾经做过许多错事，几乎是不能原谅，我不知道怎样才能赎罪。只期望——"他不由自主地战栗了，"孩子们不应因我的过失而受苦，梦竹，他们并没有做错什么！"

不错，他们并没有做错什么！梦竹愤愤地望着眼前这个男人！你很会说，你很有理，请给他们幸福的机会！是谁要剥夺他们幸福的机会？梦竹吗？还是何慕天？

"晓彤……"何慕天困难地，艰涩地继续说，"是那么可爱，又那么——柔弱的女孩。"他望了梦竹一眼，深深地摇头，"梦竹，请原谅我，我并不知道有这个孩子！"

果然！他知道一切了！梦竹迅速地盯住他，沙哑地说："谁告诉你的？"

"王孝城。"

梦竹把头转开，郁闷地说："她不是你的孩子，她是杨明远的。当我躺在医院里，因阵痛而哭喊的时候，是明远在旁边给我勇气。当她呱呱坠地时，是明远第一个去看她的模样。当她从医院里抱回家，是明远给她换第一块尿布。当她开始进学校，是明远牵着她的手送她进校门。你怎么敢说她是你的孩子？她不是！她是明远的！"

何慕天闭上眼睛，心底的痛楚使他头昏。他狂乱地吸着烟，仿佛只有烟可以支持他，给他力量。他知道梦竹说的都是实情！那不是他的女儿，是杨明远的！对晓彤，他没尽过一天的责任，所有的只是过多的亏负！他用手抹了抹额角，虽然天气那么凉，他仍然在冒着汗珠。

"我知道。"他匆忙地说，"我并不想得到她，只希望尽一份力。梦竹，但愿你能了解，我只想尽一份力！给予她一些快乐和幸福。我不会告诉她我是她的父亲，我也不会破坏她对父母的观念，让我也为她做一些事，在幕后做，悄悄地做，行不行？我向你保证，我决不拆穿这个秘密，请求你让她和魏如峰来往，好吗？请你相信我，我是为了她，不是为了我自己！我的一生已经谈不上快乐，只期望下一辈，别再蹈我们的覆辙！"

"我们的覆辙！"梦竹冷笑了，"你用了几个多奇怪的字！"

何慕天猛地盯住了梦竹，紧紧地望着她，她嘴边所挂的那个冷笑使他突然间失去了控制。带着几分急促和忙乱，他语无伦次地说："梦竹，我知道我很坏，我在你心目中是个恶魔和鄙夫，对于我自己，我一点都不想辩护，也无法辩护。以往，我曾经欺骗你，尽管欺骗的动机是出于爱，造成的却是不可收拾的局面……"

"欺骗的动机是出于爱！"梦竹感叹地说，"多么美丽的一句话！"

"别这样说，梦竹。"何慕天有几分恼怒，胸部在剧烈地起伏着，"当初，我有好几次想把真实情形告诉你，我结过婚！有一个跛扈而任性的妻子，而且已怀了孕！但，你使我说不出口，我太爱你，太怕伤害你……反而对你伤害得更大！怎么说呢？我能怎么说呢？当你背弃家庭跑向我，我怎敢告诉你我有妻子？何况，我又决心要娶你！我回昆明去，所有的理由都是借口，只因为要办妥离婚，好跟你办理合法的手续……"

"哈哈。"梦竹冷笑，"多动人的一篇话！"

"我知道你会这么说！"何慕天喘了口气，"我知道你不会相信我！反正，事过境迁，说也罢，不说也罢！"

"你回去办理离婚！为什么后来的一个多月一封信也不写？"

"起先，我写了。后来，我的日子变得非常荒唐……"他深吸着烟，回忆使他的眼睛显得痛苦而迷蒙，"整日整夜我和她作战，她坚持不肯离婚，我想回重庆，把一切经过向你坦白，然后带着你远走他方，去重创一个世界。我想你会谅解我，会跟我走的。但我又存一个希望，想她总有一天会被我的冷漠所折服，就会同意离婚。这样，我在两种矛盾的心理中挣扎，一会儿想立即束装回重庆，一会儿又想继续和她作战，痛苦、烦恼到了极点，就酗酒买醉。好几次，我在灯下提笔给你写信，每次都无法写下去，总觉得再写些欺骗的话，还不如马上回重庆。可是，第二天，我又觉得，没有那张离婚证书，我如何见你？我怎能对你说：'跟我走，我们不能结婚，请做我终身的情妇！'我不能！"他用手支住额，痛苦地摇着头，往事像一条鞭子，击痛他每一根神经："就这样，一天天犹豫，蹉跎下去，最后，她同意离婚了，同意得那么干脆……我不知道你去过昆明，我也不知道她对你说了些什么，但我可以想象得出来……抛下家里未满月的婴儿，怀着一张离婚证书，我没有耽搁一分钟，扑奔重庆，准备向你忏悔曾有过的欺骗……"他长长地叹口气："到了重庆，才知道短短三个月，世界早变了颜色。什么都没有了，什么都不存在了，爱情……梦想……及一切！"他把手从额上拿下来，泪光中，梦竹坐在灯下的身子只是个模糊的影子，他凄然一笑，吐出了一口烟，惘然地说："就是这样，总之都过去了，我知道，我说也没有用，你不会相信。"

梦竹深深地注视着何慕天，跟着何慕天的叙述，她似乎又回到了过去：小屋中绝望的等待，仆仆风尘的渝昆道上，那个自称为"何太太"的女人，昆明街头凛冽的寒风以及那喝醉了酒摇摇晃晃走过去的青年……是真的吗？何慕天的叙述有几分可信？那张半隐在烟雾中的脸庞清癯苍白，那对闪着泪光的眼睛诚恳真挚……是真的吗？是真的吗？

"唉！"何慕天再叹口气，灭掉了烟蒂，"小罗说：'她已经结了婚，生活得很平静，你别再麻烦她了！'结了婚，生活得很平静！我还有什么话好说！朋友们唾弃你，深爱的人已改嫁，嘉陵江边景物全非！我只有离开，只有远走，走到见不到任何熟人的地方去！嘉陵江卷走了我的离婚证书，卷走了我生平唯一一次惊心动魄的恋爱，也卷走了我一大部分的生命……不过，我并不知道你已有了晓彤，如果我知道，我会不顾一切，不顾生命地争取你！我会和杨明远谈判，会向你哀求……反正，我决不会让你跟着杨明远！但是，我不知道！"

梦竹咬紧嘴唇，何慕天的神色和声调让她战栗，她又看到往日那个何慕天了！豪放、潇洒、痴情……她说不出话来，心情激荡而迷茫。是这样的吗？是这样的吗？看来往日并非不可原谅！他！何慕天！就在她现在再望着他的时候，她仍可感到在胸中蠢动的那份深情，他对她依旧有往日的压力和吸引力。不！这一切言语都只是他的花言巧语！只是在换取她的同情！他又在故技重施！不！你不能信他！决不能信他！你以前被他欺骗得够了，现在又要被他所欺骗！不！你一定要坚强，要认清面前这个人！你不再是十八九岁的孩子！不！他是个魔鬼，你决不能再受骗！

"不！"她突然地仰起头来，"我不相信你，我不相信你说的任何一个字！"何慕天的身子晃了晃，用手抓住窗棂，他竭力稳定自己。怎么回事？自己会变得如此脆弱？取出了烟，他再燃上一支。对梦竹点了点头，苦笑了一下。

"你不相信，我知道你不会相信。"他重复地说，"好吧，别谈了，无论是怎么回事，现在来谈都已经晚了。我们还是回到原来的题目上去，怎样？"

"原来的题目？"

"关于晓彤和如峰。"

"晓彤和如峰!"梦竹坐正了身子,"是的,我们该谈谈,晓彤是我的女儿,如峰是你的内侄!我管我的女儿,你管你的内侄……"

"你的意思是——"

"他们永不许来往!"梦竹斩钉截铁地说。

"为什么?"何慕天锁紧了眉头,"你可以恨我,似乎不必恨如峰!如峰没有过失,晓彤也没有!拆散他们,你怎么忍心?"

"我必须拆散他们!"梦竹闷闷地说。

"为什么?"

"因为——"梦竹猛地提高了声音,"不愿晓彤接近你!不愿晓彤回到你的身边!不愿晓彤嫁给'何慕天的内侄'!"

何慕天的身子再度晃了晃,说:"好,如果我避开呢?"

"避开?"梦竹犹疑地问。

"我把公司交给如峰,我离开,到日本去,或到其他的地方去,假如去不成,就到台中或台南找一个清静的地方住下。我不参与他们,不卷进他们的生活……"泪涌进了他的眼眶,摇摇头,他恻然而无奈地微笑了,"像你所期望的,我不接近晓彤,不收回晓彤,魏如峰也只是魏如峰,不是我的内侄。那么,你是不是能同意了?"

梦竹不解地望着何慕天。

"你为什么这样迫切地希望他们结合?"

"因为——"何慕天虚弱地笑笑,"我希望晓彤快乐。我——爱她!"

梦竹一震,瞠视着何慕天,她忽然整个迷茫了起来。这个男人是怎样的一个人?他有一颗怎样的心?她错愕地、昏乱地、困惑地望着对方,久久都说不出话来。何慕天无力地抬起了眼睛,重复地问了一句:"行了吗?你同意了吗?"

"你是说真的?"

"你以为我在说谎?我欺骗谁?目的又何在呢?你——总应该相信我一句吧!"

梦竹沉思了起来,时间在沉肃的空气中迅速地消逝,咕咕叫钟已数度报时。梦竹猛地跳了起来，几点了？夜风正肆无忌惮地从窗口穿入，天际闪烁着几点寒星。该回去了，那儿还有一个未收拾的残局！一个负气出门的丈夫和一个心碎的女儿！凝视着何慕天，她慢慢地点点头，慢慢地说："如果你诚心这么做，我不反对！但是，你必须对晓彤的身世保密！"

"谢谢你，梦竹。"何慕天说，声调是微颤的，"我会保密，你放心。你愿意再坐一坐吗？"

"不了。"梦竹说，声音生硬而艰涩，"不早了，我该回去了。"梦竹走向了房门口，何慕天不由自主地跟了过去。望着梦竹的手放上了门柄，那是只瘦骨嶙峋、干枯龟裂的手——

一只做过许许多多粗事的手——从她的手上把视线往上抬，触目所及，是她鬓边的白发和眼角的皱纹。他突然感到脑中轰然一声巨响，整个身子都摇摇欲倒，他的手迅速地落在门柄上，盖上了梦竹的手背，握牢了门柄——连带梦竹的手一起。他冲口而出地喊："梦竹！别走！"

梦竹陡地站住了，惊愕地回过头来，她接触到一对灼热的眸子，听到了一个男性的呼唤——用生命及全部感情所做的呼唤——她的思想停顿，意识消逝，精神迷乱，剩下的是愕然、茫然和震撼全心的一阵天旋地转。她张开嘴，只吐得出断续的两个字："你？你！"

"梦竹——"何慕天怔怔地望着她，痴情之态一如当年，"离散这么多年后，没想到还能看见你！"他转开了头："在你离开这屋子以前，我有一样东西要送给你！"

他转身走开，到了壁橱前面，打开橱门，又打开一个小箱子，从里面取出一个精致的、雕刻着小天使的木匣子。捧着这木匣子，他走回梦竹的身边，轻声地说："这里面，是我多年来的秘密，这个小匣子，就是在我们最要好的那段时间，你都没有看到过。没想到，今天我还会看到你，不久之后，我又必须守住我对你的诺言，离开这儿到别处去。以后，什么时候能再见，就更不得而知了。所以，在你走以前，把这个拿去吧。"

梦竹愣愣地接过了匣子，望着何慕天说："我可以打开吗？"

何慕天点点头。

梦竹打开了匣子。她看到一大堆乱七八糟的东西，包括一条缎带，一条碎花的麻纱小手帕，一个她以前用坏了的小别针，一朵发饰的小珠花，一张纸片，上面潦草地涂抹着一阕词：

> 春漠漠，香云吹断红文幕，红文幕，一帘残梦，任他漂泊！
> 轻狂不奈东风恶，蜂黄蝶粉同零落，同零落，满池萍水，夕阳楼阁！

梦竹慢慢地抬起头来，呆呆地望着何慕天。有那么长的一段时间，她觉得自己已经涣散、消灭而不知身之所在。她眼前只浮着那些零零碎碎的小东西。零零碎碎的小东西！每一片，每一点，每一丝……上面记载着些什么？盛满了些什么？她觉得那个小匣子越变越重，越变越沉，她几乎无力于再举起它。而她的目光也越来越模糊，越来越看不清楚……泪把一切都掩盖，把一切都淹没……心中充塞得太满太多，像个贫无立锥之地的人，突然发现自己竟是个富豪，在仓促慌乱之余，已分不清快乐或悲哀，也不知是该哭还是该笑。泪珠滑下面颊，视线有一刹那的清晰，那个男人站在那儿！她张开嘴，吐出了今晚第一次充满真情的呼唤："慕天！"

几度夕阳红

贰拾玖

TWENTY–NINE

一个意志力强而又感情丰富的人，应该是世界上痛苦最多的人！

晓彤在迷迷蒙蒙中做着噩梦，妈妈的眼泪，爸爸严厉的声调，魏如峰的恳求……在床上翻了一个身，她抱住枕头，在睡梦中啜泣呓语，再翻一个身，爸爸、妈妈、魏如峰的脸仍然交替着出现……争执、祈求、说服、哭泣……总是那一套，压迫得她出不了气，像在个深渊中做无尽的挣扎……有人抓住了她的手臂，轻轻地摇撼她，同时，有个声音在她耳畔喊着："姐！姐！"

她摇摇头，揉揉眼睛，醒了。一时间有些恍恍惚惚，怎么了？出了什么事？屋子里的台灯亮着，窗外是一团漆黑。从床上坐起来，她看到自己还穿着制服，枕上泪痕犹新。晓白正坐在她的床沿上，轻轻地叫着她。

"什么事？"她神志不清地问，"你为什么不睡觉？现在几点钟了？"

"半夜两点钟。"晓白说。

"那——你在这里做什么？"

"我问你，妈妈爸爸到哪里去了？"晓白问，"我回到家里，怎么只有你一个人在？他们呢？"

"他们？"晓彤困惑地说，"他们都不在？"

"是嘛，到哪里去了？"

晓彤再摇了摇头，揉了揉眼睛。她的眼睛是酸涩肿胀的，四肢绵软无力。是怎么回事？她在记忆中搜索，于是，她想起来了。爸爸和妈妈的争吵，爸爸出门，妈妈打了她，然后是劝解和说服……她跑进房里，躺在床上哭。后面的事就不知道了，她一定是就这样睡着了。妈妈什么时候出去的？爸爸难道一直没有回来？她皱皱眉，晓白也出去过的吗？半夜两点钟！真的，这是怎么回事？

"你什么时候出去的？"她问晓白。

"就在你跟妈妈都哭成一团的时候。"晓白嘟着嘴说。

"我不知道妈妈什么时候出去的。我睡着了。"晓彤说，"或者妈妈是出去找爸爸了。"

"找到这么晚？"晓白说，"妈妈爸爸都从没有这么晚还在外面过，这两天家里是怎么了？"

"你呢？"晓彤问，"你也刚刚才回来吗？"

晓白耸耸肩，没有说话。晓彤看了晓白一眼，后者的神情似乎不大妙，紧锁着那两道浓眉，微微地噘着嘴，亮晶晶的眼睛里闪烁着愤懑和不快，好像有什么事触动了他那份英雄气，在为谁打抱不平似的。仰了仰下巴，他用一种义愤填膺，而又侠情满腹的声调说："姐，你放心，有谁敢欺侮你，我绝饶不了他！"

晓彤愣了愣，这是从什么地方跑出来的一句话？这与他的晚回家又有什么关系？看样子，这两天是多事之秋！每个人都大异常态，她错愕地问："你在说什么？有谁要欺侮我？"

"你别忙，姐。"晓白拍了拍胸脯，瞪着对大眼睛，愤愤地说，"现在我还没有拿到证据，我不愿意冤枉好人，假若有证据落到我手上，你看吧，管他是什么大老板大董事长的什么人，我杨晓白不好好教训他一顿才有鬼！别以为咱们好欺侮！我们十二条龙个个都是有名有姓的！论拳头，论武力，看他敢和我们斗！"

"晓白，你到底在说些什么？十二条龙是什么玩意儿？"

"玩意儿？"晓白鼻子里喷出一口气，"太不雅听了。我们十二兄弟，称作十二条龙，你懂吗？有一天，我只要说一声，你看吧！他们个个都会为我出力！"

"为你出什么力？"晓彤不解地问。

"打架呀！"

"打架？你要和谁打架？干吗和人打架呢？"

"谁欺侮我们，我就打谁！"

"讲了半天，到底有谁要欺侮我们？"

"现在还不到时候，我不能说。"晓白皱了皱眉，"等着看吧！反正，我只告诉你一句话，你可别太相信魏大哥！"

"魏如峰？"晓彤更加困惑了，"怎么又和如峰有关呢？"

"哼！"晓白哼了声，"你记住就是了，反正……哼！他要是好的话就没事，他要是不安好心的话……走着瞧吧！"

晓彤望着晓白，对于晓白这些模棱两可的话，她简直一点头绪都摸不着。用手拂了拂头发，她看了看桌上的小闹钟，快两点半了，怎么爸爸妈妈还一个都没有回来？她的情绪那么乱，心中的问题那么多，实在无心再来分析晓白卖关子似的谈话，只轻描淡写地说了句："你别一天到晚想打架，如峰不会对不起我的！"

"哼！"晓白重重地哼了一声，"别说得太早！"

说完，他转过身子，走到自己屋里去了，明天还要上课，今天必须睡了。打了个哈欠，肚子里一阵叽里咕噜乱叫，他把头再伸进晓彤的屋里："姐，家里还有可吃的东西没有？"

"我不知道！"晓彤说，站起身来，走进厨房里，打开碗橱，看看还有碗冷饭，用盘子扣着，就喊着说，"有点冷饭，要不要？"

"也行，只要能吃就行！"晓白钻进了厨房。

"等一下。"晓彤说，"我帮你热热吧，半夜三更，吃了冷饭会泻肚子，用点油炒炒吧，家里连蛋都没有了，要不然，可以炒一盘蛋炒饭！"

蛋炒饭！听到这三个字，晓白肚子里的叫声更喧嚣了，几乎已经闻到了那股焦焦的炒蛋香。晓彤走到炉子旁边一看，不禁耸耸肩膀，对晓白无奈地摊了一下手。炉子，冷冰冰的，煤球早已熄灭了，妈妈竟忘记了接一个新煤球。无可奈何，她说："用开水泡泡吧！放点酱油味精，怎样？"

"可以！"

晓彤调了一碗酱油味精饭，又洒上点鲶油，晓白再倒了点胡椒进去，一尝之下，居然美味无比！大大地哑了哑舌，他说："姐，你也来一点，好吃得很！"

晓彤本不想吃，但看到晓白那副吃得津津有味的样子，禁不住也有些馋了起来。本来嘛，晚饭等于没有吃，回家又哭一场、闹一场，现在两点多钟了，说什么也该饿了。在小板凳上坐了下来，用饭碗分了晓白半碗饭，姐弟二人居然吃得狼吞虎咽。

当梦竹回了家，悄悄地打开房门，无声无息地穿过几间空荡荡的房子，而停在厨房门口的时候，她所见到的就是那样的一幅饕餮图。晓白和晓彤，一个坐在厨房的台阶上，一个坐在小板凳上，每人捧着碗酱油拌饭，津津有味地吃着。两颗黑发的头颅向前凑在一起，两张年轻的脸庞映在苍白的灯光下。梦竹站在那儿，被眼前这幅画面所眩惑了，她的一双儿女！从没有一个时刻，她觉得比这一刻更受感动。她的两个孩子！两个出色的孩子！谁家的儿女能比他们更亲爱、更和谐、更合作？可是……如果这家庭有任何的变化，一切还能圆满维持吗？她眨动着眼睑，突然间泪雾迷蒙了。

"哦，妈妈！"是晓彤先发现了厨房门口的母亲，叫着说，"你到哪里去了？"晓白也抛下了他的空碗，回过头来说："爸爸呢？"

爸爸呢？梦竹也有同一个问题。明远怎么还没有回来？他到哪儿去了？会不会又像上次一样去灌上一肚子酒？她看了看晓白和晓彤，带着掩饰不住的疲乏，说："我不知道爸爸到哪里去了。你们怎么样？还饿不饿？"

"已经饱惨了。"晓白说。

饱"惨"了？饱也会"惨"？孩子们的口头语！她怜爱地望着晓白，一个好孩子，她常常对他不够关怀。

"去睡吧，晓白。"她说，"明天还要上课呢！"

"OK！"晓白答应着，钻进了屋里，真的该睡了，眼睛已经在捉对打架了。往木板床上四仰八叉地一躺，鞋子还来不及脱，睡意已染上了眼睑，闭上眼睛，打个哈欠。霜霜的胳膊真可爱，嘴唇真丰满……魏如峰，他敢欺骗晓彤，不揍瘪他才怪……再打个哈欠，翻一个身，他睡着了。

晓彤把饭碗洗了，抬起头来，母亲还站在房门口望着她，眼睛是深思而迷乱的。妈妈怎么了？她洗了手，走上榻榻米，问："妈妈，你在想什么？"

"晓彤，到我屋里来，我有话和你说！"

又来了！又是老问题！晓彤知道。用牙齿轻咬着嘴唇，她一语不发地跟着梦竹走进了屋里。梦竹在床沿上坐了下来，握着晓彤的手臂，让她坐在自己的对面，对她仔细地打量着。多美丽！多可爱！多纯洁和无邪的孩子！那对眼睛，简直就是何慕天的！她奇怪魏如峰会发现不到这个特点。好久一段时间后，她才慢悠悠地问："晓彤，你真离不开如峰吗？"

"妈妈！"晓彤低低地、祈求地喊。

"唉！"梦竹叹了口气，"那么，晓彤，妈妈答应你了，你可以和他来往。"

"噢！妈妈！"晓彤倏地抬起头来，惊喜交加，而又大感意外，"妈妈！真的？"她不信任地转动着眼珠，怀疑地望着梦竹。

"是的，真的。"梦竹轻声说，"以前我有许多误会，现在都想通了，那是一个好青年，有志气，也重感情。你可以跟他处得很好。我不反对你们了，晓彤，你可以不再烦恼了，是不是？"

"噢，妈妈！噢！妈妈！噢，妈妈！"晓彤喊着，一下子用手勾住了梦竹的脖子，把满是泪痕的脸贴上了梦竹的脸，在梦竹的耳边乱七八糟地喊着，"妈妈，你真好！妈妈，你真好！你真好！"

"好了。"梦竹说，"现在，去好好地睡一觉吧！明天起来，精精神神地去上课，你还要考大学呢！现在，去吧！"

晓彤放开了梦竹，对母亲又依依地望了一眼。然后，她把嘴唇凑向母亲的面颊，轻轻地吻了一下，低低地说："妈妈，你也不再烦恼了，好吗？"

梦竹怔了怔，接着就凄然微笑了。

"是的，我也不该烦恼了，多年没有打开的结已经打开了，再烦什么呢？只怕新的结要一重重地打上来，那么，就一辈子也解不清楚了。好了，晓彤，你去睡吧！我要再好好地想一想。"

"妈妈。"晓彤担心地望着母亲，"不要又想不通了！"

梦竹笑了。

"傻孩子！"她怜爱地说，"去睡吧！记得关窗子，天凉了。"

晓彤走进了屋里。梦竹眼望着那两扇纸门合拢，就浑身倦怠地躺在床上。真的，该好好地想一想了，明远为什么还不回来？和何慕天的一番长谈仍然在耳边激荡，过去的片片段段，分手后彼此的生活，晓彤和如峰的问题……何慕天！她曾耗费了二分之一的生命来恨他，多无稽！当一段误会解开后，会发现往日的鲁莽和幼稚！假若那天不盲目地信从了那个女人的话，今日又是何种局面？她瞪着天花板，疲乏压着她，浑身一点力气都没有，脑中的思想却如野马般奔驰着。

三点了，三点十分，三点二十……黎明就将来到，明远到哪里去了？为什么还不回来？但愿他不会出事！我要把一切和他谈谈！合上眼睛，她不能再继续思想，她必须休息一下。倦意向她包围、弥漫……

当她醒来的时候，早已红日当窗，整间屋子里安安静静的没有一点声音。几点了？她翻身起床，身上盖着的棉被滑了下去，是谁为她盖的棉被？明远呢？还没回来吗？她坐正身子，摇摇头，想把那份浑浑噩噩混混沌沌的睡意摇走。桌上的闹钟指着九点！糟了！竟忘了给孩子们做早餐！扬着声音，她喊了声："晓彤！"没有回答。她再喊："晓白！"仍然没有回答，他们已经起来了？上学去了？站起身来，桌子上压着张小纸条，晓彤娟秀的字迹，清清爽爽地写着：

好妈妈：

　　早餐在纱罩子底下，稀饭是我烧的，底下烧焦了——煤球火灭了，所以我起了炭火。爸爸还没有回家。

　　我和晓白上学去了。祝妈妈

　　好睡

晓彤于清晨

梦竹放下了纸条，软绵绵地在书桌前坐下。晓彤！那善解人意的孩子！她衡量不出自己能对她有多喜爱！多险！她差一点剥夺了这孩子的终身幸福和快乐！用手揉揉额角，脑子里仍然昏昏然，猛然间，她跳了起来，明远呢？他从没有通宵不回家过！

像是回答她心中的疑问，门口一阵汽车喇叭响，接着，有人在重重地打着门。明远出事了！她的心脏向地底沉下去。迅速地跑下榻榻米，奔向大门口，她心惊肉跳地打开大门。门外，王孝城正吃力地把烂醉如泥的杨明远从一辆计程车里拖出来。梦竹放下了心，长长地呼出一口气："哦！他在你那儿！"她说，开大了房门，让王孝城把杨明远弄上榻榻米。

经过了一番吃力的连拖带拉，王孝城和梦竹总算把明远放上了床。明远酒气熏人，鼾声大作，还夹杂着断断续续的呓语和莫名其妙的咒骂。梦竹拉了一床棉被给他盖上，奇怪地望着王孝城说："他怎么会喝成这样子？"

王孝城摊了摊手："他半夜一点钟跑到我那儿，已经喝得酩酊大醉了，在我家发了半天酒疯，说了许许多多醉话，又哭又唱，闹了好久，快天亮的时候又大吐一场，才睡着了。我怕你不放心，所以还是把他送回来。"

梦竹点点头，请王孝城坐下，想倒茶，看看温水瓶里已经滴水俱无，只得作罢。王孝城凝视着梦竹说："你别忙着招呼我，梦竹，我们还是谈谈的好。"

梦竹在书桌前的椅子里坐了下来，一时间，觉得万绪千头，问题重重，所有的事情都纠缠混乱成了一团。不禁用手抹了抹脸，叹了口气说："唉，我真不知道怎么办好，他以前滴酒不沾，现在动不动就喝成这副样子……唉，有问题，从不肯好好解决，我真不知道怎么办好！"她用手抵住额角，痛苦地摇着头。

"梦竹。"王孝城沉吟地说，"你已经知道何慕天和魏如峰的关系了，是吗？"

梦竹把手从额上放下来，坦白地望着王孝城，毫不掩饰地说："昨天晚上，我已见过何慕天。"

"是吗？"王孝城微微地吃了一惊，他困惑地看着梦竹，后者的神情那么奇怪，没有激动、没有怨恨、没有愤懑。所有的，是一份淡淡的无奈和深深的哀愁。这份无奈和哀愁染在她的眉梢眼角上，竟使她焕发出一种奇异的美丽。王孝城有些迷惘了。"你们谈过了？"他问。

"谈了很久——很久。"梦竹轻轻地说，"关于如峰和晓彤，也获得了一个初步的结论——反正，他们现在也不可能结婚，晓彤还要考大学，我想，先让他们继续交往下去，至于晓彤的身世——"她看了床上的明远一眼，用更低的声音说："我们都认为保密比揭穿好得多。只怕明远——"她咽住了，呆呆地望着床上的明远。

"梦竹。"王孝城恳切地说，"我想，你和何慕天一定谈得很多很多，关于你们以往那一段，我也在前几天和何慕天的一次长谈里，才完全了解真相。造化弄人，有的时候，许多事都无法自己安排，过去的事已经过去了。梦竹，我们也算是老朋友了，假若你不嫌我问得太坦白，我想问你一个问题，今后，你打算怎么办？"

"今后？"梦竹愣愣地问。

"是的，今后。你看，以前你和何慕天那一段误会——我想，应该叫误会吧——到现在，总算解除了。你和明远，据我看来，婚姻的基础并不稳固。是不是禁得起目前这个巨浪，似乎大有问题，你自己到底有什么决意没有？梦竹，或者我问得太率直了——但是，说真的，我非常非常地关心你们。"

"我了解。"梦竹低声说，"我完全了解你的意思。"她用哀愁无限的眼光望着王孝城："孝城，以前沙坪坝的那些朋友，现在风流云散，知道我们以前那一段的人，也只有你一个了。我想，你了解得比谁都清楚……"她顿了顿，再望向明远："跟着明远，我什么苦都吃过了，什么罪都受过了，明远为了我，也不能说不是牺牲了许多东西——将近二十年的夫妻，共过患难，共过艰苦，到底不比寻常。虽然，我也承认，对于明远，我从没有一份狂热的爱情，或者我根本没有爱过他。但，我们一起把晓彤带大，把一个破破烂烂的家庭维持着，还——有一个共同的儿子。这份关系，并不是简简单单可以分割的，我对他的感情，也早变成一种单纯的、责任性的、习惯性的感情。我不知道你懂不懂？"

王孝城无言地点了点头。

"所以……"梦竹继续说，"以大前提论，一个风雨飘摇中建立起来的家庭，决不能轻易让它破碎。以情感论，我对明远有一份负疚，更有一份感恩，抛开明远，不是我所能做到的。再以孩子来说，假若家庭破碎了，真相大白了，对他们是太大的打击！所以，无论怎样，我总是愿意维持下去……只怕明远的脾气……你不知道，他常常是那样的……那样的……不近人情。我简直不知道……怎么说才好！"

王孝城眼光里的梦竹，跟着她的叙述，变得越来越美丽。怎样的一个女性！他曾以为，她和何慕天的误会一旦解除，百分之八十她会回到何慕天的身边去。有以往那么强烈的感情为基础，有何慕天现在身份地位的引诱，再加上明远对她的一份精神折磨……都可以迫使她转向何慕天！但，她却有如此强的意志力！一个意志力强而又感情丰富的人，应该是世界上痛苦最多的人！

"我很知道明远那一套。"王孝城说，深深地注视着梦竹，"可是，梦竹，我也很了解明远，他爱你，他非常非常爱你。"

梦竹微微地震动了一下，抬起眼睛来，微带询问意味地望着王孝城。

"昨夜……"王孝城继续说，"明远喝得大醉来我家，他说了许许多多疯话，但，也是他内心深处的话，他说你从没有爱过他。"

梦竹又震动了一下。

"酒后见真情，梦竹，明远虽然有许多缺点，但他爱你是我深知的。现在，他很痛苦，他嫉妒、不安又恐惧。他嫉妒何慕天，恐惧失去你，何况，他还有一份强烈的自卑感，因为他不能给你更好的生活。他又有一份遭时不遇的感触，觉得自己是个被埋没的天才。这种种种，就造成了他混乱的心理状况和挑剔苛求的毛病。不过，梦竹——"他更深地注视着她，"我想一切都会慢慢好转，只要你有决心挽救这个婚姻的逆潮。"

梦竹沉默地深思着。

王孝城站起身来。

"我要回去了，家里还有学生等着要上课。不管怎样，梦竹，我很佩服你。"

梦竹抬起眼睛来。

"你是我生平遇到的最让人倾服的女性。"王孝城低沉地说，"难怪有那么多人会喜欢你，也难怪你要遭受比别人多的痛苦和折磨，因为你太不平凡。"他深吸了口气："好，梦竹，再见。有什么事找我好了。祝你能把一切问题迎刃而解。"

梦竹一语不发地把王孝城送到大门口，计程车还在门外等着。站在大门口，梦竹才轻轻地说了一句："谢谢你，孝城。"

"别谢我。"王孝城笑笑，咬了咬嘴唇，"总之，愿你幸福，梦竹。"

梦竹的睫毛闪了闪，眼眶一阵发热。目送王孝城的汽车开远了，她才返身走回房间。上了榻榻米，停在明远的床前面，她愣愣地望着明远瘦削的脸庞和那多日未刮胡子的下巴。"愿你幸福！"幸福在哪儿？幸福真能属于她吗？从小到现在，她何曾抓住过幸福？

"梦竹……我们……离婚！"

床上的明远突然清晰地吐出一句爆炸性的话，梦竹大吃一惊，对明远仔细地看过去。他正翻了一个身，嘴里喃喃地又不知在说些什么，一条口涎从嘴角流出来，沾在胡须上面。这显然是句呓语，梦竹摸着一张椅子，像只软骨动物似的滑坐了下去。那不过是一句呓语！但是，却仍然有着震动人心的力量！

"我们……离婚！"怎样的一句话！将近二十年的夫妻关系已完全动摇。"我们离婚！"这是明远的愿望，是吗？何慕天的脸在嘉陵江水中浮现，在台北小屋的榻榻米上浮现，在明远的脸上浮现……昨夜，他也曾说过和王孝城类似的一句话："我不敢再梦想得到你，只期望弥补一些过失，贡献一点力量——让你幸福！无论你要我怎么做，我都将遵从！"

"让你幸福！让你幸福！"她瞪视着明远嘴边流下的口涎。幸福，幸福，幸福在哪里？

几
度
夕
阳
红

叁拾

THIRTY

他！欢场中的浪子！

霜霜从沉睡中醒了过来，刺目的阳光正在床前闪烁着。敞开的窗子迎进一屋子的秋风，也迎进一屋子美好的、温暖的太阳。她懒洋洋地眯着眼睛，从睫毛下凝视着阳光所过之处，那些灰尘所组成的千千万万闪光的小晶体。嗯，秋天，有太阳的秋天，该是最美好的日子，不是吗？她抬起手腕来，表上的短针指着"十"字，长针已越过"二"字，已经十点多钟了，一场多长久的"昏睡"！昨晚回家时，有客人在爸爸屋里，她也逃过了一番"说教"，客人，那会是谁？管他呢！无论如何，现在似乎应该起床了。但，起不起床，又有什么关系？不需要上学校，不需要赶时间……什么都不需要！

打了个哈欠，她又看到床头柜上那座小小的维纳斯石膏像了，皱拢眉头，她伸手过去，一下子抓住那石膏像，举起来想砸碎它。但，接着又放了下来，对那石膏像摇摇头，无力地笑笑，自嘲似的自言自语了一句："砸碎它干什么？发神经！它又没惹着你！"

翻身下床，站在梳妆台前面，她仔细地观察着自己，拢了拢乱七八糟的头发，扬了扬挺秀的眉毛，她叹了口气："好像总是缺少点什么。"

她对自己说。真的，她总是缺少了点什么，而她又说不出所以然来。换上一件红色套头毛衣和一条黑色长裤，到浴室去梳洗了一番，揽镜自照，还是不大对头。就是缺少那么点东西，反正，她永远不会像那个座石膏像。

整幢房子都那样安安静静的，好像座没有生命的大坟墓！人呢？都到哪里去了？推开何慕天的房间，她伸头进去看了看，没有一个人影！经过魏如峰的房门，她站住了，侧耳倾听，里面静悄悄的，毫无声息。把手按在门柄上，想打开门看看，想想又算了。百分之八十，他也在公司里。这不是个停留在家里的时间，每个人都有每个人的工作，每个人都知道自己在做些什么。只有她！好像被整个世界所遗弃了，那样空空洞洞、迷迷茫茫、摇摇晃晃地过着每一个日子!

下了楼,走进饭厅,她忽然一愣。出乎她意料地,魏如峰正坐在餐桌上,难道他会起床这么晚?而又不去公司上班?看他那副吃相,他似乎已经饿了三天了。可是,那对眼睛奕奕有神,精神愉快。看到了她,他扬起头来,高兴地打着招呼。

"早呀!霜霜!"

霜霜耸耸肩,冷冰冰地说:"你是在吃早饭,还是在吃午饭?"

"都可以。"魏如峰笑着说,"反正,这是两天以来,唯一好好吃的一顿。"

霜霜锐利地看了魏如峰一眼。

"你似乎有什么喜事?"

"喜事?"魏如峰怔了怔,接着就微笑了。喜事!真的,这该算是最大的喜事了!一天云雾,终算澄清,看到的又是蓝天和阳光。一清早,晓彤的电话,把他从床上唤了起来,握着听筒的时候,手发着颤,心发着抖,知道必定是她打来的!一声清清脆脆的"喂!"使他的心脏提升到喉咙口,心想百分之九十九点九,是又有更坏的消息,但,她劈头就是一句:"妈妈答应了!"

"答应什么了?"他有些摸不着头脑。

"还有什么呢?"那软软的声音中夹着抑制不住的兴奋和欢笑,"当然是我们的事嘛!"

两秒钟的思想停止,一刹那的呼吸紧闭,然后,像一针刺进了神经中枢般跳了起来,对着听筒叫:"喂!你在哪里?"

"我正去学校,在街上的电话亭里。"

"听着!晓彤,你等我,我马上要见你!"

"不行!我要迟到了!"

"就迟到这一天!"

"不行。"稚嫩的声音中却含着份固执的力量,"现在不行。如峰,你使我变成一个最坏的学生了,说真的,我并不太在乎考得上考不上大学,但是,我要对得起妈妈。"停顿了一下,然后是轻轻地说一句:"你懂吗?如峰？你不会生气吧？”

生气？和晓彤生气？那是不可思议的事！谁能和那样一个小女孩生气呢？听着她的声音，知道阻力突然消失……过分的狂喜和激动竟使他默默无言！他的沉默显然使对方不安了：“喂，如峰，如峰！你在听我说吗？”

“是的。”

“你——你为什么不说话？”

“我——”为什么不说话？为什么不说话？心中涨满了那么多的感情和激动，应该从何说起？对着黑色的听筒，他看到的是晓彤白皙的脸庞和盈盈然流转着柔情的眼睛。真的，他竟无法说话！对方似乎深深地吸了一口气，用下决心的、委曲求全的声调说：“好吧，如峰，依你吧。我在火车站，你马上来好了。”

噢！晓彤！那善解人意的小东西！他心中一阵激荡，眼眶竟没来由地发热了。对着听筒，他低低地、柔和地，而又带着掩饰不住的冲动和热情说：“哦，不，晓彤。你去上学吧，我知道你不愿意迟到。可是，放学之后我去接你，好不好？给我一点点时间。”

“那——好吧，如峰，别到校门口来，太惹人注目了，还是在铃兰等我，放学之后我自己去，你别来接。”

“几点钟？”

“五点。”

“好的，那么，准时一点。”

“就这样吧，再见，如峰。”

“等一等！”他急忙喊，“还有一句话。”

“什么？”晓彤问。

他望着听筒发呆，好半天没开口。对方急了，一连串地问：“什么话？快一点说嘛！我真的要迟到了。”

他把嘴凑在听筒上，低声地、重复地、狂热地说：“我爱你，我爱你，我爱你。”

霜霜凝视着魏如峰，她可以猜到他在想些什么，那个女孩子！那颗小星星！她不由自主地哼了一声，魏如峰微微一惊，醒悟了过来。抬起眼睛，他对霜霜笑了笑："喜事？或者是你有喜事吧！"

"我有喜事！"霜霜嗤之以鼻，"除非你指的是被开除的事，能够不上学校，不听那些鬼功课，不见那些让人头痛的老师，你称之为喜事，也未尝不可！"

"霜霜。"魏如峰深思地望着她，"去念补习班，明年以同等学历考大学，如何？"

"没那个兴趣！"霜霜习惯性地耸耸肩，从阿金手上接过她的早餐，慢慢地给面包抹着牛油，一面扬起睫毛来看了魏如峰一眼，"你是在关心我吗？表哥？"

"我从没有不关心过你，是不是？"魏如峰问。

"是吗？"霜霜似笑非笑地反问。

"我知道你许多事情——"

"例如？"

"例如你现在和一个小太保过从甚密！"

"小太保？"霜霜咬了一半的面包举在半空中，瞪大眼睛盯着魏如峰，接着，就大笑了起来，一面笑，一面问，"你知道那个小太保是谁吗？"

"我怎么知道！"魏如峰说，"我是听别人传说的，说那是个什么帮里的——反正参加了太保组织。"他注视着霜霜，温和地说，"别玩火，那些小流氓，整天不务正业打架生事，你还是少接近为妙！"

"哼！"霜霜突然地冒了火，气冲冲地说，"难得你这么关心我，你是真关心呢？还是假关心？嗯？小太保！你叫他小太保吗？他比你可爱，你知道吗？他能为我出生入死，他敢作敢当，他天不怕地不怕！"她眯起了眼睛，晓白那副傻呵呵的样子又浮在她的眼前。翘起嘴，她也不懂为什么要为晓白说话："总之，他比你强！"

魏如峰笑了："那么，霜霜，我该恭喜你了，你似乎是在恋爱了！"

"恋爱！"霜霜猛地抬起头来，恶狠狠地盯着魏如峰，你是什么意思？讽刺人吗？恋爱！和谁恋爱呢？你明知道！你还要说这些风凉话！魏如峰！我恨你！霜霜咬牙切齿地眯着眼睛，一语不发地把牛奶一口气灌进肚子里。

别神气吧，你心里只有那颗小星星，你就能保证她会一直爱着你吗？你等着看吧！

魏如峰结束了他的早餐，站起身来，他把一只手压在霜霜的肩膀上，心平气和地说："霜霜，我一直有许多话要和你谈，但是最近情绪太乱，又始终没有机会。我希望，过一两天，大家的心情都平静些的时候，我能够好好地和你谈谈。霜霜，总之一句话，我时时刻刻都在想着你，关心着你，你聪明、美丽、热情，有许许多多的优点，所以，千万别自暴自弃。珍惜你自己，霜霜，但愿你能幸福快乐。"他注视着她的眼睛："你慢慢地会发现，世界很大，不像你所看到的那么狭窄。霜霜，快乐起来！"霜霜的大眼睛仍然瞪得圆圆的，一动也不动地盯在魏如峰的脸上。魏如峰诚恳的语气使她心酸，而心酸中又混合了更多的失意和心痛。咬紧嘴唇，她毅然地摆了一下头，似乎想摆脱掉一些无形的羁绊。然后，她大声地、傲然地，像和谁赌气似的说："你错了！表哥！我快乐得很！你怎么知道我不快乐？"

魏如峰摇了摇头，叹口气，说："假若你真能快乐，当然是最好的事。好了，我要到公司去了。再见！霜霜。"

"等一等。"霜霜喊，"爸爸呢？"

"大概是到公司里去了。"

"车子也驾走了吗？"

"我想是的吧！"

"老刘帮他开车的吗？"

"不，他自己开的车。"

"昨晚的客人是谁？"

魏如峰望着霜霜，昨晚的客人是谁？他有同样的疑问，昨晚他回来的时候，何慕天屋里的客人还没有走，他甚至不知道那客人是什么时候走的。今晨，阿金神神秘秘地告诉他，老爷昨晚带回来一位女客！一位女客，蓝布旗袍，梳着旧式的发髻，皮肤白皙……而今天早晨，晓彤就打电话来说，她母亲不再反对他们了。这种种迹象，所指示的只有一个可能性，那位女客不是别人，而是晓彤的母亲！她和何慕天一定经过了一番长谈，而取得了协议，误会、仇恨，是不是都已解除？这之间到底有怎样一段曲折的恩怨？可是，别管它吧！这些都不重要，唯一重要的，是他与晓彤之间的问题已经解决！

"哦。"他说，"我也不知道！"

霜霜注视着向门口走去的魏如峰，把抹牛油的刀子在桌子上乱划，说："嗯，听说——你那颗小星星的家里不赞成你，有此一说吗？"

魏如峰迅速地转过头来。

"你的情报好像很快嘛！"

"对不对呢？"

"不错。但这是过去的情报了，现在，已经没事了。"他笑笑，"再见，霜霜，今天你没车子，趁此机会，也在家里休息休息吧！"

霜霜目送魏如峰走出门去，再倾听摩托车发动和驰远，她一直沉思着靠在饭桌上，一动也不动。等到车声再也听不见了，她才茫然地离开饭桌，一步一步地走向客厅，又一步一步地跨上楼梯。长廊上空无一人，整间屋子像死一般地沉寂。她听着自己的足音，数着自己的脚步，然后，她停在魏如峰的门前。推开房门，她走了进去。站在魏如峰的书桌前面，她打开了抽屉，细心地搜寻起来。

晓彤刚刚和顾德美说了再见，一个男孩子就直冲到她面前来，一把抓住了她的手腕。她一惊，差点失声尖叫，这才看清楚，原来是晓白！她喘了口气，埋怨地说："你这是干什么？又来吓唬人了！"

"姐，跟我来，我有话和你讲。"

"什么事？等我回家讲不好吗？干吗跑到学校门口来？你长得那么高，同学一定会把你当成我的男朋友！"

"我有很重要的事情！"晓白说。

"可是，我现在和如峰——还有个约会。"晓彤吞吞吐吐地说，"你有什么事，晚上再讲好不好？是不是你的小兄弟又和人打架了？"

"不是，是关于你的事！"

"我的事？"晓彤诧异地问。

"就是那个姓魏的事情！"

"怎么回事?"晓彤更加糊涂了。晓白拉着她,两个人并排向路边走,走了一段,人比较少一些了,晓白才从口袋里摸出了一包东西,递给晓彤说:"你打开看看!"

"现在吗?"

"是的。"晓彤狐疑地看着晓白,不知道他葫芦里卖的什么药。打开了那个纸包,她看到了一沓粉红色的信笺和三张四寸大的照片!她诧异地拿起表面的一张,那是个女性的半身照!高高的头发,画得浓郁而诱惑的眉毛,一对充满魅力的眼睛,戴着副闪亮的耳环和项链,脸上挂个冶艳的笑容……她愕然地说:"这是什么?"

"你看看背面!"晓白说。

晓彤翻过那张照片的背面,她看到这样几行女性的字迹:

给如峰:

别忘了那些浓情蜜意的夜晚,

更别忘了那些共同迎接的清晨。

杜妮

有好几秒钟,晓彤注视着这几行字,完全莫名其妙。在她简单而单纯的思想里,实在无法把照片上的女性、字句,和魏如峰联想在一起。错愕了好一会儿,她才突然间明白这之中的关联了。再看看照片的正面,又看看照片的背面,然后迅速地翻过这一张,上面又是同一个女性的全身照,薄薄的衣衫,媚人的身段……照片的背面依然写着几行字:

给如峰:

我属于你,每一分,每一寸。

杜妮

略过这些照片,她用发颤的手打开一张信笺,站在路边,慌乱地捕捉着信笺上的句子：

> 如峰：
>
> 　　一星期没见到你了，为什么？你不来，夜变得那么漫长，独拥寒衾，教我怎能成眠……

晓彤一把握紧这些乱七八糟的信笺和照片，抬起一对受惊而恐怖的眸子，直视着晓白。失去血色的唇在颤抖着，那乌黑的瞳孔中闪烁着疑惧和骇然的光。嘴唇抖动了半天，才迸发似的对晓白嚷了起来："你从什么地方找来这些可怕的东西！你把它拿回去！我不要看，我根本不要看！这是可怕的！可怕的！可怕的！"

晓白握住了晓彤的手臂，把她向路边拉了一些。晓彤的神情使他张皇失措，他没料到这些东西会如此严重地惊吓了晓彤。喃喃地，吞吞吐吐地，他说："你不要——这样急。那个姓魏的……我总有一天要教训他！"

"可是，这个——这个——这个女人是谁？"晓彤对那照片再匆匆地瞥了一眼，像接触到一条眼镜蛇似的立刻转开了头，口齿不清地问。"是——一个交际花。"

"交际花？"晓彤打了个寒战，本能地抗拒着面前的事实。带着几分神经质的紧张，她叫着说，"不！这是假的！这是骗人的！这是可怕的！我不要信它！我根本不信它！你把它都拿走！我不要看！我不要看！"

"这是真的。"晓白挺了挺胸，正义凛然地说，"我不会骗你！这都是真的，那个姓魏的不是好人，我本来也不相信，看了这些东西才知道！姐，你不要再受他的骗了！"

"但是——"晓彤含着眼泪喊，"这不可能是真的！不可能！"

"你以为这些信件和照片是我造出来的吗？"晓白说，"姐，我听了好多关于魏如峰的事，他们说他是欢场中的浪子，他的女朋友还不止这一个，还有好多好多，都是舞女和交际花……如果你要的话，明天我可能还会找到一些东西来证明……"

"不!"晓彤狂叫了一声,转身挣脱了晓白,跳上一辆三轮车。晓白追上来喊:"姐,你到哪里去?"

"去问他!"晓彤喊。对车夫急匆匆地说:"铃兰咖啡馆!快!"

在铃兰门口,晓彤跳下了车子,把口袋里所有的钱都掏了出来,也不管数目是多少,一股脑儿地塞给了车夫,然后就推开玻璃门,直冲了进去。魏如峰坐在他们的老位子上,正用手支着额,期待地瞪视着门口。晓彤的出现,显然使他精神大振,坐正了身子,他抬起头来,对晓彤展开了一个欢快的笑容:"你猜我等了你多久?一小时又二十五分三十八秒!我早来了半小时,又……"他停住了,愕然地说:"你怎么了?晓彤?有什么事情?发生了什么?"

晓彤站在魏如峰的桌前,小小的身子紧贴着那张桌子,火般烧灼着的大眼睛直直地瞪视着魏如峰,她的膝盖在发抖,使那不胜负荷的桌子也跟着摇动,咖啡杯碰着碟子叮当作响。她的脸色白得像纸,眼珠却又黑又亮。魏如峰吃惊了:"晓彤,你到底怎么了?坐下来好不好?"

晓彤没有坐,依然伫立在那儿,依然瞪视着他。魏如峰,欢场中的浪子,交际花,舞女,杜妮……这是真的吗?这是可能的吗?他!欢场中的浪子!她盯着他,无法说话。

"晓彤。"魏如峰审视着她的脸,试着去拉她的手,"有什么事,坐下来慢慢谈,怎么样?"

"别碰我!"晓彤像触电般叫了起来,声音喑哑而愤怒,"把你的手拿开!"

"晓——彤?"魏如峰疑惑而惊愕地凝视着她,"你——这是——"

晓彤扬起手来,一沓信笺和照片散在桌面上。她的手碰翻了杯子,咖啡泼了出来,浓浓的液汁浸湿了粉红色的信笺,杜妮的脸迅速地被咖啡染成了红褐色。魏如峰怔住了,就是天地突然在他眼前爆裂也不会引起比这个更大的震惊。他的心跳停止,呼吸迫促,脑中的血液一下子全然凝住。呆呆地面对着桌上那些东西,他瞪目结舌,不知身之所在。晓彤的身子俯向了他,她的声音像电流般向他射来:"告诉我,这些是不是真的?"

魏如峰喉中干燥而枯涩，望着那四散溢开的咖啡液汁，他的脑子如同被糨糊封住，丝毫无法运用思想。晓彤的声音又响了，这次已经夹杂着过多的愤怒和迫切："你告诉我，这些是不是真的？这个杜妮是什么人？你告诉我！"

魏如峰慢慢地把眼睛从那堆信件和照片上移到晓彤的脸上，后者那种强烈的、急切的神情更加震撼了他。他用手抹了一下脸，逐渐回复的意识使他明白了一些自己正面对着的现实。晓彤又开始说话了，声音里竟糅合了祈求和凄楚："如峰，你说话，你告诉我，这个杜妮是什么人？"

"是——是——"魏如峰润了润嘴唇，机械而下意识地回答，"是——一个交际花。"

"那么，这些都是真的了？"晓彤沉痛地望着他。

"是——是——"他无法撒谎，也无法遁避，"是——真的。"

晓彤凝视了他大约十秒钟。这十秒钟内，仿佛天地万物都静止，整个世界上没有丝毫声响。然后，晓彤骤然地转过了身子，她的书包碰到了桌角，杯子跌碎在地上，砰然的声音震动整个咖啡厅，也震醒了魏如峰。他跳了起来，在昏乱的视线中，看到的是晓彤绝望的眼睛和那如箭离弦般狂奔出去的小小的身子。他大叫了一声："晓彤！"

一面向门口追了过去。侍者拉住了他的衣服，他急躁地摔脱了她，掏出一沓钞票扔在桌上。等他蹿出了铃兰的玻璃门，晓彤的身子已奔过了对街，他也追了过去，同时大声地嚷着："晓彤！你听我说！晓彤！"

晓彤跑得更急更快，他也追得更急更快，在街的转角处，他追上了她。一把抓住了她的衣服，不管是在众目昭彰的大街上，他死死地拉住她不放，喘息地说："晓彤，你听我，那是认识你以前，那是另一个我，一个已经死掉了的我！晓彤，你必须了解，你……"

晓彤奋力地挣脱了他，她的眼神狂乱，而脸上泪水纵横。哑着嗓子，她一迭连声地，不知所云地喊："这是残忍的！可怕的！我不要再见你！我不要再见你！我不要再见你！"

"晓彤！"魏如峰徒劳地叫，"晓彤……你听我说！请你……"

"我不要听！不要听！不要听！"

晓彤叫着，摆脱了魏如峰，狂乱而不辨方向地往对街冲了过去。大马路上汽车如织，这正是下班和放学的时间，计程车、三轮车、公共汽车在街道上忙碌地穿梭。晓彤冲进了车群中，完全不顾车子，盲目地奔跑。一辆小汽车对她飞驰而来，魏如峰狂叫了一声："晓彤！"

小汽车刹住了，晓彤呆呆地停在路当中，汽车司机从车窗内伸出头来，长喘一口气说："小姐，命不值钱哦！"

魏如峰闭了闭眼睛，头晕目眩。等他再睁开眼睛，晓彤已经离开路当中，走到对面去了。他本能地也穿过街道急急地追上前去，他不能让晓彤这样走掉！不能让她怀着一颗破碎的心离开！他必须向她解释！在人行道上，他再度追上了她。

"晓彤。"他祈求地喊，"晓彤，晓彤！给我几分钟的时间，让我说几句话。以后你就是再不理我，我也心甘情愿，只请你现在给我几分钟时间！"

"不！"晓彤挣扎着，"放开我！让我走！"

"晓彤！"他哀求。

"放开我！"晓彤站住，不再挣扎，泪水沿着她的面颊滚落下来，她哭着低声说，"放开我！放开我！"

一个人影从路角蹿了出来，一只手压在魏如峰的手腕上。是晓白！他昂然挺立在那儿，挑着浓眉，瞪着怒目，沉着声音说："魏如峰！放开我姐姐！"

"晓白！"魏如峰错愕地说，"是你？"

"是的。"晓白傲然地说，"是我！我告诉你，姓魏的！你再纠缠我姐姐，你就当心！现在，请你放开她！"

"晓白。"魏如峰愣了愣，"你为什么这样子？我们不是一直很友好吗？"

"友好？"晓白愤愤地说，"鬼才和你友好！你别以为我们姓杨的是好欺侮的！"他一下子挥开了魏如峰抓着晓彤的手，大声说："我警告你，你再惹我姐姐，我就要给你点颜色看！"

"晓白……"

"你别晓白晓白的，晓白的名字不是你叫的！"晓白说，掉头转向晓彤，"姐姐，我们走！别理他！"

魏如峰呆呆地站着，目送晓白用胳膊围绕着晓彤的肩，像个保护神似的护着她向前走去。他想再追过去，但，路人已经在对他们注目了，远远的一个交通警察正用怀疑的眼光向这边巡视着。他站着不动，望着那姐弟二人的影子消失，心底猝然地痛楚了起来。

"为什么？"他茫然地自问，"为什么突然会发生这些事？"

几度夕阳红

叁拾壹

THIRTY-ONE

"你的心在他那儿，你就滚到他身边去！"

　　太阳光越过了梳妆台，越过了破旧的榻榻米，越过了床栏，投射在发黄的纸门上了。梦竹坐在明远的床边，下意识地看了看表，十点多了，明远依然酒醉未醒，需不需要打个电话到他办公室去给他请一天假？可是，她浑身无力，倦怠得懒于走到巷口的电话亭去。让它去吧！她现在什么都不管，只希望有一个清静的，可以逃避一切的地方，去静静地藏起来。除了藏起自己，还要藏起那份讨厌的、工作不休的"思想"。

　　明远在床上翻身、呻吟、不安地欠伸着身子。梦竹走到厨房去，弄了一条冷毛巾来，敷在明远的额上。骤然而来的清凉感使他退缩了一下，接着，就吃力地睁开了红丝遍布的眼睛。太阳光刺激着他，重新合上眼睑，他胸中焚烧欲裂，喉咙干燥难耐，模模糊糊地，他吐出了一个字："水。"

　　梦竹从冷开水瓶里倒出一杯水来，托住明远的头，把水递到他的唇边。明远如获甘泉，一饮而尽。喝光了水，他才看清楚床边的梦竹，摇了摇头，他问："这是哪儿？"

　　"家里。"梦竹说，"早上，孝城把你送回来的。怎样？还要水吗？"

　　明远摇了摇头，闭上眼睛说："几点了？"

　　"十点二十分。我看今天不要去上班了，趁孩子不在家，我们也可以好好地谈谈。"

　　明远睁开了眼睛，锐利地望着梦竹，酒意逐渐消失，意识也跟着回复。而一旦意识回复，所有乱麻似的问题和苦恼也接踵而来。他瞪视着梦竹，后者脸上有些什么新的东西，那水汪汪的眼睛看起来凄凉而美丽。从床上坐了起来，头中仍然昏昏沉沉，靠在床栏杆上，他吸了口气说："好吧！你有什么意见？"

　　"我没有什么'意见'。"梦竹说，"不过，明远，昨天晚上——"她犹豫地停住了。

"昨天晚上怎样？"明远蹙着眉问。

"昨天晚上——"梦竹嗫嚅着。

"到底怎样？"

"我——我——"她下决心地说了出来，"见到了何慕天。"

"哦？"明远睁大了眼睛，死死地盯着梦竹，"是吗？"

"嗯。我们谈了很久，也谈得很多……"

"是吗？"明远再问，语气是冷冷的，却带着些挑衅的味。梦竹怯怯地看了杨明远一眼。

"是这样，明远。"她尽量地把声音放得柔和，"你昨天出去之后不久，他就找到了我们家，我和他出去谈了谈。关于过去的事，已经都过去了，我想，大家最好都不要再提，也不要再管了……"

"哦？是吗？"明远把梦竹盯得更紧了。

"至于晓彤和如峰的事……"梦竹继续说，"我们取得了一项协议，对于年轻一代的爱情，还是以不干涉为原则，何况晓彤和如峰确实是很合适的一对……"

"哦？是这样的吗？"明远的语气更冷了，"真不错，你和他谈上一个晚上，好像整个的观念和看法就都有了转变。看样子，他的风采依旧，魔力也依旧，对吗？"

"明远！"梦竹勉力地克制着自己，"请你别这样讲话好不好？如果你不能冷静地和我讨论，一切问题都无法解决，我们又要吵架……而吵架、酗酒，对发生的事情都没有帮助，是不是？你能不能好好地谈，不要冷嘲热讽？"

"我不是尽量在'好好地谈'吗？"明远没好气地说。

"那么，你听我把话说完，怎么样？"

"你说你的嘛，我又不是没有听！"

梦竹望着明远，无奈地喘了口气，说："是这样，明远，我和何慕天都认为对晓彤的身世，应该保密……"

"他已经知道了？"杨明远问。

"是的。"梦竹轻轻地点了一下头，"他很感激你……"

"哈哈！"明远纵声笑了起来，"感激我帮他带大了女儿？还是感激我接收了他的弃……"

"明远！"梦竹的脸色变得惨白，"你疯了！"

"我疯了？天知道是谁疯了！"杨明远厉声地说，"我告诉你，梦竹，一切都在我预料之中。我知道他一定会来找我，一定会和你有篇长谈，然后一定再轻而易举地攫取你的心！你已经又被他收服了，是不是？你本来反对晓彤和如峰的事，现在你同意了。你本来仇视他，现在你原谅了。梦竹，我知道，我早就知道，他一定会说服你！关于过去，他也一定有一个很动人而值得原谅的故事，是吗？"

"明远。"梦竹忍耐地说，"不要再提过去了，好不好？我们只解决目前的问题，怎样？"

"目前的问题！你说说看怎么解决，让晓彤嫁给魏如峰，你也可以常常到何家去看女儿，对不对？将来添了孙子，你可以和何慕天一块含饴弄孙！哈哈！"他仰天大笑，"我杨明远多滑稽，吃上一辈子苦，为别人养老婆和孩子！"

"明远！"梦竹喊，"我们还是别谈吧！和你谈话的结果，每次都是一样，争吵、怄气、毫无结论！"

"结论！"明远冷笑着说，"我告诉你，梦竹，这件事的结论只有一个，把晓彤送还给何慕天，我杨明远算倒上十八辈子的霉！至于你呢，嗯……我看，多半也是跟女儿一起过去……"

"明远。"梦竹竭力憋着气，"这算你的提议，是不是？"

"你希望我这样提议，是不是？"

"明远，你没良心！"

"我没良心，你有良心！"明远吼了起来，"梦竹，你以为我不知道，你又爱上了他！你希望摆脱我，不是吗？他有没有再向你求婚？嗯？他还是那么漂亮，嗯？他比以前更有钱了，嗯？去嫁他吧！没有心的女人！去嫁他吧！去嫁他吧！去嫁他吧！"

"明远！"

"我说，去嫁他！我不要你的躯壳！我不要你的怜悯和同情！也不要你的责任感！你的心在他那儿，你就滚到他身边去！"杨明远激动地大嚷，布满红丝的眼睛中闪着恶狠狠的光，他的头向梦竹的脸俯近，扑鼻的酒气对梦竹冲来，"你不必在我面前装腔作势，难道我还不知道你的心，你爱他，你就滚到他身边去！不必在我面前扮出一副受委屈的、被虐待的臭样子来！我杨明远对得起你！"

"哦！"梦竹用手抱着头，"天哪！我能怎么做！"把手从头上放了下来，她望着杨明远，那满脸胡子，满眼红丝，满身酒气，咆哮不已的男人，就是她的丈夫吗？她摇了摇头，泪水在眼眶中弥漫。"明远。"她颤声说，"你别逼我！"

"你不许哭！"杨明远嚷着说，"我讨厌看到你流泪！你在我面前永远是一副哭相！好像我怎么欺侮了你似的！"

梦竹从床边站了起来，泪水沿颊奔流，用手抹掉了颊上的泪，她浑身战栗，语不成声地说："好，好，我走开，我走开，我不惹你讨厌！你叫我滚，我就滚！"从橱里取出了皮包，她向玄关冲去，泪水使她看不清眼前任何的东西，明远依然在房中咆哮，她不知道他在喊些什么，也不想去明白，只想快快快逃开这个家，逃开这间屋子，逃开杨明远！走到了大门外面，她毫无目的地朝巷口走去。心中膨胀，脑中昏沉，眼前的景致完全模模糊糊。她仍然不能抑制自己的战栗和喘息，到了巷口，一阵头晕使她几乎栽倒下去，她伸手扶住停在巷口的一辆小汽车，闭上眼睛，让那阵头晕慢慢消失。然后，她听到一个低沉而激动的声音："梦竹！"

她大吃一惊，睁开眼睛来，于是，她看到自己靠在一辆浅灰色的小汽车上，而车窗内，何慕天正从驾驶座上伸出头来。她呻吟了一声，四肢发软，头昏无力。车门迅速地开了，一只手握住了她的手腕，她身不由己地被带进了车子，靠在座垫上，她把头向后仰，再度闭上了眼睛，她不能思想，不能分析，不能做任何的事！只觉得自己像一堆四分五裂而拼不拢的碎块，整个地瘫软了下来。

"梦竹。"何慕天的手握住了她的,那只手大而温暖,她感到战栗渐消,头晕也止。何慕天的声音在她的耳边轻轻地响着,"我一清早就来了,把车子停在这里,我想或者你会出来——我实在身不由己,我渴望再见你。我看到晓彤去上学,和一个大男孩子——那应该是你的儿子。我一直在等待你,我也看到了明远,看到王孝城把他送回去,他们没有发现我。"他喘了口气:"哦,梦竹!"

这声呼唤使梦竹全身痉挛,而泪水迅速涌上。何慕天紧握了她的手一下,说:"我们找个地方谈谈,好不好?"

她无力地点点头。车子立即开动了,她仰靠在座垫上,突然感到一种紧张后的松弛。风从车窗外吹了进来,凉凉地扑向她发热的面颊。她不关心车子开向何处,不关心车窗外的世界,不关心一切的一切!她疲倦了,疲倦到极点,而车子里的小天地是温暖而安全的。车子似乎开了很久很久,她几乎要睡着了。然后,她嗅到了泥土和青草的气息,吹到脸上来的风中有着清新的芬芳,她微微地睁开眼睛,看到的是车窗外的绿色旷野和田园。远离了都市的喧嚣,看不到拥挤杂乱的建筑,听不到震耳欲聋的车声人声,她不禁精神一振。坐正了身子,她将了将被风吹乱了的头发,望着窗外问:"我们到什么地方去?"

"海边上。"

海边上!她仿佛听到了海潮的澎湃,看到了波涛的汹涌……海边上,她有多久没有到过海边了!转过头去看看何慕天,刚好何慕天也回头来望她,四目相接,天地俱失,车子差点撞向了路边的大树。何慕天扶正方向盘,低低地说:"你猜怎么?梦竹?"

"怎么?"

"我几乎想让车子撞毁。"

梦竹的心脏猛跳了一下,默默不语。何慕天也不再说话,只专心一致地开着车。海,逐渐在望了,扑面的风已带来海水的咸味,蓝色的天空飞掠着海鸟的影子,嵯峨的岩石向车窗移近,喧嚣的海浪翻腾呼叫……何慕天停下了车子，打开车门。

"下来走走吧！"

梦竹下了车，海风掀起了她的旗袍下摆。眼前是耸立的岩石和一望无垠的大海。何慕天扶住她的手腕，走向了海边。整个海岸都是褐色的石块，有的平坦，有的直立。海浪在岩石下呼啸、汹涌。成千上万的碎浪飞溅着，一层层的浪花此起彼伏地向前推进。梦竹靠在一块岩石上，对海面瞭望，那无涯的视野，那海浪的高歌，那造物主鬼斧神工所塑造的岩石……这是自然，这是世界……不是她那烦恼的六席大的小房间！她凝望着，突然想哭了。

"这儿很安静，也很美，是不？"何慕天在她身边轻声说，"夏天常有人来玩，这个季节，这儿是空无一人的。我知道你一定会喜欢它。"一定会喜欢它！可不是吗？她在岩石上坐了下来，头靠在身后直立着的一块岩石上，费力地和自己的眼泪挣扎。

"梦竹。"何慕天坐在她身边，深深地凝视着她，"如果你想哭，你就痛痛快快地哭一场吧！"

泪珠从她的睫毛上跌落，但是她笑了。一个凄凉而无奈的笑。

"我不想哭。"她说，"十八年来，任何一个日子，都充满了眼泪，却不允许我好好地哭一场，今天我可以哭了，但是，我不愿意哭了。"

"为什么？"

"我们不会有第二个'今天'！"

"梦竹。"何慕天的手盖上了她的手背，"他刁难你吗？他折磨你吗？"

"他折磨我。"梦竹低低地说，像是自语，"也折磨他自己。"

"他怎么说？"

"他叫我滚！"

"梦竹！"何慕天喊，觉得自己被撕裂了，他抓住了梦竹的双手，迫切地说，"我知道我不该说，我知道我没有资格说，但是，梦竹，你嫁我吧！你嫁我吧！老天使我们再度相逢，也该给我们一个好的结局！我爱了你那么长久，那么长久！"

梦竹默然不语，坐在那儿像一座小小的塑像。脸色是庄严而凝肃的，眼睛直视着前面翻翻滚滚的波涛。

"梦竹。"何慕天握紧了她,"昨晚你走后,我不能睡,过去的一切都在我脑中重演。梦竹,你不知道我爱你能有多深、多切、多狂!直到如今,我觉得失去你失去得太冤枉!我尽了一切的力量,结果仍然失去你!老天待我们太残忍,太不公平!梦竹,或者,这是冥冥中的定数,要我们再度相逢,否则,如峰怎么偏偏会碰上晓彤?梦竹,你嫁我吧,你嫁我吧!现在向你求婚,是不是太晚了?"

"是的。"梦竹点了一下头,机械地说,"太晚了。"

"但是,他并不珍惜你!他并不爱护你!他刁难你又折磨你!"

"是我该受的。"梦竹幽幽地说。

何慕天战栗了,梦竹那种忍辱负重、沉静落寞的神态让他心中绞痛,放开了梦竹,他用手支着额,低声说:"不是你该受的,有任何苦楚、折磨,都应该由我来承担。"他抬头凝视梦竹,恳切而祈求地说:"梦竹,告诉我,有办法挽回吗?我愿意付出任何代价。"

"挽回?挽回什么?"

"挽回以往的错误。"何慕天说,"重寻旧日的感情。可以吗?还有这个机会吗?只要有万分之一的可能性,我都要争取。梦竹,虽然以往我不该瞒骗你,虽然我有许许多多的过失,可是,我为了这一段感情,支付了我一生的幸福,你信我吗?"梦竹把眼光从海天深处移到何慕天的脸上,那是多么坦白而真诚的一张脸!那深邃乌黑的眼睛一如往日!那脉脉痴情的神态宛若当年!她率直地回视着他,点了点头:"我相信。"

"有许多事还是你不知道的。"何慕天说,"回到重庆,人事全非,你已改嫁杨明远,旧日的同学对我避而远之,我坐在嘉陵江畔,看到的是你的笑靥和明眸,听到的是你的呢喃软语,我真想就这样扑进水里去,永远不要再见这个世界。接着,我离开重庆,跑了许许多多地方,酗酒、闲荡、沉沦……那是你不可想象的一段生活……暗无天日的生活……"他顿住,回忆使他的脸扭曲、变色。梦竹情不自禁地把手放在他的手上,说:"别提了。"

"是的,还是不提的好。"他苦笑了一下,"抗战胜利后我戒了酒,到上海去乱闯，竟卷进了商业界。我从此不看诗词，不搞文学，因为诗词和文学里都有你的影子。霜霜和如峰使我面对一部分的现实，但，我再也没有恋爱过。我这一生，只有一次轰轰烈烈、惊心动魄的恋爱。十八年来，我饮着这杯恋爱的苦汁，倚赖一些片片段段的回忆为生。我记得每一件过去的事，细微的、琐碎的、零星的。记得你任何的小习惯和特征。你不爱吃蛋和肉，爱吃鱼和青菜，你喜欢在月夜里念诗，雨地里散步……你的头发底下，脖子后面有一颗小黑痣，右边的耳朵后面也有一颗。你要掩饰什么的时候就打喷嚏……你常会撒一些小谎，撒完谎又脸红……你喜欢装睡，然后从睫毛底下去偷看别人，那两排长睫毛就像扇子般扇呀扇的……噢，梦竹！我记得一切一切！十八年来，我就沉溺在这些记忆里，度过了每一天，每一月，每一年。哦，梦竹，十八年，不是一段很短的时间！那么漫长……”

“别说了！”梦竹闪动着泪光莹然的眼睛说。海浪在翻腾，波涛在汹涌，她心中的海浪和波涛也在起伏不已。往事的一点一滴都逐渐渗进了她的脑子，那些岁月，甜蜜的、辛酸的、混合了泪与笑的、再也找不回来的……都又出现在她的眼前，带着绚丽的色彩，诱惑地闪熠着。

“梦竹，我们补偿明远的损失。”何慕天恳切地说，“尽量地补偿他。然后，你回来吧，回到我身边来——我们还可以有许许多多年，追寻我们以前断掉了的梦。梦竹，好吗？你回答我一句，我们可以和明远谈判。”

梦竹瞪视着海面，一只海鸥正掠水而过，翅膀上盛满了太阳光。何慕天的话把她引进一个幻境中，而使她心念飞驰了。

“梦竹，行吗？你答应我，我们再共同创造一个未来！一切美的、好的、诗一般的、梦一般的、你以前所追寻的，都可以再找回来！梦竹，好吗？你答应我……”何慕天的语气越来越迫切，“你答应我！梦竹！我那么爱你，那么爱你，那么爱你！”

梦竹的眼睛焕发着光彩，未来的画面在她眼前更加绚丽地闪熠。

“梦竹，你看！以前我的过失并不是完全不能饶恕的，是不是？我们再缔造一个家。月夜里，再一块儿作诗填词——你现在还作诗吗？梦竹？”

“诗？”梦竹凄然一笑，慢慢地念，“书、画、琴、棋、诗、酒、花，当年件件不离它，如今诸事皆更变，柴、米、油、盐、酱、醋、茶！"

"你不要再为柴米油盐烦心。"何慕天重新握住她的手，"我要让你过很舒适很舒适的生活，以补偿你这些年来所受的苦。我们把泰安交给如峰和晓彤去管，我们在海边造一幢小别墅，什么事都不做，只是享受这份生活！享受这份爱情！享受大自然和世界。我们再一块儿钓鱼，像以前在嘉陵江边所做的，你的头发散了，让我再来帮你编……早上，看海上的日出；黄昏，看海上的落日。还有夜，有月亮的，没有月亮的，都同样美，同样可爱……哦，梦竹，你别笑我四十几岁的人，还在这儿说梦话，只要你有决心，我们可以把这些梦都变为真实了，只要你有决心！梦竹，答应我吧，答应我吧。在和你重逢以前，我早已对'梦'绝了望，我早已认为这一生都已经完了，不再有希望，不再有光，不再有热……可是，重新见到你，一切的希望、梦想都又燃了起来！"他喘了口气："哦，梦竹！"

梦竹的眼睛更亮了，她的手指在何慕天的掌握中轻颤。低低地，她说："经过了这么多年，你还要我？还爱我？我已经老丑……"

"梦竹！"何慕天跳了起来，狂热地抓住梦竹的手臂，语无伦次地说，"你怎么这样讲？你怎么这样讲？你知道的，你那么美，那么好，再过一百年也是一样。只是我配不上你，十八年前配不上，十八年后更配不上！但是，你给我机会，让我好好表现！为以前的事赎罪，为以后的生活做表率。哦，梦竹，我们会非常非常幸福，一定的！一定的！一定的！"他停下来，凝视着她："你已经原谅我了吗？梦竹？"

"你知道的。"梦竹轻轻地说，"昨天晚上，我就已经原谅你了。"

"不再怪我？我让你吃了这么多年的苦，受了这么多年的罪。"他痴痴地望着她。

她凝视他，慢慢地摇了摇头。

"不怪你，只怪命运。"她说。

"可是，命运又把我们安排在一起了。"他说着，扳开她的手指，把脸埋在她的手掌中。她感觉得到他的颤抖，热热的泪水浸在她的掌心上。他在流泪！这成熟的、男性的眼泪！他渴求的声音从她的掌心中飘了出来："你是答应了，是吗？梦竹？"

答应了！怎能不答应呢？这男人仍然那样地吸引她，比十八年前有过之而无不及！他所勾出的画面又那么美，那么诱惑！十八年的苦应该结束了，十八年的罪应该结束了！所有的青春都已磨损，她应该把握剩余的岁月！但是……但是……明远呢？明远要她滚！明远叫她回到他身边去！明远说讨厌看到她的哭相！

久久听不到梦竹的答复，何慕天慢慢地抬起头来，他看到一张焕发着奇异的光彩的脸庞和一对朦朦胧胧罩着薄雾般的眼睛。刹那间，他的心脏狂跳，热情奔放，他又看到了昔日的梦竹！那徜徉于嘉陵江畔，满身缀着诗与情的小小的女孩！他长长地喘了口气，喊着说："梦竹！你答应了，是吗？是吗？"

梦竹点了下头。

何慕天站起身来，有好长的一段时间，他不大知道自己在做些什么，也不知道面前的女人是谁，更不知道自己正停留在何方。然后，他张开手臂，梦竹投了进来，他的嘴唇颤抖地从她的发际掠过，面颊上擦过……饥渴地捕捉到她的嘴唇。海浪在岩石上拍击着、喧嚣着、奔腾着、澎湃着……

叁拾贰

THIRTY–TWO

爱情，爱情，她所倚赖的爱情竟是这样一副面目！她的世界还有什么呢？她的生命还
剩下什么呢？

晓彤和晓白一起回到了家门口,用钥匙开开了大门,院子里堆满了苍茫的暮色,秋风正斜扫着满地的落叶。屋子里是暗沉沉的,连一点灯光都没有。走进玄关,满屋死样的寂静就对他们扑面而来,闻不到饭香,听不到炒菜的声音,也看不见一个人影。反常的空气使姐弟二人都本能地愣了一下,接着,晓白就扬着声音喊:"妈妈!"

没有回答。晓白又喊:"爸爸!"

也没有回答。走上榻榻米,晓白打开几间屋子的门,一一看过,就愕然地站住说:"咦,奇怪,都不在家。"

晓彤还没有从她的打击里恢复过来,头中仍然昏昏沉沉,心里也空空茫茫。家中不寻常的气氛虽使她不安,但她没有心神,也没有精力去研究。走进了自己的房间,她让书包从肩上滑到地上,扭亮了桌上的台灯,就一声不响地跌坐在床沿上,愣愣地发起呆来。晓白已跑进了厨房,转了一圈,又退回到晓彤的屋里,把两手一摊说:"好了,炉子里星火俱无,只有早上你烧焦的那锅稀饭,其他什么都没有了。妈妈也不在,爸爸也不在,这算怎么回事?"

晓彤抬起眼睛来,无意识地看了晓白一眼。晓白在对她嚷些什么,她根本就不知道,她还陷在她那绝望而紊乱的思绪里。魏如峰!她那样信赖,那样发狂般爱着的人,竟是一个流连于欢场中的爱情骗子!杜妮、交际花、舞女……这太可怕,太残忍了!爱情,爱情,她所倚赖的爱情竟是这样的一副面目!她的世界还有什么呢?她的生命还剩下什么呢?这太残忍了!太可怕了!她想不出别的词句来,只反复地在心里念叨着:"太残忍!太可怕!太残忍!太可怕……"

同时,绝望地摇着她那小小的头颅。

"喂！姐！"晓白摇了摇她的肩膀，"我们怎么办？晚上吃什么？"

"嗯？"她心神恍惚地哼了一声。

"妈妈爸爸都不在家，厨房里没有一点可吃的，我的肚子里已经在唱《空城计》了——你说说看，有什么办法找点吃的？"晓白重复地说。

"嗯？"晓彤又哼了一声。

"你身上有钱吗？我到巷口去买两个面包来！有没有？两块钱就够了！"

"嗯？"晓彤瞪视着她的弟弟。

"喂！姐，你是怎么了？"晓白说，"我和你讲了半天话，你听到了没有？你还在想那个姓魏的，是不是？姐，我告诉你，不要去想他了，这种流氓，想他干什么？以后不理他就得了。他要是再敢来纠缠你，有我呢，怕什么？他算老几？"

晓彤继续瞪着晓白，默然不语。晓白这几句话她倒是听进去了，但一丝一毫都搔不着她真正的痒处。"不理他就得了！不要去想他了！"如果能有这么简单就好了。不想他！不想他！可是，怎能不想他呢？

"好了，好了，别那样眼泪汪汪的了。"晓白鲁鲁莽莽地劝解着，"现在，还是先解决民生问题最要紧，你到底有钱没有？"

"嗯？"

"怎么你还是嗯呀嗯的！"晓白说，"我问你有钱没有？"

"钱？"晓彤总算醒悟过来，摸了摸外套的口袋，"一毛钱都没有。"她说。她的钱都给了三轮车夫了。

"那——怎么办？我身上也一毛钱都没有，如果妈妈爸爸一直不回来，我们要饿到几点钟去？"

晓彤又不说话了。她不关心吃饭的问题，事实上，她一点也不饿，她胸中是那样凄苦悲愁和愤怒，实在没有地方可以再容纳食物了。晓白却像个热锅上的蚂蚁，一会儿到厨房里去翻翻，一会儿又到大门口去看看。最后，在她面前一站，说："姐，我看妈妈爸爸一定出了什么事。"

"怎么会？"晓彤吃了一惊。

"他们这两天一直在吵架。"

"我想——不会有什么事的。"晓彤无精打采地说,又沉进了她的哀愁里。

晓白百无聊赖地在室内踱了一圈,晓彤那副可怜兮兮的样子使他不安,家中寂静的空气让他更不安,而肚子里的饥火又烧灼得那么厉害,他在晓彤书桌前坐了几分钟,又猛地跳了起来:"这样吧,姐,你在家里等妈妈爸爸,我出去找找那些兄弟,弄点钱买东西吃去!如果我回来得早,给你带两个面包来,怎样?"

晓彤点点头,对这一切,她完全无所谓,吃与不吃,又有什么关系呢?生与死,又有什么关系呢?在发现了魏如峰的秘密之后,什么事情对她来说都无关紧要了。

晓白出去了。晓彤听着晓白走下玄关的脚步声,听着大门合上的声音,然后,一切都沉寂了。屋内,凉凉的空气包围着她,台灯昏黄的光线暗淡地照射在寥落的房间里。那么寂静、那么落寞、那么苍凉!她呆呆地坐着,时间一点一滴地滑过去,她忽然抬起头来,怎么了?为什么他们一个都不回家?

站起身来,她摇摇晃晃地走进爸爸妈妈的房间,扭亮电灯,找寻家里唯一的那个破旧的闹钟。几点了?闹钟在书桌上,她走过去,无力地坐进书桌前的藤椅里,注视着那只闹钟。短针在"四"字上,长针在"一"字上,听不到嘀嗒的机械声。拿起来摇摇,毫无声音,妈妈竟忘了给钟上发条,早已停摆了!放下了钟,她叹口气,要知道时间干什么呢?管它几点钟,与她又有什么关系?

在桌边静静地坐了一会儿,思想和意识由朦胧而转为清晰,一旦意识清晰,杜妮那张充满魅力的脸和那披着轻纱的诱人的胴体就出现在她眼前,于是,心底的痛楚顿时变得尖锐起来,等到这阵痛楚由心底掠过,她就又陷入朦胧和恍惚的境界里。就这样,她的思想和意识在清晰与朦胧的两种境界里游移。很长的一段时间,她就坐在那儿一动也不动。

然后,桌面上有一样东西吸引了她的视线,那是一个白色的信封!她下意识地拿起了那个信封,看了看封面上的字,接着,就困惑地摇了摇头,再看看，这是什么？用手揉揉眼睛，看清楚了，那上面写的是：

李梦竹女士亲展

杨明远留

这是怎么回事？爸爸写给妈妈的信！她的脑中更加模糊了。握在手上，那封信是厚厚的一沓！看了看封口，并没有封上！带着诧异和迷惑，她轻轻地抽出了信笺，并不十分明确地知道自己在做什么。那是一封很长很长的信，她摊开信笺，出于本能地看了下去。

她看了很久，越看越迷糊，越看越困惑，越看越不解。像是被带进一个迷宫之中，她简直分不清楚南北东西了。但是，接着，她心中大大一震。重新坐正了身子，她把台灯移近，翻开信笺的第一页，开始集中自己的思想，聚精会神地从头再读。读完了，她抬起头来，眼睛瞪得大大的，望着面前那盏台灯。这里面所写的事情是真的？不！完全不可能！她是发疯了，头昏了，这一切都只是幻觉，根本就没有什么信！但是，信笺握在她的手中，灯光照在屋里，她熟悉的环境，熟悉的桌子，熟悉的信笺和爸爸那熟悉的字迹！她抖抖索索地把信笺铺平在桌子上，像面对一个可怖的东西一般，把身子离得远远地去衡量那几张信笺。然后，她深深地抽了一口冷气，把身子移近，瞪大眼睛，再做第三次的阅读。

经过了一连三次的"证实"，她开始有些明白这是真的了。把手指送到牙齿下去咬了咬，很痛！那么，这不是做梦，不是幻境，不是神志恍惚中的错觉！信在这儿，她的人也在这儿！这一切都是真的了？靠在椅子里，她像一具化石般僵住了，脑子里纷纷乱乱，恓恓惶惶，迷迷糊糊，全充塞着同一个句子："这太可怕！太可怕！太可怕！"

真的，这太可怕了！为什么所有可怕的事情都集中在这一段时间内发生？这到底是怎样一个世界？怎样一个天地？为什么所有的"表面"之后都藏着那么可怕的"真实"？她咬紧嘴唇，心志完全混乱了。门口有汽车声，有人说"再见"声，有细语和叮嘱之声，车子又开走了。大门在响，是谁？

她茫茫然地瞪着房门口，于是，她看到母亲正带着一份慵慵懒懒的疲倦和一对醉意盈盈的眼睛，若有所思地跨进门来。把手提包扔在床上，梦竹看了晓彤一眼，母性突然使她警觉了，像从睡梦中惊醒过来，她错愕地说："怎么？晓彤？只有你一个人在家？"

晓彤瞪着梦竹，一语不发。

"晓白呢？爸爸呢？"梦竹问，皱了皱眉头，家里怎么了？这气氛不大对劲，"怎么回事？你吃了晚饭没有？"

晓彤仍然瞪着梦竹，嘴唇闭得紧紧的。

梦竹走到晓彤身边，怀疑地望着她，这孩子看起来如此奇怪！那对平日柔和亲切的眼睛现在竟流露出一种陌生的光，仿佛站在她面前的不是她的母亲，而是个素未谋面的人！梦竹伸手按了按晓彤的额角，没有热度，那么，她并非生病！

"怎么了？晓彤？"她温和地问，"和谁在生气？还是——"她忽然打了个冷战，心底冒出一股寒意："你爸爸对你说了些什么？"晓彤定定地望着母亲，慢慢地摇了摇头，依旧保持着沉默，只用手指了指散在桌面上的信笺。

"这是什么？"梦竹诧异地问，走过去把那些信笺收集起来，然后，她一眼看到了那个信封，顿时，她全身的血液都冰冷了。"李梦竹女士亲展，杨明远留。"不用看信的内容，她也知道是怎么回事了，一把抓住晓彤，她迫切地问："你爸爸呢？他到哪里去了？"

晓彤再摇摇头。

"我不知道。"她简单而机械地说。

梦竹拖过一张椅子坐下，打开信笺，她迫不及待地看了下去。信是这样写的：

梦竹：

　　现在是中午十一点半，你已经离去快一小时了。这一小时中，我思考过，分析过，也平心静气地为过去作了一番总检讨。所以，当我写这封信的时候，我一点也不激动，而是极端地冷静和平。两天来，我像个困兽似的和自己斗争，到现在，我才算是真正地想透彻了。我有许许多多的心里话，以前没有和你谈过，以后也没有机会再和你谈了，现在，你愿意听听吗？

我还记得第一次看到你，在夫子祠到国泰戏院的路上，你穿着件白底碎花的旗袍，扎着两条小辫子，闪烁着一对黑白分明的大眼睛，带着个盈盈浅笑——你使我那样震动，那样倾心，就是那一瞬之间，我已经知道自己爱上了你！可是，你并不注意我，更不重视我。那天晚上，以及接踵而来的许许多多日子里，你眼睛里都只有一个人——何慕天！

在沙坪坝的时侯，我承认自己是个自卑感很重的人，贫穷、孤独、战乱和流浪造成我比较孤僻而不出众的个性。当我看出何慕天和你之间的微妙感情之后，我立即把自己这份感情深深地埋藏了起来，我从不敢向你表示，也没有勇气和何慕天竞争。当然，我承认，何慕天是个很可爱的青年，漂亮、洒脱、富有，又才气洋溢。如果我是一个女孩子，也会爱上何慕天，而不会爱上杨明远！事实上，在那一段日子里，你根本连正眼都不大看我，你连我的"存在"都没有注意到，更别谈爱情了！但是，尽管如此，我却无法遏制自己想多看你一眼的欲望，无法避免去做多余的梦想，无法不为你彻夜彻夜地失眠。这些，你当然不会知道，你全心都在何慕天的身上，怎会留意那渺小卑微的杨明远！

当你和何慕天的恋爱新闻传遍沙坪坝，你的毁婚、出走、和何慕天辟屋同居的消息传来，我有好几天不知身之所在！那是一段迷惘、混乱而痛苦的日子，不仅仅是单纯的嫉妒，还有更多的失意，这种种种种，你又何曾知道？明知你心中没有我，我却不能心中没有你，这就是我最大的悲哀！你和何慕天在百龄餐厅订婚，你的一袭白衣，清丽得像个云雾中的仙子。我知道那荒谬的梦再也不可能实现了。可是，我仍然无法不想你！

接着,那个突然的大变故来了,何慕天去了昆明,你带着满心创伤回来,我在嘉陵江边拦阻了你的投水……对于我,这真像天方夜谭里的奇迹,你会忽然间属于了我,你不知道我狂喜到什么地步!多日的梦想,以为绝不可能的事情竟会变成真实!你真的会嫁给了我!梦竹,你决猜不到我的心情,那是我一生里最兴奋、最快乐的时候!我怎会在乎你肚子里那个孩子?我怎会在意你以往的历史?你在我心中永远那样圣洁美丽、一尘不染!我只觉得我配不上你,你对我而言,是那样高高在上的一尊神祇,我要怎样才能让你幸福,让你快乐,让你远离烦恼和不幸,以报答上天对我的一番恩宠!

晓彤出世,我真的一点也没有在意她不是我的孩子,我尽量地想爱她,想宠她!但,她的那对眼睛使我战栗,一对何慕天的眼睛!每当你抱着晓彤凝视,我就嫉妒、不安而烦躁!我不知道你是在看孩子,还是在想念何慕天。这使我浑身烧灼得发狂!晓白出世,我真的很高兴,我们已有了共同的孩子,我想,你将完完全全地属于我了。

可是,生活的困窘、贫穷的压迫成了我内心的另一项负担。离开重庆,到了杭州,我还在读书,兼职的收入不足以维持一个家庭,看到你被生活折磨得憔悴瘦损,我衷心痛苦,深感对不起你。而我又无力于改善生活,我的无能,你的消瘦,使我日日夜夜自责自怨。我那么渴望能给你一份舒适的生活,那么渴望把你像个小公主般供养在家里。而事实上,你必须终日埋在厨房的油烟里,洗衣洒扫,件件都得亲自去做,这使我痛苦莫名。我还记得,有一次,我在你抽屉里发现你作的一首诗,上面写的是:

刻苦持家岂惮劳?

夜深犹补仲由袍。

谁怜素手抽针冷?

绕砌虫吟秋月高!

览诗之后,想到你原是那样一个娇娇滴滴的、吟吟诗、填填词、赏花捉月的女孩,我竟用柴米油盐来困扰你、折磨你、埋没你!不禁凄然泪下。谁怜素手抽针冷？梦竹！并非没有人怜你爱你，只在于我一直是一个不善于表达感情的人。而我心中又始终有个很大的恐惧和怀疑，那就是：你仍然爱着何慕天！当我看完了你那首诗，曾在心中立誓，我一定要改善生活，不再让家务来拖累你！不再让生活来折磨你！但，接着，又开始了逃难。辗转到了台湾，苦是吃尽了，孩子们还小，我被迫当了个小公务员。从此，等因奉此，磨光了当日的豪情壮志。改善生活，把你像小公主般伺候……什么都谈不上了。一年年下来，你越憔悴，我越内疚，你每次叹息，我心中绞痛。这种种情绪和内心的重负，不是你所能了解的。于是，我发现你常常神思恍惚，常常默默发呆，更常常对晓彤有一种显然的偏爱，我知道你在想那个人！在怀念那个人！而且，仍旧在爱那个人！这令我无法忍耐，结果是：我的情绪暴躁易怒，而你也经常以泪洗面。如今，我再平心静气分析，十八年的婚姻生活，我不能使你爱上我，总是我的过失和失败。到现在，我也实在无话好说了。

晓彤的恋爱，把何慕天的影子重新带进我们的家里，这或者是天意的安排。说实话，我一直对以往你们的分手怀疑，王孝城昨夜也曾表示是误会。（他以为我醉了，其实我头脑仍很清醒。）假若你再爱上他（事实上，你何曾淡忘他！）也是很自然的现象，今天早上和你的一番谈话，使我也证实了这一点。梦竹，我不怪你。十八年前，何慕天比我强！十八年后，何慕天还是比我强！

我写了这么许许多多，希望你看得不厌烦。总之，这是我第一次，赤裸裸地把我自己的感情向你剖白。当你看到这封信的时候，我或者已经走得很远了——我爱了你这么长的一段时间，最后却仍旧失去你！咳，梦竹，梦竹！天若有情，也该怜我，你若有情，也该知我！

我走了！梦竹。对于你，我非常放心，何慕天一定会给你一份幸福的生活，把你像小公主般伺候。（我复何求？）晓彤，是你们的女儿，我也支付了十八年的爱心，我祝福她！晓白，是我们的孩子，一个聪明却不太务实的孩子，请你照顾他到大学毕业——我想你和何慕天都会乐意做的。我走了，不再烦扰你，不再羁绊你。老天给了我十八年的时间，让我来得到你，而我无此能耐。一个男人，失败到这个地步，还能做什么呢？

我不写了，只想再告诉你最后一句话，我爱你，梦竹，不论今生，还是来生！虽然我没有能使你幸福快乐，但却爱你这么长久，这么痴，这么狂！

祝福你！

明远留于午后一时三十分

梦竹一口气看完了这封长信，慌乱地抬起头来，晓彤正静静地望着她。她无暇去管晓彤的想法，无暇去管任何的事，只觉得衷心如焚而泪水迷蒙。挥去了睫毛上的泪，她一把抓住晓彤的胳膊，喘着气问："你几点钟回来的？"

"大概六点多钟。"

"爸爸已经走了？"

晓彤点点头。

梦竹跳了起来，抓起了皮包，向门口冲去，她什么意识都没有，什么思想都没有，只有一个焦灼而迫切的欲望：找回杨明远！晓彤追到了门口，哑着声音喊："妈妈！"

梦竹站住了，掉头望着晓彤。晓彤的大眼睛空茫无助，小小的身子怯弱孤独。她的心脏抽紧、绞痛，但她没有时间来管晓彤，她必须马上去找明远！

"晓彤，你在家里等着，别出去，我要去找你爸爸！"她急急地说，泪水突然又涌进了眼眶里，"我必须马上去！你懂吗？一切都等我回来再和你谈！"

"妈妈。"晓彤倚在门上，像个单薄的小纸人，"只是——你告诉我一句，那封信里——是不是真的？"

梦竹再度站住了，在麻乱、紧张、惶恐、酸涩……各种纷杂的情绪之中，还抓住了一个最痛苦而鲜明的思想：十八年来，苦苦保有的秘密终于泄露了！晓彤！她那可怜的私生女儿！她吸了口气，颤抖地说："晓彤，妈妈对不起你！"

"哇呀"一声，晓彤放声大哭，用手蒙住脸，仓皇地奔向了屋里。梦竹呆呆地站在小院之中，一种母性的本能使她想冲进屋里去安慰晓彤。但，她手中那一束信笺又提醒了她另一个人！杨明远！他去了何方？她咬住嘴唇，昏乱地甩了一下头，向大门口走去。而当她一迈出大门，所有的心念都变得那么坚定、那么固执、那么狂热！找寻明远！找寻明远！那和她共同生活了十八年的男人！那在烽火及患难里保护了她十八年的男人！那默默地，像驴子般工作，奉献了十八年青春的男人！那爱了她那么久而始终说不出口的男人！杨明远！她的丈夫，孩子们的父亲。

无法再顾念屋里的晓彤，她毅然地带上了大门，奔向夜风穿梭的街头。走出巷口，冷清清的街道上盛满了浓浓的夜色，秋风正从街道的这一头掠向街道的那一头。一盏街灯昏茫茫地傲视着那夜的世界。梦竹站住了。四际苍茫，夜色无边，这样广阔的天地之间，如何去找寻那沧海一粟般的杨明远？

她用手抹了抹面颊，面颊上泪痕遍布。明远，明远在何方？秋风低吟着，寒意弥漫着。她漫无目的地向前走去。夜色深沉，寒星满天，明远，明远在何方？

几度夕阳红

叁拾叁

THIRTY-THREE

"我常想，总有一天，你会比较喜欢我一些。"

　　带着满怀的沮丧和满心的郁闷，魏如峰失神落魄地折回到"铃兰"的门口，他的摩托车还停在那儿。跨上了摩托车，在苍茫的暮色里，他无目的地在街上狂驰。穿过了无数的大街和小巷，兜了无数的圈子，一直到他筋疲力尽，他才在一家餐厅的门口停了下来。夜幕四垂，街道上的霓虹灯耀目地闪熠着。推开餐厅的门，他走了进去。这家餐厅是他和晓彤来过的，有着大热带鱼的玻璃柜子，他曾揽着晓彤小小的肩膀，告诉她那些鱼的名称，什么是电光，什么是红剑，什么是黑裙，什么是孔雀，什么是神仙……

　　"神仙鱼是取神仙伴侣的意思，因为这种鱼总是捉对来来往往，不肯分离。有一天，我们也会像它们一样吗？"

　　自己说过的话言犹在耳，曾几何时，已经人事全非！晓彤，他知道她那纯洁天真一尘不染的心地，是怎样也无法接受杜妮的事实！杜妮！他用手支着头，一个人的生命里，不能有丝毫的污点，一旦有了污点，怎么都抹不干净了！那该死的、荒唐的寻欢作乐！他下意识地在桌子上捶了一拳，不由自主地叹了口长气。

　　"唉！"

　　侍者走了过来，于是，他破例地叫了酒。

　　带着几分薄醉，他从餐厅走了出来，跨上摩托车。被迎面的冷风一吹，不禁有些头晕目眩。发动了车子，他向最热闹的街道上驶去。刚刚骑到新生戏院的转角处，就一眼看到晓白正和两三个流里流气的青年站在一块，不知道说些什么。他心头一动，晓白！为什么晓白要对他有敌意？又为什么晓彤会得到杜妮的那份资料？那是深藏在他房间里的，谁能取到它？这事不是有些蹊跷吗？

不假思索地，他径直把车子驾到晓白面前，停下了车子，招呼着说："晓白！"

晓白瞪视着他，翻了翻眼睛。

"不认得你！"

"晓白。"魏如峰忍耐地，竭力维持自己的心平气和，"我怎么得罪了你？"

"你欺侮我姐姐！"晓白冲口而出。

"我怎么欺侮了你姐姐？"

"你没良心！"晓白涨红了脸说，"我一直把你当好人，原来你又有舞女又有交际花——简直不要脸！"

"哦，你也知道了。"魏如峰失意地耸了耸肩，一个人做错了事情，全天下都会知道！

"我怎么会不知道！你以为什么事瞒得过我！"晓白骄傲地挺挺胸，"那些照片还是我给姐姐的呢，要不然她还要继续受你的骗！"

"你？"魏如峰大感意外。"你怎么会有那些照片？你从哪里得来的？"

"得来了就得来了，你管我从哪里得来的！"晓白没好气地说。

魏如峰凝视着晓白，后者挺胸而立，双手的大拇指扣在裤袋上，昂着头，像一头莽撞的、要迎战的小牛。他身边的几个青年围绕在他旁边，一个个全是一副流氓装束，其中一个还玩弄着一把小刀。这些太保似的青年迅速地在他脑中唤起一线灵感，像电光般照亮了他心中的疑团。他点点头，了然地说："我知道了！是霜霜给你的，是吗？"

"是又怎样？不是又怎样？"晓白盛气凌人地问。

霜霜！霜霜这一手做得未免太毒辣了！魏如峰咬紧牙关，霜霜，他像小妹妹般宠着爱着的霜霜，竟会做出这样一件恶劣的事情来！他感到胸中烧灼如火，酒意从胃里向外冲。跨上了车子，他迅速地发动了马达。当车子呼啸着，跳蹦着向前驰去的时候，他听到那群小太保中有一个在说："嘿，晓白！这个油头粉面的家伙就是何霜霜的表哥吗？"

魏如峰没有心神再去理会这群自以为成熟的毛孩子，加快了速度，他风驰电掣般向家中行进。霜霜，百分之九十不会在家，但他仍然要回去看看！

进了大门，一口气冲上楼，直奔霜霜的房门口，门里静悄悄地没有一点声音，不用看，也可以猜出霜霜不会在里面。可是，他依然推开了房门，一瞬间，他愣了愣，出乎意料地，霜霜居然在里面！

霜霜正安安静静地坐在梳妆台前面，头发梳得很平整，脸也洗得很干净，没有擦任何的化妆品，显得少有的端庄文静。她似乎正对着镜子在研究自己，双手托着下巴，呆呆地出着神。魏如峰推门的响声惊动了她，回过头来，她把一对若有所思的眸子落在魏如峰的脸上。

"嘿！是你！表哥！"她懒洋洋地打了声招呼。

魏如峰跨进门来，冷冷地盯着霜霜看，霜霜耸了耸鼻子，挑挑眉毛说："嗯，酒味！表哥，你居然也喝起酒来了？你的小星星呢？"

像是在火上浇了油，"小星星"三个字使魏如峰整个心脏都膨胀了起来，浑身冒着火，他走近霜霜，眯起眼睛来，恶狠狠地看着那张年轻而美丽的脸庞，怎样一个狡猾的女孩！竟想出这样一条破坏的毒计，从此毁掉了晓彤心中他的完美形象！毁掉了她单纯天真而纯洁的梦！这是过分残忍，过分狠毒了！

"噢，表哥。"霜霜疑惑地转动着她的大眼珠，"你在看什么？我猜，你准是喝醉了！"

"霜霜。"魏如峰哑着嗓子说，"告诉我，我什么地方对不起你？"

"嗯？什么？表哥？"霜霜皱拢了眉。

"你别装傻！你说说看，我怎么对不起你，你要这样陷害我！"

"陷害你？表哥？"霜霜转动着眼珠，心中在迅速地思索着。

"是的，陷害！"魏如峰加强语气地说，"你竟然把杜妮的照片和信件拿给晓彤看！你明知道会造成什么后果！这种揭人隐私的行为是你应该做的吗？尤其对于我！霜霜，你卑鄙、狠毒而无聊！"

霜霜的脸变白了，血色离开了她的嘴唇，黑眼睛顿时燃起了两簇愤怒的火焰，挺起背脊，她勇敢地迎战了。

"我卑鄙？狠毒？无聊？哈哈！表哥！你也未免太自视清高了！难道你和杜妮没有一手吗？难道那些照片和信件不是杜妮给你的吗？难道你没有沉

沦于酒色之中吗？你自己的历史太不光荣，不去自责，反要责怪别人！你要知道，你行得正，别人无从破坏你，你行得不正，是你自己破坏你自己！你原不是一个纯纯正正的人，假扮什么鬼正经！"

"好！你很会说！"魏如峰气得浑身发抖，"和杜妮的事，我是不对，但是关你什么事情？你凭什么要揭发出来？你明知道那只是一时的沉沦，一时的迷惑！但——但——晓彤那么纯洁，那么天真，这将永远无法解释清楚！你破坏了我和晓彤，对你有什么好处？"

霜霜的眼睛更黑更亮。

"我爱做什么就做什么！"她任性而倔强地说。

"霜霜。"魏如峰重重地喘着气，愤怒中更糅合了沉痛和灰心，"你这次的行为做得太恶劣了！你一生，大家宠你、惯你、纵你，养成你爱做什么就做什么的习惯，你从不想你会伤害别人！霜霜，你从小，我就像哥哥一样疼你爱你照顾你，换得的是你这样的报酬！你应该知道晓彤对于我的重要性——你毁掉了晓彤，也毁掉了我！"

霜霜挺立在那儿，黑眼睛里像蒙上了一层薄雾，脸上仍然带着倔强，默然不语。

"你想——"魏如峰继续说，"晓彤拿到了这些照片会有怎样的想法？她和你不同，她没有见过一点世面，没有丝毫社会经验，也不了解人会有偶然的——偶然的——"他想不出能解释自己行为的句子，只能化为一声短叹："咳，反正，我虽不好，你的行为更不好！老实说，我并不想把这件事情隐瞒晓彤，但要等到她能了解的那一天，由我自己告诉她。你这样做，使我再也无法解释！"晓彤那对绝望的眼睛和恐怖的表情浮到了他的眼前，他心中又猝然地痛楚起来，眼眶一阵发热，视线全模糊了："霜霜，你使我痛心，我从没有恨一个人，像我现在在恨你这样！"

霜霜被打倒了，仓促间，她只能随便抓了一个句子来发泄自己的愤怒和被刺伤的感情："晓彤有什么了不起！我巴不得她死掉！"

"啪"的一声，魏如峰已经迅速地抽了霜霜一耳光，霜霜还来不及从错愕中恢复，魏如峰的第二下又抽了过来。他的眼圈发红，脸色苍白，神情像一只被激怒的狮子，恨不得吃掉眼前的敌人！一连抽了霜霜好几下，他才停下来，喘着气喊："早就应该有人打你！早就应该有人教训你！你这个狂妄任性而没有头脑感情的人，伤害别人对你有什么好处？有什么好处？有什么好处？我恨透了你！何霜霜！你破坏成功了！现在，你在这儿庆祝你的成功吧！"

说完，他狂暴地把霜霜搡进了椅子里，就一反身往门外冲去，跑过了走廊，冲下了楼梯，他一头撞在正拾级而上的何慕天身上。何慕天诧异地喊："怎么了？如峰！"

"我要出去！然后永远不回你们何家！"魏如峰头也不回地说。

"站住！如峰！"何慕天喊。

魏如峰本能地站住了。

"你在干什么？"何慕天说，"这么冷的天，你为什么一头的汗？上楼来，我有话要和你谈！"

"我不想谈！我有我的事！"魏如峰鲁莽地说，掉头要向楼下走。

"你知道我要和你谈什么？"何慕天说，"关于晓彤的事情，我今天和她母亲谈了一整天。我要告诉你一些事——关于晓彤的。你难道一点都没兴趣？"

"我有兴趣又怎样？"魏如峰愤怒而绝望地喊，"你女儿把一切破坏得干干净净！我再也得不到晓彤了！我知道，我再也得不到她了！"

楼梯上一阵轻响，何慕天和魏如峰同时抬起头来。霜霜，正带着一脸沉静而严肃的神情，慢慢地走下了楼梯。她的脸上有着魏如峰留下的鲜明的指痕，眼睛又清又亮又美，那缓缓下楼梯的样子竟像个庄重的女神。没有笑、没有泪、没有激动、没有愤怒……她像和平日完全换了一个人。何慕天和魏如峰都愣住了，然后，何慕天奇怪地问："你生病了吗？霜霜？"

"没有，我很好。"霜霜安安静静地说，停在魏如峰的面前，"表哥，我跟你一起去。"

"跟我一起去？"魏如峰怔了怔，诧异使他忘记了愤怒，"跟我到哪儿去？"

"到晓彤家里去。"霜霜心平气和地说，"去向她解释。"

魏如峰愕然地看着霜霜，后者脸上流露的是少有的正经和庄严，那对眼睛竟美丽得出奇。魏如峰简直不相信自己的耳朵，她要陪他去向晓彤解释！霜霜，难道也会知道错误？还是另有所图？

"怎样？"霜霜又开了口，"去吗？我们把一切都告诉她，她会相信，也会了解。"

"噢！"何慕天看看霜霜，又看看魏如峰，不解地说，"你们在捣什么鬼？"

"不是捣鬼。"霜霜低声地说，凝视着她的父亲，"人总要长大的，是不是？爸爸？我觉得我在慢慢地长大了。"

"噢，是吗？"何慕天困惑地问。

霜霜轻轻地点了点头，把手伸给魏如峰。

"表哥，我们走吧。"

"这么晚了，你们要到哪里去？"何慕天问。

"爸爸，你放心，这次是去办正经事了。"霜霜说着，拉着魏如峰的手，向楼下走去。

魏如峰迷惑而茫然，像被催眠一样，他下意识地跟着霜霜走下了楼梯。当他跨进了夜风习习的花园，被迎面而来的冷空气所包围，他才骤然地清醒过来。站在院子里，他注视着霜霜，突然间，他觉得她那么美、那么可爱、那么真挚而纯洁！用手托起她的下巴，他审视着她，轻轻地说："霜霜，你真的长大了。"

霜霜的睫毛垂下了两秒钟，再扬起来的时候，眼睛里已蓄满了泪。但她唇边在微笑着，一个勇敢的、令人心折的笑。

"是吗？表哥？"她含着泪问，"我常想，总有一天，你会比较喜欢我一些。"

"事实上，我一直很喜欢你。"

霜霜点了点头。

"是的。"她低低地说，"我现在懂了。"扬起头来，她勇敢地拭去了眼泪："我们该去了吧？表哥？要不然她会睡觉了。我们骑摩托车去吧，你——从没有带过我骑摩托车。"

把摩托车推了过来，魏如峰凝视了霜霜一段很长的时间，然后，他们相对着微笑了。这是奇异而神妙的一瞬,所有的误会、不快、纠缠不清的爱与恨……都在刹那间消失了,飞走了。留下的是一份干干净净的、纯纯洁洁的、没有要求、没有欲望,也没有代价的感情。魏如峰面前站着的,不再是个满身燃着火的、情窦初开的少女,而是他的一个小妹妹,一个被宠爱着、被怜惜着的小妹妹!他跨上了车,安静地说:"上来吧!抱牢我的腰!"

霜霜坐了上去,用手环住魏如峰的腰。本能地,她把面颊紧贴在魏如峰的背脊上,闭上眼睛,她有种模糊的、朦胧的,又像是喜悦、又像是辛酸的感觉。她埋葬了一份少女的初恋,却也在一瞬间发现自己长大了,成熟了,不再是个倔强任性的小女孩!摩托车发动了,风从她的耳边掠过。她听到老刘拉开铁栅门的声音,还听到老刘在说:"表少爷,这么晚了,你们要到哪里去?我开汽车送你们去不好吗?"

"不用了!"魏如峰在说,"摩托车比汽车舒服!"

老刘似乎还叽咕了一句什么,但是,他们的车子已经驰远了。迎着风,霜霜的短发全飞舞了起来,她仍然闭着眼睛,不想睁开。这样倚在魏如峰的身后,让他带着她在深夜的街道狂驰,这是多久以来的梦想!现在,他们共同驰骋于黑夜的街头了——为了去挽救他和另外一个女孩子的爱情!噢,这是多复杂的人生,多复杂的感情!是不是每一个人的一生,都要经历许许多多的事故?

车子不知道驰到什么地方,她听到有个声音在嘲笑地喊:"看到了吗?多亲热!"

摩托车骤然停了下来,霜霜诧异地睁开眼睛,于是,她看到了一个奇异的局面,他们正在一条暗巷子的前方,路边有一盏街灯,冷冷落落地照射在空阔的街道上。而巷子口,一排站着三个青年,手指扣在腰带上,歪戴着帽子,叉开了腿,像是悠闲又像是挑衅地斜睨着他们。在摩托车前面,却挺立着一个瘦高个的男孩子,拦车而立,昂着高高的头,带着一脸的激怒,在喊:"停下来!你们!"

"晓白!"霜霜惊呼了一声,"你在这儿干什么?"

"我说下来！"晓白恼怒地喊着，脸涨得通红，像匹要奋战的野兽。

"晓白。"魏如峰说话了，"你今天怎么净找我的麻烦？我们不是好朋友吗？你拦住我的车子做什么？"

"鬼才是你的好朋友！"晓白红着眼睛嚷，"你这个卑鄙下流的浑蛋！"

"晓白。"霜霜忍不住地喊，"你胡闹些什么？赶快让开，我们要办正经事，现在没时间和你说，等明天你就知道……"

霜霜的话还没说完，那三个青年中的一个就纵声笑了起来说："哈哈，晓白，听到没有？人家叫你赶快让开，别耽误了人家的正经事……"

"砰"的一声，晓白一拳头击中了魏如峰的下巴，魏如峰措手不及，差点被打下车来。他慌忙跳下了车，晓白的第二拳又跟着击到。他闪开身子，不愿迎战，一面嚷着说："晓白，你别发疯！有话不能好好讲，要动拳头！"

晓白不顾一切地扑了上来，他胸中积满了各种复杂的怨气，这个男人先欺骗了他的姐姐，又和霜霜那么亲热！今天晚上，在电影院门口，碰到顾德美的二哥，咧着张嘴对他说："小伙子！你就是最近和霜霜打得火热的那个小东西吗？人家何霜霜和她表哥早就有一手了！你凑什么热闹？"

哼！当时还以为是冤枉他们呢！现在看来果然不错！怪不得霜霜要那么热心地把杜妮的资料给他呢，原来也是有心机的！好吧！我们杨家姐弟二人就被你们这表兄妹耍得团团转，简直是欺人太甚！从来姓杨的就没受过这么大的侮辱！姐姐被你魏如峰玩弄，我杨晓白再度被你何霜霜玩弄！好吧，现在你算碰到我手里了，也让你知道知道杨晓白的厉害！

晓白直着脖子，抢着拳头，横冲直撞地扑向了魏如峰。那三个唯恐天下不乱的旁观者也一拥而上，摩拳擦掌地在一旁呐喊助威："好呀！晓白，打呀！"

"拿出点本领给他看看！晓白！"

"把我们十二条龙的功夫展露出来！晓白！"

你一言，我一语，晓白更是义愤填膺，豪气干云，不打他一个落花流水怎么配叫杨晓白？今天非要你魏如峰躺在地上直哼哼不可！魏如峰一连挨了晓白好几拳，火气也上来了，而且情势迫到这个地步，已不能不迎战。于是，一场街头的大战就开始了，霜霜看看局面不对，就扬着声音大喊："杨晓白！你发疯！你神经病！你还不停手！你是个糊涂蛋！"

霜霜越喊，晓白越愤怒，打得也就越起劲。四面又那么荒凉，连一个警察都找不到，霜霜看他们的人那么多，再打下去一定是魏如峰吃亏，一急之下，也扑了上来抓晓白，一面嚷着说："杨晓白！我这一辈子再也不要理你！再也不要理你！"

那三个青年围了上来，把霜霜给硬拉开，然后三个人扣住了霜霜的手，霜霜无法行动，气得大哭大骂："杨晓白！你仗着人多欺侮人！你没种！我看不起你！看不起你！看不起你！"

霜霜的喊声如火上浇油，晓白打得更是不顾一切。事实上，论起打架来，魏如峰人高马大，也未见得会落在晓白的下风。只是一上来，魏如峰先是出其不意地挨了两拳，接着又由于不愿意和他打而躲闪了好几下，因而，似乎就趋于败势。但，魏如峰也被打火了，而且看出不奋力迎战就不可能脱身，也使出全力，扑击晓白。这样越打越激烈，越打越拼命。那三个人更在一边添油加醋地说些刺激话，这一仗就有不分出你死我活就无法停止的趋势。接着，晓白的肚子上一连挨了三拳，又被魏如峰的腿一勾而跌倒在地上，霜霜趁势喊："好呀！表哥！揍他！"

晓白红了眼，一翻身从地上跃了起来，他手中已多了一把明晃晃的小刀。举着刀，他直着眼睛，一步步地向魏如峰迫近。魏如峰本能地向后退，然后，晓白迅速地扑了上来，魏如峰向旁边一闪，他忘了那辆摩托车，阻止了他，使他退无可退。于是，在一刹那间，他听到霜霜的惨叫，听到有汽车飞驰而近的声音，听到摩托车翻倒，听到几千几万种杂音，像轰雷般在他耳边炸开——然后剩下的是完完全全的空白。

晓白的思想已经混乱不清，把刀子从魏如峰的胸前拔了出来，鲜红的血使他丧失神志，举起刀子，他正想再插下去，一辆疾驰而来的汽车里跃出了一个彪形大汉，一把扣住了他的手腕。霜霜大叫一声："老刘！救表少爷！快救表少爷！"

　　老刘踢翻了晓白的身子，抱起魏如峰，放进汽车，那一伙年轻人看到肇出人命，已一哄而散。老刘把晓白从地上拉起来，也押进车子，叽咕着说："我就知道要出事！这几个小流氓在咱们门口荡了一个晚上！我老刘就知道要出事！"

几度夕阳红

叁拾肆

THIRTY-FOUR

他在这条人生的长途上，已经走得太长久，太疲倦了。

　　杨明远在书桌上留下了那封长信，就走下了玄关，穿出了大门，置身于阳光灿烂的大街上。四面环顾了一下，阳光和煦地普照着，汽车和行人在街上来来往往地穿梭。天蓝得透明，几片白云悠悠地在天空飘浮，是个美好的秋日下午！他在巷口站了几秒钟，就随便选择了一个方向，漫无目的地走去。走吧！走到何处？他不知道。唯一知道的，是他在这条人生的长途上，已经走得太长久，太疲倦了。

　　一条条的街道，一条条的巷子，纵的、横的、热闹的、冷清的……真正的台北市，似乎辽阔无边。一直这样不断地走着，浑浑噩噩地，一步挨一步，这就是他！杨明远。他对自己苦笑，望着太阳沉落，望着暮色的来临，望着霓虹灯在夜色中骄傲地闪耀。

　　到何处去？他不知道。但他那么疲倦，他觉得自己渴望休息。人，可能失掉很多东西而照样生存，但是，失去了自己怎么办呢？到什么地方去找寻？

　　"先生，坐吗？"

　　一个声音吓了他一跳，然后，他看到路边的一张藤椅子，诱惑地放在他面前。

　　噢！真的，他应该坐一坐，他是那么累了。不经思索地，他坐了下去。于是，他看到他面前有张桌子，桌子背后坐着个戴眼镜的瘦老头，穿着件破破烂烂的灰布褂子。瘦老头推推鼻梁上的眼镜片，对他上上下下地看了一遍，咳了一声，清清嗓子说："先生，好运呀！两眼有光，额头饱满，要发财，多福多寿……"噢！原来是个看相的！他纵声大笑了起来，要发财！多福多寿！从椅子上站起身，他笑得眼泪都出来了，指了指看相的，他说："你知道福与寿在哪儿？你知道人生无福也无寿吗？最起码，这两样与我无缘!"他瞪着那个看相的:"看样子,与你也无缘!"

瘦老头推推眼镜片,目瞪口呆。旁观的一些人笑了起来。杨明远甩甩袖子,掉转身自顾自地走开,他听到人群中有人在说:"是个疯子!不知道是从哪个疯人院里跑出来的!"

他摸了摸几天没有刮胡子的下巴,是吗?自己像个疯人院里跑出来的疯子吗?好吧,疯子就疯子,这个世界上又有几个人不疯呢?问题就在于自己不是疯子,真做了疯子,也就没有烦恼了!但他还有着清醒的头脑和思想,知道自己做过了些什么,把梦竹留给了何慕天,愿天下有情人皆成眷属!他做得多漂亮,多干脆!与其拥有梦竹空空的躯壳,何不索性悄然而退!悄然而退!他脑中陡地一震,是的,他退开了,退到哪儿去?这世界上还有他立足的地方吗?失去了梦竹,也就等于失去了全世界,天下还找得出比他更大方的人,甘愿把自己的世界让给别人吗?

经过了厦门街,来到了淡水河堤,沿着堤走了一段,水面点点波光,月影抱着金色的尾巴在水里摇摇晃晃,倒有几分嘉陵江的味!嘉陵江!多少年前的事了?小粉蝶儿,南北社,"逝水流年,人生促促,痴情空惹闲愁!"——何慕天的词!多少年前了?那时候他得不到的,现在他仍然得不到!是的,何慕天永远比他强!

不知不觉地,他发现自己停在王孝城家的门口了。好吧,这唯一旧日的朋友,也该再见一面,按了门铃,他等待着。门开了,王孝城惊异地接待了他。

"我不久坐。"他神志清醒地说,"我马上就要走!"

"你还要到哪里去?"王孝城问,暗暗地审视着他,"没有再喝醉吧?"

"没有一种酒能让人醉,除非人自愿用痛苦醉自己!"明远喃喃地念着以前一位作家的句子,"没有一种酒能让人糊涂,除非人自愿糊涂!一个真正糊涂的人,就是一个真正清楚明白的人!"他苦笑:"但愿有一天,我能做一个真正糊涂的人!那么也比较容易找到该走的方向!人生,你常常不知道怎么样做是对?怎么样做是错?"

"真的,明远。"王孝城关怀地望着他,递给他一杯茶,"你们的事怎样了？"

"我们的事？"

"你和梦竹。"

"梦竹——"明远似笑非笑地牵动了一下嘴角，"已经解决了。"

"解决？"王孝城不解地问，"怎么解决的？"

明远耸了耸肩。"不属于我的，永远不属于我！"他说，抬起眼睛来看看王孝城，"孝城，一个最贫穷的人，应该做些什么事？我是指各方面的贫穷，包括感情、知识、钱财……各方面！"

"嗯？"王孝城困惑地望着杨明远，一时间不大能了解他的意思。

"我告诉你。"杨明远不等王孝城答复，已经自己接了下去，"对于一个最贫穷的人，一个真真正正最贫穷的人，只有一条路可以走，找一个没有人的山洞，缩在里面别出来……"

"明远。"王孝城打断了他，"你怎么了？打哑谜还是说呓语？"

"呓语？"明远笑了，"孝城，你可曾知道，我们都说了一辈子的呓语吗？好。"他站起身来："我不耽误你，我也该走了。"

"你现在到哪里去？回家吗？"

"回家？"明远怔了怔，又笑了，"对了，回家，回到我来的地方去。"

王孝城不放心地望着杨明远，这人是怎么了？看起来好像不大对劲。他跟着他到大门口，犹豫地问："梦竹——怎样？孩子们——都好吗？"

"大概——总不错吧！"明远说。

"明远。"王孝城迟疑了一会儿，忍不住地说，"好好待梦竹，别——太挑剔她，她——是个难得的女性。"

杨明远看了王孝城一眼，眼色非常之奇怪。脸上那似笑非笑的表情又浮了上来，嘴角尴尬地歪曲着。好半天，才说："嗯，孝城，你放心。我不会再挑剔她了，永远——不挑剔她了。"

"对了。"王孝城比较释然地说，"许多问题，都会慢慢解决的，别弄拧了。一个结，总得慢慢去解，如果弄拧了，就越来越解不开了。是不是？"

"不错，不错。"杨明远不住地点着头，"该解决的事总得解决。"

王孝城又怔了一下，明远今晚说话怎么有点怪里怪气？不过，他接着就释然了。本来，明远就是这种调调的。站在大门口，他看了看天，说："给你叫辆车。"

"不。"明远阻止了，"我想走走，刚刚——我从淡水河堤走过，你觉不觉得淡水河有点嘉陵江的味道？"

"淡水河？"王孝城皱皱眉，"我一点也不觉得，淡水河和嘉陵江唯一相似的地方，是淡水河有水，嘉陵江也有水。"

"对了！"杨明远似乎很高兴，"有这一点相似就很好了，很够了。你不能希望世界上有两样完全一样的东西。"他放开了脚步："再见——孝城。"

"等一等。"王孝城不安地喊，"你现在是回家，还是到别的地方去？最好——别让梦竹在家里等得发愁，是不是？"

"嗯。"明远又笑了，"不会让她等，以后都不会让她等。"他忽然收起了笑，深深地注视着王孝城说："孝城，说一句实话，我常觉得，梦竹会让别人在她面前都变得渺小了，她任劳任怨，合情合理……把一切好事都占了，使别人在她面前显得寒碜。"

"这——总不该是她的缺点吧！"

"当然。"杨明远说，"我只是说明一句，我实在——配不上她。当初南北社任何一个会员娶了她，都比我强。"

"你怎么能这样说？明远？"

"这是我心里的话。"杨明远低声说，"不过，我爱她，一种绝望的爱——毫无办法的爱，我试过，但我无法不爱她。"他吸了口气，"好了，再见，孝城。"

"再——见。"王孝城说着，仍旧站在门边，望着杨明远有些踉跄的步子和那瘦长的、孤独的、在街灯照射下移开的身影。心底模模糊糊地有种近乎怜悯和同情的情绪，又有更多的不安。一直等到杨明远的影子转过了街角，再也看不见了，他才回过身子，关上房门，不知所以地叹了口长气。

杨明远踏着夜色，一脚高一脚低地回到了淡水河边，沿着河堤，他茫茫然地踱着步子。是的，淡水河与嘉陵江唯一相似的地方，是淡水河有水，嘉陵江也有水。他走下了河堤，在岸边缓缓地走着，草深没胫，虫鸣唧唧，秋风在水面低唱。嘉陵江边的一夜，他救了梦竹，梦竹倒在他的怀里，哭着喊："请你让我死！请你让我死！请你让我死！"

他还记得那小小的战栗的身子，如何在他的胳膊中挣扎抽搐。死，死又是什么？他在一块石头上坐下来，用手托着下巴，瞪视着波光荡漾的河面。

"死，死又是什么？"他轻轻地自问，又自己答了，"一种解脱，一种长时间的睡眠，一种混沌无知的境界。"

"美吗？"他再问。

"应该是美的，最起码比人世美。无知就是美丽——因为无忧无愁无憎无欲无求无烦恼。那时候，可以真正地休息了。"

"你确定另一个世界是混沌无知的吗？"他再问。

"不，不能确定。"他自己答了。

"假若另一个世界比人世更纷杂、更苦恼、更充满了问题，那又怎么办？"

他纵声地笑了。

"那么，你就永远别想'逃避'了！人生最大的逃避就是从这个世界逃向另一个世界，假若逃到另一个世界却比这世界更纷扰，那不是过分地可悲了吗？"他仰头向天，仍然在笑着，大声地说，"人类，该往何处去？"

他的笑声和语句被风卷走了，干而涩地消失在水面。于是，他听到不远的地方，草丛中有着响动，大概是蛇吧！他对草丛里望过去，不是。原来是一对青年男女，正在喁喁地诉说着情话。

显然，他惊动了他们，他听到女的在问："那个人坐在那儿干什么？"

"发神经吧，别理他！"男的说。

发神经！本来就是发神经！整个世界都在发神经！他迷迷糊糊地想着。岂独我在发神经，你们不是也发神经吗？什么地方不好去？要在这淡水河边的草丛里喂蚊子？

"我猜……"女的说了，"他碰到了什么伤心事！"

"你别爱管别人的闲事！"男的说。

"理他干吗！看着我！"接着，是女的一阵轻笑和低低的一句："噢，你没刮胡子！"

　　杨明远又纵声地笑了起来，多滑稽！他们在草丛中研究有没有刮胡子，却骂他是发神经，真不知道谁在发神经！

　　"你听，他在笑。"女的说。

　　"你怎么对他那么有兴趣？"男的说，"别理他。坐过来一点，唱一支歌给我听。"

　　"唱什么？"

　　"随便。"

　　女的唱了，轻轻地，低柔地，一字一字地：

> 我走遍了茫茫的天涯路，
> 我望断了遥远的云和树，
> 多少的往事堪重数，
> 你啊，你在何处？
> ……

　　他听呆了。用手托着头，愣愣地望着河水。"我走遍了茫茫的天涯路，我望断了遥远的云和树，多少的往事堪重数，你啊，你在何处？"歌声在水面回旋，往事在水面回旋，曾有过的梦和失落的梦都在水面回旋……泪水慢慢地滑下了他的面颊，跌落在草地上。人，怎能失落一切，失落得干干净净，像他这样？用手捧住头，他哭了。

　　"哦。"那个女的又说话了，"听！听！那个人在哭。"

　　"是吗？"男的说。

　　"我们走吧！"女的显然不安了，"有个疯子在那儿，怪可怕的。"

　　草地上一阵声音，他们站起来了。手挽着手，他们离他远远地走过去，女的披着长长的头发，走了一段，还回头来看看他。男的把她拉走了，他听到那女的低而柔的一声："你说，他会不会自杀？"

　　他们走了。他仍然坐着，那女的温柔的语气引起他内心一阵激动，一个陌生的女孩子！似乎也寄予了他一份同情。他又笑了，他嫉妒她身边的男孩子！有情的人是幸福了，老天保佑他们！但愿"我走遍了茫茫的天涯路，我望断了遥远的云和树……"只是唱来取悦对方的。但是，谁保证二三十年后，他们中的一个不会坐在水边凭吊着今天？

　　夜深了，他站起身来，抖落毛衣上沾的露水。现在，做什么呢？该去了。另一个世界不见得比这一个世界好，但，最起码，另一个世界是他所陌生的。慢慢地，他踱向水边，可是，等一下，有人来了。一道强烈的电筒的光线落在他脸上，闪了他的眼睛，他吃了一惊，愤怒地说："谁？"

　　"你在这儿干什么？"来人走近了他，是个警员。

　　"不干什么。"他说。

　　"那么，跟我来。"

　　"凭什么？"他反抗地说，"我爱站在这儿。"

　　"站在这儿做什么？"

　　"想问题。"

　　"好吧，有问题别在这儿想，换个地方如何？到我们那儿去谈谈。"警员的神态倒是和颜悦色的。

　　"别管我！"他暴躁地说，"我刚刚想通。"

　　"想通什么？"那警员显然是管定了闲事。

　　"想通了——"他冒火了，"你是个浑蛋！"

　　"好。"那警员的手一下扣上了他的手腕，立即攥得紧紧地不放，说，"果然是个疯子，我还以为他们胡扯呢！来吧！跟我来！"

　　"我是疯子？"明远气得浑身发抖，"那么你也是疯子。"

　　"好吧，就算我是疯子，你跟我来！"

　　"我不去！"明远挣扎着说，"我告诉你，你要捉疯子的话，满街的人都是疯子，这世界上没有一个人不疯，整个地球就是一个大疯人院，我现在已经待在疯人院里了，你还把我往哪儿捉？"

　　"瞧。"那警员自言自语，"满口疯话都出来了。"他把杨明远的手腕扣得更紧，温和地、劝解地说："跟我来吧，我们不会把你关进疯人院去！"

"见了鬼！"明远叫，"疯了的不是我，是你！你抓住我做什么？白耽误了我的事情！"

"耽误了你什么事？"

"去认识一个陌生的世界！"

"好，好，跟我去认识吧！"

"放开我！"明远恼怒地大吼了起来，"我不是疯子！我不是疯子！"

另一道电筒的光落了下来，第二个警员出现了。

"怎样？老李！"新来的警员说，"是不是疯子？"

"是的，是的，去多叫几个人来！"第一个警员一迭连声地说。

"不是，不是！我不是疯子！"明远大叫，拼命地想挣扎出那警员的掌握，那警员却死死地扣住他不放，两人在岸边挣扎着。接着，许许多多人都跑了过来，包括另外两个警员和许多看热闹的人。明远发现自己已陷入了重重包围，跳着脚，他只能不断地大吼大叫："我不是疯子！我不是疯子！我不是疯子！"

一个警员取来一副手铐，他被铐住了。于是，他就在大吼大叫声中，被推搡着、拉扯着、簇拥着向堤上走去。

梦竹握着明远的信，带着一份慌乱而凄迷的心情，在街上胡乱地走了一段时间，接着，她站住了。拭干了泪痕，她深深地呼吸，试着去思想和分析。这样茫无目的地寻找，就是跑遍台北市，也未见得能找到。然后，她想起了王孝城。或者，明远会去看王孝城！更或者，王孝城会留下他，这念头一经来到她的脑中，她就变得迫不及待了。叫了一辆三轮车，她跳了上去，匆匆地报出了王孝城的住址，一面急急地催促着："快一点！快一点！"

车子如飞地停在王孝城的门口。王孝城惊愕地接待着她，诧异地说："怎么？这么晚——"

"明远呢？明远来过没有？"梦竹急切地问。

"是的，他——还没有回去吗？"

"他什么时候来的？"

"大约一个多小时以前。"

"现在呢？"

"我不知道呀，他没有回去吗？"王孝城诧异地望着梦竹。

"他走了！他不会回去了！"梦竹语无伦次地说，"他再也不会回去了，他走了！不知道走到什么地方去了。"

"你别慌。"王孝城安慰地说，"慢慢地说，到底是怎么回事？"

"你看！"梦竹把那始终握在手中的一束信纸往王孝城手中一塞，"他留下了这个，就这样走掉了。不知道走到什么地方去了。"

王孝城迅速地把那封长信看了一遍，然后抬起头来，深思地望着梦竹。怪不得明远的神情那么奇怪！怪不得他说话那样隐隐约约的，像在打哑谜一样！自己竟糊涂到听不出来！从椅子里跳起来，他拉住梦竹说："走！快！我们找他去！"

"你知道他在什么地方？"梦竹仰起脸来问，心中燃起了一线希望。

一句话把王孝城问住了，台北市那么大，天知道他在什么地方？何况，他还很可能根本就离开了台北市！但是，等一等！他用手拍了拍额头，明远说过些什么话？他在记忆中搜寻：一个最贫穷的人，应该做些什么事？无人的山洞……缩在里面别出来……回家，回到来的地方去……淡水河和嘉陵江……他猛地打了一个寒战，不祥的感觉迅速地抓住了他。

"糟糕！他一定……"

"他怎么？"梦竹急急地问。

王孝城摇了摇头。

"走吧！快！我们去找找看！"

走出房门，奔向了大街，王孝城叫了一辆计程车，直驰向淡水河堤。下了车，他拉着梦竹沿着堤边走去。梦竹开始战栗，她知道王孝城在想些什么。抖索着嘴唇，她口齿不清地问："为——为——什么——到——到——河边来？"

"他提起淡水河。"王孝城说，一面在河边搜寻地望着，"他提到淡水河和嘉陵江，还说了些奇奇怪怪的话。"

梦竹的心脏向地底下沉去，她了解这几句话的背后藏着些什么可怕的东西。她的头发昏，手心中冒着冷汗，眼睛模糊，步履蹒跚。明远，明远，别做傻事！明远，明远，你还年轻，你画家的梦想还没有实现！明远，你为什么想不开？你为什么不和我当面谈清楚？你为什么不把你所有心里的话告诉我？风在呜咽着，河堤边冷清清的。夜色已深，越向前走就越荒凉，水面黑黝黝的。明远，你在哪儿？你在哪儿？

一群人向前跑去，一对青年男女引颈向前面望，两个警员煞有介事地也往河边跑。出了什么事？河堤边闹哄哄地围着一大群人，有人在喊叫，警员在镇压……

"有人投了水！"王孝城说，抓住梦竹的胳膊，下意识地想阻止她继续前进。

"不，不！"梦竹呻吟着，虚弱地吊在王孝城的胳膊上。"不，不！"

"不是。"青年男女中的一个开了口，"不是投水，是一个疯子。"

"疯子？"王孝城透了一口气。

"是的。"女的说，"一个又哭又笑的疯子，警察正在捉他。"

那群人走近了，围着的人指指戳戳，警察在吆喝着阻止人群靠近。而那个"疯子"，戴着手铐，正在重围中暴跳如雷地大吼大叫："你们才是疯子！你们是一群疯子！我要告你们妨害人身自由！把你们一个个捉起来，全关到疯人院里去"

"噢！"梦竹惊喊，用手揉着眼睛，泪珠扑地滚落，"是明远！是明远！"她喊着，笑了起来，笑着又哭："是明远！是明远！"她奔了过去，分开人群，不顾那拦阻的警察，一直扑到明远的面前，抓住了他的手，悲喜交集，竟语不成声："明远！你让我找得好苦！"

杨明远正骂得火冒十八丈，看到一个女人扑向自己，以为又来了一个疯子，等到看清楚了，不禁愣住了，站在路边，他愣愣地发起呆来，王孝城正和警员大办交涉。梦竹仰起了满是泪痕的脸，看到杨明远那满头乱发，胡须遍布的样子，不禁又痛又怜又辛酸。摸了摸他骨瘦如柴的手背，她像安慰一个流浪已久而回了家的孩子，低低地说："都好了。是不是？明远，一切都过去了，我们回家吧！"

几度夕阳红

叁拾伍

THIRTY–FIVE

"我没有希望他死，我从没有希望他死。"

　　晓彤呆呆地坐在窗口，瞪视着窗外黑暗的夜色。泪，已经流尽了。伤心，也伤够了。现在，剩下的只是空空洞洞、虚虚无无的一份惝惶的情绪。家，那样地寂寞，那样地荒凉，无论哪间屋子，盛满的都是孤寂。没有人影，没有声音！爸爸、妈妈、晓白，都不知到何处去了。爸爸，她心底一阵抽搐，那不是她的爸爸！但是，不要想，还是不要想，什么都别想，让那思想的小妖魔睡觉吧，安眠吧，死亡吧！她什么都不要想！

　　时间过去了多久？她不知道。她只知道夜已经深得不能再深了。门口终于有了动静，她听到计程车停下的声音，听到开车门的声音，听到王孝诚的声音在喊："好了，相信你们不会再出问题了，好好地休息休息吧！再见！"

　　计程车又开走了。大门被推开，又被关上。她寂然地坐着不动，望着明远和梦竹跨进房来，明远的脸上充满了疲惫，但眼睛却是焕发而明亮的。梦竹呢？晓彤无法了解她脸上那种奇异的神情，她看起来几乎是平静的，闪烁的眼睛中有着悲壮的、牺牲的光芒，还有坚决和果断的表情。这坚决和果断的神情对晓彤来说是并不陌生的，每次当母亲有重大的决定的时候，这种神情就会出现。坐在那儿，晓彤木然地瞪视着母亲。梦竹乍一看到晓彤，似乎愣了愣，她几乎已经把晓彤遗忘了。

　　"晓彤——"她犹豫地叫了一声，心中迅速地思索着问题。

　　晓彤抬了抬眼帘，闷声不响。

　　明远走了过去，在一张椅子里坐了下来，望了望梦竹，又望了望晓彤，一层尴尬的气氛很快地在室内弥漫开来。显然梦竹面对着晓彤，就有些不知所措，而明远，在经过了这么许多事情之后，也就难于说话了。大家都僵持了一阵，然后，还是梦竹最先能面对现实地打破了这份岑寂："晓彤，就你一个人在家？"

晓彤沉默地点点头。

"晓白呢？"

晓彤摇摇头，轻声而冷漠地说："还没有回家。"

梦竹走到晓彤面前。趁晓白不在家，必须把握机会和晓彤谈清楚！把一只手温和地按在晓彤的肩膀上，她竭力使语气慈和亲切："晓彤，我跟你说——"

只开口说了一句，她就顿住了。晓彤睁着那对黑白分明的大眼睛，默默地望着她。那张平日那么柔和温顺的小脸庞现在显得如此地冷淡和疏远！那微微抹上敌意和忍耐的眼睛使她本能地打了一个冷战。于是，她陡然地失去了冷静，晓彤让她神经痉挛，她能容忍许许多多的东西，容忍明远的折磨，容忍和何慕天的再度断绝，容忍生活的痛苦……但是，就是无法容忍晓彤的疏远和冷漠！这是她的小女儿，她心爱而深爱的小女儿！她可以失去全世界一切的东西，却不能失去晓彤！一把握住了晓彤的胳膊，她摇着她，激动地喊："不要这样，晓彤！不要对我敌视，我那么喜欢你、那么爱你、那么渴望给你幸福！"

"妈妈呀！"晓彤喊了一声，顿时扑进了梦竹的怀里，一时间，酸甜苦辣齐集心头，自己也分不清是何滋味。只觉得渴望保护、渴望温存、渴望有人安慰和了解。梦竹的一句呼喊又消除了母女间那条界线，重新成为世界上唯一能安慰和保护她的人！把头埋在梦竹的怀里，她抽泣着喊："妈妈，妈妈，我该怎么办呢？"

梦竹把晓彤的头扶了起来，用两只手捧着她的脸，望着那孤独无助而泪痕狼藉的脸庞。母性的保护感在她胸头蠕动，拭去了晓彤的泪，她自己也泪眼迷蒙，叹了口气，她说："晓彤，别哭，都是妈妈不好。"

晓彤哭得更加厉害，心里在剧烈地痛楚着，不只是为了自己是个私生女的事实，还为了魏如峰的事，在一天之内，经过两度剧变，她已经分不清楚到底哪一个打击对她更严重些，只觉得一肚子的酸涩，一肚子的苦楚，必须痛痛快快地哭一场，哭尽自己的悲哀和绝望。

"晓彤。"梦竹咽下了哽在喉咙里的硬块，尽量维持声调的平稳，"不要哭，晓彤。等有机会，我会告诉你一个故事——人生总会有许许多多的故事的。晓彤，别哭。你知道了一个秘密。十八年来，大家都费力瞒着你，因为怕你受到伤害。现在，你知道了，别鄙视你的母亲，也别——疏远你的父亲。"她咬咬嘴唇，牵着晓彤的手，把她带到明远的面前，她在做一项冒险的尝试："晓彤，这是你的爸爸，他明知你不是他的亲生女儿，却养育爱护了你十八年，世界上还有比他更好的父亲吗？"晓彤站在那儿，止住了泪，望望梦竹，又错愕地看看明远，她的心中乱糟糟的，头里也昏昏沉沉，根本就无法运用思想，也不知道该如何处置面前的局面。梦竹的眼睛已经从晓彤的脸上移向了明远的脸上，带着一抹切盼的神情，她又说："晓彤，所有不快的纷扰都已经过去了，别再去想它。我们这个家，在风雨飘摇中建立，十八年来，辛辛苦苦地撑持，决不应该在一个突然的风波中破碎。事实上，我们每个人之间的关系都不那么单纯，我们是一个整体，不容分割。晓彤，你能不恨你的父母吗？晓彤，告诉我，你恨我吗？"

"噢。"晓彤困扰地摇着她的头，"妈妈！"

"告诉我。"梦竹拂开她额前的短发，望着她的眼睛，"你恨我吗？"

"噢，妈妈！"晓彤喊，"你明知道！你明知道！妈妈！我怎么能恨你？我怎么能恨你？妈妈！只要——只要——你永远喜欢我。"

梦竹把晓彤的头按在自己的胸口上，轻轻地抚摩着她的背脊。从晓彤的肩膀上望过去，她的眼光和明远的接触了——她立即知道有什么事发生。她在明远的眼睛里看到了谅解和深情。她悄悄地腾出一只手来，伸给明远，明远握住了她，一切的风波、不快、误解、吵闹……都过去了。留下的是一份平平静静、安安稳稳的柔情。同时，何慕天的影子从梦竹眼前一掠而过，在她心头带过一抹尖锐的痛楚，她的眼睛湿润了。她知道她埋葬了什么，人的一生，可能会恋爱许多次，也可能只有一次，她，只有一次！而且必须结束了。现在在她面前的，不是一个爱人，而是一个伴侣，一个共过许多患难，还要继续共一大段人生的伴侣！至于另外那个男人呢——她在十八年前得到了他，又失去了他。她在十八年后的今天，再度得到他，又再度失去他！人生，许多事都没有什么道理可讲，"得"与"失"不过是一念之间。但，谁又能严格地划分"得""失"的界线呢？拍抚着晓彤的背脊，她感觉得到晓彤那轻微的悸动。她这一代，是恩也好，怨也好，幸也好，不幸也好，都已经过去了。对一个母亲而言，只有希望自己得不到的，下一代能得到，自己所没有的，下一代能拥有，她还能有比这个更大的愿望吗？含着泪，她低低地说："晓彤，大家都喜欢你，大家都爱你。别再胡思乱想，关于你——你的身世，我会和你详谈，我只希望你——不太——不太介意。我那样喜欢你，那样怕伤害你。你的生命还很长，要追寻的东西还多。但愿你以后的生命中只有欢笑，没有愁苦。魏如峰是个好孩子，他一定能爱护你……"

晓彤像触电一般陡地浑身战栗。她把头一下子从母亲怀里抬了起来，喉咙沙哑地、神经质地叫："不要提到他！永远不要提到他！"

梦竹怔住了，半晌，才诧异地说："怎么？晓彤？"

"别提他！我和他已经完了，妈妈。"晓彤喊着，泪水冲进了眼眶里，到现在，她才衡量出来，魏如峰在她心头留下的创痕竟比自己身世暴露的痛苦更加深重，泪水汹涌地奔流了下来，杜妮的脸像银幕上的特写镜头般在她眼前浮现，她哭泣着喊："我再也不要听他的名字！妈妈！我再也不要听他的名字！"

"晓彤。"梦竹更加惊愕，"如峰怎么了？别傻，这些事与如峰一点关系都没有！"

"不！不！不！"晓彤胡乱地喊着，"他是一个魔鬼！我恨他！我恨透了他！我今生今世再也不要见他！"

"原因呢？"梦竹问，"为什么？晓彤，为什么你突然间那么恨他？"

"他是魔鬼！他是魔鬼！他是魔鬼！"晓彤一迭连声地喊着，"没有比这个更可怕的，妈妈！我不能再见他了，妈妈，我恨他！我真的恨他！恨不得他死掉！"她用手蒙住脸，大哭起来："妈妈，他欺骗了我。"她泣不成声："他欺骗了我！"

"欺骗？"梦竹更昏乱了，"你说清楚一点好不好？他怎么欺骗了你？"

"我不能说！我不能说！我不知道怎么说！"晓彤绝望地摇着头，"你去问晓白！晓白都知道！噢！妈妈！为什么爱情是这样的？为什么生命如此悲惨？为什么？妈妈——"

为什么？又是那么多为什么，但是，梦竹根本就糊涂得厉害，怎么魏如峰又欺骗了晓彤？而晓白都知道！这之中到底是一笔什么账？她望着痛哭不已的晓彤，又抬头看看明远。明远还没有从他激动的思潮中恢复，对于梦竹母女间的对白，他只听进去了一半。他眼睛里只有梦竹，心里想的也只有梦竹。梦竹，他的爱人、妻子、伴侣及一切！别的他根本无法去关心，但是，晓彤在哭些什么？

"晓彤。"梦竹试着去劝慰她，"你是太疲倦了，最近发生的事情把你搅昏了，慢慢就会好的。如峰不是个负心的孩子……"

"不，不，不！"晓彤喊，"妈妈，你不了解，你完全不了解！他欺骗了我，他……他……他……他有一个舞女……"她放声大哭，再也无法说下去。

"舞女？！"梦竹骇然，"到底是怎么回事？"

一阵汽车声、人声，大门外有人猛烈地打门。梦竹无暇再追问晓彤，这么晚了，还有谁来？晓白吗？似乎不会如此嘈杂，来的人仿佛不止一个。打门声更急了。明远走去开了大门，一群警察一拥而入，怎么又是警察！明远先就有了三分气，难道还要把他当疯子抓起来吗？他没好气地说："你们要干什么？"

"这儿是不是杨明远的家？"一个警员严肃地问。

"是的，又怎样？杨明远犯了法吗？"

"你就是杨明远？"

"不错！"杨明远昂了昂头，"怎么样？"

"别那么不客气。"警员生气地说，"看你的样子就教育不出好的子女来！"

"我的样子和我的子女有什么关系？"明远更加有气。

"杨晓白是你什么人？"

"儿子！我的事怎么又拉扯上了他？"

"你倒没事。"警员说，"你的儿子出了事！"

梦竹冲到了玄关门口来，心往下沉，鼓着勇气，她问："晓白——晓白怎样了！他——在哪儿？"

"他——"警员一字一字地说，"杀了人！"

梦竹眼前一黑，慌忙伸手抓住纸门的边，心中在下意识地抵制着这个事实，不会！不会！是他们弄错了，不是晓白！不是晓白！晓白决不会做这种事！晓白虽然脾气有点火爆，但他那么善良！不是他，一定不是他！挣扎着，她想出一个问题："他——杀了谁？"

"一个青年，一个名叫魏如峰的青年。"

屋子里一声呻吟，梦竹冲到房门口，晓彤面如死灰，瞪着大而恐怖的眼睛，摇摇欲坠地站着，再发出一声呻吟，她低低地说："我没有希望他死，我从没有希望他死。"

闭上眼睛，她昏倒在榻榻米上。

在急诊室的门外，何慕天已经抽到第十一支香烟了，整间候诊室都被烟雾弥漫着。在靠窗的长椅上，晓彤像座小小的石膏像般坐在那儿，不动，也不说话，不哭，也不流泪。梦竹坐在她的身边，脸色比女儿更苍白，却用双手紧紧地握着晓彤的手，似乎想将她所剩余的、有限的勇气，再借着交握的双手灌输进晓彤的体内去。杨明远背负双手，不住地从房间的这一头，踱到那一头，又从那一头踱回来，使满屋子都响着他的脚步声。何慕天深深地吸了一口烟，下意识地看了杨明远一眼，初见面的那份难堪已消失了，留下的是疏远和无话可谈的冷淡。魏如峰的生死问题吸走了他们每一个人的注意力，空气沉重而严肃，反而冲淡了他们之间的尴尬。

急诊室的门开了，一位护士小姐急匆匆地走了出来，何慕天的香烟停在唇边，杨明远也忘记了他的踱步，晓彤的脸色更加苍白，黑眼珠灼灼地盯在护士小姐的脸上。梦竹下意识地握紧了晓彤的手，几乎把全身的力气都用到那一双手上。何慕天哑着嗓子问："怎样？小姐？"

但，那护士小姐头也不回地走了，立即，她们推了一瓶血浆进急诊室，那扇镶着毛玻璃的门又合上了。何慕天又大口大口地抽着烟，杨明远恢复了他的踱步，晓彤重新垂下了头，梦竹长长地透了一口气，血浆，显然情况不妙，但，最起码，他还活着！

时间过得那么缓慢，又那么迅速。天亮了！窗外，红色的朝霞逐渐退尽，耀目的阳光灿烂地四射，又是一天开始了！每一天，都有生命诞生，也有生命结束，这新的一天，是象征着生还是死？急诊室的门终于推开了，疲惫万分的医生从门里走了出来，白色的衣服沾满了血迹，斑斑点点，像一张惊人的新派画！何慕天咬住了烟蒂，紧张地问："怎样？大夫？"

"现在还很难讲，不过情况不坏，如果今天晚上病情不恶化，大概就没问题了。"何慕天从嘴里取出了烟，一时间，竟忘了向医生道谢。魏如峰被从急诊室推了出来，白色的被单盖着他，只露出了头和双手，血浆的瓶子仍然悬挂着，针头插在手腕的静脉里。大家都不由自主地跟着病床走进了病房。何慕天望着魏如峰被安置好了，回过头来，他看到晓彤，呆呆地站在床边，凝视着面如白纸，人事不知的魏如峰。梦竹站在她身边，正在轻声地说："别急，晓彤，他不会有事的，一切都会好转，相信我，晓彤。"

晓彤仍然呆呆地站着，一语不发。

杨明远走了过来，拍拍梦竹的肩，说："怎么样？我们是不是应该到警察局去看看晓白？"

一句话提醒了梦竹，是的，她还有一个扣留在警察局里的儿子！她该走了！放开了握着晓彤的手，她略微犹豫了一下，晓彤已抬起头来，安安静静地说："妈妈，我可以留在这儿吗？"

"好的，晓彤，你留在这儿。"梦竹说，"我先走了。"回过头来，她的眼光和何慕天的接触了，她顿时全身一震，那是一种充满了询问意味和祈求的眼光，是包含了成千上万的言语的眼光，但，她逃避了，她迅速地调开了自己的视线，而把手插进杨明远的手腕中，轻声地说："我们走吧！明远。"

何慕天目送杨明远和梦竹走出病房，目送梦竹瘦瘦弱弱的背影消失在门外的走廊里，觉得心脏收缩绞紧而尖锐地痛楚起来。他明白了，明白得非常清楚，梦竹不会再属于他了，永远不会属于他了。十八年的夫妇关系是一条砍不断的锁链，他无权，也无能力去砍断它。上帝曾经给过他机会，他失去了，现在他没有资格再做要求。调回眼光来，他的视线落在晓彤和魏如峰的身上。晓彤正坐在床前的一张椅子里，痴痴地注视着魏如峰，俯下头来，她轻轻地把面颊贴在魏如峰的手背上，像耳语般低低地说："我从没有希望你死，从没有。”

何慕天的眼眶湿润了，看了看睡得很安稳的魏如峰，他知道他不会死，因为他还不到该死的时候，他太年轻，有一大段美好的生命在等着他，还有一份美好的爱情在等着他，他不能死！他一定得活着！必须活着！

轻轻地叹息了一声，他转过身子，走出了病房，这儿，不需要他了！他也该去看看那被当作证人扣留在警局的霜霜。走到了病房门口，他再回头看了一眼，那两颗年轻的头靠得那么近，这是爱的世界，他含着眼泪笑了。

魏如峰的知觉在一个虚无缥缈的境界里徘徊、飘荡。时间不知道过去了多久，他逐渐地清醒，逐渐地有了意识，有了感觉，有了生的意志。痛楚对他卷了过来，彻骨彻心的痛，由于痛得太厉害，他甚至不清楚痛的发源处是在哪儿。他呻吟、蠕动、挣扎……于是，他感到有一只清凉而柔软的小手压在自己灼热的额头上，多么舒适而熟悉的小手！他费力地要弄清楚，这是谁？努力地睁开了眼睛，他看到的是模模糊糊的一片浓雾，雾中有一张似曾相识的脸庞，在那儿飘浮移动。他刚刚要看清楚，一层雾涌了过来，把什么都遮盖，于是，他又觉得痛楚。再睁开眼睛，他继续努力去搜寻那张脸庞，他看到了，找到了！温柔的眼睛，小小的脸庞……这是她！他摇摇头，想把自己的幻象摇掉……再睁开眼睛，她还在那儿，唇边有一个楚楚可怜的微笑，整个人影像潭水中晃动的倒影。他的嘴唇干枯欲裂，虚弱地，低低地，他吐出两个字的单音："晓彤。"

立即，他听到一个细细的、可人的声音在说："我在这儿。"

她在这儿！她在哪儿？他瞪大了眼睛，晓彤的脸在晃动，水波中的倒影，摇荡着，伸缩着……他固执地盯着那动荡不已的人影，呻吟着说："是你吗？晓彤？你在哪儿？"

"是我。"一只小小的手伸进了他的手掌中，一张小小的脸庞俯近了他，两颗大大的泪珠跌碎在他的面颊上。像是突然遇到了一剂清凉剂，他陡地清醒了。是的，她在这儿，她在这儿，她在这儿！那张美丽的小脸那么苍白！那对乌黑的眼珠那么清亮！那薄薄的嘴唇那么可怜！他又觉得痛楚，这次，不是伤口的痛楚，而是心灵深处的痛楚。他的晓彤，他几乎失去了的晓彤，竟真的停留在他的床边？他转动着眼珠，试着去回忆发生过的一切，霜霜、晓白、争执、打架、小刀……他感到猝然一痛，眼前又混乱了，晓彤的影子再度像浸在潭水里一样摇晃了起来，并且在扩大涣散中……他紧张地抓紧了晓彤的手，祈求而慌乱地喊："别去！晓彤，别离开我！请你！"

"没有。"晓彤轻轻地说，拭去了眼前的泪雾，再用小手绢擦掉魏如峰额前的冷汗，她在床边已经停留了整整十二小时了，"我没有走，我在这儿。"她低声地说着，望着魏如峰发着热的眼睛："我不离开，真的，我再也不离开你了。"

他定定地看着晓彤，思想逐渐明朗清晰，他真的醒了。

"晓彤！"他不信任地喊，"真的是你？"

"是的，是的，是的。"晓彤连声地说，"你没有看见吗？我在这儿！"

"完完全全的你？"魏如峰问。

"当然，完完全全的。"晓彤说，眼泪在眼眶中打转，但努力试着去微笑，"完完全全的，如峰，没有少一根头发，完完全全的！"

"真的吗？"魏如峰的声音在颤抖，泪水涌进了他的眼眶中，"不再恨我？怪我？晓彤？"

"噢！"晓彤轻喊，"别提了！让它们都过去吧！让那些可怕的事都不存在！你会很快地再好起来，我们再一块玩……"

"我会吗？晓彤？"他虚弱地苦笑了笑。

"你会！你会！你会！"晓彤喊着，泪水迸流，"你一定会！你要好起来，一定要好起来！"伏在床沿上，她再也无法忍耐，痛哭失声，一面哭着，一面喊："你会好的，如峰，你一定要好起来！"

魏如峰抚摩着晓彤柔软的头发，他知道他的情况并不乐观。下一分钟，他可能又要丧失知觉——或者死亡。他必须把握这清醒的一刻，把心里要说的话都说出来。他低低地喊："晓彤，听我说！晓彤！"

晓彤哭泣着抬起泪痕遍布的脸来。

"别哭，晓彤，也别难过。"他凝视着晓彤泪光莹然的眼睛，"如果我已经走到了生命的尽头，能够有你的两滴眼泪，我死亦瞑目……"

"噢!"晓彤喊,"这是残忍的!你要好起来!你一定会好起来……"她抽噎着,泣不成声。

"听我说,晓彤。"他尽量维持着清醒,"能看到你,知道你已经原谅了我,我还有什么不满足?晓白这一刀,能换得你来看我,我就认为挨得太值得了!晓彤,人,都有一时的迷失,是不是?我曾经迷失过、荒唐过,像杜妮……"

"别提了!如峰,不要再提了!"

"好的,不提了!"魏如峰喘了口气,"晓彤,让那一个坏的魏如峰被晓白杀死吧,让那个好的我留下来!干干净净的我、纯纯洁洁的我、能够配得上你的我!"

"哦,如峰,哦!"晓彤哭着喊,把面颊贴在魏如峰的脸上,眼泪弄湿了魏如峰的脸,流进了他的嘴里,"我从没有恨过你,如峰,我从没有!"

"是吗?"魏如峰微笑了,"还能有比这句话更美丽的话吗?晓彤,我从没有觉得我的生命像现在这样充实过!"

"以后,你的生命都会充实了,是不是?"晓彤提着心问。

"还有以后吗?"

"有的,一定有!"

魏如峰深深地叹了口气,他的意识在涣散,视力在模糊……他知道他又将失去知觉和思想,甚至于生命……他渴切地说:"晓彤,让我看看你!我看不清你!"

晓彤抬起头来,靠近魏如峰,半跪在地板上,让魏如峰的脸和她的只距离一两尺。魏如峰的眼睛在她脸上上上下下地逡巡着,然后,他低声地说:"为我笑一笑,晓彤,我好久没看到你笑了。"

晓彤笑了,含着泪笑了。

"你真美!"魏如峰说,视力渐渐地模糊,思想也在逐渐地消失,"你真美!真好!真可爱!"他闭上了眼睛,像是睡着了,好半天,才又轻轻地叫:"晓彤!你在吗?"

"在。"

"完完全全的？"

"完完全全的！"

"心呢？也在吗？"晓彤把他的手按在自己的胸口上。

"在这儿！和我的人在一起！"

魏如峰的嘴角浮起了一个平静的微笑，头安安静静地倚在枕头里，他睡着了。晓彤在床边默立了好几分钟，然后，她放下他的手来，把棉被给他拉好。她就坐在一边望着他。好久好久，她忽然惊跳了起来，魏如峰的脸色显得那么平静，平静得奇怪。他完了！她迅速地想着，嘴唇失去了血色，伸过手去，她战栗地把手按在他的额头上。额上是清凉的，本来的灼热已经没有了。她的心向地下沉，他完了！她昏乱地想，发狂般地按着叫人铃。

护士来了，医生也来了。医生拿起魏如峰的手来诊了诊脉，又试了试他的热度，然后，他抬起头来，望着战栗着的晓彤，慢吞吞地说："小姐，你可以不再流泪了。恭喜你，他已经平安地度过了危险期。"晓彤愣了两秒钟，接着，她仰首向天，低低地说："我知道他会好，我知道他一定会好！"

双腿一软，她晕了过去。

几度夕阳红

尾声

END

════════

夕阳每天都一样地红，人生已经不知几经变幻！故事会完吗？

　　一九六三年秋。这是中部的一座小山，山上有一座规模还不太小的佛寺。寺中的主持人是个老和尚，名叫逸云法师，为人十分诙谐幽默，因为博览群书，所以学问和风度都很好，而且非常健谈。另外，逸云法师还酷爱下围棋，如果碰到了势均力敌的对手，他可以一下就是七八盘，连念经打坐的时间都忘得干干净净。这是个秋日的黄昏，在寺门前面的一棵老松树之下，逸云法师又在下围棋了。他的对面是一个四十六七岁的中年男人，穿着件中式的长衫，两鬓微斑，个子颀长，有一对深湛的眼睛，看起来恂恂儒雅，像一个哲学家。

　　"叫吃！"逸云法师下了一颗棋子，十分得意，指指棋盘说，"你瞧，这一颗子把这整个棱角的颓势都挽救过来了，你这个角又丢了。看样子，这盘你没什么希望，金角银边草肚皮，你就是肚子大，角和边都完了。"

　　何慕天一声不响，慢吞吞地在棋盘上落了一颗子，逸云法师皱皱眉，伸长脖子，研究了大半天，一拍膝头，叹口气说："糟糕！马失前蹄，这一下完了！"

　　"所以——"何慕天沉静地说，"当一盘棋没有成定局的时候，最好别先下断语，要知道一盘棋千变万化，不是你能预先知道结局的！"

　　逸云法师凝视着何慕天。

　　"何先生，你到这儿来也快一年了，许多时候，我觉得你满肚子机锋，满脑子哲理，或者，你是该属于佛家的人。"

　　"天下本一家，为什么还要把'佛家'划成一个小圈子呢？"何慕天笑笑说，望着山坡上的石级，"怎么样？逸云法师？这一盘你认输了吧？我们也该结束了，假如我的眼力不错，我有个朋友上山来了。"

　　"是吗？"逸云法师问，也掉头望着山坡，果然，有个个子不高，胖胖身材的男人，正慢慢地拾级而上，"是谁？是上次来看过你的那位王先生吗？"

"不错！"何慕天说着，用眼光迎接着走过来的王孝城。

"别忙。"逸云法师在棋盘上落了一颗子，"我们的棋还没下完，我又叫吃了。"

"怎么？"何慕天瞪着棋盘，"这是怎么回事？一转眼局势又变了！"

"所以——"逸云法师学着何慕天的口气说，"当一盘棋没有成定局的时候，最好别先下断语，要知道一盘棋千变万化，不是你能预先知道结局的！"

何慕天笑了笑，站起身来，扑落了身上的落叶，说："好吧！我认输了！"

逸云法师把棋子一放，也站起身来，笑着说："你没输，是你的心乱了！而我就乘虚攻入。何先生，看样子你的尘缘还是未了。我先进去了，你和你的朋友谈谈吧！"

逸云法师甩了甩袖子，潇潇洒洒地隐进了庙门里。何慕天站在那儿，微笑而沉思地望着王孝城走近。王孝城停在他面前，手里拿着一个纸包。注视着他，点点头，笑着说："怎样？好吗？"

"难得有山下的朋友会来看我。"何慕天说。

"山下的人都忘不了你。"王孝城说，"只怕你闲云野鹤的生活过惯了，会忘掉了山下的人！怎么样？什么时候下山？"

"下山？"何慕天惘然地笑笑，"一时间还没有这个打算，大概几年之内，是无意于下山的，与其置身于纷纷攘攘的城市里，实在不如这样优哉游哉地过过日子。山下的人好吗？"

"你指谁？"

"所有的人。"

王孝城凝视了何慕天几秒钟，后者的神情，看起来十分平静安宁，那深湛的眼睛是柔和的、安详的。他拉拉何慕天的袖子，说："我们在山上走走吧！"

两个人踏着落叶，迎着秋风，在山间的小径上缓缓步去。走了一段，穿出树林，面前豁然开朗，已走到了山顶上，有一片小小的草地，站在那儿，可以看到山下层层的绿色田畴和农家的袅袅炊烟。何慕天在一块石头上坐了下来，说："你也坐坐吧。"

王孝城也坐了下来。何慕天说："你来——有什么事吗？如峰在公司里如何？大家对他服不服？"

"好极了！"王孝城说，"公司的业务似乎比你处理得还好，泰安是越办越大了，他正在扩张，预备把产品外销到欧美一带去。"

"我知道他会办得好。"何慕天微笑了，"他生来就是商业天才。其他的人呢？"

"我这儿有一封信。"王孝城从口袋里掏出一个信封来，"是一个人托我带给你的，我想，你会对它感兴趣。"

何慕天接过信封，抽出了信笺，借着落日的余光，他看了下去。这是一封写得十分清爽而干净的信，字迹娟秀雅丽：

亲爱的爸爸：

我这样称呼您，希望您不会觉得诧异，虽然这还是我第一次喊您"爸爸"，但，您在我心中，早就是个最慈祥而亲切的好爸爸了。几天之前，妈妈才把你们以前的故事，原原本本地告诉我，说真的，在妈妈没告诉我的时候，我也有种感觉，觉得往日的一切，一定是造物的捉弄，而不是谁有过失。我曾经为自己是个私生女而难过，（多幼稚！生命的本身原无过失，是吗？）现在，我却庆幸自己不止有一个好妈妈，还有两个好爸爸！我想，总有一天，我会和您在一起，那时候，让我再来承欢膝下，补偿十八年来（不，十九年了）和您的疏远及隔离。好吗？爸爸？

您离开我们已经整整一年了。这一年中，隐居在山上的您，我不知道有没有什么变化？至于山下的我们，却有多少不同的发展！这些，您或者知道，或者不知道，我还是再说一说吧！我已于今年暑假考上了师大国文系，以后，愿做一个执教鞭的好老师，日日和青年们相处。如峰说我一直像小娃娃，怎么能做老师？您认为呢？如峰把公司弄得很好了，他说还要等四年，我才能毕业，真是件不耐烦的事！（我写得这么坦白，您别笑我。）我们已在大学放榜后的第三天订了婚，只有自己家里的人参加，唯一的客人是顾德美，她坚持我结婚之日要当我的伴娘，说她是名副其实的介绍人。那是个小小的订婚宴，美中不足的，是您没有参加。爸爸（我指的是家里的爸爸）已经画出了五十张画，等到画满了一百幅画，就准备开一个画展，我们都对这画展抱着极大的希望。至于妈妈呢，她要我悄悄地告诉您，她祝福您！希望您快乐！我想，您一定急于要知道霜霜的情形，您会奇怪吗？她已经成了我最要好的姐妹，今年她没有考大学，现在她正在读补习班，准备明年和晓白一起考。晓白，在这儿，我必须顺便把他的情形也提一提，他在少年感化院已经一年了，一年中，他读了不少的书，脾气也不像往日那样急躁，下个月，他就可以从感化院里出来了，妈妈正为迎接他而忙碌呢！我和如峰都有一个秘密的希望，希望霜霜能和晓白建立一份最深的感情（像我和如峰一样）。不过，看情形并不太容易，虽然霜霜常常去感化院看晓白，晓白也经常写信给霜霜，但他们都太客气，似乎不大自然。好在来日方长，许多事现在都未能预卜，让他们慢慢地发展吧！

　　我写了这么多，您会厌烦吗？最后，我还要告诉您一句话，大家都想您，大家都爱您，大家都渴望您回来！爸爸，什么时候您能结束您的隐居生活，让我当面叫您一声"爸爸"！趁王伯伯上山之便，我托他把这封信带给您。除了信之外，我还托他带上我的敬意和爱意！
即请

　　福安

　　　　　　　　　　　　　　　　　　　　　　儿　晓彤敬上

　　何慕天看完了信，慢慢地把信笺折叠起来，收进了信封里，然后抬头凝视着远处的天边，晚霞正绚烂地散布开来，落日圆而大，迅速地向山谷中沉落。他闪动着眼睛，不能抑制自己的激动，竟呼吸急促而眼眶湿润。低低地，他自语似的说："那是一个好孩子。"

"谁？"王孝诚问。

"晓彤。"

"他们都是好孩子。"王孝诚说，"晓彤、晓白、霜霜和魏如峰。"

何慕天点了点头，是的，他们都是好孩子，每一个！好一会儿，他忍不住地问："梦竹怎样？快乐吗？"

"她'似乎'很平静，至于快不快乐，谁也无法知道。她是个不平凡的女人！"他把手里的纸包递给何慕天，"她叫我把这个带给你！"

何慕天诧异地接了过来，打开纸包，他看到一个小小的木头匣子，雕刻着小天使的花纹，那是他所熟悉的！十九年前，他用它盛了一个梦，十九年后，它仍然盛着那个可怜的梦，永远，都只是个梦而已！他惘然地打开了盖子，却发现里面的东西都已不在了，空空的匣子中只有一张小纸条，打开纸条，上面是他自己的字迹，龙飞凤舞地写着几行字：

> 我的心早已失落，
>
> 暮色里不知飘向何方？
>
> 在座诸君有谁能寻觅，
>
> 觅着了（别碰碎它）请妥为收藏！

翻过纸的背面，他看到有梦竹的几行字：

> 我珍藏着，
>
> 我保有着，
>
> 从以前，到现在，到永恒！

他关上了匣子，把那个梦再锁了进去，望着远方的云和天，他的眼睛明亮，心里在唱着歌。王孝诚看了看他，幽幽地说："你觉不觉得，得与失是很难讲的，慕天，你——实在非常幸福！"

何慕天不语，但他懂得王孝城话中的含意，与王孝城比起来，他是有福了——他得到的比王孝城多。望着天，他说："看那夕阳！"

夕阳像火一般地烧灼着，烧红了天，烧红了地，烧红了山头和树木。王孝城说："真美！"

"一天又要过去了。"何慕天安安静静地说，"明天的夕阳再红的时候，我已经不知道制造了多少不同的棋局！"是的，夕阳每天都一样地红，人生已经不知几经变幻！故事会完吗？不会，这一代的故事或者该结束了，但还有下一代，下一代还有再下一代，生生息息，无休无止！

"记得你以前爱念的那阕词吗？"王孝城念，"是非成败转头空，青山依旧在，几度夕阳红！"

真的，远处的层峦叠嶂，正傲然地迎接着那轮落日！

〈全书完〉
一九六四年八月十四日夜于日月潭、涵碧楼

图书在版编目（CIP）数据

几度夕阳红 / 琼瑶著 . —长沙：湖南文艺出版社，2018.1
ISBN 978-7-5404-8341-8

Ⅰ．①几…　Ⅱ．①琼…　Ⅲ．①言情小说—中国—当代　Ⅳ．① I247.5

中国版本图书馆 CIP 数据核字（2017）第 247875 号

上架建议：畅销·小说

JI DU XIYANG HONG
几度夕阳红

作　　者：琼　瑶
出 版 人：曾赛丰
责任编辑：薛　健　刘诗哲
监　　制：毛闽峰　赵　萌　李　娜
特约监制：何琇琼
版权支持：戴　玲
特约策划：李　颖　张园园　谢晓梅　杨　祎
特约编辑：邱培娟
营销编辑：杨　帆　周怡文
装帧设计：利　锐
出版发行：湖南文艺出版社
　　　　　（长沙市雨花区东二环一段 508 号　邮编：410014）
网　　址：www.hnwy.net
印　　刷：北京天宇万达印刷有限公司
经　　销：新华书店
开　　本：860mm × 1200mm　1/32
字　　数：421 千字
印　　张：14.25
版　　次：2018 年 1 月第 1 版
印　　次：2018 年 1 月第 1 次印刷
书　　号：ISBN 978-7-5404-8341-8
定　　价：45.00 元

若有质量问题，请致电质量监督电话：010-59096394
团购电话：010-59320018